R. L. STINE

Aber-gläubisch

Roman

Aus dem Amerikanischen
von Hartmut Huff

GOLDMANN

Die Originalausgabe erschien unter dem Titel
»Superstitious«
bei Warner Books, Inc., New York

Umwelthinweis:
Alle bedruckten Materialien dieses Taschenbuches
sind chlorfrei und umweltschonend.
Das Papier enthält Recycling-Anteile.

Der Goldmann Verlag
ist ein Unternehmen der Verlagsgruppe Bertelsmann

Neuveröffentlichung 10/98

Umschlaggestaltung: Design Team München
Umschlagmotiv: John Piper
Satz: deutsch-türkischer fotosatz, Berlin
Druck: Elsnerdruck, Berlin
Verlagsnummer: 44304
AB · Herstellung: sc
Made in Germany
ISBN 3-442-44304-0

3 5 7 9 10 8 6 4 2

Für Brandon und Robert und Joan mit Dank
Für Jane und Matty in Liebe

PROLOG

Charlotte Wilson starrt an die Decke. Blaßgelbes Licht von der Straße fällt durch die Jalousien, breitet ein Schattenmuster von Linien über ihren Kopf.

Stäbe, denkt Charlotte. Gefängnisgitterstäbe.

Der Kerl neben ihr bewegt sich. Sie hört, wie er ein Rülpsen unterdrückt.

Das Rülpsen nach dem Abendessen, denkt Charlotte bitter. Ich war das Abendessen.

Die Jalousien klappern, als ein Luftstoß über das Bett fegt. Frisch und kühl. Charlotte seufzt. Das Appartement riecht so säuerlich. Geröstete Zwiebeln. Abgestandener Rauch.

»Rauchst du?« fragt sie, während sie die schattigen Stäbe betrachtet. Die kalte Luft kribbelt auf ihrer feuchten Haut.

»Nein. Das war einfach nur Rauch, der aus meinen Ohren kam.« Er macht einen Scherz. Dann fügt er hinzu: »Du warst toll.«

Du nicht, denkt sie.

Du warst schwer. Ich dachte, du würdest mich zerquetschen. Und was waren diese albernen Walroßschreie am Ende?

Seine Hand gleitet langsam über ihren nackten Bauch, sie kann den weißen Streifen an seinem Finger sehen, wo er den Ehering abgenommen hat.

Verheiratet? Warum nicht? denkt sie. Überrascht mich das? Nein.

Wie sagte er doch gleich, sei sein Name? Hat er mir wirklich gesagt, sein Name sei »John«?

Seine Hand gleitet tiefer. »Was ist so komisch?« fragt er.

»Hab nur über was nachgedacht.«

Sie zieht ein Knie an. Kratzt sich ihren Schenkel. Ich klebe überall, merkt sie. Ich brauche ein langes, heißes Bad. Viel Dampf. Einen ganzen Nebel von Dampf. Einen Nebel, um mich dahinter zu verstecken.

Sie schaut sich in dem kleinen Schlafzimmer um. Seine Anzugjacke und seine Hose sind vor die Wand geworfen. Sein weißes Hemd hängt über einer offenen Kommodenschublade.

Ihre Kleidung liegt ordentlich gefaltet auf dem Stuhl neben der Tür. Der Rock unten. Der Pullover sorgfältig über die Stuhllehne gehängt. Die Strumpfhose ordentlich neben dem Rock zusammengerollt.

So berechnet. So leidenschaftslos.

Wo bin ich hier? denkt sie.

»Ich hab diese Woche einen neuen Job angefangen«, sagt sie.

Was sollte ihn das interessieren? Warum erzähle ich ihm das?

Seine Hand massiert sie. »Ach, ja?«

Kann er nicht mal so tun, als interessiere ihn das?

Die Jalousien klappern. Die Schattenstäbe über ihr bewegen sich.

»Du arbeitest am College?« Seine Hand gleitet weg, und er richtet sich auf, den Ellenbogen auf das Kissen gestützt. Sein Blick begegnet ihrem. Dunkle, forschende Augen. Feuchtes Haar fällt ihm in die Stirn.

Ob er doppelt so alt ist wie ich? überlegt sie.

Wenn er lächelt, hat er Fältchen um die Augen. Er sieht nicht schlecht aus, findet sie. Ich bin nicht völlig verrückt.

»Ich habe eine Stelle bei einem Professor. Ich bin seine Sekretärin. Kein schlechter Job. Er ist berühmt oder so. Ich meine, die anderen machen einen ziemlichen Wirbel um ihn.«

Professor Liam O'Connor. Sie wiederholt den Namen stumm. Sie mag seinen Klang. Liam. So fremdartig. So interessant.

Sie weiß, daß sie ihn nie Liam nennen wird. Sie wird ihn Dr. O'Connor nennen. Er hat dunkelbraune Augen. Ein ausdrucksvolles Gesicht. Intelligent.

Erinnert »John« sie an Liam? Ist sie deshalb in seinem Schlafzimmer?

Nicht direkt.

Er kichert. »Du bringst ihm also Kaffee und tippst seine Briefe? Ist das ein aufregender Job?«

Sie streift seine Hand von ihrer Brust. Erschauert. Ihre Haut ist jetzt kalt. Die Jalousien klappern und schwanken.

»Er ist ein sehr interessanter Mann. Er ist Ire.«

Wie dumm klingt das? Sehr. Sie will wirklich nicht mehr mit John reden. Sie hatten viel beim Bier im Pitcher geredet. Oder war's in Mike's Brewery?

Warum hänge ich nach der Arbeit in diesen Kneipen am Campus rum? Warum lasse ich mich von diesen Typen abschleppen?

Gute Fragen, Charlotte. Jetzt setz dich, öffne dein Heft und schreibe in dreihundert oder weniger Worten einen Essay über »Selbstachtung«.

Nein. Keine Essays. Und keine Selbstschelte mehr. Ich werde schon klarkommen. Neuer Job. Neue Wohnung am Campus. Neue Mitbewohnerin.

Ich muß nach Hause.

Das Bettgestell quietscht, als sie sich aufrichtet. Setzt ihre Füße auf den Boden. Schatten gleiten über den verblichenen Orientteppich. Sein schwarzer Aktenkoffer steht neben der Kommode.

»Was machst du?« fragt sie. Sie erinnert sich, das in der Bar gefragt zu haben, aber er hatte nicht geantwortet.

»Du meinst an Arbeit?«

»Ja.«

»Oh, dies und das. Ein bißchen von dem. Eine Menge von dem.«

Der schlichte Aktenkoffer verrät ihn. »Du bist Vertreter?«

»Manchmal verkaufe ich. Manchmal kaufe ich. Was auch immer.« Sehr mysteriös. Verrate bloß nichts, »John«.

Er streckt eine Hand nach ihr aus. Sie fühlt sich rauh an, heiß auf der kühlen Haut ihrer Taille. »Komm wieder her. Es ist früh.«

Sie steht auf. »Ich muß gehen. Es war toll. Wirklich.« Sie streicht mit beiden Händen ihr feuchtes blondes Haar über die Schultern zurück.

Sie bückt sich, hebt seine Krawatte vom Teppich auf, läßt sie durch ihre Hände gleiten und mustert die dunklen Streifen. »Sehr konservativ, John.«

Er lacht. Ein trockenes Lachen, mehr wie ein Husten. »Der Anzug. Die Krawatte. Ist nur ein Kostüm. Wir tragen doch alle Kostüme – oder?«

Ich scheine nackt zu sein, denkt Charlotte und läßt die Krawatte fallen.

Sie tritt durch die Schatten, geht durch den Raum zu ihrer Kleidung. Sie ist versucht, die verschlossene Schranktür aufzuziehen und zu sehen, was für Kleider seine Frau trägt.

Sie nimmt ihren Slip vom Stuhl. Warum hatte sie heute morgen diesen seidig schwarzen genommen? Wußte sie, daß der Tag im Bett von irgend jemand enden würde? Im Bett von irgend jemand ohne Kostüm?

Sie kann seinen Blick auf sich spüren, als sie ein Bein hebt und den Slip über ihren Schenkel zieht. Mach nur und schau zu, John. Ich denke, daß ich deshalb hergekommen bin.

»Äh … Charlotte?«

Sie streicht ihren Slip glatt, greift nach der schwarzen Strumpfhose, die so ordentlich neben ihrem kurzen Rock gefaltet liegt.

»Charlotte?«

Sie dreht sich um. Er hat alle Kissen hinter sich aufgetürmt. Hat seinen Kopf an seine verschränkten Hände gelehnt. Die Ellenbogen ragen vor. Lächeln.

Ein nettes Lächeln, denkt sie. Aber ein Vertreterlächeln.

Na ja … er hat *mich* verkauft.

»Äh … Charlotte? Bevor du gehst … äh …«

Sie senkt die Strumpfhose. »Ja?«

»Bevor du gehst … Wie wär's, wenn du mir einen bläst?«

Und ich dachte, er liebt mich wegen meines Verstandes!

»Davon halte ich nichts, John. Ich habe aufgesprungene Lippen.«

Sie lachen beide. Ha ha. Es ist so komisch.

Eine Minute später ist sie angezogen und da raus. Fühlt sich klebrig. Ihre Beine sind irgendwie zittrig. Heißes Gesicht.

Hunger ist plötzlich da. Ob ich irgendwo hingehe und ein Sandwich esse? Nein. Ich muß nach Hause, in die Badewanne.

Sie erinnert sich an das kalte chinesische Essen im Kühlschrank. Reste, die sie in die Mikrowelle schieben kann. Ein Schlemmermahl! Ob Kelli zu Hause ist? Ist das der Abend, an dem sie diese Highschool-Kinder auf der anderen Seite der Stadt unterrichtet?

Der Wind schüttelt die Bäume. Überall Flüstern. Blätter taumeln herab und rascheln über den Bürgersteig, vollziehen ihren Herbsttanz.

Lichter blinken in den Fenstern hinter ihr. Das alte Klinker-Wohnhaus erstreckt sich über den ganzen Block. Die lange Markise am Eingang flappt im Wind. Sie schaut zu Johns Fenster hoch. Wohnt er auf der dritten oder auf der vierten Etage? Da oben brennen keine Lichter.

Sie überquert die Dale, geht Richtung High Street. Die Straße dummer College-Kinderscherze. »Willst du auf der High Street high werden?«

Sie biegt auf die High ab. Der Wind mit ihr. Sie nimmt ihre Leinentasche in die linke Hand und beginnt zu laufen, beugt sich gegen den Wind.

Sie wird langsamer, als sie das gleichmäßige *ratsch ratsch* hinter sich schnell näher kommen hört. Dreht sich um und sieht zwei Jungen auf Rollerblades, mit schwingenden Armen, ernsten Gesichtern, passenden rotgrauen Moore State Sweatshirts, die über schlabbrige Jeans heruntergezogen sind. Dunkle Baseballmützen, Schirm nach hinten.

Ratsch ratsch.

Sie gleiten an ihr vorbei. Sehen sie nicht einmal. Wetzen zurück zum Wohnheim, vermutet sie.

Plötzlich fühlt sie sich alt mit ihren sechsundzwanzig. Ich sollte mal Rollerblades ausprobieren. Warum habe ich das noch nie versucht? Vielleicht würde das mein Leben ändern.

Sie bleibt an der Ecke stehen und läßt einen dunklen Kombi vorbeirumpeln. Ein großer Hund, eine Art Schäferhund, steckt seinen Kopf aus dem Heckfenster und bellt sie an. Drei scharfe wütende Beller. Dann, zufrieden, daß es ihr seine Meinung gesagt hat, zieht sich das Tier in den Wagen zurück.

Die nächste Straße ist die Yale Avenue. Dahinter liegt der Moore State Campus. Was für ein Witz, denkt Charlotte – ein kleines College an einer Straße zu bauen, die Yale heißt. Wie könnte das College je dieser Straße gerecht werden?

Sie streicht sich ein dickes braunes Blatt aus dem Haar und wechselt die Tasche wieder in die rechte Hand. Sie blickt auf die vertrauten Campusgebäude. Silbernes Mondlicht fällt auf das niedrige weiße granitene Verwaltungsgebäude, läßt sein blaßgrünes, kuppelähnliches Dach leuchten.

Die alten Bäume auf dem Campus flüstern und biegen sich. Sie ragen dunkel hinter dem großen Parkplatz auf. Das efeubewachsene Language Arts Building droht dunkel. Sein roter Ziegelturm steht schwarz gegen den purpurnen Nachthimmel.

Als Charlotte das Gebäude zum ersten Mal gesehen hatte, mit siebzehn als frischgebackene Studentin im ersten Semester, hatte sie es irrtümlich für eine Kirche gehalten. Wenig später erfuhr sie, daß es in den Anfangstagen des College als Kapelle gedient hatte. Während ihrer vier Jahre auf dem Campus hatte sie mehrere Kurse in seinen beengenden, berstenden Wänden absolviert.

Und jetzt arbeitet sie in dem alten Gebäude. Auf der obersten Etage, der Büroetage, direkt unter dem leeren Spitzturm.

Der Gedanke an die Arbeit veranlaßt Charlotte, ihren Blick auf die Yale zu richten. Im nächsten Block, hinter zwei knorrigen alten Weidenbäumen, steht das weitläufige Fremdenheim, in das ihr neuer Boß gezogen ist.

Liam.

Wieder sieht sie seine braunen Augen vor sich. So offen und herzlich. Der kleine Spalt in seinem Kinn. Der weiße Schwung seiner Zähne, wenn er lächelt. Der leicht singende irische Tonfall bei seinem »Guten Morgen, Charlotte.«

Oh, Mann. Warum denke ich so an ihn? Bin ich total abgedreht?

Mitten auf der Straße stehend, schaut sie verstohlen in die Dunkelheit. Ist er daheim?

Sie kann nicht durch die Bäume sehen.

Lebt er allein? Ist er verheiratet? Ist er anständig?

Ihr wird klar, daß sie überhaupt nichts über ihn weiß. Ein Mann voller Geheimnisse. Gut, gib mir Zeit. Ich habe ja erst vor zwei Wochen angefangen.

Näherkommende Scheinwerfer reißen sie aus ihren Gedanken. Sie läuft über die Straße. Der Wagen rollt vorbei. Country Music dringt aus einem offenen Fenster.

Charlotte folgt dem geschwungenen Kopfsteinpflasterweg, der am Verwaltungsgebäude vorbei durch den Circle, eine runde, von Bäumen gesäumte Rasenfläche, führt. Die College-Flagge – ein rotes M in Schreibschrift auf grauem Hintergrund – zerrt am Seil des Fahnenmastes, als wolle sie sich befreien. Die flappende Flagge verursacht abgesehen vom Scharren ihrer Schuhe auf dem Kopfsteinpflaster das einzige Geräusch.

Sie denkt wieder an chinesische Essensreste und an ein warmes Bad.

Niedrige Laternenpfähle säumen den Weg, der sich zwischen den Bäumen windet. Eine der Lampen ist durchgebrannt.

Es ist so dunkel, denkt sie, als eine Gestalt vor sie tritt.

Ein Schatten von Purpur. Mit einem Kopf. Und Armen.

»Was?« Ein bestürzter Schrei aus ihrem offenen Mund.

Die Leinentasche fällt ihr aus den Händen, als der dunkle Schatten sie grob beim Haar packt und vom Wege zieht.

»He – *laß los*!«

Was ist dieses *reißende* Geräusch?

Der sengende Schmerz schießt durch ihre Schultern, ihren Rücken herab. Ihre Beine geben nach. Sie sinkt in die Knie.

Sie weiß, daß ihr die Kopfhaut weggerissen worden ist. Ihre Kopfhaut und ihr ganzes Haar. Einfach vom Kopf gerissen. Mit einem mühelosen Ruck.

Nein!

Sie sieht die Finger, die sich auf ihre Augen zubewegen.

Vom Wirbel des Schmerzes übermannt, kann sie sich nicht bewegen. Ihr Schrei kommt wie ein schwaches »Uh uhhh uhh« heraus.

Die Finger stechen tief.

Ihre Augäpfel machen ein leises *plop plop*, als sie herausgeholt werden.

»Uh uhhh uhhh.«

Sie sieht nur rot.

Sie kann dieses Rot *fühlen.*

Ihre Hände fliegen hoch zu ihrem Kopf. Da oben kann sie Knochen spüren. Knochen, der feucht von Blut ist.

Die Decke ihres Kopfes fühlt sich weich an, matschig, wie feuchte Papierhandtücher. Wo ist ihr Haar?

Das heiße Blut strömt über ihr Gesicht.

»Uh uhhh uhhh.«

Bin ich das?

Sie hört wieder ein leises Grunzen, als sie vom Boden hochgehoben wird. Gehoben und dann gebogen.

Zurückgebogen. Zurückgebogen.

»Uh uhhh.«

Das letzte Geräusch, das Charlotte hört, ist das *Brechen* ihres Rückgrats.

TEIL EINS

1

Sara Morgan zerknackte ein Krabbenbein zwischen ihren Fingern und zog einen Teil des weißen Fleisches heraus. »Ich mag dieses Restaurant«, sagte sie, während sie sich in dem gefüllten Raum umschaute.

Sehr gemütlich, dachte sie. Sehr rustikal. Rote Ziegelwände. Eckige Holztische. Weiße Papiertischsets. Die Speisekarte mit Kreide auf eine Schiefertafel über dem Küchenfenster geschrieben. Kellnerinnen in weißen Schürzen, auf deren Vorderseite große rote Hummer gestickt waren.

SPINNAKER'S. Ein handgeschriebenes Schild über der Bar verkündete den Namen des Restaurants.

Sara tauchte das Krabbenfleisch in die weiße Porzellanschüssel mit Buttersoße und führte es dann vorsichtig zum Mund.

Mary Beth Logan steckte ihre Gabel in das gebratene Schwertfischsteak auf ihrem Teller. »In Ohio damals, als ich noch ein Kind war, gab es bei uns keine Meeresfrüchte«, sagte sie. »In Ohio verstand niemand was von Fisch. Weißt du, was es gab? Tiefgefrorene Fischstäbchen. Das waren Meeresfrüchte. Sehr exotisch.«

Sara lachte. Sie wischte sich ihre butterverschmierten Lippen mit ihrer Serviette ab und legte die Serviette wieder auf ihren Schoß.

»Ich habe zum ersten Mal einen Shrimp gesehen, als ich zwanzig war«, fuhr Mary Beth fort. »Ich wußte nicht, welches Ende man essen sollte!«

Sara probierte den Kohlsalat. Sehr süß. »Du wußtest nicht,

wie man einen Shrimp ißt? Mary Beth, ich komme aus Indiana. Sogar *wir* wußten, wie man einen Shrimp ißt!«

Mary Beth's grüne Augen blitzten. »Ich bin in der tiefsten Provinz aufgewachsen.«

»Was?« Sara legte ihre Gabel ab. »Shaker Heights? Seit wann ist Shaker Heights die tiefste Provinz?«

Mary Beth warf ihren Kopf zurück und lachte. Sara hatte sie das schon eine Million Mal tun sehen.

Ich habe ihr ganzes Mienenspiel schon millionenmal gesehen, dachte Sara. Bis auf die platingrauen Streifen in ihrem Haar und die neue, kurze Frisur hat sich Mary Beth nicht ein bißchen verändert. Wir könnten Studentinnen im ersten Semester sein, um Dalry's sitzen und endlos und immer wieder über Jungen reden und dabei eine Tasse sehr dünnen Kaffee nach der anderen trinken.

»Ich kann nicht glauben, daß ich hier bin«, murmelte Sara. »Ich kann nicht glauben, daß du und ich ...«

Mary Beth deutete auf sie. »Du hast Butter auf deinen Pulli gekleckert.«

Sara schaute auf die Stelle. Sie tauchte ihre Serviette in das Wasserglas und betupfte sie damit.

Mary Beth schluckte ein Stück vom Schwertfisch. »Welche Farbe hat dieser Pullover? Er steht dir toll.«

»Preiselbeere.« Sara rückte den Kapuzenkragen zurecht. Sie mochte lange, lose sitzende Pulloverkleider, in denen sie sich verstecken konnte. Dieses reichte ihr fast bis zu den Knien. Sie trug es über schwarzen Leggings.

»Wo hast du es her?«

»Ich hab's bestellt. Aus dem J.-Crew-Katalog.«

Mary Beth kniff die Augen vorwurfsvoll zusammen. Sie deutete mit der Gabel auf sie. »Du hast in New York City gewohnt und aus einem Katalog bestellt?«

Sara zuckte die Achseln. »Es war einfacher. Du weißt, wie sehr ich das Einkaufen liebe.« Sie haßte es, für irgendwelche Kleidungsstücke in ein Geschäft zu gehen. Es kam ihr so unnütz und eitel vor. Sich selbst verschönern. Sich selbst in hohen Spiegeln bewundern. Fremde Verkäuferinnen fragen, wie man in diesem und jenem aussah.

Aufmerksamkeit auf sich lenken.

Sara war nicht scheu. Und sie wußte, daß sie attraktiv war. Sie sah einfach keinen Sinn darin, Aufmerksamkeit auf sich zu lenken.

Sie gab dem Gespräch schnell eine andere Wendung. »Ich mag dein Kleid, Mary Beth. Das ist Kaschmir, nicht wahr?«

Mary Beth zupfte an einem langen grauen Ärmel. »Von meinem Gehalt? Mehr als Baumwolle ist da nicht drin, meine Liebe.« Sie seufzte. »Es ist verrückt, jeden Tag Kleider tragen zu müssen. Aber mein Boß erlaubt im Büro keine Jeans.«

»Dein Boß? Ich dachte, dein Titel sei Mediendirektorin.«

Mary Beth schüttelte wieder ihre Gabel. »Weißt du denn gar nichts über Kollegen? Jeder hat einen Boß. Wenn ein Kollege Mediendirektor ist, muß es einen Direktor der Mediendirektoren geben. Oder einen Präsidenten von Mediendirektorendirektoren.«

Sie lachten beide. Wie in alten Zeiten, dachte Sara glücklich. Sie spürte, daß sie anfing, sich zu entspannen.

»Ich hoffe, du hast nicht die Absicht, hier in Freewood Kleider zu kaufen, Sara.« Mary Beth verteilte saure Sahne über ihre gebackene Kartoffel. »Das einzige, was du hier findest, sind ausgebeulte Levi's und Sweatshirts mit großen roten Ms auf der Vorderseite.«

»Ein paar davon könnte ich gebrauchen«, erwiderte Sara. »Die machen mich jünger.« Sie seufzte. »Ich fühle mich so alt.«

Mary Beth nickte zustimmend. »Vierundzwanzig ist auf einem Collegecampus alt. Aber du siehst noch immer aus wie achtzehn. Du solltest als Modell arbeiten, Sara. Mit diesen Wangenknochen und diesen perfekten Lippen. Natürlich, heutzutage ist vierundzwanzig für ein Modell ziemlich alt. Seien wir ehrlich. Wir haben's beide hinter uns.«

Die beiden schauten sich rasch im Restaurant um. Überwiegend Studenten aus dem College. Zwei Paare mittleren Alters, die sich in eine Nische nahe der Bar drückten. Professorentypen. Alle anderen haben noch ihren Babyspeck, dachte Sara.

»Manchmal bin ich die Älteste hier drin«, stöhnte Mary Beth. Ihr Gesicht erhellte sich. »Aber reden wir nicht darüber. Du bist hier! Es ist so aufregend. Wie ist das Appartement?«

Sara zerbrach ein weiteres Krabbenbein. »Gemütlich.«

»Heißt das, zu klein? Gefällt es dir nicht?«

Sara lachte. »Nein. Es heißt gemütlich.« Sie strich sich mit einer Hand ihr glattes schwarzes Haar über die Schulter. Sie hatte einen weichen Pony in der Stirn, in der Mitte geteilt, der fast bis zu ihren dunklen Augenbrauen reichte.

»Wenn es dir wirklich nicht gefällt, können wir versuchen, ein anderes zu finden. Willst du zu mir ziehen? Ich dachte nur, daß du eine eigene Wohnung haben wolltest. Ich meine, in New York hattest du wahrscheinlich ...«

»Ich fühl mich wohl. Wirklich«, beharrte Sara. »Tut mir leid, daß ich gesagt habe, es sei gemütlich. Ich meinte, es ist schön. Prima. Genau richtig.«

Mary Beth schüttelte den Kopf. In ihrem gestreiften blonden Haar fing sich das Licht. »Es gefällt dir nicht. Das tut mir leid.« Sie stach mit ihrer Gabel in die Kartoffel. »Immerhin liegt es gut. Zwei Blocks vom Campus entfernt. Darum hatte ich's genommen. Aber ich hätte es wissen sollen. Ich meine, du willst wahrscheinlich eine größere Wohnung. Um Freunde zu bewirten und ...«

»Freunde?« Sara verdrehte ihre Augen. »Mary Beth – du bist der einzige Mensch, den ich hier kenne! Du bist es. Du bist meine einzige Freundin.«

Sara sah, daß sich die Köpfe am Nebentisch zu ihr umdrehten. Sie merkte, daß sie laut gesprochen hatte, spürte, daß ihr Gesicht heiß wurde. Sie senkte den Blick auf ihren Teller und wartete darauf, daß die Fremden aufhörten, sie anzustarren und ihr Gespräch fortsetzten.

»Aber du bist doch trotzdem froh, daß du gekommen bist – oder?« Mary Beth schaute Sara mit ihren grünen Augen prüfend an.

»Natürlich«, erwiderte Sara rasch. »Du weißt, daß du mir das Leben gerettet hast.«

»Na ja, du hast mir nicht viel erzählt über ... alles.« Mary Beth kaute auf ihrer Unterlippe. Sie schob ihren Teller fort. Griff nach ihrer Tasche. Kramte darin.

Sara blickte zur Tür, als drei Personen eintraten. Ein attraktiver, dunkelhaariger Mann. Akademikertyp, mit einem beigen Pulli unter einem Tweedjackett mit Lederflecken an den Ärmeln. Eine freundlich dreinschauende Frau in einem braunen Regenmantel klammerte sich an seinen Arm. Sie wurden von einem riesenhaften Mann begleitet, rotgesichtig mit einer Mähne von weißem Haar, das sich auf seinem Kopf bauschte, als sei er in einem Sturm gewesen.

Als sie sich wieder umdrehte, hob Mary Beth ein brennendes Streichholz an eine Zigarette, die zwischen ihren Lippen hing. Saras Mund öffnete sich mißbilligend. »Du rauchst noch?«

Mary Beth schüttelte das Streichholz aus. »Nein. Ich höre auf.« Sie inhalierte tief, ließ den Rauch langsam heraus.

»Wie? Mary Beth?«

»Ich höre auf.«

»Aber du rauchst.«

»Ich weiß. Aber ich höre auf. Glaube mir.« Sie inhalierte wieder, balancierte die Zigarette zum Rand ihres Tellers. »Diese Restaurants – hier werden nicht mal mehr Aschenbecher hingestellt.«

Sara verdrehte ihre haselnußbraunen Augen. »Du mußt die letzte Raucherin in Amerika sein.«

»Keineswegs«, protestierte ihre Freundin. »Sieh dich um. Die Jungs vom College – die rauchen alle. Im Studentenwohnheim gibt es Joe Camel Fanclubs. Wirklich. Sie halten sich für unsterblich.«

Saras Gesicht erhellte sich. »He, ich bin wieder Collegestudentin. Vielleicht bin ich unsterblich.«

Mary Beth schüttelte den Kopf und ließ eine lange Rauchfahne aus ihrer Nase strömen. »Hochschulabsolventen sind zum Tode verurteilt.«

»Mary Beth, du bist noch immer verrückt.«

»Und du bist noch immer das Gegenteil von verrückt. Du bist

... antiverrückt.« Sie drückte die halbgerauchte Zigarette auf dem Rand ihres Tellers aus. »Siehst du. Ich habe gerade aufgehört.«

Eine Kellnerin räumte die Teller ab. Sie bestellten Kaffee. Lautes Lachen dröhnte an einem Tisch auf der anderen Seite des Raumes. Vier junge Burschen hoben Bierflaschen hoch und stießen zu einem geräuschvollen Toast an.

»Genau wie in New York, was?« scherzte Mary Beth. Sie setzte sich aufrecht hin und rückte ihre langen grauen Ärmel zurecht. »He, ich möche ein paar Geschichten hören, Sara. Ich möchte etwas von der schillernden Verlagswelt hören. Ich möchte etwas von dem Nachtleben hören. Von all den interessanten, tollen Leuten, die du kennengelernt hast. Ich möchte von Chip hören. Und ...«

»Was ist mit *dir*?« unterbrach Sara, die Serviette auf ihrem Schoß mit beiden Händen drückend. »Was ist aus Donny geworden? Als ich das letzte Mal mit dir sprach, waren du und Donny ...«

»Ich weiß, ich weiß.« Mary Beth hob beide Hände, als wolle sie sich ergeben. »Ich war verrückt nach Donny. Donny war mein ein und alles. Donny war Gott. Er war auch nach mir verrückt. Wir haben uns sogar darüber gestritten, wer nach wem verrückter war.«

»Und?«

Mary Beth stieß einen bitteren Seufzer aus. »Ich mußte mit ihm Schluß machen. Ich mußte sein Herz brechen.« Sie pochte mit den Fingern ihrer rechten Hand auf die Tischplatte. Sara sah, daß die Fingernägel abgekaut waren.

»Warum? Komm schon. Spuck's aus.«

Mary Beth zögerte. Schließlich beugte sie sich über den Tisch, so daß ihr Gesicht ganz nahe an dem von Sara war. Sie sprach in einem lauten Flüsterton. »Er war behängt wie ein Hamster.«

»Wie? Entschuldige, bitte, was?«

»Er hatte einen winzigen Pimmel.« Mary Beth hob ihre beiden Zeigefinger und hielt sie sehr dicht zusammen.

Sara konnte ein Lachen nicht unterdrücken und bedeckte den Mund mit einer Hand.

»Es war nicht komisch«, schalt Mary Beth. »In manchen Nächten mußten wir eine Taschenlampe nehmen und danach jagen.«

Sara schüttelte den Kopf und lachte noch heftiger.

Mary Beth griff über den Tisch und faßte ihren Arm. »Du kennst doch diese Experten aus dem Fernsehen, die sagen, daß Größe nichts zu sagen hat? Die sind verrückt. Sie bedeutet was. Die hätten *mich* mal fragen sollen.«

»Aber … aber …«, stotterte Sara. Mary Beth konnte sie immer zum Lachen bringen, bis ihr die Tränen über die Wangen rollten. Meistens bei den ernstesten Themen. »Aber du warst doch in ihn verliebt!« brachte sie schließlich heraus.

Mary Beth ließ Saras Arm los. Sie zuckte die Schultern. »Liebe ist *hart.*«

Die Kellnerin brachte den Kaffee. Sara schüttete Milch in ihre Tasse. Mary Beth trank ihren schwarz.

Sara legte ihre Hände um die weiße Porzellantasse und sog den Kaffeeduft ein. »Dann bist du jetzt mit niemandem zusammen?«

Mary Beth preßte ihre Lippen zu einem übertriebenen Schmollen zusammen. Auch ein vertrauter Gesichtsausdruck. »Bu-hu.«

Sara nippte an ihrem Kaffee. Noch zu heiß.

»Jetzt bist du dran«, verkündete Mary Beth. »Erzähl mir alles. Mach schon. Es ist nur fair. Ich habe dich gerettet.«

»Da gibt's nicht viel zu erzählen«, erwiderte Sara. Sie starrte in ihre Kaffeetasse. »Ich meine, nicht zuviel zu erzählen.«

»Erzähl mir von New York«, beharrrte Mary Beth. »Erzähl mir von deinem tollen Appartement in dem tollen Luxuswolkenkratzer. Erzähl mir von Concord Publishing, von all den berühmten Autoren, die du kennengelernt hast.«

Sara seufzte. »Das ist alles Geschichte.« Sie warf ihr Haar über die Schulter, strich sich über den Pony.

Mary Beth pochte ungeduldig auf den Tisch. »Na, dann erzähl mir wenigstens von Chip. Als ich dich im Frühjahr anrief, war's dir doch so ernst mit dem Mann. Also, was ist passiert? Warum hast du Schluß gemacht?«

»Nun ja …« Sara neigte ihren Kopf seitwärts, eine Angewohnheit von ihr, wenn sie intensiv über etwas nachdachte.

»Komm schon, Sara. Warum hast du Chip den Laufpaß gegeben?«

Sara seufzte, holte tief Luft und wollte zu einer Erwiderung ansetzen. Aber sie wurde durch einen Regen von Salz unterbrochen, der auf ihr Haar und über die Schulter ihres preiselbeerfarbenen Pullovers fiel.

Salz?

Sie drehte sich rasch auf ihrem Stuhl um – und starrte in die dunkelbraunen Augen des Mannes am Nebentisch. Er hatte sich ebenfalls umgedreht, sich umgedreht, um sie anzusehen, hielt den Salzstreuer in einer Hand.

Sara wischte sich die weißen Kristalle von ihrem Pullover. »Haben Sie gerade Salz über Ihre Schulter geschüttet?«

Das schöne Gesicht des Mannes rötete sich. »Es tut mir schrecklich leid. Ich bin nur etwas abergläubisch.«

2

»Ich hab's über meine Schulter geworfen. Das bringt Glück. Ich wußte nicht, daß Sie da saßen. Ich hätte zuerst hinschauen sollen.«

Er hatte einen leichten ausländischen Akzent. Nicht britisch, dachte Sara. Irisch. Ja. Eindeutig irisch.

Sie starrte in braune Augen. Fesselnde Augen, die Fältchen in den Winkeln hatten. Sie erwiderten ihren Blick unter buschigen, braunen Augenbrauen.

»Ist schon in Ordnung. Ich war nur überrascht. Ich ...« Warum stotterte sie?

Bevor sie den Satz beenden konnte, war er auf den Beinen. Er war größer, als sie geglaubt hatte. Strich sich sein gewelltes braunes Haar mit einer Hand zurück. Stieß seinen Stuhl beiseite. Streckte die Hand nach ihr aus.

Seine Hand war auf ihrem Haar. Sanft. Warm. Er begann, das Salz herauszustreichen. »Es tut mir leid. Bitte, verzeihen Sie mir.« Der Wollärmel seines Jacketts rieb über ihre Stirn.

»Schon in Ordnung. Wirklich.« Ihr Herz klopfte. Die Haut in ihrer Nackenbeuge prickelte bei der Berührung seiner Hand. Er schaute ihr tief in die Augen. Er senkte sein Gesicht, konzentrierte sich auf ihr Haar. Sie konnte die Wärme seiner Haut spüren.

Sie unterbrach den Blickkontakt und schaute zu den beiden anderen Personen an seinem Tisch, die sie bereits bemerkt hatte, als sie das Restaurant betraten. Eine Frau mit freundlichem Gesicht, vielleicht dreißig oder fünfunddreißig, mit kurzem, weißblondem Haar, an den Wurzeln dunkel, einem netten Lächeln. Ihr gegenüber der gewaltige Körper des Mannes, den Sara an der Tür gesehen hatte, rotgesichtig, mit einer Masse von weißem Haar, das seinen Kopf umwallte. Er leerte ein Bier, wobei seine große Hand den Krug zum Munde führte und seine dunklen Augen Sara über den Rand musterten.

»So.« Den Blick noch immer auf ihr Haar gerichtet, trat er zurück. »Ich glaube, ich habe alles. So eine Schande, so wunderschönes Haar durcheinanderzubringen.« Er lächelte zum ersten Mal. Ein herzliches Lächeln, dachte Sara.

Er hob seine Handfläche. »Oh. Sehen Sie nur. Eines Ihrer Haare.« Er hielt es Sara hin. »Nehmen Sie es. Schnell. Befeuchten Sie Ihren Daumen und den Zeigefinger.«

Sara zögerte. Wovon redete er?

»Liam …«, hörte sie die Frau leise rufen. »Liam … setz dich.«

Liam schien sie nicht zu hören. »Befeuchten Sie Ihren Daumen und den Zeigefinger. Hier.« Er reichte Sara das schwarze Haar.

Sie merkte, daß sie ihm gehorchte. Leckte an ihrem Finger und dem Daumen.

»Ziehen Sie jetzt das Haar straff. Wenn es sich kräuselt, werden Sie reich werden. Wenn es glatt bleibt, werden Sie arm sein.«

Sara lachte. »Ich glaube, die Antwort darauf kenne ich.«

Sie hatte richtig vermutet. Das Haar blieb glatt.

Er beugte sich über sie. »Pech auch.« Er schien echtes Mitleid zu haben, gerade so, als ob er die Entscheidung akzeptierte.

»Liam, gönn ihr doch mal eine Pause!« knurrte der riesige Kerl. Er hatte eine heisere, kehlige Stimme.

»Okay, okay.« Liam zuckte gutmütig die Achseln und sah Sara an. Er wollte sich wieder seinem Tisch zuwenden, verharrte dann aber. Sein Gesichtsausdruck änderte sich. Er starrte über Sara hinweg zu Mary Beth. »Ich kenne Sie!« rief er.

Mary Beth lächelte. »Hallo, Professor O'Connor.«

Er lächelte zurück. »Sie sind die Frau mit der Videokamera.« Er wandte sich an die beiden an seinem Tisch. »Letzte Woche hat sie ein Video von mir gemacht. Beim Spaziergang über den Campus. ›Können Sie gleichzeitig laufen und sprechen?‹ Hat sie mich gefragt. Diese Frage hat mir noch nie zuvor jemand gestellt.«

Der Koloß und die blonde Frau lachten.

»Das ist nicht so leicht, wie es klingt«, fuhr Liam fort, wobei er sich wieder Mary Beth zuwandte. »Ich bin zweimal gestolpert.«

»Sie waren sehr gut«, korrigierte Mary Beth ihn.

»Ein Video über *dich*?« schnarrte der Koloß. »Was war das? ›Seltsame Typen auf dem Campus, denen man lieber aus dem Weg gehen sollte?‹«

Alle lachten. Die blonde Frau schlug dem Riesen vertraulich auf den Arm.

»Es war ein Begrüßungsvideo«, erklärte Mary Beth, den Blick auf Sara gerichtet. »Wir haben es allen neuen Studenten bei der Einführung gezeigt. Hier am Moore State College haben wir selten einen so berühmten Gastprofessor.«

»Berüchtigten, meinen Sie«, scherzte der Koloß. Er hob seinen Krug, führte ihn zum Mund und hielt unvermittelt in der Bewegung inne, als er merkte, daß er leer war. »Bedienung! Fräulein!«

Während sie noch immer die Wärme seiner Hand auf ihrem Haar spürte, schaute Sara Professor O'Connor mit neuerlichem Interesse an. Sie hatte auf der Titelseite der Collegezeitung einen Artikel über den bekannten Volkskundeprofessor gesehen, den Autor mehrerer Bücher und populären Gast vieler Fernsehtalkshows, der in diesem Jahr am College ein Abschlußseminar leitete. Aber sie hatte nur die ersten Absätze überflogen. Volkskunde interessierte sie herzlich wenig.

Er sieht wirklich gut aus, dachte sie. Sie mochte die Art, wie er ständig sein volles, dunkles Haar zurückstrich, die Art, wie es ihm wieder in die Stirn fiel. Sie fragte sich, wie es sich anfühlen würde, wenn sie mit ihrer Hand so durch sein Haar strich, wie er durch ihres gefahren war.

Sie merkte plötzlich, daß Mary Beth ihren Namen genannt, sie Professor O'Connor vorgestellt hatte. Er ergriff ihre Hand und schüttelte sie zweimal. Ein sanfter Griff. Sein Hand war warm. Warum war ihre plötzlich so kalt?

»Erfreut, Sie kennenzulernen, Dr. O'Connor.« War das meine Stimme? fragte sie sich. Warum klinge ich so förmlich, so nervös?

»Bitte, Liam«, korrigierte er, noch immer ihre Hand haltend. »Nennen Sie mich Liam.« In den Winkeln seiner braunen Augen bildeten sich Fältchen.

Wie alt mag er sein? überlegte sie. Fünfunddreißig vielleicht? Schwer zu sagen. Sie mochte den leichten irischen Tonfall. So angenehm. So bezaubernd. Sie stellte sich kleine Kobolde vor, die im smaragdgrünen Gras unter Schirmpilzen tanzten.

Er ließ ihre Hand los und deutete auf seinen Tisch. »Sara, das ist meine Schwester, Margaret.« Sie nickte Mary Beth und Sara zu. »Und mein Freund und Kollege, Milton Cohn.« Milton prostete ihnen zu und hob seinen leeren Bierkrug. Ein schiefes Lächeln zog sich über sein rotes Gesicht. Sein weißes Haar stand hoch wie ein Klecks Schlagsahne auf einem Kirscheis.

Kollege? dachte Sara. Er sieht eher wie ein Berufsringer aus. Seine Hand war, wie sie sah, für den Bierkrug fast zu groß.

»Ich glaube, unser Essen kommt«, sagte Liam, der die Kellnerin näher kommen sah, die ein großes Silbertablett mit drei Gerichten auf ihrer Schulter trug. Während Liam zu seinem Platz zurückkehrte, wandte er sich an Sara. »Wie waren die Krabbenbeine?«

Er hat bemerkt, was ich gegessen habe? dachte Sara. Sie spürte, daß ihr Gesicht heiß wurde.

»Sie waren gut«, erwiderte sie und hatte sofort das Gefühl, als sei die Antwort irgendwie unzulänglich. Nicht beredt oder interessant genug. »Sehr süß.«

Liam lächelte. Die Kellnerin mußte um ihn herummanövrieren, um die Teller abzusetzen. »In der Nähe von Samoa gibt es eine winzige Insel«, erzählte er Sara über die Schulter der Kellnerin hinweg, »wo die Menschen die Krabbenschalen immer tief im Sand vergraben, nachdem sie das Fleisch gegessen haben. Wissen Sie, warum sie das tun? Um die toten Krabben daran zu hindern, nachts umherzuwandeln und sich an ihnen zu rächen.«

»Wie interessant!« erwiderte Sara unbeholfen.

»Das ist Scheiße!« sagte Milton laut, während er Pfeffer auf sein Rib-Eye-Steak regnen ließ. »Glauben Sie kein Wort von dem, was er sagt. Liam erdichtet die Hälfte.«

»Milton – Liam ist ein Gelehrter.« Margaret verteidigte ihren Bruder mit gespieltem Zorn in der Stimme.

»Er ist ein Scheißer.« Milton konzentrierte seine Aufmerksamkeit auf sein Essen und attackierte sein Steak mit wilden Messerschnitten.

»Also, die Krabbenbeine sind hier sehr gut«, beharrte Sara. »Für mich ein richtiger Genuß. Gewöhnlich kann ich mir so was nicht leisten.« Sie merkte, daß sie versuchte, die Unterhaltung fortzusetzen, Liam daran zu hindern, sich abzuwenden.

»He – suchen Sie Arbeit?« Milton hob seinen Blick vom Teller und deutete mit dem Messer auf Sara. Sein Kiefer spannte sich, während er kaute.

»Wie bitte?« Sara war sich nicht sicher, ob sie richtig gehört hatte.

Er schluckte, wobei sein Adamsapfel in seinem dicken Hals hüpfte. Der Hals eines Footballspielers, dachte Sara. Frankensteins Hals. »Suchen Sie eine Teilzeitarbeit?«

»Nun ... ja«, erwiderte Sara unsicher. Sehe ich aus, als ob ich pleite bin? Hat er deshalb gefragt?

»Sie ist völlig abgebrannt«, fiel Mary Beth ein.

Vielen Dank, Mary Beth. Warum reichst du nicht meine Kontoauszüge am Tisch herum, damit alle mal einen Blick drauf werfen können? Sie merkte, daß ihre Freundin ihr nur zu helfen versuchte.

Milton beugte sich vor, um an Liam vorbeizuschauen. »Meine

Assistentin erwartet ein Baby, und sie macht das Beste daraus«, schnarrte er. Er hielt eine fette Hand vor den Mund, um ein Rülpsen zu unterdrücken. Irgendwie war Steaksoße an eine Seite seiner Hand geraten. »Sie kommt nur zweimal die Woche rein. Ich könnte jemand an den anderen drei Tagen brauchen.«

»Äh ... das würde mich interessieren«, erwiderte Sara zögernd.

Er starrt auf meine Titten. Warum starrt er auf meine Titten?

»Wenn es sich zeitlich nicht mit meinem Studium überschneidet«, fügte sie hinzu. »Ich fange mit dem Diplomkurs an. In Psychologie.«

Liam drehte sich um. »Das ist interessant. Haben Sie schon Geraldine Foyer kennengelernt?«

Sara überlegte, schüttelte den Kopf. »Nein. Die Kurse haben erst letzte Woche begonnen. Ich habe noch nicht viele Leute aus dem Fachbereich kennengelernt.«

»Ich werde Sie einführen müssen«, erwiderte er.

Sara sah, daß Margaret ihrem Bruder einen forschenden Blick zuwarf. Sie wandte sich wieder an Milton. »Was muß ich für diese Arbeit können?«

»Können Sie gleichzeitig laufen und reden?« fragte Milton, wobei er Mary Beth mit seinem schiefen Grinsen bedachte. »Das ist so etwa das, was erforderlich ist. Nur die Ablage erledigen und Telefondienst machen. Scheißarbeit für Scheißbezahlung.«

»Milton – wir essen!« erklärte Margaret streng.

Sara lachte. »Das ist genau das, wonach ich suche.« Und dann platzte sie heraus: »Und was machen Sie?«

Die Frage schien ihn zu überraschen. Er hörte auf zu kauen. »Ich bin der Dekan der Studenten.«

Das ist so ungefähr das *letzte,* was ich vermutet hätte! dachte Sara. Footballtrainer vielleicht. Oder Sicherheitschef. Aber nicht Dekan der Studenten.

Sie wollte sich schon für ihre Unkenntnis entschuldigen, als Milton sich erhob. Er wischte sich sein Gesicht mit der Serviette ab, warf die Serviette auf seinen Stuhl und begab sich auf Sara zu. »Ich sollte mich vorstellen, wie sich's gehört.«

Er machte einen Schritt.

Zwei Schüsse fielen.

Mit einem erstickten Keuchen griff er sich an die Brust. Seine Augen verdrehten sich, und er begann, auf den Boden zu sinken.

3

Liam wirbelte herum und fing den riesigen Mann auf, bevor er stürzte. »Milton – du hast wirklich einen Humor wie ein Student«, erklärte Liam.

Milton öffnete die Augen und gewann sein Gleichgewicht wieder. Er lachte. »Darum bin ich noch auf dem College.« Er wandte sich grinsend an Sara. »Ich glaube, ich habe Sie reingelegt.«

Sara schluckte schwer. »Das glaube ich in der Tat.«

Milton deutete auf die Bar. Zwei weitere laute Knalle waren durch das Stimmgewirr und Geklirr des Restaurants zu hören.

»Kracher«, erklärte Mary Beth. »Spinnaker's ist bekannt für seine Kracher.«

Sara schaute zu, wie der Barkeeper zwei weitere dünne Gläser heftig auf eine Marmorscheibe an der Bar schlug. Zwei weitere Schüsse krachten. Zwei junge Männer in verblichenen Jeans und Sweatshirts führten die schlanken Gläser zum Mund und leerten ihre Drinks mit einem einzigen Schluck.

Sara drehte sich um und sah, daß Milton neben ihr stand. Er drückte ihre Schulter. »Tut mir leid, daß ich Sie erschreckt habe. Ich habe einen ziemlichen kranken Humor.«

»Der ist nicht krank. Er ist unheilbar«, erklärte Liam, der Sara den Rücken zugewandt hatte.

Sara bewegte ihre Schulter unbehaglich unter Miltons schwerer Hand. Entschuldigt er sich oder begrapscht er mich absichtlich?

Seine Hand glitt herunter, als ob er ihre Gedanken gelesen hätte. »Wenn Sie an der Arbeit wirklich interessiert sind, kommen Sie doch morgen nachmittag zu mir ins Verwaltungsgebäude«, sagte er. »Wie ist noch gleich Ihr Name?«

»Sara. Sara Morgan.«

Er nickte ernst und prägte sich ihn ein. Dann kehrte er zu seinem Platz zurück.

Saras Schulter schmerzte. Milton, so wurde ihr klar, war sich seiner Kraft nicht bewußt.

Margaret beugte sich über ihren Tisch und begann mit Liam zu sprechen. Sara wandte sich wieder Mary Beth zu, die in ihrer braunen Lederhandtasche kramte, um die Rechnung zu bezahlen. »Die teilen wir uns«, erklärte Sara, während sie nach ihrer Handtasche griff.

Mary Beth hob eine Hand. »Kommt nicht in Frage. Heute abend bezahle ich. Du kannst mich einladen, wenn du deinen ersten Gehaltsscheck bekommen hast.« Sie beugte sich dicht zu ihr und flüsterte: »Ein Glücksfall, nicht?«

Sara dachte an Liam, nicht an Milton. »Das denke ich auch«, flüsterte sie zurück.

»Er sieht wie ein Killer aus«, flüsterte Mary Beth. »Aber ich habe nur Gutes über ihn gehört. Er hat erst Ende letzten Jahres angefangen. Der alte Dekan wurde völlig nackt im Heck eines Kombis erwischt mit – wohlgemerkt – zwei Studentinnen aus dem ersten Semester.« Sie kicherte. »Er glaubte, seinen Studentinnen nahe sein zu müssen.«

»Milton würde nie in einen Kombi *passen*!« flüsterte Sara. Sie schaute hinter sich, um sich zu vergewissern, daß er nichts hören konnte. Er war damit beschäftigt, den Rest des Steaks zu massakrieren.

»Ist er verheiratet?« flüsterte sie Mary Beth zu.

»Milton? Das glaube ich nicht.« Mary Beth schaute Sara mit schmalen Augen an. »Warum interessiert dich das?«

Sara verdrehte ihre Augen. »Nicht Milton. Liam.«

Mary Beth lachte. »Nein. Nicht verheiratet.«

»Ist er schwul?«

»Woher soll ich das wissen? Ich habe ihn eine halbe Stunde lang interviewt. Er lebt mit seiner Schwester zusammen. Mehr weiß ich nicht. Das College hat ihnen das große alte Gästehaus zur Verfügung gestellt. Du weißt schon. Das Weiße auf der anderen Seite der Yale.«

Sara biß sich auf die Unterlippe. »Ich glaube, ich kenne es. Wohnten da nicht Jessica Goldblatt und dieses rothaarige Mädchen, diese große, als wir auf der Schule waren?«

Mary Beth runzelte die Stirn. »Ich erinnere mich nicht.« Die Kellnerin nahm die Rechnung und das Geld. »Er ist irgendwie bezaubernd«, bemerkte Mary Beth, während sie sich erhob.

»Irgendwie!« rief Sara aus. »Weißt du, an wen er mich erinnert? An Daniel Day-Lewis. Ich habe mir vor ein paar Wochen *Zeit der Unschuld* ausgeliehen. Das habe ich mir zwanzig Mal angesehen. Und *Der letzte Mohikaner* habe ich mir sogar *gekauft.*«

»Du bist verrückt«, murmelte Mary Beth und schwang ihre Tasche über die Schulter. »Nein. Du bist einfach eine Romantikerin, Sara. Das ist noch verrückter.«

»Findest du nicht, daß er so aussieht? beharrte Sara im Flüsterton.

Mary Beth schüttelte den Kopf und zog ihren Rock zurecht. »Daniel Day-Lewis? Das träumst du nur!«

Sara griff nach ihrer Tasche. Begann sich zu erheben. Nieste.

Liam wirbelte sofort herum. »Gesundheit!«

»Danke.« Sara spürte, daß ihr Gesicht heiß wurde.

»Welcher Tag ist heute?« fragte Liam. Seine braunen Augen funkelten, als er sie ansah.

»Warum?« Sara griff in ihre Tasche, um ein Taschentuch herauszuholen.

»Es gibt einen alten Reim aus Lancashire.« Er richtete seinen Blick an die Decke, während er sich daran zu erinnern versuchte. »*Sneeze on Monday, sneeze for danger. Sneeze on Tuesday, kiss a stranger. Niese am Montag, so niest du Gefahr. Niese am Dienstag, küß eine Fremde.* Heute ist doch Dienstag – oder?« neckte er, wobei sein Gesicht ihr näher kam.

Er flirtet mit mir, merkte Sara. Das ist eindeutig Flirten. »Und was ist mit den anderen Tagen, Dr. O'Connor?«

»Liam.«

»Ermutigen Sie ihn nicht!« rief Milton mürrisch. »Wenn er anfängt, Reime aus der Alten Heimat zu rezitieren, werden wir die ganze Nacht hier verbringen.«

»Hmmm ... mal überlegen.« Liam ignorierte seinen Kollegen. Er schaute Sara weiter an. *»Niese am Mittwoch, niese für einen Brief. Niese am Donnerstag, kommt was Besseres.«* Er holte Luft, hielt den Atem an und versuchte, sich an den Rest zu erinnern. *»Niese am Freitag, niese für Leid. Niese am Samstag, eine Reise steht an. Niese am Sonntag, begib dich in Sicherheit. Denn der Teufel wird dich für den Rest der Woche besitzen.«*

Sara spürte einen Schauer, als er die letzten Worte schloß.

»Liam«, neckte sie, »enden all Ihre Reime mit so erschreckenden Warnungen?«

Sein Lächeln schwand schnell. »Ja. Ich fürchte schon.«

4

»Wie sind deine Schweinekoteletts, Detective Montgomery?«

Er spürte, daß Angel hinter ihn glitt, spürte, wie sich ihre Arme um seine Brust schlangen, um ihn sanft zu drücken. Sie duftete nach Orangen und Zwiebeln.

»Meine Schweinekoteletts sind gut. Wie sind deine?« Er drückte eine Gesichtshälfte gegen ihren Ärmel.

»Hab sie noch nicht probiert.« Sie löste sich von ihm, ging vom Tisch zu dem Baby hinüber. Martin schaukelte in seinem Hochstuhl, summte zufrieden, während er seine winzigen Finger in die Schüssel mit den Makkaroni vor sich grub und die Nudeln in seinen Mund stopfte. Seine Erfolgsquote lag, wie Garrett sah, bei etwa fünfzig Prozent. Nicht schlecht für einen Einjährigen.

Detective Garrett Montgomery suchte immer nach neuen Wegen, um stolz auf seinen Sohn zu sein. Angel hatte an diesem Morgen zugegeben, als sie beim Kaffee saßen, daß sie nie erwartet hätte, daß Garrett ein so liebevoller Vater sein würde. »Du gibst sogar damit an, wie sehr er sabbert.«

Garrett mußte zugeben, daß er ebenfalls überrascht war. Martin zu bekommen war allein Angels Idee gewesen. Garrett hatte warten wollen, bis sie sich ein Baby leisten konnten, bis seine Arbeitssituation gesichert war, bis sie eine Vorstellung hatten, wie ihre Zukunft aussehen würde.

Jetzt aber konnte er es gar nicht erwarten, am Morgen aufzustehen, um zu sehen, welche Überraschungen Martin auf Lager hatte. Und er eilte von der Polizeistation in Freewood heim, begierig darauf zu sehen, um wieviel der Junge, sein Junge, während des Tages gewachsen war. Ein Kind im Haus zu haben war *interessant*, dachte Garrett. Viel interessanter, als Walter durch den Raum anzustarren, der seine schiefen Zähne mit einer Büroklammer reinigte.

Angel spielte mit Martin herum, hob Nudeln vom Tischchen des Hochstuhls auf und schob sie ihm in den Mund. Seine kleinen braunen Finger zerquetschten eine Nudel zu Brei. Er warf sie auf den Boden.

Ein guter Wurfarm, dachte Garrett. Er wird ein Athlet werden wie ich. Auf der High School war Garrett ein Leichtathletikstar gewesen, bis er den Unfall mit seinem Knie hatte. Er hatte es auch mit Basketball versucht, aber überhaupt keinen Blick fürs Werfen gehabt. Und am *schlimmsten* war es gewesen, wenn er gleichzeitig Dribbeln und Laufen mußte. Nur weil man groß und schwarz ist, wird man noch lange kein Michael Jordan.

Garrett trainierte noch immer jeden Morgen. Er hatte ein bißchen an Gewicht zugelegt, wie er wußte – er wog jetzt 180 Pfund – aber er war noch immer recht schnell zu Fuß. Obwohl es in dieser Stadt wirklich nicht darauf ankam, daß ein Polizist schnell war.

Zumindest wußte er, daß er nie wie Walter aussehen würde, der erst fünfundzwanzig war und bereits einen Schmerbauch pflegte, der ihn zwang, einen knappen halben Meter Abstand vom Schreibtisch zu halten.

Er sah die Schachtel mit den Krispy Kreme Doughnuts auf Walters Schreibtisch vor sich. Walters dunkelblaue Uniform vorne ganz mit Puderzucker überzogen. Garrett mußte lachen. Walter war wirklich eine Witzfigur.

Er schaute über den Tisch zu Angel. Sie hatte Flecken auf der Vorderseite ihres weiten blauen Pullovers. Babyflecken. »Willst du dich nicht setzen und essen?«

Sie bückte sich, um die Nudeln aufzuheben, die auf dem Boden verstreut lagen. »Ich will, daß er zuerst noch eine Schüssel ißt. Dein Sohn ist ein guter Esser.«

Garrett nickte. »Natürlich ist er das.« Er nahm mit der Gabel etwas Kartoffelpüree. Schnitt sich noch ein Stück Schweinekotelett ab. »Das andere weiße Fleisch«, murmelte er.

»Was ist?« rief Angel vom Herd. »Was sagst du da von weißem Fleisch?«

»Du kennst doch den Fernsehspot«, erklärte Garrett. »Für Schweinefleisch. Die versuchen, einem einzureden, Schweinefleisch sei gesund, weil es weißes Fleisch ist.«

Angel füllte Nudeln aus dem Topf in Martins Schüssel. Sie schüttelte den Kopf. »Ich mag es nicht, wenn du über weißes Fleisch redest.«

Garrett kicherte. »Du hast eine schmutzige Phantasie.«

Angel grinste ihn an. »Und die magst du. Ist das deine Pistole, oder freust du dich einfach, mich zu sehen?«

Einer ihrer gemeinsamen Witze.

Das ist eine Ehe, dachte Garrett glücklich. Gemeinsame Witze.

Martin hämmerte ungeduldig mit beiden Fäusten auf den Tisch. »Daaa! Daaa!«

Garrett imitierte ihn. Hämmerte auf den Tisch. »Daaa! Daaa!«

Martin lachte.

»Zwei Babys«, murmelte Angel. Sie stellte die Schüssel vor Martin, der sie mit beiden Händen ergriff. Dann glitt sie auf ihren Stuhl Garrett gegenüber. So anmutig und leicht, dachte er, während er sie beobachtete. In diesem riesigen Pullover sieht sie wie ein kleines Mädchen aus. Sie hat sich nicht verändert, seit wir uns mit sechzehn kennengelernt haben.

Sie nahm ein Schweinekotelett und setzte ihre Schmollmiene auf. »Mußt du rein? Warum gibst du heute abend nicht allen Verbrechern eine Pause?«

Verbrecher? Geradezu ein Witz. Das Telefon in dem kleinen, einstöckigen Stationsgebäude hinter der Post klingelte selten.

Er schuckte. »Muß Walter Gesellschaft leisten.«

»Aber du hast doch diesen Monat keine Spätschicht. Kann Walter das nicht alleine schaffen?«

»Dieser dumme Hinterwäldler? Der kommt ja nicht mal mit einem Sandwich zurecht.«

»Wo ist Harvey?«

»Hat seine Frau ins Theater gefahren. In Harper Falls. Ihr Cousin ist der Direktor oder so.«

Angel runzelte die Stirn. »Harvey fährt seine Frau ins Theater?«

»Er wird während der Vorstellung schlafen.«

»Und wohin führst du *mich*? Wann hast du mich das letzte Mal ins Theater oder ins Kino oder sonstwohin ausgeführt?« Neckend, nicht bitter.

»Martin macht mehr Spaß als jedes Theaterstück.«

Sie grinste das Baby an. »Wohl wahr.« Sie nahm ihre Serviette auf und betupfte Martins Gesicht. Er schob ihre Hand beiseite, hob beide Arme und rutschte auf den Boden hinunter. Er landete auf dem Rücken.

»He – ich wußte nicht, daß er aus diesem Stuhl raus kann!« verkündete Garrett stolz.

»Er ist ein cleverer Junge.«

Martin mühte sich, auf die Füße zu kommen. Er verfing sich mit einer Hand in dem Latz, der an seinem Hals hing. Garrett las das Etikett auf der Rückseite seines roten Strampelanzugs. Osh-Kosh B'Gosh.

»Bist du naß?« rief Angel zu Martin hinunter. »Brauchst du frische Windeln?«

Martin stand auf und machte ein paar unsichere Schritte Richtung Küchentür. Angel sprang auf. Garrett winkte ihr, sich zu setzen. »Iß dein Essen, Süße. Ich behalte ihn im Auge.«

»Laß ihn bloß nicht in die Nähe vom Herd kommen. Er ist noch heiß.« Sie nahm einen Löffel von den Kartoffeln, schuckte schnell. Das Leben mit einem Einjährigen hatte sie daran gewöhnt, im Eiltempo zu essen.

Garrett schaute sich suchend in der kleinen, engen Küche um, hielt Ausschau nach anderen Gefahrenquellen. Der Wasserhahn über der Spüle tropfte. Die Arbeitsfläche aus Resopal war geplatzt. Nur zwei Flammen des Herdes funktionierten.

Zu klein, dachte er. Das ist keine schlechte Wohnung. Sie ist einfach zu klein. Jeder Fleck steht voll. Jedes Regal ist gefüllt. Es gibt keinen freien Zentimeter, um einen Topf oder eine Tasse abzusetzen.

Angels Vater war Arzt. Angel war ihr ganzes Leben lang Mittelschicht gewesen. Beim Betrachten der Küche wurde Garretts Nacken heiß. Er konnte ihr Reihenhaus nicht betreten ohne das Gefühl, Angel irgendwie enttäuscht zu haben.

Er und Angel arbeiteten beide, aber irgendwie schafften sie es einfach nicht, eine Wohnung zu bekommen, die so hübsch war wie das Haus, in dem sie aufgewachsen war. Wenn er nur mehr Zeit hätte, um einige Reparaturen zu machen, vielleicht das ganze Haus zu streichen.

»Ich habe viel über das nachgedacht, was mein Bruder gesagt hat«, erzählte er ihr.

Sie hatte Soße mit einem Stück Brot aufgestippt. Aber sie führte das Brot nicht zum Mund. »Ach, hör doch auf, darüber nachzudenken. Ich will wirklich nicht nach Atlanta ziehen. Mir gefällt's hier oben.«

»Wenn ich den Job bei meinem Bruder annehmen würde, könnten wir uns ein Haus leisten. Mit einem Garten. Du weißt doch. Ein Platz, wo Martin spielen kann.«

Sie senkte das Brot auf den Teller. »Detective Montgomery. Ich *weiß*, was ein Garten ist.«

Er lachte. Er mochte es, wenn sie ihn Detective Montgomery nannte. Er war sich nicht sicher, warum.

»Ich mein's ernst, Angel. Wir könnten ein besseres Leben haben. Wir könnten ein schönes Haus haben. Und vielleicht könnten wir etwas Geld sparen. Damit Martin aufs College gehen kann.«

Sie schaute ihn fest mit ihren katzenartigen grünen Augen an. Sie stippte noch immer in die Soße, aß das Brot aber nicht. »Vergißt du nicht etwas?«

»Wie? Was soll ich vergessen?«

»Daß du *gerne* Polizist bist. Daß du es *hassen* würdest, als Möbelverkäufer zu arbeiten. Du hältst deinen Bruder für eine Null, erinnerst du dich?«

»Ich wäre nicht lange Verkäufer. Ich würde Geschäftsführer werden. Oder ich würde etwas anderes finden. Aber hier kann ich kein Geld verdienen, und ich bin kein echter Polizist. Ich meine, das ist keine richtige Stadt. Es ist nur eine Ansammlung von Häusern und Läden um eine Universität, einen Campus. Und genau das bin ich, Angel, ein Campus-Bulle. Ich bin so was wie ein Wegwächter. Ich sollte mit einem Fahrrad fahren, nicht mit einem Streifenwagen. Ein lausiges kleines, mit sechs Mann besetztes Polizeirevier, um die Collegekids davon abzuhalten, Verkehrswidrigkeiten zu begehen und nach Footballspielen high zu werden.«

Angel schaute ihn an. »Wo habe ich diese Sprüche schon einmal gehört?«

»Du wirst sie immer wieder hören«, drohte Garrett. »Bis du auch der Meinung bist, daß wir von hier *weggehen* sollten.«

Sie kratzte sich die Stirn. Ihre hohe Stirn. Er liebte ihre Stirn. Und ihre grünen Katzenaugen. »Aber ich liebe meine Arbeit, Garrett. Und ich soll befördert werden, erinnerst du dich? Und ich mag meine Freunde hier. Okay, okay. Wir leben eben nicht in einem Palast. Aber wir kommen doch zurecht.«

»Dein Vater hat nie geglaubt, daß ich für dich gut genug sei. Ich bin sicher, daß er das noch immer denkt!«

Wo, zum Teufel, kam das her?

Das dachte er doch gar nicht. Warum war er mit diesen Worten herausgeplatzt? Hatten sie den ganzen Tag in irgendeinem dunklen Versteck in seinem Hirn gelauert, darauf gewartet herauszuspringen und sie beide zu erschrecken?

Ihr Mund öffnete sich. Sie schaute ihn aus schmalen grünen Augen an. »Geh zur Arbeit, Garrett. Wir kommen gut zurecht. Laß meinen Vater aus dem Spiel. Ich denke über all das nie nach. Und das solltest du auch nicht.«

Garrett griff nach seiner Uniformjacke. »Tut mir leid. Ich ...«

Angels Gesicht wurde weich. Sie nahm Martin hoch und hielt ihn Garrett hin. »Sag Daddy Lebewohl.«

Martin winkte automatisch mit einer molligen braunen Hand.

Garrett winkte zurück. Er wandte sich an Angel. »Ich rufe dich später an.« Mit der Jacke über der Schulter begann er, zur Tür zu gehen.

Aber sie eilte vor ihn, verstellte ihm den Weg. Sie schwang Martin beiseite und stellte sich auf die Zehenspitzen, um Garrett auf die Wange zu küssen. »Weißt du, was du brauchst? Eine hübsche Verbrechenswelle. Die würde dich aufmuntern.«

Garrett lachte. »Ich drück die Daumen.«

»Reba – warte mal!«

»Nein. Lauf weiter. Halt nicht an!«

Die beiden Mädchen joggten über die Yale Avenue. Ihre dunklen Haare flogen wie Wimpel hinter ihnen, und die blauen Rucksäcke hüpften schwer auf ihren Rücken.

»Aber ich habe Seitenstiche. Ich kann nicht mehr laufen.«

Reba Graham wirbelte herum, atmete schwer und stemmte ihre Hände auf die Knie. »Wir werden ausgesperrt sein. Das Wohnheim ist wahrscheinlich schon geschlossen.«

Suzanne Schwarz blieb neben ihr stehen, verzog das Gesicht. »Warum haben wir auf diese Jungen gehört?«

Reba kicherte. »Es waren nicht die Jungen. Es war das Gras. Ich fühle mich immer noch ein bißchen abgehoben.«

»Jared war nett.«

»Für meinen Geschmack war er ein bißchen aufdringlich. Er hat die ganze Zeit den Ärmel meines Pullovers gerieben. Als ob er noch nie zuvor Wolle gefühlt hätte. Ich glaube, er war schon abgefüllt, bevor wir dort ankamen.« Sie zog an Suzannes Jackenärmel. »Komm. Wir wollen doch heute nacht nicht draußen schlafen.«

Suzanne warf ihr ein teuflisches Lächeln zu, wobei sich das Licht der Straßenlaternen in ihren dunklen Augen fing. »Wir könnten zurück zu ihrer Wohnung gehen.«

Reba schüttelte den Kopf. »Du bist böse. Komm schon. Lauf.«

Suzanne schob den Rucksack auf ihrer Schulter zurecht, strich sich das Haar von der verschwitzten Stirn und begann, hinter ihrer Freundin her zu joggen. Sie fühlte sich beschwingt. Sie empfand den Drang, die Titelmelodie von *Oklahoma!* herausschreien zu müssen. Im vergangenen Frühjahr hatte sie an einer Oberstufenaufführung ihrer Highschool mitgewirkt, und sie erinnerte sich noch an jedes Wort.

Sie bogen auf den Campus ein. Liefen über den Circle. Dünne schwarze Wolkenfetzen rollten am Mond vorbei. Reba war mehrere Meter voraus.

»He, warte ...!« Reba war die Athletin. Sogar, wenn sie high war. Suzanne war die Zuschauerin. »Warte, Reba! Ich kann nicht so schnell rennen!«

Zu Suzannes Überraschung blieb Reba unvermittelt stehen. Hob ihr rechtes Bein. »He ...« Ein scharfer Aufschrei.

Suzanne blinzelte in das schwache Licht. »Reba – was ist los?« Hatte sie einen Krampf? Einen Beinmuskel gezerrt?

»Ihh. Ich bin in irgendwas getreten.«

Suzanne sah das Mädchen zuerst. Bäuchlings auf dem Boden ausgebreitet. Zuerst dachte sie, es sei eine Schaufensterpuppe. Die Teile waren alle verdreht, nicht an den richtigen Stellen.

Aber dann sah sie das dunkle Blut, den Knochen, von dem die Haut abgezogen war, die Eingeweide, die aus dem zerfetzten Bauch quollen.

Und sie verstand.

»Was *ist* das?« Reba zerrte etwas von ihrem Schuh. »Eine Art Wurst? Ich – *Oh, mein Gott!*«

Reba sah die verrenkte, zerrissene Leiche zu ihren Füßen.

Keine Wurst. Ein Stück der Gedärme des Mädchens.

Ich halte ihre Eingeweide.

Mit einem Stöhnen warf sie es zu Boden. Es gab ein leises *Platsch* auf dem Bürgersteig.

Rebas Magen verkrampfte sich, und sie stieß keuchend ein schrilles Jammern aus.

Wenn sie nur laut genug schrie, meinte Reba, dann könnte sie vielleicht das ganze grauenhafte Bild wegschreien.

5

Liam stützte sich an den Fensterrahmen und schloß das breite Vorderfenster mit beiden Händen zu. Er spähte auf die Straße hinaus. Olivene und graue Schatten spielten auf dem Boden, während Schlangen von Wolken sich um den verschwommenen Halbmond wanden.

Er wandte sich wieder dem Raum zu und beobachtete, wie Margaret ihren Regenmantel auszog und zwischen ihren Armen faltete.

»Eine Tasse Tee? Oder ist dir nach etwas Stärkerem? Einen Whiskey mit Soda vielleicht? Oder einen Bailey's?«

Margaret verzog das Gesicht. »Liam, du weißt doch, daß ich dieses Zeug hasse. Es schmeckt wie Schokoladenmilch.«

Er machte Ts-ts und schalt sie. »Einen guten irischen Whiskey sollte man nie beleidigen.«

Sie seufzte. »Ist das auch so ein Aberglauben von dir?«

»Es ist die Goldene Regel!«

Sie fiel nicht in sein Gelächter ein. Sie legte den Regenmantel ordentlich auf einen großen, steiflehnigen Armsessel. Schaute sich im Zimmer um. Sie war sich noch immer nicht sicher, wo was war. Würde dieses zugige alte Haus je ein Heim für sie sein? Zumindest war ihr Appartement oben behaglich und warm.

Liam schaute sie kopfschüttelnd an. »Langes Abendessen, was? Ich weiß, daß du es haßt, so lange zu sitzen.« Er schaltete eine hohe Stehlampe ein. Dieser rote Schirm muß verschwinden, beschloß er. Licht fiel auf den Boden, erleuchtete das Zimmer aber nicht.

Sie gähnte. Schüttelte mit beiden Händen ihr Haar aus. »Was hältst du von Milton?« Sie wartete nicht auf eine Antwort. Es war keine wirkliche Frage. »Er wirkte sehr jovial. Aber ich fühle mich in seiner Nähe unwohl.«

Liam durchquerte den Raum. Er legte eine Hand auf ihre Schulter, rieb den Ärmel ihres Pullovers, als wolle er sie wärmen. »Weil er so groß ist?«

»Groß und ruppig. Er erinnerte mich an einen großen Ziegenbock.«

Liam warf den Kopf zurück und lachte fröhlich. Margaret fielen immer die überraschendsten Vergleiche ein. »Wie ein Ziegenbock?«

»Der ruppige Ziegenbock. Du mußt die Geschichte doch kennen.«

Liam rieb sich sein Kinn. »Sie kommt aus Skandinavien.« Er ging zu der verschlissenen grauen Ledercouch hinüber und setzte sich graziös auf die Kante.

Seine braunen Augen funkelten sie an, zwinkerten amüsiert. »Ziegenböcke können Glück bringen, weißt du. Es gibt einen Spruch über Ziegenböcke aus dem neunzehnten Jahrhundert.« Er schloß die Augen, während er rezitierte. *»Manche meinen, es sei nur eine Mär, wenn ich sage, daß ich im Stall ein Doktor wär. Und bei meinem Duft – löst sich manches Leiden auf in Luft.«*

Margaret schüttelte den Kopf. Sie trat ans Fenster. »Es ist kalt hier drin. Sieh nur. Die Fensterläden klappern. Wahrscheinlich werden wir beide den ganzen Winter über Lungenentzündung haben. Wie kannst du dir all diese alten Verse merken?«

Liam beugte sich zu dem runden Kaffeetisch vor der Couch vor. Er hob eine Glaskaraffe hoch und schenkte sich ein kleines Glas Scotch ein. Ein feines Lächeln spielte im schwachen Licht der Stehlampe mit dem roten Schirm über sein Gesicht. »Das ist mein Beruf. Der Beruf der Familie.«

Margaret runzelte die Stirn. Sie streifte den schweren zerknautschten Samtvorhang beiseite und starrte hinaus auf die Straße. Zwei Mädchen joggten auf dem Bürgersteig der anderen Straßenseite vorbei. Rucksäcke hüpften auf ihren Rücken.

Sie sind wirklich spät dran, dachte Margaret, während sie beobachtete, wie sie zum Campus eilten. Weit nach der Ausgangssperre. Wenn sie in einem Studentenwohnheim leben, werden sie große Schwierigkeiten bekommen.

»Gab's in den Studentenwohnheimen in Chicago auch Ausgangssperren?« fragte sie Liam. »Ich kann mich nicht erinnern.«

»Nein«, erwiderte er, an seinem Scotch nippend. »Aber diese

kleinen Städte in Pennsylvania … sie ändern sich nie. Die Zeit steht still.« Noch ein Schluck.

»Wir sprachen über Milton«, sagte sie, noch immer in die dunstige Nacht hinausschauend.

»Milton, der Ziegenbock.« Er durchquerte den Raum, trug seinen Drink vorsichtig vor sich.

»Diese großen Hände. Ist das damit gemeint, was man als Schinkenhand bezeichnet? Seine Hände sahen wie große Schinken aus.«

Liam kicherte. »Aus einem Ziegenbock kann man keinen Schinken machen. Warum hast du auf Miltons Hände geschaut?«

Margaret wandte sich wieder dem Zimmer zu. »Es fiel mir schwer, das *nicht* zu tun! Ich dachte, er würde diesen gläsernen Bierkrug *zermalmen*!«

Liam setzte sein Glas neben dem Kaninchenkäfig ab. Sie schaute zu, wie er eine Möhre durch die Gitterstäbe schob.

»Milton ist in Ordnung. Ich glaube, er ist ein interessanter Mann.«

»Interessant? Ich hab gesehen, wie du während seiner endlosen Beschreibung seiner Messersammlung gegähnt hast. Tut mir leid. Er hat mir einfach angst gemacht. Ich bin mir nicht sicher, warum. Vielleicht deshalb, weil er so groß und stark ist, diese großen Hände hat und eine Messersammlung besitzt.«

Liam kicherte. »Na ja, mit diesen Händen kann er ja wohl kaum eine *Fingerhutsammlung* besitzen – oder?«

Sie lachten beide.

Liam hielt dem Kaninchen die Karotte vors Gesicht. »Hier, Phoebe. Friß sie. Komm schon. Friß.« Er warf Margaret einen Blick zu. »Dieses Kaninchen gehört in den Kochtopf. Sieh sie dir an. Sie würde eher ihre eigenen Kötel fressen als eine frische, saftige Karotte.«

Margaret erschauerte. Sie trat vom Fenster weg und schob den Vorhang wieder zurück. »Liam, warum hältst du dieses abscheuliche Kaninchen eigentlich?«

Liam schwieg eine Weile, bevor er antwortete. »Vier Kaninchenfüße. Ich brauche alles Glück, das ich bekommen kann.«

Eine Minute später ließ ein lautes Pochen an der Tür sie zusammenzucken. Liam schob die Karotte in den Käfig und durchquerte den Raum zur Tür. »Es ist so spät. Wer könnte das sein?«

Margaret lächelte. »Vielleicht ist es Milton. Ist gekommen, um sich eine Tasse Purina Ziegenbockfutter auszuleihen.«

Liam blieb stehen, um sich im Spiegel über dem Kaminsims zu mustern. »Margaret, du bist grausam. Wirklich.«

Wieder ein Pochen. Drei leise Schläge.

»Ich komme!« Liam öffnete die Tür. Es dauerte einen Augenblick, bis er die Frau auf der Vordertreppe erkannte. Er sah ihr orangerotes Har, das zerzaust, toupiert und mißhandelt war. Es fiel über ein Auge. Dann sah er ihre grell geschminkten Lippen. »Andrea!«

»Hi, Professor. Hoffe, ich störe Sie nicht.« Sie strich sich ihr Haar aus den Augen und lächelte. Ein sexy Lächeln, dachte er.

Er erwiderte das Lächeln. »Überhaupt nicht. Kommen Sie rein.« Er trat beiseite, um sie eintreten zu lassen.

Ein Hauch kalter Luft begleitete Andrea DeHaven ins Wohnzimmer. Liam schloß hinter ihr die Tür. Als er sich umdrehte, sah er, daß ihr Blick auf ihm ruhte. Ein bißchen zu intensiv, dachte er.

Sie trug einen langen Kasackpullover, dunkellila. Der Farbton biß sich mit ihrem roten Haar und dem roten Lippenstift. Lila Leggings unter dem Pulli. Baumelnde schwarze Glasohrringe. Eine Kette mit passenden Glasperlen über ihren gestützten Brüsten. Schwer wirkende Perlen, die auf dem grellen Pullover klirrten, als sie in das Zimmer trat.

Liam inhalierte einen süßen, durchdringenden Duft. Margaret wird das Parfüm wahrscheinlich erkennen können, dachte er. So intensiv. *Badete* sie darin?

»Margaret, du erinnerst dich doch an Andrea DeHaven, unsere hochgeschätzte Vermieterin?« sagte er mit einem Lächeln und übertriebener Förmlichkeit.

»Ja, natürlich«, sagte Margaret, die sich zu einem Lächeln zwang, aus der Zimmermitte.

Andrea drehte sich um, bemerkte Margaret zum ersten Mal.

Sie schenkte ihr ein flüchtiges »Nett, Sie wiederzusehen«, richtete dann ihre wässerig blauen Augen wieder auf Liam.

Wie alt ist sie? überlegte Liam. Vielleicht vierzig? Er versuchte nicht auf die spitzen Zwillings-Vs zu starren, die durch den purpurnen Pullover ragten. Sie wäre sexy, wenn sie es nicht so betonen würde.

Nein. Korrigiere das. Sie *ist* sexy.

Sie war eine kräftig gebaute Frau. Starke Schenkel. Er erinnerte sich, daß sie eine enganliegende grüne Hose getragen hatte, als sie ihm das Haus im August gezeigt hatte. Er erinnerte sich genau an die Hose. Erinnerte sich daran, wie sie ihn berührt hatte, während sie durch die Zimmer gingen. Seine Hand berührt hatte, seinen Arm drückte. Freundlich. Ihr Haar hatte seine Wange gestreift.

Wie oft hatte sie erwähnt, daß sie Witwe sei? Mindestens ein dutzendmal. Mit soviel offensichtlicher Traurigkeit, die in diesen blauen Augen zu sehen war, die an ihm klebten, als ob sie versuchten, ihm eine heimliche Botschaft zukommen zu lassen.

»Ich war im Block nebenan, habe ein paar alte Freunde besucht«, erzählte ihm Andrea. »Ich kam am Haus vorbei und hab gesehen, daß noch Licht brannte. Ich dachte, ich schau mal für eine Sekunde rein, um zu sehen, wie's Ihnen geht.«

»Das war sehr nett von Ihnen«, erklärte Margaret. Eine Stimme in der Ferne.

Andrea starrte Liam an.

»Wir sind nicht daran gewöhnt, eine Vermieterin zu haben, die so freundlich ist«, erzählte Liam ihr vielsagend.

»Das ist eine kleine Universitätsstadt. Hier sind alle freundlich«, erwiderte sie mit gesenktem Blick und leckte sich die geschminkten Lippen. »*I kept my fingers crossed* in der Hoffnung, daß Ihnen das Haus gefällt.« Sie hob beide Hände hoch. Rote, polierte Nägel. Die Finger gekreuzt.

Liam streckte eine Hand aus und ergriff ihre rechte Hand, deren Finger noch immer gekreuzt waren. »Tja, es ist wirklich eine Freude, Sie wiederzusehen, Andrea. Wissen Sie eigentlich, warum wir unsere Finger kreuzen?« Er hielt ihre Hand weiter fest. Die Haut war feucht und warm, weich wie ein reifer Pfirsich.

»Wissen Sie, das Kreuz ist ein Zeichen perfekter Einheit.« Er schob seine Hand über ihre gekreuzten Finger. »Die beiden Finger liegen über Kreuz. In der Mitte der beiden Linien ist der ideale Platz, um einen Wunsch festzuhalten.«

»Das habe ich nicht gewußt«, gab sie überschwenglich von sich. Er meinte, ihr Erschauern spüren zu können. Es ist zu einfach, dachte er, während er ihre Hand losließ und den Blick senkte.

»Was für wundervolle lange Finger«, fügte er hinzu. »Ein Zeichen für gute Herkunft und langes Leben.«

Sie kicherte tatsächlich.

»Liam ...« Margaret von irgendwo draußen in den dunklen Tiefen des Sonnensystems. »Andrea ist nicht vorbeigekommen, um sich aus der Hand lesen zu lassen.«

Liam hielt Blickkontakt mit der Vermieterin. »Ich habe ihr nicht die Zukunft vorhergesagt. Ich habe damit alte Überlieferungen gemeint. Wissen Sie, die Chinesen legten sehr großen Wert auf die Länge ihrer Fingernägel. Wenn man die Fingernägel zu kurz schneidet, schneidet man damit sein Leben ab.«

»Das ist wirklich interessant«, sagte Andrea mit einem Blick auf ihre roten Nägel. »Meine sind unecht.« Sie lachte. Schien aus ihrer Trance zu erwachen, die Liam ausgelöst hatte. »Ich sollte gehen.« Sie strich sich wieder das Haar aus den Augen, während sie sich im Wohnzimmer umschaute. »Dann ist also alles in Ordnung?«

»Wir fühlen uns recht wohl«, erwiderte Liam. »Es ist für uns alles noch ein bißchen fremd, aber langsam fühlen wir uns heimisch.«

»Ich habe ein bißchen Schwierigkeiten mit dem Wasserhahn in meinem Badezimmer oben«, erzählte Margaret, die auf der Sofalehne saß und sich mit beiden Händen abstützte. »Er tropft ziemlich stark. Ich kann ihn nicht zudrehen.«

»Wir werden einen Klempner beauftragen.« Andrea schien an Margarets Problem nicht sonderlich interessiert zu sein. Sie richtete ihren Blick auf Liam. Und war das wirklich ein Zwinkern? Oder blinzelte sie? »Ist in Ihrem Teil des Hauses alles in Ordnung, Liam? Darf ich Liam sagen?«

»Ja. Ist alles bestens, Andrea.«

»Und wie gefällt Ihnen Ihr Schlafzimmer?«

Er unterdrückte ein Lachen. Schlag das Wort *offensichtlich* im Wörterbuch nach, und du wirst ein Bild von Andrea DeHaven finden.

»Die Handwerker haben ausgezeichnete Arbeit geleistet. Mit dem neuen Fenster ist das Zugproblem gelöst.«

Sie nickte, ließ ihr Haar über ein Auge fallen.

Sehr sexy, dachte Liam, wobei sein Blick wieder zu dem V ihres Pullovers wanderte.

»Ich bin so froh, daß Ihnen das Haus gefällt. Und jetzt sage ich wohl besser Gute Nacht.« Sie schaute kurz Margaret an, wandte sich dann zur Tür.

Liam folgte ihr in den kurzen Korridor. Ich weiß, was sie sagen wird, sagte er sich.

Und dann sagte sie es. Wort für Wort. »Wenn es je *irgend etwas* geben sollte, was ich für Sie tun kann, zögern Sie bitte nicht, mich anzurufen.« Gefolgt von einem letzten vielsagenden Blick.

Er ergriff wieder ihre Hand. Atmete ihr durchdringendes Parfüm.

Ich bin nur ein Mensch.

Sie war so durchschaubar. Aber es funktionierte. Er fühlte sich erregt. In Wallung.

»Chicago war so kalt. Es ist schön, an einem herzlichen, freundlichen Ort zu sein.« Ich kann auch direkt sein. »Gute Nacht, Andrea.« Er ließ seine Hand langsam aus der ihren gleiten.

Er beobachtete, wie sie die Treppe hinunterging, über den Bürgersteig. Ein wogender Schleier von Rot und Lila unter dem verschwommen weißen Glanz der Straßenlaternen. Er mußte einfach an die festen Schenkel in den lila Leggings denken.

Ihr Parfüm schwebte im Eingang. Margaret kicherte. »Ich dachte, sie würde diesen gräßlichen Pullover runterreißen und dich hier gleich anspringen. Ich hab mir vorgestellt, wie sie auf dir war, dich runterdrückte und bumste und ihren Lippenstift auf dein Gesicht schmierte.«

Liam grinste. »Du hast eine sehr bildhafte Phantasie.«

Margaret räusperte sich. »Dazu bedurfte es keiner großen Einbildungskraft.«

»Margaret, wenn du nicht hier wärst, hätte ich vielleicht glücklich werden können.«

Sie schaute ihn mit zusammengekniffenen Augen an. »Wie bitte? *Glücklich*?« Den Kopf schüttelnd, ging sie zum Kamin hinüber. »Wir haben vergessen, sie zu fragen, ob dieser Kamin funktioniert.«

Liam seufzte, rieb sich sein Kinn. »Ich bin sicher, sie wird bald wiederkommen.«

Margaret musterte ihn stirnrunzelnd. »Zieht dich diese Kuh wirklich an?«

»Kühe haben einige erfreuliche Qualitäten. Es gibt da eine walisische Geschichte über eine Bauersfrau, die in eine Kuh verwandelt wurde …«

»Oh, Liam. Hör auf! Ich habe dir eine ernste Frage gestellt. Hebe dir deine bezaubernden volkstümlichen Geschichten für jemand auf, der sie noch nicht gehört hat.«

»Ich hatte gescherzt, Margaret.«

»Ich aber nicht. Findest du sie attraktiv? *Andrea*? Glaubst du, du könntest …«

Er schüttelte seine Hand, als wollte er damit ihre Worte wegwischen. Er setzte sich auf die Couchlehne. Das Leder quietschte ein wenig, als er darauf sank. »Nein. Ich fürchte, die arme Andrea wird von mir nicht bekommen, was sie will.« Er schaute zu Margaret auf, zögerte. Dann fügte er hinzu: »Ich glaube, ich bin verliebt.« Leichthin gesagt.

»Machst du Witze?«

Er schüttelte den Kopf. Seine Miene war jetzt nachdenklich. »Nein. Kein Witz. Überhaupt kein Witz.«

Ihr Mund verzog sich zu einem kleinen überraschten O. Sie nahm die Hand vom Kaminsims, um die Schulter ihres Pullovers zu kratzen, legte sie dann wieder darauf. Lehnte sich daran. Musterte ihn. »Das dunkelhaarige Mädchen im Restaurant? Die Hübsche?«

Liam nickte. Lächelte nicht.

Margaret schaute ihn mit zusammengekniffenen Augen an. »Wie war noch ihr Name? Sara? Sie ist ein bißchen jung.«

»Das finde ich nicht.«

»Du meinst nicht, daß sie zu jung ist?«

Ein knappes Lächeln. »Nein. Ich denke, sie wäre sehr geeignet.«

Margaret seufzte. Ihre Miene erhellte sich. »Schön Liam – viel Glück.« Sie machte eine Faust, erhob sie und klopfte auf den Kaminsims, klopfte auf Holz. Sehr sorgfältig. Dreimal.

TEIL ZWEI

6

Garretts düstere Stimmung verfolgte ihn bis in die Nacht. Was möchte ich sein, wenn ich erwachsen bin?

Die Frage wiederholte sich in seinem Kopf, bis sie zu einem lästigen, beunruhigenden Gesang wurde. Was möchte ich sein? Was? Was?

Nicht das.

Er erinnerte sich nicht daran, wie er zur Polizeiwache gefahren war. Er erinnerte sich nicht, wo er den schwarzweißen Wagen geparkt hatte. Wahrscheinlich an seiner üblichen Stelle auf dem Parkplatz an der Post. Aber er erinnerte sich nicht.

Und jetzt sagte Walter etwas, aber Garrett hörte ihn nicht. Ihre metallgrauen Schreibtische standen einander gegenüber, waren in der Mitte des kleinen, niedrigen Bereitschaftsraumes aneinandergepreßt. Garrett beugte sich vor, schaute Walter mit zusammengekniffenen Augen an und versuchte sich auf das zu konzentrieren, was er sagte.

Walter Granger, sein Albino-Partner.

Er war so weiß. So licht. So hell. Weiße Haut, fast mehlweiß. Fast geisterhaft, durchsichtig. Gekrönt von dem glatten, weißblonden Haar, das so fein und hell war wie weißes Garn. Schiefe weiße Zähne. Weiße Karnickelzähne. Sogar seine Augen waren blaß. Graue Augen. Fast silbern. Walter hat keine Farbe, dachte Garrett. Er ist antifarbig. Er ist nur hell. Und jetzt starrte er Walter an, als starre er ein Licht an, klammere sich an das Licht, klammere sich an Walters Helligkeit, um sich selbst daran zu hindern, in die Dunkelheit seiner Stimmung zurückgezogen zu werden.

»Wie läuft's, Walter?«

»Ruhig.« Walter trank seinen Kaffee aus, zerknüllte den Pappbecher in seiner Hand und warf ihn in den Papierkorb neben seinem Schreibtisch. »Irgendwie langweilig, wirklich.«

Irgendwie.

Garrett blätterte die Akten auf dem Schreibtisch durch. Alles alte Meldungen. »Heute nachmittag irgendwas passiert?«

Walter stöhnte und legte seine Füße auf den Schreibtisch. Er hatte ein Loch in der Sohle seines linken Schuhs. »Ethan hatte einen sieben-vierzig-zwei.«

Garrett runzelte ungeduldig die Stirn. »Keine Zahlen, Mann. Du weißt doch, daß ich mir diese verdammten Zahlen nicht merken kann. Was war?«

Walter hob ergeben beide Hände. »Okay, okay. Tut mir leid. Du brauchst mir nicht gleich den Kopf abzureißen. Ein Hund wurde überfahren.«

»Ein Hund? Wo?«

»Auf der Highlands. Gegenüber vom Stop 'N' Shop. Ein Dalmatiner. In der Mitte geplättet. Er hatte einen Kopf und ein Hinterteil, aber seine Mitte war völlig platt gequetscht.«

Garrett verzog das Gesicht. »Wer hat ihn überfahren?«

Walter zuckte die Schultern. »Wenn wir das wüßten, wär's ein sieben-vierzig-eins. Aber das war ein sieben-vierzig-zwei – Hund überfahren und abgehauen.«

»Scheiße«, murmelte Garrett. Er schaute Walter mißtrauisch an. »Du erfindest diese Zahlen, stimmt's? Wir haben in Wirklichkeit gar keine Nummern für einen überfahrenen Hund mit Fahrerflucht – oder?«

Walter verzog sein Gesicht. Er wirkte wirklich verletzt. »Natürlich haben wir die. Wir haben Nummern für alles. Frag Ethan. Es ist *sein* Fall. Ethan meint, es sei ein Lastwagen gewesen. Wahrscheinlich ein großer Schlepper. Er glaubt nicht, daß ein normales Auto einen Hund so platt quetschen könnte. Er sagt, die Eingeweide seien glatt in die Straße gepreßt. Selbst wenn man's versuchte, könne man sie nicht wegkratzen.«

Garrett blätterte ziellos in den Akten, nur um seine Hände in

Bewegung zu halten. »Ethan übertreibt immer. War das der einzige Anruf heute?«

»Jau. Es sei denn, du zählst Mrs. Flaherty mit.«

Garrett seufzte. »Ich zähle Mrs. Flaherty nicht mit.«

Mrs. Flaherty rief mindestens zweimal die Woche an, um zu melden, daß ihr Ehemann sie verprügelte. Garrett und seine Kollegen hatten die ersten Anrufe ernst genommen. Aber es stellte sich heraus, daß Mrs. Flaherty keinen Ehemann hatte.

»Wir sollten einen Fonds gründen«, sagte Garrett, griff nach der Morgenzeitung und überflog die hinteren Seiten.

»Was für 'nen Fonds?«

»Weißt schon. Um Leute zum Spenden zu bringen. Um genug Geld zusammen zu bekommen, um ein paar Verbrecher in die Stadt zu bringen. Dann brauchen du und ich nicht die ganze Zeit hier zu sitzen und uns einander anzustarren.«

Die Ironie ging über Walters Grips hinaus. Er nahm Garrett ernst. »Irgendwie mag ich's, wenn's ruhig ist, Garrett.«

Garrett nickte nachdenklich. »Ja. Ich auch.« Er fand, wonach er in der Zeitung gesucht hatte. Das Jumble-Rätsel. Er zog die Schreibtischschublade auf und holte einen Stift heraus. »Glaubst du, daß Harvey sich amüsiert?«

»Wo ist er? Bei einem Konzert oder so?«

»Seine Frau hat ihn mit ins Theater geschleift.«

Walter schüttelte seinen Kopf. »Harvey mag Konzerte lieber als Theater. Er sagt, wenn er ins Theater geht, reden die Leute auf der Bühne so laut und halten ihn wach.«

Garrett lachte. Er musterte seinen Kollegen. Hatte Walter gerade einen Scherz gemacht oder einfach etwas wiederholt, das Harvey gesagt hatte?

Er hat wiederholt, entschied Garrett. Er kannte Walter jetzt seit zwei Jahren und hatte ihn nie einen Scherz machen hören oder etwas, das dem auch nur nahe kam.

Zwei Jahre? Leben Angel und ich schon so lange in diesem Provinznest? Zwei Jahre im nächsten Monat, im November, fiel Garrett ein. Er senkte seinen Blick auf das Suchrätsel in der Zeitung. Schön. Er bedauerte nicht, Detroit verlassen zu haben. Kein Bedauern darüber, Angels Eltern zweihundert Meilen hinter sich gelassen zu haben.

War er weit genug fortgezogen?

»Wer fährt heute nacht Streife – Duke oder Jimmy?«

Walter kratzte sich am Hinterkopf. »Beide, glaube ich. Sie stehen auf dem Dienstplan beide unten. Aber sie sind nicht vorbeigekommen.«

Garrett stellte sich vor, wie Duke und Jimmy vor dem Krispy Kreme parkten und Heavy Metal aus dem Radio des Streifenwagens plärrte. Beide nippten ihren schwarzen Kaffee, schauten aus den Fenstern, musterten die Studenten.

Er zwang sich dazu, sich auf das Rätsel zu konzentrieren. Das erste Wort war schwer. FUELRNUEFA. Manchmal konnte er sie auf einen Blick erkennen. Aber dies hier war nicht eindeutig.

Warum mochte er diese Wortpuzzles so sehr? Er löste das Rätsel jeden Tag. Es gehörte zu seinem Tagesablauf. Gab ihm das Gefühl, etwas geleistet zu haben. Er kritzelte auf den weißen Rand der Zeitungsseite: FARNFAEULE. FAULEFARNE. Nein. Nicht richtig.

Das Jumble, das war ihm klar, war das perfekte Puzzle für Bullen. Man nimmt etwas, das völlig durcheinander ist, und setzt es zurecht, bringt es zusammen, ordnet es. Ordnung aus dem Chaos.

Er hatte gerade das Wort gefunden und schrieb es in die kleinen Kreise, als das Telefon klingelte.

Walter nahm ab. »Polizeirevier.«

Garrett senkte den Stift. Beobachtete, wie Walters Mund sich öffnete, seine silbrigen Augen groß wurden.

Walter richtete sich ruckartig in seinem Schreibtischstuhl auf. »Kein Scheiß. Kein Scheiß. Kein Scheiß.«

»He – was ist los?«

»Kein Scheiß, Duke. Oh, Mann.«

»Ist das Duke? Was ist los?«

Walter schien ihn nicht zu hören. Garrett sprang auf und beugte sich über den Schreibtisch. »Haben wir ein Problem?«

»Kein Scheiß. Kein Scheiß. Okay. Okay. Faß nichts an. Wir kommen.«

Der Hörer fiel aus Walters Hand und schlug auf die Schreibtischplatte. Walter machte keinen Versuch, ihn aufzuheben. Er starrte Garrett über die Schreibtische an und gab schluckende Geräusche von sich.

Garrett beugte sich ungeduldig zu ihm. »Also?«

»Wir haben einen M - Mord.«

Garrett spürte, daß ihm ein Schauer über den Nacken lief.

Walter griff nach seinem Kragen. Er fummelte mit seinen fetten Fingern am obersten Knopf. »Kein Scheiß. Ein Mord. Wir müssen hin.«

»Wo?« wollte Garrett wissen. War das die erste Frage, die gestellt werden mußte? In den zwei Jahren bei der Polizei hatte er einmal mit einem bewaffneten Raubüberfall zu tun gehabt. Aber ein Mord – da waren völlig andere Fragen angesagt.

Walter nahm die Finger vom Kragenknopf. Er drehte sich unbeholfen um und riß seine schwarze Uniformjacke vom Wandhaken. »Auf dem Campus am Circle. Hinter Büschen, sagt Duke. Zwei Mädchen haben's entdeckt.«

Mit klopfendem Herz öffnete Garrett seine unterste Schublade, nahm die Dienstpistole in ihrem schweren braunledernen Holster heraus. Er schnallte sie um und spürte, wie eine Welle von Schuldgefühl aus seinem Bauch aufstieg.

Er hatte sich das gewünscht.

Er hatte auf ein Verbrechen gehofft. Ich habe mir gewünscht, etwas zu tun, etwas, das die Langeweile beendet.

Es ist meine Schuld. Mein Wunsch wurde erfüllt.

Verrückte Gedanken, das wußte er. Aber sie waren da.

»Wie geht's Duke? Ist mit ihm alles okay?«

»Er klang wirklich verstört. Als ob er heulen würde oder so.«

Duke war zartbesaitet, wie Garrett wußte. Der kleine Kerl hatte nie Bulle werden wollen. Er hatte es nur getan, weil die Reinigung seines Vaters pleite ging und er nicht wußte, was er sonst tun sollte.

Garrett nahm seine Jacke. Er schaltete den Anrufbeantworter ein und folgte dann Walter aus der Tür.

Hinaus in eine kühle, feuchte Nacht. Sie brauchten ihre Jacken nicht. Seine Waffe schlug an seine Seite. Sein Herz pochte heftig. Seine Hände waren kalt, als er sie auf das Lenkrad legte.

»Es ist ein Mädchen«, sagte Walter, während er die Beifahrertür zuschlug. »Eine Studentin vielleicht. Duke war sich nicht sicher.«

Garrett schaltete die Sirene und das Blinklicht ein.

Das schrille Jaulen ließ ihn zusammenzucken. Er hatte es schon lange nicht mehr gehört.

Er setzte den Wagen zurück, wendete schnell und fuhr über den Bordstein, so daß die Reifen über den Asphalt rutschten und der Wagen durchgerüttelt wurde, und bog in die leere Straße ein.

»War er sicher, daß sie ermordet wurde?«

Walter gab ein seltsames Geräusch von sich, ein Geräusch, das Garrett ihn nie zuvor hatte machen hören, ein erstickter Schrei aus der Tiefe seiner feisten Kehle. »Ja. Er war sich sicher.«

Das Gesicht des Mädchens war mit schwarzem, klebrigem Teer bedeckt.

Das dachte Garrett auf den ersten kurzen Blick. Und er konnte nur kurz hinschauen, bevor er sich abwendete. Er zitterte am ganzen Leibe.

Das war Wirklichkeit. Ein richtiges Mädchen. Richtiger Tod.

Er war sich nicht sicher, ob er dafür bereit war.

Der dicke Teer schwärzte ihr Gesicht? Nein. Es war Blut.

Rot und schwarz. Rot und schwarz.

Der Boden, die Büsche, ihre Gesichter – alles war im blitzenden Glühen der Lichter des Streifenwagens gefangen. Rot, dann schwarz. Rot, dann schwarz.

Duke stand unbeholfen da, sein zahnstocherdürrer Körper seltsam aufgerichtet. Der Adamsapfel hüpfte in seinem langen Hals. Sein kurzes schwarzes Bürstenhaar schien sich zu sträuben. Er deutete auf die Büsche, als Garrett und Walter eintrafen, trat dann beiseite, als würde er sich zurückziehen.

»Wo ist Jimmy?«

»Unterwegs. Er hatte einen Platten. Draußen auf der Stowe Street. Er wird herkommen.«

»Eine Taschenlampe«, murmelte Garrett. Er schaute sich suchend auf dem leeren Circle um, hinter dem die Campusgebäude aufragten. Dunkle, stumme Zeugen. »Haben wir eine Taschenlampe dabei?«

Walter schlug sich vor die Stirn. »Oh, Scheiße. Hab ich vergessen.«

»Hier. Ich hab eine«, murmelte Duke.

Das weiße Halogenlicht flutete wie ein heller Fluß über das Gras, so daß sie blinzeln mußten. Garrett übernahm die Lampe von Duke. Er brauchte etwas, an dem er sich festhalten konnte.

Er machte vorsichtige Schritte auf die Büsche zu. Walter blieb zurück, war ein paar Schritt hinter Garrett.

Schwarzer Teer auf ihrem Gesicht. Soviel Blut.

Hinter ihm klang Dukes Stimme fern und schwach. »Sie heißt Charlotte. Charlotte Wilson. Ich habe einen Collegeausweis in ihrer Handtasche gefunden.«

Garrett blieb vor dem niedrigen immergrünen Gebüsch stehen, das sich in der windstillen Nacht nicht bewegte. Er warf einen kurzen Blick zurück zu Duke, der im Scheinwerferlicht des Streifenwagens eine schlanke Silhouette war. »Eine Studentin?«

»Nein. Angestellte.«

»Wurde sie beraubt?«

»Nein. In der Brieftasche sind zwanzig Dollar. Und eine MasterCard.«

»Wurde sie vergewaltigt?«

»Glaube ich nicht. Sie hat ihren Slip noch an.«

Sehr professionell, Duke, dachte Garrett.

Rot, dann schwarz. Rot, dann schwarz.

Er holte tief Atem und hielt die Luft an, ging dann um den Busch herum und umfaßte die metallene Taschenlampe so fest, daß seine Hand schmerzte.

Walters zitternde Stimme hinter ihm, überraschend dünn: »Sollte nicht jemand Notizen machen oder so?«

Garrett schloß für einen Moment die Augen, sah noch immer den roten Glanz, den schwarzen, dann wieder den roten Glanz durch seine Lider. »Wir schreiben das später auf. Wir sehen uns das zuerst mal an, okay? Dann …«

Der Atem blieb ihm in der Kehle stecken.

Auf so etwas wie das war er nicht vorbereitet.

Das schwarz geteerte Gesicht. Er wußte, daß es Blut war. Es war in ihre Augen gelaufen, bildete Pfützen in ihren Augenhöhlen. Es füllte ihre Nase.

Er konnte ihren Mund nicht sehen. Wo war ihr Mund?

Der Strahl des Lichtes zitterte, so daß es aussah, als wanke der Boden.

Seine Knie gaben nach. Kam dieser leise Schrei aus seiner eigenen Kehle?

Er blinzelte in das Licht. Zwang sich, nicht zu blinzeln.

Ein Arm hinter ihren Hals gebogen.

Bogen sich Arme so?

Der kurze Rock, hoch über ihrer Taille, entblößte ein V von schwarzem Slip. Die Beine auseinandergespreizt. Der Bauch aufgerissen. Aufgerissen. Aufgerissen. Da quoll etwas heraus … alles quoll heraus.

Und ihr Rücken.

Nein!

Halbiert! In zwei Stücke gebogen?

Nein.

Scheiße, nein.

Das Licht spielte einen Streich. Er sah schlecht.

Rot, dann schwarz. Rot, dann schwarz.

Schluckte einmal, zweimal. Zwang sich, sich abzuwenden. Duke und Walter jetzt direkt hinter ihm. Dukes Bleistiftgesicht völlig leer. Die Augen trüb. Keine Bewegung außer diesem gleitenden Adamsapfel. Walter selbst in diesem Licht weiß und teigig. Die Augen halb geschlossen. Eine feiste Hand ruhte auf dem Kolben seiner Waffe. Die andere hilflos gesenkt, Finger, die sich ballten und wieder öffneten.

Garrett zwang sich, sich wieder umzudrehen.

Eine Pfütze von dunklem Blut um den gebrochenen Körper des Mädchens. Wie ein Schatten. Ein toter Schatten.

Was für ein Durcheinander. Ein Puzzle, das nicht gelöst werden kann, dachte Garrett. Das Mädchen. Charlotte Wilson. Sie kann nicht umgeordnet, gerichtet, wieder in Ordnung gebracht werden.

»Oh, Scheiße.«

Das zitternde Licht ruhte auf etwas, das auf dem Boden lag. Garrett bückte sich, um es aufzuheben. Fühlte sich benommen. Im Licht war es nicht zu erkennen.

Es war falsch. Etwas Falsches.

»Oh, Scheiße. Was ist das?«

Weich in Garretts heißer Hand.

Er ergriff es fest, hielt es hoch. Schüttelte es.

»Eine Perücke?« rief er laut aus. Seine Stimme hohl, knapp. »Hat sie eine Perücke getragen?«

Nein. Keine Perücke, sah er, als er es näher betrachtete.

Zu nahe.

Keine Perücke. Es ist ihr Haar. Charlottes Haar. Das noch immer an ihrer Kopfhaut hängt.

Ihr Haar und ihre Kopfhaut. Golden im grellen Licht. Von ihrem Kopf gerissen. Wie Einwickelpapier weggeworfen.

»Oh, Scheiße.«

Das Haar fiel ihm aus der Hand.

Die Taschenlampe ebenfalls.

Garrett beugte sich über das Gebüsch und erbrach sein Abendessen.

7

Sara warf das *People* Magazin auf den Boden. »Muß ich mich wirklich für Keanu Reeves' Probleme interessieren? Mary Beth, warum abonnierst du diese Zeitschrift?«

»Mein Leben ist nicht trivial genug.«

Sara streckte sich auf der grünen Ledercouch auf den Rücken, legte ihren Kopf auf die weiche Lehne, hob die Knie in die Luft. Sie streckte beide Arme über dem Kopf. »Ich brauche etwas Training. Kommst du mit zum Joggen?«

Mary Beth saß mit gekreuzten Beinen auf dem verblichenen Orientteppich und hatte ihren Rücken an den Kaffeetisch gelehnt. Sie schüttelte den Kopf. »Kommt nicht in Frage. Nachts jogge ich nicht über den Campus.« Sie entfaltete ihre Beine und griff nach dem Magazin. »Was steht da über Keanu Reeves?«

Sara starrte auf das Spinnengewebe von Rissen an der niedrigen, weißen Decke. »Hast du dieses Mädchen in den Nachrichten gesehen? Es ist so grauenhaft. Ich ertrage es nicht, an dieser Stelle vorbeizugehen. Du weißt schon. Wo sie ermordet wurde. Um die ganzen Büsche sind gelbe Bänder gespannt. Als Absperrung. Gestern hab ich zwei Studenten mit Kameras gesehen, die da Fotos machten.«

»Übel«, murmelte Mary Beth. Sie drehte das Magazin in ihren Händen, schlug es aber nicht auf. »Ich verstehe das nicht. So etwas wie das ist in Freewood noch nie passiert.«

»Das wird ja auch dauernd in den Lokalnachrichten gesagt.«

»Die Lokalnachrichten sehe ich mir nie an.« Mary Beth lehnte sich an die Tischkante zurück. »Warum bin ich immer so müde? Liegt wohl daran, daß man für seinen Lebensunterhalt arbeiten muß.«

»Diese arme Frau wurde vor drei Tagen ermordet und die Polizei hat noch keine Spur. Es ist einfach so unheimlich, findest du nicht? Ich muß jeden Morgen dort vorbeigehen. Mich schauert's jedes Mal.«

»Und dann willst du nachts joggen?« Mary Beth schlug mit dem zusammengerollten Magazin auf die zerrissenen Knie ihrer verblichenen Jeans. »Es ist sicherer, drinnen zu bleiben und fett und schlaff zu werden.«

Sara runzelte die Stirn. »Ganz bestimmt.« Sie erschauerte, weil die häßlichen Bilder aus den lokalen Fernsehnachrichen in ihrem Kopf blieben. Sie sah, wie der schwarze Plastikleichensack auf einer Bahre vom Circle fortgetragen wurde. Sah die ernsten Gesichter der Polizisten, die sich weigerten, Fragen zu beantworten.

»Was machen deine Kurse? Gefällt's dir?«

Mary Beths Frage riß sie aus ihren Gedanken. »Rate mal, wen

ich in meinem Seminar habe!« erwiderte Sara, auf einmal strahlend.

»Keine Ahnung. Ich kenne niemand aus der Psychologie.«

»Lahm.«

»Wie bitte?«

»Professor Lahm. Er leitet das Seminar.«

Mary Beth lachte. »Was? Lahm? Gibt es wirklich einen lahmen – entschuldige – einen Professor Lahm?«

Sara brachte sich in Sitzposition und schwang ihre Füße auf den Boden. »Kannst du dir das vorstellen? Wenn dein Name Lahm wäre und du würdest beschließen, Professor zu werden, würdest du dann deinen Namen nicht ändern? Ich meine, weißt du, wie schwer es ist, jedes Mal ein ernstes Gesicht zu machen, wenn ich ihn mit Professor Lahm anreden muß?«

Mary Beth zupfte eine Plastikhaarspange aus ihrem Haar. »Ich hatte eine Botanikdozentin namens Plante. Greta Plante. Wir glaubten immer, es sei ein erfundener Name.«

Sara kicherte. »Ihr Vorname hätte Margarite sein müssen. Warum hast du Botanik belegt?«

»Ich dachte, es sei leicht.« Mary Beth ließ die Haarspange zwischen ihren Fingern schnappen. Ihr Gesichtsausdruck änderte sich. Sie senkte ihren Blick auf den Teppich. »Du kennst mich. Ich suche immer den leichten Weg. Ich denke, daß ich deshalb hier in Freewood geblieben bin. Du hast wenigstens etwas riskiert. Bist nach New York gezogen. Hast etwas auf die harte Tour probiert.«

Sara stieß ein kurzes, bitteres Lachen aus. »Probiert und gescheitert. Ich scheine meine Entscheidungen immer wegen eines Mannes zu treffen.« Sie stand auf und ging durch das kleine Wohnzimmer zur Küche. »Ich hole mir eine Cola Light. Willst du auch eine?«

»Nein, danke.«

Sara kehrte zurück, führte die rotweiße Dose an ihre Lippen. »Ich kam wegen Michael als Erstsemester an die Moore State. Nach dem College habe ich Freewood wegen Rick verlassen. Und jetzt bin ich wegen Chip wieder hier.« Ganz sachlich gesagt, als ob sie Inventur machte.

»Aber ich bin nie fortgegangen!« jammerte Mary Beth. »Sieh dir dieses Appartement an. Es ist, als sei ich noch im College.« Sie deutete auf die Poster an der Wand über der Couch. Ein Jim Morrison und die Doors neben dem Fillmore Poster von 1967, in leuchtfarbenorange und rot. Daneben ein Keith Haring. Drei seiner kühnen primitiven Figuren tanzten über einen kräftigen gelben Hintergrund.

Sara sah sich im Zimmer um. Neben der Ledercouch und dem Kaffeetisch, gestiftet von Mary Beths Eltern, als diese ihr Haus in Shaker Heights neu eingerichtet hatten, waren zwei beige Futons auf dem Boden das einzige andere Mobiliar. Ein Zwölf-Zoll-Fernseher stand auf dem weißen Bücherregal an der anderen Wand. Das Bücherregal barg Mary Beths Stereoanlage und war mit CDs, Taschenbüchern und Zeitschriftenstapeln gefüllt.

Sara mußte lachen. »Mit unserem alten Zimmer im Wohnheim hat das wenig Ähnlichkeit«, gab sie zu. »Oder mit diesem Appartement, das wir an der High Street gemietet hatten, als wir ältere Semester waren. Wo ist das Wasserbett?«

Mary Beth stützte verdrossen ihr Kinn in die Hände. »Es hatte ein Leck. Ich mußte um mein Leben schwimmen. Andernfalls hätte ich's wahrscheinlich noch. Ich meine, ich höre noch immer Pink Floyd, Himmel noch mal! Es scheint, als sei ich entschlossen, nicht erwachsen zu werden!«

Sara warf ihr dunkles Haar mit einer kurzen Kopfbewegung zurück. »Aber du hast zumindest Arbeit, Mary Beth. Ich bin *wirklich* wieder Studentin.«

Sie überlegte, wie sie das Thema wechseln könnte. Bei all der Vorfreude, zum Campus zurückzukehren und Mary Beth wiederzusehen, hatte Sara die Fähigkeit ihrer Freundin vergessen, sich in Selbstmitleid zu ergehen. Sara wußte, daß Mary Beth nie so unglücklich war, wie sie sich darstellte. Es war nur eine Art, sich in den Mittelpunkt eines Gespräches zu bringen.

Mary Beth mochte Mitgefühl, mochte es, wenn ihre Freunde sich um sie kümmerten. Im wesentlichen hatte ihre Freundschaft auf dem College darauf basiert, daß die praktische Sara, die mit beiden Beinen auf dem Boden stand, sich um die stark gefühlsbetonte, emotionale Mary Beth kümmerte.

Jetzt aber, das erkannte Sara, war ihre Situation irgendwie umgekehrt. Sara war diejenige mit einer Lebenskrise, diejenige, die umsorgt werden mußte. Mary Beth hatte sich als wahre Freundin erwiesen. Aber es mußte anstrengend für sie gewesen sein. Sie beide hatten das Gefühl, daß die Beziehung sich verändert hatte, wenngleich es toll war, wieder zusammen zu sein. Keine von ihnen hatte wirklich darüber nachgedacht, was ihre neuen Rollen sein würden.

»Da wir gerade von Arbeit sprechen ...« Mary Beth streckte einen Arm aus und nahm Sara die Coladose aus der Hand. Sie nahm einen Schluck und reiche sie zurück. »Bist du ins Büro von Dekan Cohn gegangen?«

Sara nickte. »Ich bin am nächsten Tag hingegangen. Nach meinem Seminar. Er war nicht da. Seine Sekretärin sagte, er hätte plötzlich verreisen müssen. Ich denke, er wird in ein paar Tagen wieder zurück sein.«

»Willst du's noch mal versuchen?«

»Ja. Eine Teilzeitarbeit an drei Tagen wöchentlich wäre optimal. Ich kann das Geld wirklich brauchen.« Sie machte mit ihrer freien Hand eine Geste. »Mir brauchst du nicht zu erzählen, wie es ist, sich wieder als Collegemädchen zu fühlen. *Ich* kann mir nicht mal einen Futon leisten!«

Mary Beth mußte lächeln.

»Weißt du«, fuhr Sara fort, wobei sie sich auf der niedrigen Couch zurücklegte, »als ich das Verwaltungsgebäude verließ, hörte ich, wie zwei junge Studenten über ihn sprachen. Sie nannten ihn Milton das Monster.« Sie kicherte.

Mary Beth schüttelte den Kopf. »Das ist gemein. Das ist wirklich gemein.«

»Na ja, aber er sieht doch wirklich wie ein Monster aus einem Film aus, oder? Er ist so riesig und sieht so furchteinflößend aus. Mit diesem unheimlichen weißen Haar, das so aufrecht steht, als habe er einen elektrischen Schlag bekommen.«

»Wahrscheinlich Arthritis«, bemerkte Mary Beth.

Sara nahm einen tiefen Schluck aus der Dose. »Kids können wirklich grausam sein.«

»Ich hab gehört, er soll ein netter Kerl sein. Es kursiert das Gerücht, daß er dreimal verheiratet gewesen ist.« Sie seufzte. »Kannst du dir *vorstellen*, daß wir in unserem Büro nichts besseres zu tun haben, als über Milton Cohn zu tratschen?«

»Ziemlich traurig«, stimmte Sara zu. Sie drehte die Dose in ihren Händen. »Weißt du, wem ich vor der Bibliothek begegnet bin? Liam. Du weißt schon. Professor O'Connor.«

Mary Beths grüne Augen blitzten. »Du nennst ihn *Liam*?«

Sara lachte. Sie konnte spüren, wie sie errötete. »Er hat mir gesagt, daß ich ihn so anreden soll!«

Mary Beth beugte sich interessiert vor. »Hast du ihn gegrüßt? Hat er sich an dich erinnert?«

Sara nickte. »Ja. Ich war so überrascht. Er erinnerte sich an meinen Namen. Er – er sagte, mein Name brächte Glück. Weil er Morgen bedeutet.«

»Sara bedeutet Morgen?«

»Nein. Morgan. Er sagte etwas davon, daß Morgen ein neuer Anfang sei.« Sara schlug ihre Augen nieder. »Ich glaube, er hat mit mir geflirtet.«

»Wow«, murmelte Mary Beth.

Sara bedauerte plötzlich, daß sie ihn erwähnt hatte. Irgendwie fühlte sie sich nackt. Konnte Mary Beth ihre Gedanken lesen? Wußte Mary Beth, wie sehr sie an Liam gedacht hatte?

Sie wollte seinetwegen nicht aufgezogen werden. Es gab wirklich nichts, worüber man hätte spotten können. Sie hatte nur gemerkt, daß sie an ihn dachte, hatte gespürt, wie seine Hand über ihr Haar fuhr, hatte die Herzlichkeit seiner braunen Augen gespürt.

Na und?

»An diesem Abend hat er wirklich mit dir geflirtet«, erklärte Mary Beth. Sie verlagerte ihr Gewicht auf den Boden und legte die Hände um ihre Knie.

Sara spielte die Unschuldige. »Meinst du?« Ihre Wangen waren noch immer warm.

»Aber natürlich flirtet er mit jeder.«

»Woher weißt du das?« Ein bißchen zu verteidigend.

»Nun ja, er hat mit *mir* geflirtet, als ich das Video über ihn machte. Du weißt schon. Er hat diesen irischen Charme. Ein bißchen von diesem alten Schmus oder wie die Leute das sonst nennen.«

Sie hat recht, gab Sara stumm zu.

Ich habe die ganze Woche an ihn gedacht, daran gedacht, wie er mich ansah, an diesen alten Reim gedacht, den er rezitierte, daran, wie er meine Hand hielt.

Der alte Schmus.

Der alte irische Charme.

Natürlich macht er das bei jeder so. Wie bin ich nur auf die Idee gekommen, er hielte *mich* für etwas Besonderes?

Sie warf ihr Haar zurück, als würde sie ihre Gedanken wegwerfen. Ich bin die Jugendliche. Nicht Mary Beth. Ich bin das kichernde Collegemädchen. Vierundzwanzig und verknalle mich noch immer in den gutaussehenden Professor.

Mary Beth richtete sich auf. Ihre Miene wurde ernst. »Also, was ist mit Chip?«

»Was?« Sara dachte noch immer an Liam vor der Bibliothek, wie er sie mit seinen glitzernden braunen Augen ansah, der Wind sein dunkles Haar zauste.

»Du wolltest mir die ganze Geschichte erzählen. Von Chip«, beharrte Mary Beth. Sie warf das *People* Magazin beiseite. »Komm schon, Sara. Spann mich nicht länger auf die Folter. Warum hast du mit Chip Schluß gemacht?«

Sara schluckte. »Ja, also ... er hat versucht mich umzubringen.«

8

Ein Schatten fiel auf Saras Schreibtisch. Sie tippte den Satz zu Ende und wandte sich von ihrem Computer ab. Schaute zu Eliot Glazer auf, der die schmale Eingangsöffnung zu ihrem durch niedrige Wände abgeteilten Arbeitsplatz füllte.

Eliot Glazer, Cheflektor, Concord Publishing.

Sein lichtes graues Haar war glatt zurückgekämmt. Seine blutunterlaufenen grauen Augen schauten durch die silbern gerahmte Brille, die tief auf seiner Nase saß, auf sie herab. Seine Wangen waren immer mit rosa Kreisen verziert, als ob er errötete. Oder erregt sei.

Er trug ungestärkte weiße Hemden, den Kragen offen. Er kümmerte sich nie darum, die Knöpfe seines Button-down-Kragens zuzuknöpfen. Sein Bauch hing über dem Gürtel der blauen Anzughose.

»Eliot. Hi. Bin gerade dabei, den Ausschuß zu bearbeiten«, begrüßte Sara ihn mit einer Geste auf den Stapel der unaufgefordert eingesandten Manuskripte. Als Lektoratsassistentin bestand ihre Aufgabe darin, sie zu lesen – zumindest eine oder zwei Seiten – und sie zurückzusenden, bevor der Stapel feuergefährlich wurde.

Es war nicht gerade ihre Lieblingsbeschäftigung.

Wußten diese Leute eigentlich, wie *schrecklich* sie schrieben?

Eliot lehnte seinen massiven Körper an die Wand. »Sara, wissen Sie, warum wir das als Ausschuß bezeichnen?«

»Nein. Warum?«

»Ich dachte, Sie wüßten das.«

Er wartete darauf, daß sie lachte. Das war Elliots Art zu scherzen. So subtil, daß es nicht komisch war.

Sara lachte trotzdem. »Heute waren einige tolle Manuskripte dabei. Ich bin gerade mit einem fertig mit dem Titel *Ich bin ein Marsmensch.* Ist eine Autobiographie.«

»Haben Sie's zurück zum Mars geschickt?«

»Nein. Nach Wisconsin.«

Eliot nickte. Er schaute sie über den Rand seiner Brille an. »Ich war schon mal in Wisconsin.« Sie wartete darauf, daß er fortfuhr, aber das tat er nicht.

Sara warf einen kurzen Blick auf die kleine Schreibtischuhr, die in ihrem Regal stand. Zehn vor fünf am Freitagnachmittag. Brachte Eliot ihr Arbeit fürs Wochenende?

Bitte nicht. Bitte.

Er drehte sich um, und sie sah die Korrekturfahnen in seiner Hand. »Sara, die sind spät gekommen. Können Sie die übers Wochenende lesen?«

»Nun ja ...«

Er schob ihr den Stoß langer Blätter hin. Er fragte sie nicht wirklich. Er sagte ihr, daß sie die Korrekturen übers Wochenende zu lesen habe. »Sind ziemlich einwandfrei. Es dürfte nicht zu lange dauern.«

Sara warf einen Blick auf die erste Seite. »Was ist das? Geht es um Fußball?«

Eliot nickte. »Ein Fußballroman. Können Sie sich das vorstellen? Ist natürlich spät dran. Alle sind in Panik. Sie wissen schon. Das Drama des Verlegens. Wir arbeiten ein Jahr im voraus, aber alles muß in wahnsinniger Eile geschehen.« Seine Wangen waren inzwischen scharlachrot.

Sara verdrehte ihre Augen. Blätterte die Korrekturfahnen durch. »Sieht ja vielversprechend aus. Ein Fußballroman von viertausend Seiten.«

Ein schiefes Lächeln entblößte seine nikotinverfärbten Zähne. »Liest sich nur so wie viertausend Seiten.« Er drehte sich um. Sein Bauch verließ den Raum vor ihm. »Angespannt. Alle sind gespannt. Ich denke, das liegt an der Fusion.«

»Haben Sie was darüber gehört?« wollte Sara wissen.

»Sehen Sie? Sie sind auch angespannt. Was kümmert es Sie, ob wir fusionieren oder nicht fusionieren? Glauben Sie, die werden Ihnen Ihre Aktienoptionen nehmen?«

»Das ist gemein, Eliot. Das ist wirklich gemein.« Als Lektoratsassistentin lag Saras Gehalt bei etwas unter fünfundzwanzigtausend. Niemand hatte ihr gegenüber je von Aktienoptionen gesprochen. Oder von einem Spesenkonto für mondäne Mittagessen. Oder mehr als zwei Wochen Urlaub.

Er ging hinaus. »Ich wünsche Ihnen ein schönes Wochenende.«

Sie starrte in den leeren Raum, den er hinterlassen hatte, und drehte die Korrekturabzüge in ihren Händen. Dann ließ sie die Seiten auf den Schreibtisch fallen und wandte sich wieder dem

Absagebrief im Computer zu. *»Ich bedauere, Ihnen mitteilen zu müssen, daß Ihr Manuskript über Ihre Kindheit auf dem Mars nicht in unser Verlagsprogramm paßt.«*

Wir sollten einen Formbrief für Außerirdische haben, dachte sie.

Ein lautes Räuspern erschreckte sie, ließ sie herumwirbeln.

»Chip!«

Grinsend trat er in den winzigen Raum und setzte sich auf den Rand des Schreibtischs, direkt auf einen Stapel Manuskripte. Er nahm ihren Briefbeschwerer hoch, eine durchsichtige Glaskugel, und warf sie von einer Hand in die andere.

Platz einfach nur herein. Nimm, was immer du willst.

Sein strohblondes Haar streifte ihre Stirn, als er sich zu ihr beugte, um sie auf die Lippen zu küssen. Seine Lippen waren rauh und trocken.

Nimm, was immer du willst.

Sie wollte, daß der Kuß ein wenig länger dauerte. Aber sie zog sich zuerst zurück. Fast alle waren nach Hause gegangen, aber Eliot streifte noch immer durch die Gänge.

Was ist dabei, wenn er mich dabei ertappt, wenn Chip mich küßt? fragte sie sich.

Unprofessionell.

Sie schob Chip mit einer Hand zurück und glättete die braune Leinenweste, die sie über einem cremefarbenen Baumwollpullover trug. »Chip – was machst du hier?«

Er hob die Glaskugel hoch, die er in den Händen hielt, kniff seine Augen zusammen und schaute angestrengt hinein. »Mal sehen, was die Kristallkugel vorhersagt. Hmmm … ich sehe Wasser und Sand. Ich sehe ein Haus in Southampton. Ein langes Wochenende.«

»Siehst du deinen Vater in dem Haus?«

Er senkte die Glaskugel. »Nein. Er ist heute morgen nach L. A. geflogen. Gibt eine Art Krise beim Sender. Ein Produktionsproblem. Irgendeine wirklich große Geschichte.« Sein Grinsen wurde breiter, so daß zwei Reihen perfekter Zähne sichtbar wurden.

Wie schafft Chip es, immer so gebräunt auszusehen? überlegte Sara. Er verbringt so wenig Zeit in der Sonne. Sogar sein Tennisclub ist in der Halle.

»Kein Dad. Nur wir.« Er griff in die Tasche seiner Jacke, zog die Schlüssel seines Porsche heraus und ließ sie vor Saras Gesicht baumeln. »Darum bin ich hergekommen. Um dich von all dem wegzuholen.«

Sara warf einen Blick auf die Uhr. »Es ist fünf. Wir kommen in den Wochenendverkehr. Der Verkehr ...«

Er beugte sich wieder zu ihr und fuhr mit seinem Zeigefinger zärtlich über ihre Wange. »Wir werden in der Rush hour *zusammen* sein. Der Verkehr kann uns völlig egal sein.«

Sie erschauerte unter der Berührung. Sie ergriff seinen Finger und drückte ihn sanft. Sie blickte in seine klaren blauen Augen auf. So unschuldige Augen. Babyaugen. So perfekt, so rührend in diesem offenen amerikanischen Gesicht. Der junge Robert Redford.

Sara konnte noch immer nicht die Tatsache begreifen, daß sie mit jemandem befreundet war, der besser als sie aussah. Manchmal fuhr sie mit ihren Fingern über seine weichen, blonden Augenbrauen, streichelte sein Gesicht, als sei er eine Puppe.

Ein perfektes Gesicht. Ein perfektes Leben.

Nun ... fast perfekt.

Die Narbe an seinem Kinn machte ihn menschlich. Eine winzige, weiße Linie, kaum länger als zweieinhalb Zentimeter. Er erinnerte sich nicht, woher er sie hatte. Sie hob sich aus seiner gebräunten Haut wie ein feines zweites Lächeln. Sara liebte es, mit ihrem Finger darüber zu streichen.

Und natürlich war seine Nase zu klein. Monatelang glaubte Sara, ein Schönheitschirurg hätte sie ein wenig zu tief eingesetzt. Aber nein. Dieser leicht erhobene Stummel war die Nase, mit der Chip geboren worden war.

Das ließ ihn selbstgefällig wirken. Er *war* selbstgefällig, hatte sie befunden, nachdem sie ihn nur wenige Stunden gekannt hatte. Aber selbstgefällig auf eine schöne, charmante Weise.

Es gelang ihm immer, sie von Anfang an zu verwirren.

Sie hatte immer das Gefühl, gleichzeitig bei ihm – und außerhalb von sich selbst – zu sein. Aber vielleicht war das ihr Problem, nicht seins.

»Wir müssen bei mir zu Hause vorbeifahren«, sagte sie. Sie wandte sich wieder ihrer Tastatur zu, gab ein paar Befehle ein und beendete das Textverarbeitungsprogramm. Der Marsmensch aus Wisconsin konnte bis zur nächsten Woche mit der Ablehnung seines Lebenslaufes warten. »Ich meine, ich muß einen Badeanzug holen. Ein paar Dinge packen.«

»Einen Badeanzug können wir für dich da draußen kaufen«, erklärte er. »Wir werden in der Stadt einkaufen. Dir alles kaufen, was du brauchst.«

»Chip, ich kann mir nicht überall, wohin ich komme, einfach neue Kleidung kaufen. Ich bin so knapp bei Kasse, daß ich mir heute mein Mittagessen mitgebracht habe.«

Warum verbrachten sie soviel Zeit damit, über die arme Sara und den reichen Chip zu sprechen? Sara erkannte, daß sie diejenige war, die ständig auf ihren finanziellen Status zu sprechen kam. Aber welche Wahl hatte sie? Sie mußte schließlich versuchen, in New York City von einem Gehalt zu leben.

Seine breiten Schultern senkten sich unter dem weißen Polohemd. Er drehte die Glaskugel in seiner Hand. »Du bist immer so gut darin, dir Entschuldigungen einfallen zu lassen, um nicht spontan zu sein.«

Autsch.

Konnte sie das auf sich beruhen lassen? Nein.

»Vielleicht liegt das daran, weil *spontan* immer bedeutet, zu tun, was du willst, wenn du es tun willst.«

Das war eine Retourkutsche. Ein guter Schuß.

Er nickte, grinste. Ein unangemessenes Grinsen, dachte sie. Ich meine es ernst. Es war kein Scherz. Keine komische Erwiderung.

Er legte den gläsernen Briefbeschwerer neben den Manuskriptstapel. »Okay, okay. Wir fahren zuerst zu deiner Wohnung. Du kannst eine Tasche packen. Dann essen wir irgendwo zu abend. Dann fahren wir raus an den Strand. Gefällt dir dieser Plan besser?«

Als Antwort küßte sie ihn auf die Wange.

Er sprang auf. Der Kuß schien ihn nicht zu erfreuen. Er warf einen Blick auf seine Armbanduhr, eine alte Bulova aus den 50er Jahren, die sie ihm in einem Laden an der Columbus Avenue anläßlich ihres sechsmonatigen Jubiläums gekauft hatte. Sie ging nicht richtig. Sie vermutete, daß er sie nur trug, wenn er bei ihr war.

»Laß uns gehen.« Er trat in den Korridor hinaus und schaute ungeduldig auf die lange Reihe von kleinen Räumen.

Sie war über seinen Stimmungswechsel nicht überrascht. Man hatte ihm einen Strich durch seine Rechnung gemacht. Chip reagierte auf so etwas nie gut. Es ging nicht einfach darum, daß er seinen Willen bekam. Es war eine Störung im glatten Ablauf seines Lebens.

Für Chip war selbst eine kleine Straßensperre ein Weltuntergang.

Er war nicht völlig verdorben, wußte Sara. Er hatte Werte. Das Heranwachsen in Beverly Hills, das Strandhaus in Malibu, die Reisen nach New York und Europa mit seinem Vater, dem Fernsehpräsidenten, die strahlenden Fernseh- und Filmstars und Regisseure, die zu Besuch kamen, sich an dem Swimmingpool von olympischem Format sonnten oder die Aschentennisplätze hinter dem zweigeschossigen Gästehaus benutzten – dieses Luxusleben hatte Chip nicht daran gehindert, eine fürsorgliche, sensible Persönlichkeit zu werden.

Es hatte nur seine Erwartungen erhöht.

Er erwartete ein angenehmes, unkompliziertes Leben. Er erwartete, es in Muße zu verbringen. Er erwartete, daß die Sonne zu jedem Picknick schien.

Einen schönen Tag auch. Dieser Satz bedeutete wirklich etwas für ihn. Er *erwartete,* schöne Tage zu haben.

Und erwartete, daß die Leute ja zu ihm sagten.

Ja, ja, ja.

Nein war eine gewaltige Enttäuschung. Nein war so beunruhigend für ihn. So inakzeptabel. Er schien jedes Nein so persönlich zu nehmen.

Für Sara war er golden und sonnig. Sie liebte es, mit ihrer Hand über das weiche blonde Haar auf seinem Arm zu fahren. Sie liebte es, an dem Büschel von blondem Haar zu zupfen, das aus seinem offenen Polohemd ragte. Die Haare, die, winzigen Sonnenstrahlen gleich, aus seiner Haut ragten.

Sie war so anders. Sie war so dunkel, ganz schwer, erdverbunden. Sie mochte den Schatten so sehr. Manchmal, wenn sie bei ihm war, fühlte sie sich wie einer dieser dunklen Planeten, die dem bloßen Auge unsichtbar sind, bis sie von der Sonne bestrahlt werden, um nachts zu einem Stern zu werden.

Ja, ja, ja.

Nein ließ das Licht aus seinen Augen schwinden. Er war so gutmütig. So ... weich. Weichweiß. Sie stritten nie über irgend etwas Wichtiges. Doch die kleinen Neins regten ihn auf.

»Nein, ich kann mich nicht vor halb sechs mit dir treffen.«

»Nein, ich möchte keinen Kaffee. Ich muß wieder an die Arbeit.«

»Nein, ich mag den Hund wirklich – aber du mußt ihn zurückbringen. Haustiere sind in meinem Haus verboten.«

Und dann, wer schaltete die Sonne aus? Sie konnte sein gemurmeltes Knurren nicht ertragen, die gequälten Blicke, als ob sich das ganze Universum gegen ihn verschwöre, verschwöre, um ihn mit einem einzigen Nein zu zerstören.

Sie hatte noch immer das blasse, bestürzte Gesicht der Kellnerin in diesem Restaurant in Soho vor Augen. Sie konnte noch immer ihr fransiges rotes Haar sehen. Ihre langen Plastikohrringe, die zu klappern begannen, als sie ihren Kopf ungläubig schüttelte.

»Nein, Sir, es tut mir leid, aber wir haben das Risotto nicht mehr.«

Chip hatte seinen Kopf nach hinten geworfen, als ob er von einem Schuß getroffen worden sei. Sara hatte wirklich geglaubt, er habe Schmerzen. Dann war er aufgesprungen, hatte fast den Tisch mit der Glasplatte umgeworfen. Sara war keine andere Wahl geblieben, als ihm hinterherzujagen, während er zur Tür stürmte. Bevor sie hinausging, drehte sie sich noch einmal kurz um, sah die Kellnerin, die noch immer mit gezücktem Block am Tisch stand und deren Ohrringe wie bei einem Erdbeben schwankten.

Das Erdbeben hatte nachgelassen, als Sara den Bürgersteig erreichte. Chip studierte bereits die Speisekarte im Fenster des Restaurants nebenan. Er lächelte und zog Sara an sich, als ob nichts passiert sei, als ob die Sonne keinen Augenblick erloschen sei, als ob ihn dieses kleine Nein wirklich überhaupt nicht kümmere. Nichts weiter als ein Scherz.

Sara zitterte noch immer vor Verlegenheit. Sara, die Szenen jedweder Art haßt. Glücklich ist, unbemerkt im Schatten zu sein. Sie wollte etwas zu Chip sagen, ihn schelten, ihm sagen, daß das Risotto einfach nicht so wichtig sei.

Aber er würde sie nur auslachen. Er würde nicht einmal verstehen.

Jetzt sieht sie, wie die langen Ohrringe zittern. Und jedes Mal, wenn sie sie sieht, hat sie dieses seltsame Gefühl im Magen, ein sonderbares Gefühl, was Chip anbelangt.

Furcht?

Chip nahm ihre Hand, und sie traten in das nächste Restaurant. Die Leute standen in Dreierreihen an der Bar. Jeder Tisch besetzt. Keine Reservierung. Aber Chip besorgte einen Tisch für sie, und sie ließen sich ihr Abendessen schmecken.

Es ist so leicht für ihn. Er *verlangt* einfach, daß es leicht ist.

Es ist alles so leicht. Warum braucht er mich? überlegte Sara.

Die einzige Zeit, in der er bedürftig wirkt, ist, wenn wir uns lieben. Dann scheint er alles zu brauchen, sie ganz. Er muß sie bedecken, muß sie ersticken, sie schlucken, sie erfreuen, sie erfreuen, sie erfreuen.

Ja, ja, ja.

Es dauert nicht lange.

Und braucht sie ihn?

Sie mag ihn sosehr. Wie eine dunkle Motte, die nahe an der Sonne schwebt, näher und näher zu flattern wagt. Sie mag die Partys in den im Missionsstil erbauten Stadthäusern oder den chrom-und-weiß-ledernen Penthouses, mag das Zusammensein mit den lustigen, eitlen Menschen, die in so geübter Haltung mit ihren Weingläsern dastehen, die so unendliche Mühen auf sich nehmen, sich leger zu kleiden, so witzigen Menschen, die einander zum Lachen bringen, deren Lebenszweck darin zu bestehen scheint, wirklich gut auszusehen und einander zum Lachen zu bringen.

Sie bringen auch Sara zum Lachen. Sie fühlt sich nicht überlegen. Sie klammert sich an Chip und schaut aus dem Schatten zu.

Sie mag seinen Porsche. Sie mag den Duft seines Rasierwassers. Obsession. Obsession for Men. Ist es ihm nicht peinlich, es zu kaufen? Ist es ihm nicht peinlich, an der Theke zu stehen und den Namen auszusprechen?

Nein. Für ihn ist das leicht.

Auch das mag sie an ihm.

Aber braucht sie ihn?

Muß sie diese Frage stellen? Nein.

Sie schaltete den Computer aus, steckte die Korrekturfahnen in ihre Leinentasche und beeilte sich, Chips Arm zu nehmen. Vorbei an der Doppelreihe der pflaumenfarbenen Arbeitsplätze. Vorbei an Eliots Büro. Sie rief Gute Nacht. Sah, wie er über das Telefon gebeugt war, sich mit einer Hand durch sein graues Haar fuhr. Rechtzeitig aufblickend, um sie mit Chip zu sehen, winkte er ihr rasch und verabschiedend zu.

Im Fahrstuhl nach unten. Chip summte. Begann wieder freundlicher zu schauen, nachdem er seine Pläne ändern mußte. Zeit für einen Kuß. Sie ließ die Tasche fallen und zog sein Gesicht mit beiden Händen zu sich. Zeit für einen langen, süßen Kuß. Bis zum Erdgeschoß waren es fünfundzwanzig Etagen.

Chip schlug mit einer Hand ungeduldig auf das Lenkrad, ließ den dunkelgrünen Porsche ein paar Meter weiterrollen, bremste nur Zentimeter vor der Stoßstange des Kombis vor ihnen ab. »Verkehr«, murmelte er. Er drückte Saras Knie, legte seine Hand dann wieder auf das Lenkrad. »Ich hasse es, am Freitagabend zum Strand hinauszufahren.«

Sara hob ihre Knie an das dunkle Leder des Handschuhfachs.

»Manche Leute müssen arbeiten, um ihren Lebensunterhalt zu verdienen«, sagte sie betont. »Manche Leute können eben nicht vor Freitagabend losfahren.«

»Arbeit wird überbewertet«, erwiderte er. Alle Autos bewegten sich ein paar weitere Meter vorwärts.

Sara sah die roten blitzenden Lichter hinter der Kurve. »Sieht nach einem Unfall aus. Wir werden besser vorankommen, wenn wir daran vorbei sind.«

Er antwortete nicht. Er schien sie nicht zu hören. Wohin starrt er? überlegte Sara, während sie beobachtete, wie das harte Licht einer Straßenlaterne über ihnen über sein Gesicht rollte. Sie bewegten sich zentimeterweise vorwärts. Licht, dann Dunkelheit. Licht, dann Dunkelheit. Sein gut aussehendes Gesicht schien zu verschwinden, dann nachzuleuchten, aber seine verengten Augen blinzelten nicht.

»Woran denkst du?« fragte sie leise.

»Wie? Oh.« Warum überraschte ihn die Frage? »An nichts. Wirklich. Der Verkehr hypnotisiert mich irgendwie, weißt du.« Er seufzte. »Wir hätten früher losfahren können, wenn deine Mutter nicht angerufen hätte.«

»Ja, aber ich mußte mit ihr sprechen. Arme Mutter. Ganz allein in dem großen Haus. Sie hat früher nie lange mit mir telefoniert. Aber jetzt …«

»Du solltest ihr einen Hund besorgen.«

»Mit einem Hund könnte sie nichts anfangen. Du weißt doch. Ihre Arthritis.« Sara blies sich die Haarspitzen aus den Augen. »Ich hab nichts dagegen, mit ihr zu reden. Sie ruft nur immer zur falschen Zeit an. Und sie fängt an, sich häufig zu wiederholen. Sie erzählt dieselbe Geschichte dreimal. Es ist so traurig.«

Chip ließ den Wagen vorrollen. »Was ist mit deinen Brüdern? Wohnt von denen keiner in der Nähe?«

»Doch. Aber Mom und ich standen uns immer nahe. Ich denke, weil ich die Jüngste bin. Weißt du, Mom war bei meiner Geburt vierzig, und …« Saras Stimme verebbte, als sie merkte, daß Chip nicht zuhörte.

Im Wagen neben Sara brannte die Innenbeleuchtung. Am Steuer saß eine rundgesichtige Frau mit gelocktem, orangefarbenem Haar, beugte sich vor, reckte sich dem Rückspiegel entgegen, um dunklen Lippenstift auf ihre Lippen aufzulegen. Hinter ihr, auf dem Rücksitz, schubsten sich zwei kleine blondhaarige Jungen und balgten miteinander.

»Hast du mit deinem Vater gesprochen?« fragte Sara, versuchte, seine Aufmerksamkeit zu wecken.

»Mit Dad sprechen?« Chip rutschte auf seinem Sitz und senkte den Fuß aufs Gaspedal. Sie fuhren um eine Kurve. Kein Unfall. Nur ein Wagen, der abgeschleppt werden mußte.

»Bevor er abreiste«, fuhr Sara fort, ihre Hände im Schoß gefaltet. »Du wolltest mit ihm sprechen. Über eine Stelle. Du weißt doch.«

Chip nickte. Kaute auf seiner Unterlippe. Hielt seinen Blick starr geradeaus gerichtet. »O ja. Daran hatte ich gedacht. Ich hatte eine andere Idee.«

Sara wartete darauf, daß er fortfuhr. Beobachtete ihn. Musterte ihn.

Das Licht rollte über sein Gesicht. Enthüllte Anspannung. Die kleine Narbe an seinem Kinn fing das Licht, verblaßte dann. Seine Augen wurden noch schmaler, als er sich auf das konzentrierte, was er sagen wollte.

»Ich will eigentlich nicht wirklich für meinen Vater arbeiten«, sagte er langsam und nachdenklich, sprach jedes Wort einzeln und sehr betont aus, so als habe er diesen Gedanken zum ersten Mal.

Chips nicht vorhandene Arbeit machte Sara mehr Sorgen als Chip. Sie stellte fest, daß sie die ganze Zeit daran dachte. Sie erkannte, daß sie nie zuvor jemanden kennengelernt hatte, der keinerlei Ambitionen hatte.

Die meisten seiner Harvard-Freunde waren nach L. A. gezogen, um Sitcoms zu schreiben. Das war es, was die klugen, ernsthaften Harvardabsolventen heutzutage zu tun schienen. In früheren Jahren wären sie vielleicht Romanschriftsteller oder Journalisten oder Theaterautoren geworden. Aber Chips Freunde hatten eine zeitgenössischere Ambition: Sie wollten Zweiundzwanzig-Minuten-Drehbücher schreiben und reich werden.

Nach seinem Abschluß – kein Student mit Auszeichnung, sondern irgendwie Klassendurchschnitt – hatte Chip einige Zeit in Belize verbracht und Gott weiß was getan. Als er zurückkam, blieb er im Bungalow seines Vaters in Malibu und hing mit seinen Sitcom-Freunden herum, wenn die nicht gerade an ihren Computern saßen, saugte Sonne in sich auf und bräunte seine ohnehin schon gebräunte Haut.

Als Sara ihn auf einer Verlegerparty im Puck Building kennenlernte, ausgerechnet da (Puck reimt sich fast mit Glück, dachte Sara, begann ein Gespräch mit diesem grinsenden, gebräunten, selbstbewußten Burschen, der so nahe neben ihr lehnte, während sie zu entscheiden versuchte, was sie mit ihrer linken Hand tun sollte, der Hand, die den Plastikbecher mit dem weißen Chardonnay nicht hielt), erzählte er ihr, daß er einen Roman schrieb. Aber er gab schnell auf. Das Romanschreiben ging zu langsam, lohnte nicht, erzählte er ihr, und außerdem habe er nichts zu sagen.

Sara hörte zu. Er hatte ihr eine Menge zu sagen.

Die Orte, von denen er redete, die Partys, auf die er sie führte, die Freunde, die er ihr vorstellte – all dies veranlaßte sie zu sich zu sagen, »Sara, von Indiana hierher war's ein langer Weg.«

Es war prächtig, aufregend, romantisch. Manchmal hatte sie das Gefühl, als lebe sie in einer dieser verschwommenen, romantischen Parfümanzeigen. Obsession. Obsession for Men. Und Besessenheit auch für mich. Aber Chip hatte noch immer keinen Job. Er war vierundzwanzig, und er bekam Taschengeld.

Lag das einfach an ihrer Erziehung, die nun mal in Indiana so üblich war? Mußte nicht jeder etwas *sein*?

Er drehte das Steuer, begann auf die nächste Spur zu wechseln, änderte dann seine Meinung. Er seufzte, klopfte aufs Lenkrad. »Wir werden gerade rechtzeitig zum Schwimmen um Mitternacht dort sein.«

Sie streckte eine Hand nach ihm aus, rieb die Schulter seines Polohemdes. »Das wird schön.«

Um sie herum wurde gehupt. Ein Motorrad dröhnte vorbei, glitt zwischen den Fahrspuren entlang. Ein Mädchen in verwaschenem Denim preßte sich an den Rücken des schwarzbehelmten Burschen in Leder. Ihr schwarzes Haar flatterte hinter ihr.

»Was für eine andere Idee?« Sara senkte ihre Knie, wischte einen Fussel von ihren Jeans, starrte aus dem Beifahrerfenster.

Er zögerte. »Nun ja ... für meinen Dad zu arbeiten wäre eine Qual. Wahrscheinlich würde er mich auch nicht wie den letzten Dreck behandeln wollen. Statt dessen würde er mich irgendwo in Pflege geben, weißt du. Mir irgendeinen Einsteigerjob bei einer seiner Produktionsgesellschaften geben. Die sind immer scharf darauf, ihm in den Arsch zu kriechen. Sie würden mich zum Produktionsassistenten machen. Was bedeutet, daß ich dafür zu sorgen hätte, daß die Kaffeemaschine voll ist. Es gibt keine Chance, daß ich irgendwas sehr Interessantes zu tun bekäme.«

»Und was ist nun deine Idee?« beharrte Sara.

Er hupte, wechselte die Fahrspur. Ein dunkler Tankwagen rumpelte vorbei. Sara zuckte zusammen. Sie fühlte sich in dem kleinen Porsche immer so winzig und verwundbar.

»Schau mal auf dieses Nummernschild.« Er deutete auf den weißen Mercedes vor ihnen.

Sara blinzelte in das grelle Scheinwerferlicht und las das Nummernschild: ISSMICH. Sie lachte.

Chip schüttelte den Kopf. »Manche Leute haben reichlich Klasse, was? Kannst du dir vorstellen, ein solches Nummernschild an einen Sechzigtausend-Dollar-Mercedes zu schrauben? Das macht den ganzen Wagen kaputt.«

»Also erzähl mir von deiner tollen Idee«, drängte Sara. »Die Spannung bringt mich um.«

Chip zuckte die Achseln, machte eine Geste mit der rechten Hand und steuerte mit seiner linken. »Ja, weißt du, ich habe überlegt, ob ich nicht mit einer eigenen Produktionsfirma anfangen soll. Verstehst du? Klein anfangen. Mit Dokumentarfilmen. Kleine Etats. Unter hundert Millionen. Oder vielleicht sogar Fernsehauftragsproduktionen. Hochwertig. Kontrovers. Sachen, die auffallen.«

Im flackernden Licht wirkte er plötzlich wie ein Junge. Ein aufgeregtes Kind. *Darum* also hat er keinen Job, erkannte sie plötzlich. Bis jetzt hatte er sich noch keinen Weg überlegt, wie er oben anfangen könnte. Ein kleiner Junge, der oben anfing.

Der Wagen machte einen Satz vorwärts. Er drückte seinen Fuß aufs Gaspedal, und sie rasten über ein freies Stück des Highway. Sara fühlte sich verloren. Fühlte sich, als hätte sie etwas hinter sich gelassen. Etwas an dieser Stelle auf der Straße verloren, wo er ihr seinen neuen Plan enthüllt hatte.

Ein Teil ihrer Gefühle für ihn war dort zurückgeblieben, das wußte sie. Ein Teil ihrer Achtung. Ein Stück von diesem Sonnengott, der er für sie war. Es war einfach aus dem Wagen gerauscht. Und jetzt entdeckte sie, daß sie neben einem kleinen Jungen fuhr. Die unschuldigen blauen Augen. Die kleine Stubsnase. Ein kleiner Junge, der plante, welchen Lolly er haben wollte.

Sie räusperte sich. »Aber um eine Filmgesellschaft zu gründen – braucht man dafür nicht eine Menge Geld?« Die Frage kam schriller heraus, als sie beabsichtigt hatte.

»Sicher, ja.« Er stieß ein unschönes Lachen aus. Verächtlich. »Ich brauche etwas Startkapital. Ganz klar. Darüber will ich ja mit Dad reden, wenn er zurückkommt.«

Welchen Geschmack wird der Lolly haben, den du mir kaufst, Dad?

Sara starrte ihn intensiv an. Stellte ihn sich vor, wie er einen langen Stiel hielt, an einem großen, runden Pfefferminzlolly leckte.

9

Sie liebte es zu lieben mit dem Rauschen des Ozeans draußen vor dem Fenster. Das Laken feucht und salzig an ihrem Rücken. Chip so leicht auf ihr.

Ein leises Brüllen. Dann das Krachen einer Welle auf den Sand. Eine Pause. Dann wieder ein Krachen. Der perfekte Rhythmus, denkt sie mit weit offenen Augen, während er über sie gleitet.

Crash. Pause. Crash. Pause. Das sanfte Wogen seines Körpers.

Augen weit offen. Versuchen, an die Wellen zu denken …

Crash … Crash … Crash …

Aber an etwas anderes denken. Lauschen … denken …

Crash … Crash … Wogen …

Warum denke ich?

»Ohhhhhh.« Chip wirft seinen Kopf zurück, läßt sein warnendes Stöhnen aus.

Die Wellen steigen hart auf und explodieren an der Küste. Sie sieht weißen Schaum vor sich, der auf einen dunklen Fels schlägt, zum Nachthimmel emporspritzt. Er fällt auf ihr zusammen, küßt ihre Schulter, ihre Brust, ihren Busen.

Krachen und dann Gleiten … Gleiten … Krachen …

Draußen die Wellen hören nicht auf.

Sie liegt eine lange Zeit wach, lauscht seinem weichen, gleichmäßigen Atem, schaut zu dem silbernen Mondlicht hinter den sich blähenden Vorhängen am Fenster, denkt an den Ozean, der an die Küste rollt, so ruhig rollt, so weich, als wolle er sich auf sie schleichen – sich dann aufhebt und schwer auf den Sand schlägt, mit solch unerwarteter Kraft schlägt wie ein dunkler Gedanke, der plötzlich unerwünscht da ist.

Frühstück auf der Sonnenterrasse. Eine verschwommene Sonne, die bereits hoch am Himmel steht. Blaubeermuffins und süße Scheiben reifer Wassermelone von dem Verkaufsstand an der North Sea Road.

Chip in einer knappen roten Badehose zupfte an den Büscheln von blondem Haar auf seiner gebräunten Brust, reckte dann beide Arme hoch über seinem Kopf. »Wir haben lange geschlafen.«

Sara lächelte, strich sich mit einer Hand ihr dunkles Haar aus dem Gesicht. »Ich fühle mich wie im Urlaub.«

Er schenkte sich noch eine Tasse Kaffee aus der weißen Kanne ein. Hielt ihr die Kanne hin. Sie schüttelte den Kopf, hielt ihre Tasse zu.

»Hast du gut geschlafen?«

»Wie ein Stein«, log sie.

»Es ist das Geräusch des Ozeans.« Er wandte sich zum Wasser, legte eine Hand auf das hölzerne Terrassengeländer. »Ich schlafe hier draußen immer wie ein Baby.«

Wie ein Baby.

Will Baby seinen Lolly?

Was ist geschehen? fragte Sara sich, kippte ihren Kaffee hinunter und verschluckte sich fast daran. Warum denke ich ständig darüber nach?

Sie rückte ihr blaues Bikinioberteil zurecht. Schaute sich über die dunkle Sonnenbrille hinweg an. Ich bin so blaß. Ich habe die Farbe der Möwen da unten.

Sie starrte über die Düne auf den Strand hinunter. Der Sand streckte sich blaugolden im dunstigen Sonnenlicht. Der Himmel schien an einer Wand dunkler Wolken zu enden, die vom Horizont heranrollten.

Chip ergriff ihre Hand und zog sie. »Komm. Wie wär's mit etwas Morgenschwimmen?« Seine blauen Augen blitzten, seine Zähne strahlten.

»Es ist nicht Morgen. Es ist Nachmittag.« Sie schluckte den restlichen Kaffee herunter und setzte die Tasse auf dem gläsernen Terrassentisch ab.

»Um so besser.« Er zog kräftiger, zog sie hoch. »Das Wasser ist jetzt warm.«

Sie lachte und verdrehte die haselnußbraunen Augen. »Oh, sicher. Wahrscheinlich hat es dreißig Grad.«

Er wirkte verletzt. »Ich dachte, du magst kaltes Wasser.«

»Nur wenn es warm ist.«

Diese Worte veranlaßten sie, an Mary Beth zu denken, an ihre Mitbewohnerin. Das ist etwas, das Mary Beth sagen würde, dachte Sara. Das ist nichts, was ich sage. Sie nahm sich vor, Mary Beth anzurufen. Sie hatte mit ihr seit Wochen nicht gesprochen, vielleicht seit Monaten nicht.

Mary Beth ... noch immer an der Moore State. Manche Menschen werden nie erwachsen.

Chip zerrte an ihrem Arm, zog sie von der Terrasse auf die Düne zu.

Manche Menschen werden nie erwachsen.

»Au!« Piniennadeln stachen in ihre nackten Füße. »Chip – laß mich meine Sandalen holen.«

»Keine Zeit. Lauf. Du mußt einfach hineinlaufen. Sonst kommst du nie rein.«

Sie weiß, daß er recht hat.

Unten an der Düne war der Sand bereits trocken und warm. Eine Möwe am Ufer nahm ihren Kopf zurück und stieß einen schrillen, kehligen Schrei aus. Eine Warnung? »Geh nicht hinein – es ist kalt?«

Die grüngoldenen Wellen wiegten sich sanft und flach, brachen weit draußen. Die Wand dunkler Wolken rollte schnell heran. In der Ferne war der Ozean schwarz unter den Wolken. Sie konnte die Linie auf dem Wasser sehen, wo das glitzernde Sonnenlicht endete. Die Luft wurde kalt.

Sie zögerte an der Uferlinie. Kaltes Wasser rollte über ihre nackten Füße. Das Wasser wich zurück, ließ einen Faden von schlaffem grünem Seetang um ihren Knöchel.

Sara erschauerte.

Chip ergriff ihre Hand. »Komm schon! Sei kein Feigling!«

Wasser spülte um ihre Knöchel. Sie wich zurück, versuchte, ihre Hände aus seinen zu lösen. »Laß los! Es ist zu kalt!«

Er lachte. Nahm sie auf seine Arme, so daß Sand von ihren Füßen flog, als sie protestierend trat. »Laß los! Laß los, Chip! Ich mein's ernst!«

Grinsend begann er zu laufen, duckte sich vor ihren schlagenden Armen, festigte seinen Griff, der überraschend stark war, sie überraschte, sie beunruhigte. Er hielt sie mit solcher Leichtigkeit fest.

Nein als Antwort ließ er nicht gelten.

Er platschte in das Wasser. Sie spürte die kalten Spritzer auf ihrem Rücken, an ihren Beinen. »Laß los! Laß los! Nein! Laß mich nicht fallen!«

Ob prähistorische Höhlenbewohner das gleiche dumme Spiel am Ozean gespielt hatten?

Sie begann zu schreien, doch der Schock der Kälte, als er sie fallen ließ, verschlug ihr den Atem. Sie schloß die Augen, als sie unter eine heranrollende Welle fiel, rappelte sich dann auf, schaudernd und keuchend. Ihr nasses Haar fiel ihr über die Augen. Spielerisch schlug sie mit einer Faust nach Chip. Verfehlte ihn, als er ins Wasser tauchte.

»Ohhh! Mir ist kalt! Chip – das zahle ich dir heim!«

Er tauchte in eine niedrige Welle, kam angestrengt schwimmend wieder hoch. Mehrere Meter entfernt, kurz dahinter, wo die leckenden Wellen brachen, bedeutete er ihr, ihm zu folgen.

»Ich – ich – ich werde nie warm werden!« Wasser spritzte in ihren offenen Mund. Sie schmeckte Salz, versuchte es auszuspucken. Schüttelte die Haarsträhnen aus den Augen. Sie atmete tief ein, stieß sich vorwärts, trat mit den Füßen und schwamm ihm nach.

Nach wenigen Sekunden hob sie den Kopf und sah ihn Wasser treten. Er wartete darauf, daß sie ihn einholte. Sie spürte, daß sie zu ihm hingezogen wurde. Sie mochte das Gefühl nicht. Die Unterströmung ist stärker, als ich dachte, merkte sie.

Sie war eine gute Schwimmerin. Mit vierzehn hatte sie ihre Rettungsschwimmerprüfung gemacht. Aber sie mochte es nicht, gegen ihren Willen gezogen zu werden, mochte das Gefühl nicht, daß sie sich nicht dahin bewegen konnte, wohin sie wollte.

»Chip – ich will zurück«, rief sie, drehte sich um, um zur Küste zu schauen, die weiter weg war, als sie geglaubt hatte. Die purpurnen Wolken standen drohend über ihnen, warfen einen düsteren Schatten auf den Ozean. »Ich will zurück. Die Unterströmung ...«

»Es ist seicht hier, Sara. Du kannst stehen.« Er deutete nach unten. »Hier ist eine Sandbank.«

Er griff nach ihrer Hand, als sie näher heranschwamm, und zog sie neben sich. Sie senkte langsam und vorsichtig ihre Füße. Fand die schmale Sandbank und stand. Wasser tropfte von ihren Schultern.

Er grinste sie an, hielt ihre Hand weiter fest. Eine Strähne grünen Seetangs hing in seinem Haar. Sie beide sprangen auf, um auf einer hohen rollenden Welle zu treiben, ließen sich dann wieder auf den Sand herab.

»Toll, was?«

»Ein schönes Gefühl«, gab sie zu. »Aber die Unterströmung – ich spüre, wie ich dorthin gezogen werde.« Sie deutete in die Richtung.

»Es ist nicht so schlimm«, erwiderte er, den Blick aufs Meer hinaus gerichtet. Ein großes rotschwarzes Frachtschiff kam schimmernd ins Blickfeld, verschwommen am Horizont. Ein heftiger Schauer lief ihr über den Rücken. »Mir ist kalt, Chip. Ich schwimme zurück.«

Er schien sie nicht zu hören. »Findest du den Ozean romantisch?« Sein Blick blieb auf das Schiff gerichtet. Ein winziges Rechteck da, wo das Wasser mit dem Himmel verschmolz.

»Was?« Wasser spritzte ihr ins Gesicht. Sie versuchte, sich treiben zu lassen, als eine weitere hohe Welle heranrollte. »Laß los. Ich kann so nicht schwimmen.«

Er zog sie näher zu sich, richtete seine blauen Augen auf sie. Himmelblaue Augen. Sie konnte sehen, daß die dunklen Wolken sich darin spiegelten. »Der Ozean ist romantisch, nicht wahr?«

Worauf wollte er hinaus? Warum verhielt er sich so sonderbar?

»Ja, sicher. Natürlich.« Ein Fuß rutschte von der schmalen Sandbank. Sie brachte sich wieder ins Gleichgewicht, kämpfte gegen die Strömung, setzte ihren Fuß wieder auf.

»Ich meine, es wäre ein guter Platz für einen Antrag, oder?« beharrte Chip.

»Einen *was*?«

»Einen Antrag.«

»Einen *Heiratsantrag*?«

Er nickte, ohne zu lächeln, mit ernstem Gesicht. Sie trieben hoch, und ihre Köpfe hüpften auf einer heranlaufenden Welle.

Sie strich sich das Haar aus dem Gesicht. Der Schauer, den sie spürte, kam nicht durch das kalte Wasser. Auch die Gänsehaut auf ihren Armen kam nicht durch diese Kälte.

»Heirate mich, Sara«, murmelte er, dunkle Wolken in seinen Augen.

Das will ich nicht, wurde ihr klar. Sie zitterte in der kalten

Strömung. Die Wellen liefen an ihr vorbei, rollten auf die Küste zu. Rollten. Rollten endlos. Wie Zeit.

»Chip, wir haben eine Menge Spaß gehabt …«

Aber du bist ein großes Baby.

Ist mir das erst gestern abend im Auto klar geworden? Oder wußte ich schon die ganze Zeit, daß ich Chip nicht liebe?

»Ich mag dich wirklich sehr, aber …«

»Ich habe über so viele Dinge nachgedacht«, sagte er und zog mit seiner freien Hand den Seetang aus seinem Haar, mit der Hand, die sie nicht gefangenhielt. »Weißt du, darüber, daß ich meinen Dad um die Produktionsgesellschaft bitte. Über meine Zukunft. *Unsere* Zukunft.«

Wir haben keine, Chip.

Ich wußte es letzte Nacht. Ich habe es schon eine Weile gewußt. Wir haben nette Abendessen gehabt. Wir waren auf lustigen Partys. Wir haben Spaß aneinander im Bett. Wir genießen einander in der Gegenwart.

In der Vergangenheit …

»Ich will sie mit dir teilen, Sara.« Er ergriff ihre andere Hand. Drückte sie beide.

Blödsinn, dachte sie. *Was für ein dämlicher Satz:* Wie ein Satz in einem schlechten Film.

So schreckliche Gedanken.

Warum verdirbt er das Wochenende?

Donner grollte in der Ferne. Sara wandte sich zum Horizont. Das Frachtschiff war hinter einem Vorhang von grauem Nebel verschwunden.

Laß meine Hände los, Chip. Ich will mit diesem Schiff verschwinden. In diesen weichen Nebel gleiten.

»Heirate mich, Sara.«

»Ich kann nicht, Chip.« Sie trieb auf einer weiteren Welle. Sie sah, daß die Flut kam. »Mir liegt sehr viel an dir. Ich fühle mich sehr geschmeichelt. Später vielleicht …«

»Nein. Wirklich.« Seine Stimme war jetzt schrill, hob sich über das Rauschen und Spritzen des auflaufenden Wassers. »Ich mein's ernst.«

»Ich weiß, Chip. Ich will dich nicht verletzen, aber …«
»Heirate mich, Sara.«
»Nein. Bitte. Laß los. Ich kann nicht.«
»Heirate mich, Sara.«
»Chip, hör auf. Hör mir zu. Nein! Ich kann nicht. Nicht jetzt. Nein!«
Er schloß die Augen. Als er sie wieder öffnete, konnte sie sehen, daß er sie endlich gehört hatte. Endlich ihr Nein gehört hatte.
»Heirate mich, Sara.« Er ließ ihre Hände los. Seine Hände faßten ihr Haar.
»Ich muß jetzt zurück. Mir ist kalt.«
Sie erwartete eine Art von Liebkosung. Aber er packte ihr Haar grob, zog heftig daran. »Heirate mich, Sara.« Seine Stimme war jetzt schrill.
»Nein! Laß los!«
»Heirate mich, Sara.« Er packte ihren Kopf. Drückte heftig. Drückte sie unter die Oberfläche.
So unerwartet. Sie keuchte, schluckte Wasser, begann zu würgen.
»Heirate mich, Sara.« Seine Stimme grob, durchdringend, schreiend über ihr. Seine Hände drückten so kräftig, hielten sie unten, hielten sie unter Wasser.
»Heirate mich, Sara.«
Sie trat und strampelte, drehte ihren Kopf. Konnte sich nicht befreien.
Die Hände zogen sie an ihrem Haar hoch. Keuchend, prustend rang sie nach Atem.
»Heirate mich, Sara.«
»Nein. Nein – bitte –!«
»Heirate mich, Sara.« Die Hände stießen sie wieder hinunter. Hinunter, hinunter. Hielten sie dort fest.
»Heirate mich, Sara.«
Laß los! Laß los! Sie strampelte, trat, zappelte, um sich zu befreien.
»Fuck you, Sara.«

Die Hände ziehen sie hoch.
»Heirate mich, Sara.«
Drücken sie hinunter.
»Fuck you, Sara.«
Ziehen sie hoch.
»Heirate mich, Sara.«
Drücken sie hinunter.
»Fuck you, Sara.«
Halten sie unten. Halten sie unter Wasser.
Die letzten Luftblasen ihres Atems aus ihrem Mund.
»Heirate mich, Sara. Fuck you, Sara.«
Die letzten Worte, die sie hörte, bevor sie zum letzten Mal untertauchte.

10

»Und was geschah dann?« Mary Beth senkte ihre Hände. Sie hatte an ihrem gesträhnten Haar gezogen, den Mund weit geöffnet, während Sara erzählte.

Sara stieß ein bitteres, trockenes Lachen aus. »Na ja, ich bin nicht ertrunken.«

Mary Beth betrachtete das Gesicht ihrer Freundin mit schmalen grünen Augen, musterte sie, als sähe sie sie zum ersten Mal. Wiedergeboren. Ihre dritte Zigarette war verbrannt, hatte unberührt neben der Tasse gelegen, die sie als Aschenbecher benutzte. »Erzähl die Geschichte zu Ende, Sara. Wie bist du ihm entkommen?«

»Das bin ich nicht.«

Sie wischte ihre feuchten Hände an den Beinen ihrer Jeans ab. Wenn sie über diesen Tag sprach, schwitzte sie noch immer. Ihr Magen verkrampfte sich, und ihre Beine zitterten.

»Er – er zog mich hoch«, stammelte sie, während sie ihre Position auf der Couch verlagerte. »Ich vermute, er befreite sich davon, kam wieder zur Vernunft oder so was.«

Mary Beth schüttelte den Kopf. »Mann.«

Sara senkte den Blick. »Ich dachte, ich würde ohnmächtig werden. Ich meine, alles drehte sich. Ich wußte nicht mehr, was Wasser war und was Himmel. Ich hatte das Gefühl, als seien meine Lungen geplatzt. Meine Brust – sie brannte. Wie Feuer. Ich atmete ständig ein. Ich konnte gar nicht genug Luft bekommen.«

»Und was tat Chip?« wollte Mary Beth wissen.

»Er hielt mich fest. Hielt mich einfach nur. Und dann stieß er einen Schrei aus, mit einer ganz seltsamen, heiseren Stimme. Und er begann mich zu drücken, immer fester. Und ich konnte noch immer nicht atmen. Ich wollte nur atmen. Aber jetzt drückte er mich so fest, daß ich nicht atmen konnte. Ich dachte, ich würde *über* dem Wasser ertrinken.

Mir war so kalt. Ich hatte solche Angst. Er entschuldigte sich fortwährend. Drückte mich und entschuldigte sich. ›Tut mir leid, leid, leid, leid.‹ Es war wie eine Art Gesang.«

»Das ist so krank«, murmelte Mary Beth kopfschüttelnd. Sie griff nach Saras Hand und drückte sie. »Wirklich. Die ganze Sache ist so krank.« Mary Beth scharrte unbehaglich mit den Füßen auf dem Boden. »Und dann bist du ans Ufer geschwommen?«

»Chip hat mir geholfen. Ich fühlte mich so schwach, so erschöpft. Er entschuldigte sich den ganzen Weg zurück. Und im Haus. Er entschuldigte sich dauernd. Er sagte, er sei für einen Moment durchgedreht. Er versprach, es würde nie wieder passieren.

Aber ich wußte, daß es vorbei war. Ich wußte, daß ich ihn nie wiedersehen wollte. Er war einfach zu unheimlich. Völlig außer Kontrolle.« Sara richtete ihren Blick auf die Wand hinter Mary Beth. »Ich hatte immer nach Entschuldigungen für Chip gesucht. Ich dachte, ich verstünde ihn. Ich war so dumm. Ich sagte immer, schön, er ist ein verzogenes, reiches Kind. Ein Einzelkind. Seine Eltern waren geschieden. Sein Vater war von seiner Arbeit besessen. Er war daran gewöhnt, immer alles zu bekommen, was er haben wollte.

Er wuchs nicht wie ich mit drei älteren Brüdern auf. Er mußte nie um etwas kämpfen. Hatte nie Konkurrenz. Mußte nie verlieren. Das ist das, was ich mir selbst sagte. Aber es war Quatsch. Alles Quatsch.«

»Er ist einfach verrückt«, meinte Mary Beth. Sie drückte die unberührte Zigarette aus.

»Ja. Verrückt«, seufzte Sara. »Ja, und dann wollte er am Strand bleiben. Tat so, als sei es nicht passiert. Wieder von vorn anfangen. Ich brachte ihn dazu, daß er mich in die Stadt zurückfuhr. Er bat mich zu bleiben, ihm zu verzeihen. Als ich mich weigerte, bekam er einen Schock oder so was, glaube ich. Ich glaube nicht, daß er akzeptieren konnte, daß nichts so gelaufen war, wie er es geplant hatte.

Wir schwiegen auf der gesamten Fahrt zur Stadt. Wir schauten uns nicht einmal an. Es waren die gespanntesten, furchtbarsten drei Stunden meines Lebens.« Sara erschauerte.

»Du hast Chip also nie wiedergesehen?«

Sara verdrehte die Augen. »Soll das ein Witz sein? Er wollte mich nicht in Ruhe lassen. Er konnte nicht akzeptieren, daß es vorbei war. Er rief mich zehnmal am Tag an. Er schickte Blumen. Er schickte Geschenke. Er kam in mein Büro. Er kam zu meinem Appartement. Ein paarmal stellte ich fest, daß er mir auf der Straße folgte.«

Mary Beth fiel der Kiefer herunter. »Er ist dir *nachgeschlichen*?«

»Ich denke, daß man's so nennen könnte. Er war wahnsinnig, Mary Beth. Völlig wahnsinnig. Ich dachte daran, die Polizei zu rufen. Das tat ich dann wirklich.«

»Und was geschah darauf?«

Sara zuckte die Schultern. »Dann verlor ich meine Stelle. Die Fusion fand statt. Concord Publishing wurde verkauft. Die Hälfte der Concord-Belegschaft entlassen. Mich eingeschlossen. Und da war ich dann allein in meinem Appartement an der East Eighty-second Street. Keine Arbeit und einen psychopathischen Exfreund, der mir überallhin folgte. Und ... und ...«

»Und dann rief ich an!« Mary Beth lehnte sich an den Futon zurück und lächelte, offensichtlich erleichtert darüber, daß Saras lange, unglückliche Geschichte zu Ende war.

»Mary Beth Logan, die Retterin!« erklärte Sara, ebenfalls froh darüber, ihre jammervolle Geschichte beendet zu haben. Sie hatte gewußt, daß sie es ihrer Freundin in allen Einzelheiten würde erzählen müssen. Jetzt, nachdem sie alles erzählt hatte, würde sie die Geschichte nie wieder erzählen. Sie fühlte sich um hundert Pfund leichter.

Jetzt kann ich dieses Kapitel abschließen, dachte sie.

Schließ dieses Kapitel ab und beginn ein neues: *Kapitel Einhundertundzwanzig: Die Universitätsabsolventin.*

»Hier bin ich, wieder auf dem College«, sagte Sara fröhlich. »Lebewohl, New York. Lebewohl, du Glitzerwelt des Verlagsgewerbes. Hallo, verschlafene kleine Stadt Freetown. Hallo, Psychologieseminar. Ich kann noch gar nicht glauben, daß ich wieder hier bin und meinen Abschluß mache.«

Mary Beth grinste. »Du hast schon immer jeden analysiert, Sara. Warum wirst du nicht Psychologin und läßt dich dafür bezahlen?«

Sara seufzte. »Bezahlt zu werden, wäre sehr gut. Ich bin so pleite.« Sie schaute Mary Beth an. »Du bist eine so gute Freundin. Der Immatrikulationstermin war längst vorbei. Ich kann gar nicht glauben, daß du mich da noch reingebracht hast.«

»He – ich bin die ganz wichtige Mediendirektorin dieses Colleges, hast du das vergessen? Von Zeit zu Zeit kann ich ein paar Fäden ziehen.«

»Ich weiß nicht, wie ich dir danken soll. Wirklich nicht. Du hast mir das Leben gerettet. Ohne Witz.«

»Nun ja ...« Mary Beths Wangen röteten sich. Sie schien wegen Saras Dankbarkeit verlegen zu sein. Ihr Lächeln verflog schnell. »Chip weiß also nicht, wo du bist?«

Sara schüttelte den Kopf. »Ich habe es ihm nie gesagt. Und ich habe auch keine Nachsendeadresse hinterlassen. Wahrscheinlich sucht er die Straßen von Manhattan nach mir ab. Ich meine, ich hoffe, daß er es nicht tut. Ich hoffe, er wird sich eine andere suchen und mich vergessen. Aber ...«

Mary Beths Augen wurden schmal, als sie nachdachte. »Du

glaubst nicht, daß er auf die Idee kommt, daß du nach Freewood zurückgekehrt bist, zurück in deine alte Collegestadt?«

Sara setzte zu einer Antwort an. Doch es läutete an der Tür, so daß sie beide zusammenzuckten. Mary Beth stand vom Boden auf, glättete ihr marineblaues Sweatshirt und zog es über die Jeans, während sie zur Tür ging. »Wer könnte das sein? Haben wir eine Pizza bestellt?«

Sara lachte. »Nein. Aber wenn der Auslieferfahrer gut aussieht, bitte ihn herein!«

Mary Beth lehnte sich an die weiße Tür. »Wer ist da?«

Sara hörte eine gedämpfte Antwort. Eine Männerstimme.

»Oh. Du bist es.« Mary Beth öffnete die Tür. Ein Junge mit karottenrotem Haar schlurfte hinein. Er küßte Mary Beth auf die Wange, legte eine Hand auf ihre Schulter.

Sie löste sich von ihm. »Eric. Hi. Ich hatte dich nicht erwartet.« Sie deutete auf Sara.

Er drehte sich um, und sein Mund öffnete sich für eine Sekunde, als er Sara auf der Couch entdeckte. »Oh. Hey ...«

»Meine Freundin Sara«, sagte Mary Beth und schloß die Tür hinter ihm. »Das ist Eric.«

Sara sagte hallo. Er sieht aus wie achtzehn, dachte sie.

Eric bewegte sich unbeholfen in den Raum, schob seine Hände in die Taschen seiner weiten Jeans. Sein grauer Pullover war am Kragen ausgefranst. In einem Ohr trug er einen silbernen Knopf. Auf seiner Nase und den Wangen hatte er braune Sommersprossen.

Mary Beth hat ein Verhältnis mit Huck Finn! dachte Sara unbarmherzig.

Wahrscheinlich wird sie mir erzählen, er sei nur ein Freund. Aber die Hand auf ihrer Schulter verriet ihn.

Er blieb in der Mitte des Raumes stehen, zwischen den beiden Futons, und drehte sich wieder zu Mary Beth, die noch immer an der Tür stand. »Ich war im Fitneßcenter. Habe Gewichte gehoben. Ich dachte, ich schaue mal vorbei.«

Mary Beth hatte die Augen auf Eric gerichtet, wich Saras Blick aus. »Und wie läuft es?«

Er zuckte die Schultern. »Gut, denke ich. Der Trainer sagt, ich müßte noch was an Gewicht zulegen.«

Mary Beth verzog ihr Gesicht. »Ich wünschte, daß *mir* jemand sagte, ich müßte Gewicht zulegen!« Sie klopfte auf ihren Bauch. Wandte sich an Sara. Endlich. »Eric ist in der Ringermannschaft.«

»Toll!« Was für eine dumme Reaktion. Aber ihr fiel keine andere Art zu reagieren ein. Ihr Blick glitt über seine breiten Schultern, seinen kräftigen Hals. Sie war so überrascht darüber gewesen, wie jung er war, daß sie seine athletische Figur nicht bemerkt hatte, die sogar in diesem weiten Pullover deutlich zu sehen war.

»Sara ist gerade hergezogen. Aus New York«, erzählte Mary Beth Eric.

»Ich weiß. Das hast du mir erzählt.« Er wandte sich an Sara. »Ich war einmal in New York. Ich war zwölf, glaube ich. War ziemlich beängstigend.«

Sara nickte. »Ja. Es ist sogar beängstigend, wenn man nicht mehr zwölf ist.«

Eric verlagerte verlegen sein Gewicht. »Ich wollte nicht stören. Wenn ihr zwei beschäftigt ...«

»Nein.« Sara sprang auf. Sie setzte die Coladose ab. »Ich muß gehen. Ich muß morgen früh aufstehen und gleich in der Bibliothek sein, wenn sie öffnet.«

»Bist du sicher?« Mary Beth trat neben Eric, hatte die Arme vor sich verschränkt. »Wir könnten eine Pizza bestellen.«

»Nein. Wirklich, ich bin nicht hungrig. Danke fürs Abendessen, Mary Beth. Es war toll.«

Mary Beth verdrehte ihre Augen. »Richtig. Thunfischsalat. Ein Gourmetmahl. Ganz bestimmt.«

Sara lächelte. »Na ja, du hast genau die richtige Menge Mayonnaise dazugegeben.«

Alle lachten.

Sara nahm ihre schwarze Wolljacke und eilte zur Tür. Mary Beth und ihre Geheimnisse, dachte sie. Die ganze Zeit, die ich sie kenne, hatte sie immer ein oder zwei Geheimnisse. Ein paar Überraschungen in der Hinterhand. So nahe wir uns auch standen, Mary Beth hielt immer etwas zurück. Behielt etwas für sich.

Sie blieb an der Tür stehen und warf einen Blick auf Eric. Er ist ein nettes Geheimnis, dachte sie. Ihr eigener kleiner Studentenspielgefährte. Nun ... Mary Beth *sagte* ja, sie fühle sich wie ein Collegemädchen!

»Nett, dich kennengelernt zu haben«, rief sie ihm zu.

»Ganz meinerseits. Mary Beth erzählt die ganze Zeit von dir.« Seine Wangen wurden rot, während sich ein Lächeln über sein Gesicht breitete. »Aber ich glaube längst nicht alles.«

Mary Beth gab ihm einen verspielten Schubs. »Halt den Mund, Eric! Ich ruf dich morgen an, Sara. Paß auf. Und hör zu – nimm nicht die Abkürzung über den Campus, okay? Nimm den langen Weg. Da sind mehr Straßenlaternen.«

»Ja. Okay. Ich werd's schon schaffen.« Und sie war aus der Tür. Den schmalen, gefliesten Korridor entlang. Aus der Eingangstür des Appartementhauses heraus – Campus Tower. Wie kann man ein zweigeschossiges Gebäude Turm nennen?

Der Wind war kühl. Ein Halbmond tief über den Bäumen. Kahle Zweige knackten über dem Bürgersteig. Fette, tote Blätter raschelten über ihren Doc Martens.

An Eric denkend, überquerte Sara die Straße. Mary Beths sommersprossiger Typ. Ob er sich überhaupt schon rasierte?

Sara trat in einen Pfuhl von Dunkelheit. Schaute zu der Straßenlaterne hoch. Die Birne durchgebrannt. Sie erschauerte. Nahm ihre Leinentasche auf die linke Schulter.

Im nächsten Block schimmerte die beleuchtete grüne Kuppel des Verwaltungsgebäudes wie eine landende Fliegende Untertasse über dem dunklen Bau. Sara zögerte, bog dann auf den Campus ab, folgte dem gewundenen Kiesweg durch die Bäume.

Wird schon gehen. Ich bin zu müde, um den langen Weg zu nehmen.

Ihre Augen waren jetzt wachsam. Ein weißer Turnschuh lag auf der Seite unter einem rund gestutzten immergrünen Busch. Blätter von Campuszeitungen, die wie ein schnurloser Drachen über den Boden geweht wurden.

Vielleicht sollte ich ein Appartement auf derselben Seite des Campus wie Mary Beth nehmen, dachte sie, während sie ihren

Schritt beschleunigte. Ihre Schuhe rutschten auf feuchtem Laub. Hat Mary Beth absichtlich den Campus zwischen uns gelegt?

Ein Windstoß drückte das Gras nieder. Die Äste der Bäume knarrten.

Warum bin ich so ungerecht zu Mary Beth? Ist es deshalb, weil sie mir nichts von Eric erzählt hat? Weil sie absichtlich einen Teil ihres Lebens vor mir verheimlicht?

Seit wann bin ich so fordernd geworden? überlegte Sara. Seit wann bin ich so bedürftig?

Ich brauche jetzt jemand, dem ich vertrauen kann. Sie beantwortete ihre eigene Frage. Ich brauche wohl jemand, an den ich glauben kann.

Die College-Gebäude aus Granit und Ziegelstein, die dunkel um den Circle ragten, verschwanden, als der Pfad in die Bäume führte. Ein weiterer Windstoß ließ Sara erschauern.

Sie hörte ein metallisches Rasseln.

Dann ein scharrendes Geräusch.

Dröhnende Schritte.

Heißer, saurer Atem in ihrem Gesicht, als die dunkle Kreatur hinter den Bäumen hervorsprang und grob nach ihrer Taille faßte.

11

Sara wankte, als die riesige Kreatur angriff.

Sie inhalierte ihren säuerlichen Atem, der ihr wie heißer Dampf ins Gesicht schlug. Rote Augen funkelten sie an, während das Ding sich auf sie preßte.

»Runter! Platz!«

Eine Männerstimme. Hektisch, aber scharf. Irgendwo in der Dunkelheit.

»King – runter! Sofort!«

Die großen Pfoten des Hundes rutschten an Saras Taille herunter.

Ihre Brust hob und senkte sich. Ihr Herz hämmerte. Sie wich

zurück auf das Gras und gewann langsam ihr Gleichgewicht wieder.

»King – geh weg von ihr! Platz!«

Der Hund stieß ein kurzes Knurren aus. Dann wandte er sich seinem Herren zu. Einem Mann mittleren Alters in einer braunen Lederjacke. Er hatte eine weiße Baseballmütze tief in die Stirn gezogen.

»Tut mir leid. Hat King Sie erschreckt?«

»Äh ... ja.« Sara schaute wütend auf den riesigen gelben Hund hinab. »Was ist das – ein Golden Retriever?«

Warum frage ich das? Wen interessiert das?

»Das hat King noch nie zuvor getan. Es tut mir wirklich leid. Alles in Ordnung mit Ihnen?« Der Mann folgte ihr in den schwachen Lichtkegel, der von einer der niedrigen grünen Laternen fiel. Er war älter, als Sara zuerst gedacht hatte. Fünfzig vielleicht. Vielleicht fünfundfünfzig. Er hatte weiße Bartstoppeln im Gesicht. Der Kragen seiner Lederjacke war hochgeschlagen.

»Er hat mich zu Tode erschreckt!« erklärte Sara. Ihre Furcht wich dem Ärger.

»Es tut mir wirklich leid.« Er blickte wütend auf den Hund hinab, der an einem Baumstamm schnüffelte. Dann machte der Hund einen Schritt, hob sein Bein und gab einen kräftigen Strahl von sich.

Zauberhafter Hund, dachte Sara. »Sie sollten einen so großen Hund an der Leine führen. Er hätte mir den Arm brechen können.«

»Das hat er noch nie zuvor getan. Wirklich. King ist ein sehr zahmer Hund.« Der Mann senkte seinen Blick. »Hat er Sie beschmutzt? Ich bezahle Ihnen die Reinigung gern. Wirklich.«

»Das ist nicht nötig. Mit mir ist schon alles in Ordnung.« Saras Herz begann wieder normal zu schlagen. Aber sie fühlte sich zittrig. Sie zitterte am ganzen Leibe. Sie spürte noch immer die schweren Pfoten, die auf sie schlugen, sie zurückdrückten.

Der Hund trottete schwanzwedelnd auf den Weg zurück. Der Mann streckte eine behandschuhte Hand aus und tätschelte seinen Kopf. Er entschuldigte sich weitere fünf Mal, bevor er schließlich Gute Nacht sagte und davonging. Der Hund sprang täppisch neben ihm her.

Sara machte schnell kehrt und joggte zu ihrem Appartement.

Mary Beth hatte recht, fand sie. Von jetzt an sollte ich vielleicht nicht mehr die Abkürzung über den Campus nehmen.

Zumindest so lange, bis der Mörder gefaßt ist.

Wir werden diesen Kerl nie schnappen, dachte Garrett mürrisch.

Er schloß die Augen. Rieb sie mit den Daumen. Sah die junge Frau vor sich. Wirklich noch ein Mädchen. Sah ihren verdrehten Körper vor sich, ihren haarlosen, blutverschmierten Kopf. Wie ein geplatztes Ei.

Drei Tage und keine Spur. Nicht der winzigste Anhaltspunkt.

Drei Tage, und er hatte noch immer das Gefühl, sich übergeben zu müssen, wenn er an sie dachte. Charlotte Wilson. Noch ein Baby. Wie Martin.

Jetzt zerschunden und zerfetzt.

Der Coroner aus Medford, der am nächsten Morgen kam, war ratlos und still. »So was habe ich noch nie gesehen. Sie muß von einem Lastwagen überfahren worden sein.«

»Aber es gab keine Reifenspuren«, erklärte Garrett. »Und ein Lastwagen kann einem nicht den Bauch aufreißen oder die Kopfhaut abreißen, nicht wahr?«

»So stark ist aber kein Mensch«, widersprach der Coroner, wobei er sich am Hals kratzte, bis er rot war. Er war ein großer, dürrer Mann, der einen billigen, glänzenden grauen Anzug trug und eine schmale, marineblaue Krawatte, die er am offenen Kragen heruntergezogen hatte. »Es sei denn, er hat ein Werkzeug benutzt.«

»Sie meinen, um sie zu zerquetschen?«

»Um ihr so das Rückgrat zu brechen.«

»Er hätte ein Messer benutzen können, um ihr das Haar abzuschneiden«, meinte Walter. Er hatte seine Ellenbogen auf den Schreibtisch gestützt, seinen runden, blassen Kopf auf die Hände gesenkt.

»Nein. Es ist abgerissen worden.« Der Mann kratzte sich an der Wange. »Nicht abgeschnitten.«

Garrett trat ans Fenster. Diese Kratzerei machte ihn nervös. Er starrte in den Nebel und den Nieselregen hinaus. Regentropfen liefen an der verschmierten Scheibe herunter. »Haben Sie die Autopsie gemacht?«

»Wir sind dran. Brauchen Sie mich zwecks Feststellung der Todesursache? Ertrunken ist sie nicht.«

Der Kerl ist ein richtiger Spaßvogel, dachte Garrett.

»Sie hatte keine Stunde vorher Sex.«

Garrett wandte sich vom Fenster ab.

Walter hob seinen Kopf. »Tatsächlich? Mit dem Mörder?«

Der Mann kicherte. »Habt ihr Jungs eigentlich schon mal einen Mordfall bearbeitet? Vielleicht solltet ihr euch ein Buch aus der Bibliothek holen. Mal darin lesen.«

Garrett spürte Wut in sich aufsteigen. »Nennen Sie uns nicht Jungs.«

Das schmale Gesicht des Coroners wurde tiefrot. »War nicht so gemeint. He. Nehmen Sie's leicht. Sie haben hier ein Problem. Mit kühlem Kopf kommt man weiter. Sie wissen, was ich meine?«

»Wir sind Polizisten, keine Schülerlotsen«, beharrte Garrett. Zu abwehrend. Er war ärgerlich auf sich selbst. Man fühlt sich hilflos und dumm, und man gibt diesem Fremden die Schuld, der sich auch hilflos und dumm fühlt.

»Also schön, keine Stunde vorher hatte sie Sex.« Er griff hinter seine dicken Brillengläser, um sich die Augenlider zu kratzen. »Vielleicht ist das eine Spur. Vielleicht ist es auch nur ein kleines schmutziges Geheimnis, das wir zufällig erfahren haben.«

Walter schüttelte den Kopf. Seine grauen Augen wurden feucht. »Ich mußte ihre Eltern benachrichtigen. Ich habe noch nie solches Schreien und Weinen gehört. Ich glaube, daß ich dieses Geräusch nie wieder aus meinen Ohren bekommen werde. Diese armen Menschen. Sie haben wie Tiere geschrien. Es klang, als seien es Pferde. Verstehen Sie? Wie wenn die ihre Köpfe hochwerfen und wiehern.«

Der Coroner starrte Walter an, reagierte aber nicht drauf. »Ich lasse Ihnen morgen den vollständigen Bericht zukommen.« Er schlang seinen grauen Regenmantel um seine dürre Gestalt und eilte aus der Polizeiwache.

»Er ist ein kalter Fisch«, kommentierte Walter.

Garrett seufzte. »Wer *sonst* wird Coroner?«

MILTON R. COHN

DEKAN DER STUDENTEN

Sara blieb stehen und las die handgemalten schwarzen Buchstaben an der Milchglasscheibe der Tür. Sie nahm ihren Bücherpacken und ließ ihn zu Boden sinken. Während sie versuchte, ihr Spiegelbild im Glas zu betrachten, strich sie ihr Haar mit beiden Händen zurück und rückte dann den kurzen schwarzen Rock über ihren festen Schenkeln zurecht.

Sie warf einen Blick auf die lange Reihe von Büros. Vor einem Büro hockten zwei Studenten in Jeans und Pullovern auf dem Marmorboden, die Knie angezogen, Zigaretten im Mund, Rucksäcke zwischen den Beinen. Zwei blonde junge Frauen, wahrscheinlich Sekretärinnen, die Stapel von Papieren und farbige Ordner trugen, gingen eilig Seite an Seite über den Korridor. Ihre Absätze klackerten auf dem harten Boden.

Sara wandte sich wieder dem Büro zu. Sie preßte ihr Gesicht an die Scheibe, um zu sehen, ob jemand darin war. Er muß jetzt zurück sein, sagte sie sich. Ich hoffe, er erinnert sich an mich. Es wäre mir wahnsinnig peinlich, wenn er das nicht täte.

Sie stellte sich vor, wie sie in sein Büro treten würde. »Äh ... Dr. Cohn, ich möchte mich für das Jobangebot bedanken. Es ist genau die Arbeit, nach der ich gesucht habe. Ich kann jederzeit anfangen.«

Und Milton Cohn wendet sich ihr zu, verzieht das Gesicht und fragt kühl: »Kenne ich Sie?«

Sara strich mit den Fingern über die schwarzen Buchstaben seines Namens. Sie hatte das Gefühl, sie würden vom Glas gleiten.

Hör auf, dich rumzudrücken, schalt sie sich. Er hat dir einen Job angeboten. Warum benimmst du dich wie ein nervöser Teenager?

Sie pochte leise an das Türglas. Zu leise. Sie konnte ihr Klopfen kaum selbst hören.

Sie hob die Hand, um wieder zu klopfen, hielt aber inne, als zwei Männer um die Ecke bogen. Einer davon trug einen dunkelbraunen Anzug. Der andere eine unten eng geschnittene Hose, ein weißes Hemd und eine dunkle Krawatte. Sara atmete schwer ein, da sie glaubte, der Mann im Anzug sei Liam. Aber als sie an ihr vorbeigingen, merkte sie, daß sie sich geirrt hatte.

»Und wenn es so etwas wie eine Dauerstellung nicht gäbe?« sagte der Hemdsärmelige mit einer hohen, dünnen Stimme. »Was würdest du dann tun?«

»Ist mir scheißegal. Ich bin auch im Ausschuß. Willst du im Ausschuß sein?«

»Nein, danke. Ich bin bereits in mehr Ausschüssen, als zulässig ist.«

»Du solltest in dem Ausschuß sein. Der tagt nie. Also würde es nicht viel von deiner Zeit in Anspruch nehmen.«

Sara bemerkte, daß die beiden sie musterten, sie im Vorbeigehen von Kopf bis Fuß anschauten. Sie beobachtete, wie sie in einem Büro verschwanden, das nur einige Türen von dem entfernt war, vor dem die beiden Studenten auf dem Boden hockten.

Sie schaute auf ihre Armbanduhr. Halb vier, Montag nachmittag.

Ihr Seminar mit Professor Lahm war gerade zu Ende gegangen. Während der ganzen Stunde war sie abgelenkt gewesen, unfähig, sich zu konzentrieren, hatte an ihren Besuch bei Dr. Cohn gedacht.

Was kann schlimmstenfalls passieren? fragte sie sich. Er wird sagen, er habe seine Meinung geändert oder jemand anders eingestellt.

Meine Güte.

Manche Menschen segelten durchs Leben, als säßen sie in diesen Gleitern, mit denen ihr Bruder Gary so gerne flog. Hoben vom höchsten Hügel ab, ohne zu wissen, wohin der Wind sie tragen würde, genossen aber die ganze Zeit den Flug.

Sara war keiner von diesen Gleitertypen. Sie mußte sich die

Dinge immer etwas schwerer machen. »Du stehst dir ständig selbst im Wege«, hatte Gary ihr gesagt, nachdem sie ihren Job in New York verloren hatte und ihm gegenüber zugegeben hatte, daß sie nicht wisse, was sie nun tun solle. Das war nicht unbedingt der Rat, den sie hatte hören wollen. Aber die Worte hatte sie sich gemerkt.

Sie verbrachte mehr Zeit damit, über Dinge nachzudenken, als sie zu tun. Noch so eine weise Einsicht ihres Bruders Gary. Gary, der freie Journalist. Gary, der Reisende. Der Gleiter.

Ja, ich durchdenke gerne Dinge, wurde Sara klar. Darum studiere ich Psychologie. Niemand hatte ihr je zum Vorwurf gemacht, sie sei spontan oder impulsiv oder locker. Aber lockere Menschen sind nicht unbedingt glücklicher, fand sie.

Sie klopfte wieder an die Tür von Milton Cohns Büro. Diesmal ein wenig fester.

Stille drinnen.

In dem Büro brannte Licht. Sie räusperte sich. Drehte den gläsernen Türknopf und öffnete die Tür. Sie blickte in ein Vorzimmer. Ein eichener Schreibtisch, mit Papieren übersät. Ein Computer und ein Drucker auf einem niedrigen Beistelltisch hinter dem Schreibtisch. Eine Wand voller Bücher, zumeist in Leinen gebunden. In der Ecke eine Messinggarderobe, bis auf einen schwarzen Regenschirm am oberen Haken leer. Eine Reihe metallgrauer Aktenschränke.

Niemand am Schreibtisch. Der Computer ausgeschaltet.

»Hallo?« Saras Stimme kam leise und hoch.

Eine diesige Nachmittagssonne fiel durch das offene Fenster. Sara machte ein paar Schritte in den Raum und schloß leise die Tür hinter sich. Sie schaute nach draußen und konnte nebenan die Fenster des Language Arts Building sehen, das im Sonnenlicht wie Gold glänzte.

Draußen auf dem Gang hörte sie Schritte. Gelächter. Sie wandte sich vom Fenster ab. Ihr Blick verweilte auf der blaßgrünen Wand, die zum eigentlichen Büro führte. Zwei lange Messer waren an der Wand befestigt, die Klingen über Kreuz, als seien es Degen zum Fechten. Die silbernen Klingen fingen das Licht ein. Sara merkte, daß sie dachte, ›Das sind keine Küchenmesser.‹ Keine Tranchiermesser. Das sind Waffen.

»Hallo? Dr. Cohn? Ist jemand …?«

Sie machte einen Schritt auf das Büro zu. Die Tür stand auf. Darin konnte sie weitere Bücherregale sehen. Einen weinroten Teppich auf dem Boden.

Zwei braune Schuhe auf dem Teppich.

Zwei braune Schuhe, deren Spitzen nach oben zeigten. Aus den Schuhen streckten sich dunkle Socken. Braune Hosenbeine darüber.

»Ohh.«

Sara blinzelte mehrmals, bevor sie merkte, daß es ein Mann war. Auf dem Boden. Jemand, der reglos auf dem Boden lag.

Dr. Cohn lag tot auf dem Boden seines Büros.

»Ohh.«

Panik brachte ihr Herz zum Rasen. Sie wandte sich zum Gehen. Merkte, daß sie das nicht konnte. Holte tief Atem und hielt ihn an. Starrte auf die beiden Messer an der Wand. Wollte, daß ihr Herz aufhörte, so heftig zu pochen. Dann trat sie durch die Tür ins Büro.

»Oh. Hi.«

Milton Cohn, sein weißes Hemd aufgeknöpft, auf dem Boden seines Büros. Flach auf dem Rücken liegend. In jeder Hand eine graue Hantel. Die Arme in der Luft. Rauf, runter, dann wieder rauf.

Er stöhnte, lächelte sie an. Sein Gesicht war gerötet. Seine Arme waren viel muskulöser, als sie geglaubt hatte. Die Arme eines Boxers. Dieser gewaltige Bauch. Sie hatte ihn als fett in Erinnerung. Jetzt konnte sie sehen, daß es Muskeln waren. Sein Brustkorb war massiv, sein Körperbau fest. Das dichte graue Haar auf seiner Brust glänzte vor Schweiß.

Er legte die Gewichte ab und begann sich aufzurichten. »Tut mir leid. Ich habe Sie nicht reinkommen hören.« Seine Stimme war tief, aber atemlos. Als er auf den Beinen war, bewegte er sich auf den wuchtigen Mahagonischreibtisch zu, nahm ein weißes Handtuch von dem grünledernen Sessel neben dem Schreibtisch und wischte sich die Stirn ab.

Sara räusperte sich. »Entschuldigen Sie die Störung. Ich hatte geklopft, aber ...«

Ich kann einfach nicht glauben, daß ich dachte, er sei tot, schalt sie sich. Warum habe ich in letzter Zeit so eine düstere Phantasie?

Milton bearbeitete sein weißes Haar mit dem Handtuch, das er dann auf die Fensterbank warf. Machte keinen Versuch, sein Haar zu glätten, das aufrecht über seinem roten Gesicht stand. Er wandte sich zu ihr und knöpfte sein Hemd zu.

Er starrt wieder meine Titten an, merkte Sara und spürte, daß ihr Gesicht heiß wurde. Sie erinnerte sich an seinen Blick in jener Nacht im Restaurant.

»Claire ist heute nicht da. Sie erwartet ihr Baby im nächsten Monat. Es fällt ihr schwer herzuwatscheln.« Er grinste und schaute Sara endlich direkt an.

»Wenn ich ungelegen komme ...«, setzte Sara an.

Er fummelte mit seinen riesigen Fingern an seinen Hemdknöpfen. Ein Teil seines Hemdschoßes hing aus der Hose. Der andere steckte darin. »Nein. Nein. Ich hatte nur gerade das Alleinsein genutzt. Ich versuche zweimal täglich zu trainieren. Gehört zum Job.« Er ging zum Schreibtisch und bedeutete ihr, auf dem grünen Sessel Platz zu nehmen.

»Gehört zum Job?«

»Teufel, ja. Man muß *stark* sein, um mit Studenten fertig werden zu können.«

Sara wußte nicht, ob er scherzte oder nicht. Sein Blick war auf ihre Beine gerichtet, als sie sich in den Sessel setzte. Sie zupfte an dem kurzen Rock und wünschte sich, sie hätte etwas Dezenteres angezogen. Sie nahm ihren Bücherstapel auf den Schoß.

»Sie wagen es nicht, mir Widerworte zu geben«, fuhr Milton mit seiner schnarrenden Stimme fort. Sie klang immer, als ob er sich räuspern müsse. Er ließ grinsend seinen Bizeps spielen.

Sara lachte. Er *scherzte* nur.

»Das Training ist eine meiner Besessenheiten.« Er trat einen Schritt zurück, setzte sich dann auf die Kante des Mahagonischreibtischs, auf einen Aktenstoß. Er starrte auf ihre Knie. »Ich habe viele Leidenschaften. Wie sieht's bei Ihnen aus?« Er schaute sie anzüglich an, als habe er ihr gerade ein zweideutiges Angebot gemacht.

»Nein. Ich ... ich bin nicht so ein leidenschaftlicher Typ«, erwiderte Sara verlegen. »Ich weiß nicht, ob Sie sich überhaupt an mich erinnern«, fuhr sie fort, bemüht, das Thema zu wechseln, zur Sache zu kommen. »Ich bin Sara Morgan. Wir sind uns bei Spinnaker's begegnet. Ich ...«

Er beugte sich vor und tätschelte ihre Hand. Seine Hand fühlte sich wie die Pranke eines Tieres an, haarig und grob. »Natürlich erinnere ich mich an Sie, Sara.«

»Ach, wirklich? Also, ich ...«

»Liam hat am nächsten Tag von Ihnen gesprochen.«

»Tatsächlich?« Sie nestelte an ihren Büchern. Warum piepste sie wie ein kleines Mädchen? Sie beschloß tiefer zu sprechen.

»Er fragte mich, ob Sie schon wegen der Stelle vorbeigekommen seien.«

»Also ... hier bin ich!« erklärte Sara. Sie umfaßte ihren Buchstapel mit beiden Händen. »Ich bin noch immer interessiert, Dr. Cohn. Wenn Sie ...«

»Milton. Bitte, Sara. Nennen Sie mich Milton. Okay?«

»Okay. Milton.«

Wieder senkte er seinen Blick auf ihre Knie. Mache ich einen Fehler? überlegte Sara. Ist er vielleicht ein Perverser?

»Ja. Milton. Das ist besser.« Er drückte ihren Arm durch ihren Pullover. Sara zwang sich, nicht zusammenzuzucken. Irgendwie ist er wirklich widerwärtig, dachte sie. Dann korrigierte sie sich. Nicht direkt widerwärtig. Einfach zu groß. »Wenn Sie mich mit Dr. Cohn anreden, fühle ich mich wie ein alter Bock.«

Sara stieß ein verlegenes Lachen aus.

»Ich möchte Ihnen ein paar Fragen stellen.« Er grinste sie an. Er hatte einen Goldzahn an der Seite, der glänzte, wenn er lächelte. Er erhob sich von der Schreibtischplatte und trat hinter den Schreibtisch. Der lederne Schreibtischsessel gab ein langes *Wusch* von sich, als er sich darauf sinken ließ. »Haben Sie Erfahrung als Sekretärin, Sara?«

»Nun … ja.« Sie verschob den Bücherstoß so, daß sie ihre Beine übereinanderschlagen konnte. »Ich war Lektoratsassistentin. Bei Concord Publishing. In New York.«

Er ergriff einen Briefbeschwerer, eine Metallpyramide, und drehte ihn in seiner großen Hand, den Blick auf Sara gerichtet. »Klingt, als sei's ein interessanter Job.«

»Ich war nur eine bessere Sekretärin«, erwiderte Sara. »Aber natürlich wurden die Sekretärinnen besser bezahlt als Lektoratsassistentinnen.«

Daraufhin lächelte er. Er ließ die Metallpyramide von einer Hand in die andere gleiten. »Und warum sind Sie gegangen?«

»Also, Concord fusionierte mit einer anderen Firma und meine Stelle wurde gestrichen. Und deshalb …«

»Nein. Ich meinte, warum haben Sie New York verlassen? Um Distanz zu einem Mann zu bekommen?«

Woher weiß er das? Saras erster Gedanke. Ihr zweiter Gedanke: *Warum ist er so persönlich? Ich dachte, dies sei ein Bewerbungsgespräch.*

»Nun … ja.« Sie spürte, daß ihr Gesicht wieder heiß wurde, wußte, daß sie errötete.

Die Antwort schien Milton zu gefallen. Er beugte sich über den Schreibtisch. Sie konnte Schweißperlen, groß wie Regentropfen, in einer Reihe unter seiner weißen Haarmähne sehen.

»Sie sind sehr hübsch, Sara.«

»Danke.« Sie fühlte sich unbehaglich und starrte auf die Bücherregale hinter Miltons Schreibtisch.

»Gehen Sie gern ins Kino?«

»Sicher. Manchmal.«

Das ist nun wirklich nicht das Bewerbungsgespräch, das ich erwartet hatte, dachte Sara. Sie verlagerte ihr Gewicht im Sessel.

Ein langes, tiefes Schweigen.

Milton räusperte sich. »Claire ist nicht verheiratet, aber sie bekommt ein Baby«, erklärte er, wobei er seinen Blick auf das Fenster richtete. Wolken zogen an der Sonne vorbei, tauchten den Raum plötzlich in Schatten. Sara spürte einen Stoß kalter Luft, der ihr heißes Gesicht abkühlte. »Ich hatte geglaubt, sie sei lesbisch. Vielleicht *ist* sie lesbisch. Ich weiß nicht. Heutzutage ist es schwer, überhaupt etwas zu wissen. Finden Sie nicht?«

Ist das eine Frage, überlegte Sara. »Ich denke schon.«

Er ließ die Pyramide in seine andere Hand fallen. Die Schweißperlen begannen an seiner Stirn herunterzufallen. »Ich meine, woher weiß man, ob eine Frau lesbisch ist oder nicht?« schnarrte er. Er suchte ihren Blick.

Sara zuckte die Schultern. »Ich denke, man sollte sie fragen.«

Er warf den Kopf zurück und lachte laut auf, als ob sie gerade eine wirklich witzige Bemerkung gemacht hätte.

Er ist völlig verrückt, dachte Sara. Ich sollte aufstehen und zusehen, daß ich so schnell wie möglich hier rauskomme. Sie faßte ihre Bücher fester. Aber ich brauche das Geld, sagte sie sich dann. Ich bin völlig pleite. Ich kann meine Brüder nicht dauernd anpumpen. Dies ist der perfekte Job. Wenn nur ...

Ein weiterer Windstoß kam durch das offene Fenster. Er fegte über einen kleinen, plexiglasgerahmten Schnappschuß auf seinem Schreibtisch. Als er ihn aufrichtete, sah Sara eine lächelnde junge Frau mit rundem Gesicht und blondem, gelocktem Haar.

»Ist das Ihre Frau?«

Er tippte lächelnd mit einem Finger auf das Gesicht der jungen Frau. »Nein. Das ist Jennifer. Meine Tochter.« Sein Lächeln verflog schnell. »Ich habe jetzt keine Frau mehr.« Er sagte das mit einer düsteren, leisen Stimme. Sein Blick war trübe und abwesend.

Sara senkte den Kopf. »Ich verstehe.« Das ist alles viel zu persönlich, dachte sie. Ich wollte nur seine Sekretärin sein. Ich will nicht seine Freundin sein. Oder seine ... Über eine andere Alternative mochte sie nicht nachdenken.

»Erzählen Sie mir, wie Ihr Terminplan aussieht«, sagte er plötzlich ganz geschäftlich, als ob er ihre Gedanken lesen könnte. »Stellen wir fest, wann Sie arbeiten können.«

Sara ging ihren Terminplan durch. Milton nahm ein weißes Leinentaschentuch aus seiner Hosentasche und tupfte sich den Schweiß von der Stirn. Er steckte das Taschentuch ein und griff wieder nach der Metallpyramide. »Könnten Sie am Dienstagvormittag, mittwochs und am Freitagnachmittag arbeiten?«

Sara nickte. »Das klingt gut.«

Sie sprachen über die Bezahlung auf Stundenbasis. Besser, als Sara erwartet hatte.

»Ich muß zwei Reden halten«, erzählte Milton. »Eine über einen Wohltätigkeitsfonds, um Gelder zu bekommen. Für eine Absolventengruppe. Die andere, um Studentenberater zu motivieren. Vielleicht können Sie mir dabei helfen, die zu schreiben?«

»Das klingt interessant.« Sie stand auf, brannte darauf zu gehen. Sie ließ den Buchstapel an einer Seite herunterhängen. Zog den Saum ihres kurzen Rockes mit der freien Hand herunter.

»Haben Sie je Reden oder so was geschrieben?«

Er starrte auf ihre Beine. Tat er das absichtlich so direkt? Oder glaubte er, daß Sara es nicht bemerkte?

»Nun ... nein. Bei meinem Job in New York habe ich meistens Briefe geschrieben. Absagebriefe.«

Er nickte. »Schön. Gut. Ich bin froh, Sie gefunden zu haben, Sara. Sie können morgen vormittag anfangen? Um neun?«

»Bis dann. Danke, Milton.« Sie wandte sich zum Gehen, drehte sich dann rasch um.

Und starrte auf den Gegenstand in seiner fetten Hand. Die Metallpyramide. Er hatte sie fast flach gedrückt.

Milton folgte ihrem Blick, schaute darauf.

»Oh. Tut mir leid.« Ein seltsames, schuldbewußtes Lächeln glitt über sein Gesicht. »Manchmal bin ich mir überhaupt nicht meiner Kraft bewußt.«

Sara stieß mit Liam zusammen, als sie aus dem Verwaltungsgebäude trat.

»Oh. Hallo!« Unisono.

Sie lachten beide.

Er hatte seinen Mantel nicht zugeknöpft. Darunter waren ein schwarzer Rollkragenpullover und eine schwarze Hose zu sehen. In seinen Augen spiegelte sich das schwindende Licht der Nachmittagssonne.

»Wir dürfen uns nicht ständig über den Weg laufen«, scherzte er.

Ich liebe sein Lächeln, dachte sie. »Ich war gerade …«, begann sie, machte eine Bewegung mit dem Kopf zur Tür.

»Es ist Schicksal. Ich glaube, es ist Schicksal, daß wir uns dauernd begegnen«, unterbrach Liam sie. Sein Lächeln schwand. »Glauben Sie an das Schicksal, Sara?«

Seine Ernsthaftigkeit überraschte sie. »Ich – ich weiß nicht.« Dumme Antwort. Sie schalt sich selbst, spürte, daß ihre Wangen heiß wurden. Fällt dir nichts Interessantes als Antwort darauf ein?

Er schien das nicht zu bemerken. »Ich glaube an das Schicksal.« Er kicherte. »Aber natürlich glaube ich an fast alles.«

Sara blickte zu ihm auf. »An alles?«

Er nickte. Er schien jetzt nicht zu scherzen. Er klemmte seinen ledernen Aktenkoffer unter den Ärmel seines Mantels und griff nach ihrer Hand. Seine Hand fühlte sich in ihrer kalten Hand warm an. Er betrachtete ihre Handfläche. »Gute Lebenslinie.«

Sara konnte ein Lachen nicht unterdrücken. »Sie glauben *wirklich* an alles!«

Sein Gesichtsausdruck änderte sich nicht. Er schaute ihr in die Augen, hielt ihre Hand aber fest. »Sie haben ein wundervolles Lachen.« Sein Blick verweilte auf ihrem Gesicht.

Sie wandte sich ab, spürte, daß ihr Herz heftiger zu schlagen begann.

Er widmete sich wieder ihrer Hand. »Ich versuche, darin zu sehen, ob es einen Grund gibt, warum wir uns ständig begegnen.« Das war scherzhaft gesagt. »Manchmal kreuzen sich zwei Linien und …«

»Sie kitzeln mich!« Sara zog ihre Hand weg.

Liam entschuldigte sich. Er strich sein volles Haar zurück, den Blick auf sie gerichtet. »Möchten Sie einen Kaffee trinken oder so, Sara?«

Er mag mich wirklich, dachte sie. Er flirtet nicht nur.

Natürlich flirtet er.

Wieder schalt sie sich selbst. Mach keine große Geschichte daraus. Sei nicht gleich durcheinander, nur weil er dich zu einem Kaffee eingeladen hat.

»Ja, ich würde ...«, begann sie.

Aber ein junger Mann und eine Frau kamen auf Liam zugestürzt. Sie begannen gleichzeitig, aufgeregt zu reden, etwas über ein Treffen des Sprachseminars. Sara begriff, daß Liam dorthin zu gehen hatte, daß man verzweifelt nach ihm gesucht hatte.

Liam wandte sich an Sara und zuckte hilflos mit den Schultern. »Tut mir leid. Ich scheine mehrere meiner Kollegen versetzt zu haben. Vielleicht ein anderes Mal?«

»Ja. Toll!« erwiderte Sara ein wenig zu enthusiastisch. Sie spürte, daß ihre Wangen wieder heiß wurden.

Sie schaute zu, wie Liam fortgezogen wurde. Er drehte sich noch einmal zu ihr um und zuckte wieder die Schultern. Dann ließ er sich zum Language Arts Building ziehen.

Schicksal, dachte Sara. Es war kein Wort, das sie oft benutzte oder woran sie oft dachte. Aber jetzt ging es ihr immer wieder wie eine hoffnungsvolle Beschwörung durch den Kopf.

Mary Beth erklärte ihr an diesem Abend alles.

Sie rief Sara nach dem Abendessen an. »Hat Liam dich gefunden?«

»Wie? Was meinst du damit?«

»Er hat versucht herauszufinden, wo du bist«, erwiderte Mary Beth beiläufig, ohne zu merken, welche Wirkung ihre Worte auf Sara hatten. »Er hat heute nachmittag in meinem Büro angerufen.«

»Das hat Liam getan?« Saras Stimme war hoch und schrill.

»Er sagte, er versuche dich zu finden. Er fragte mich, ob ich deinen Terminplan kenne. Ich erzählte ihm, daß du meiner Meinung nach mit Dekan Cohn verabredet seist. Wegen dieser Stelle. Hat Liam dich gefunden?«

»Nun ... ja.« Saras Schläfen pochten. »Aber er – er sagte, es sei Schicksal.«

»Wie bitte?«

»Er tat so, als sei es Zufall gewesen. Du weißt schon. Daß wir uns begegneten.«

Schweigen auf der Seite von Mary Beth. Dann: »Verrückt.«

Es ist nicht verrückt. Es ist wundervoll! sagte Sara zu sich.
»Verrückt«, wiederholte Mary Beth.

12

Andrea DeHaven trat in den Schatten der großen Hecke zurück und starrte auf das Fenster mit den Vorhängen auf der anderen Straßenseite. Ein Licht schimmerte vielversprechend hinter dem Vorhang.

Liam, bist du heute abend daheim?

Liam, denkst du an mich?

Sie schlug den Kragen ihres Pelzmantels, graugefärbtes Kaninchen, hoch, als Scheinwerferlicht auf sie fiel. Ein Lieferwagen rumpelte vorbei, in dessen Fenstern vier junge Männer zu sehen waren, die alle gleichzeitig sprachen, gestikulierten und auf die Sitze schlugen.

Sie ordnete ihr orangerotes Haar, zog eine Locke davon über ein Auge. Das sah sexy aus. Zu Hause hatte sie es zurückgekämmt und zusammengebunden, dann ihre Meinung geändert und es frei fallen lassen. Frei und wild.

Für dich, Liam.

Sie hatte die ganze Woche an ihn gedacht. Besessen? Nun, vielleicht war sie das. Aber woran sollte sie sonst denken? An Immobilien? Daran, daß sie Appartements und Häuser diesen Collegestudenten und ihren schäbigen Professoren zeigte, von denen keiner einen Pfennig besaß? Die Mieteinnahmen für die drei Häuser zählen, die ihr Vater ihr hinterlassen hatte?

Eigentlich hatte er ihr fünf Häuser hinterlassen. Aber Scott, diese Ratte, hatte zwei davon verkauft, um seine Schulden zu bezahlen, bevor er mit seiner Sekretärin durchgebrannt war.

Andrea seufzte. Schaute zum sternenlosen Himmel auf und unterdrückte die Tränen.

Verschmier dir nicht dein Mascara, mein Schatz.

Koks soll dich nicht zum Weinen bringen. Koks soll dich glücklich machen.

Andrea rieb sich die Nase. Vielleicht habe ich nicht genug genommen …

Sie schüttelte den Kopf, biß sich auf die Lippe, schmeckte die Süße des roten Lippenstifts.

Sei nicht dumm und lebe.

Dieser Satz ist für *mich* geschrieben worden, dachte sie bitter. Das ist der Titel meiner Autobiographie.

Ein ziemlich dünnes Buch.

Ich habe mir schon ein Leben gestaltet. Ein Ehemann brennt mir mit einem billigen Flittchen durch. Ein Ehemann fällt tot in sein Abendessen. Konnte nicht einmal bis zum Dessert warten.

Ich bin zweiundvierzig und gehe auf die Sechzig zu.

Zumindest habe ich meine Freundinnen. Delia, die Rezepte ausschneidet wie eine Hausfrau aus den fünfziger Jahren, aber niemals kocht. Und der es trotzdem gelingt, über zweihundert Pfund zu wiegen, tropfnaß.

Tropfnaß? Was für ein Gedanke. Ich würde *dich* lieber tropfnaß sehen, Liam.

Und Esther. Meine Apothekerin. Was würde ich ohne Esther tun?

Andrea schniefte. Nein. Ich habe nicht genug getan.

Was würden Delia und Esther sagen, wenn sie mich hier sähen, dabei, mich dem gutaussehenden Professor an den Hals zu werfen? Interessiert mich das? Ich glaube nicht.

Außerdem war er verrückt nach mir.

Ich wußte, was los war. An diesem ersten Tag im letzten August, an dem Tag, als ich ihm das Haus zeigte. Ich konnte den Blick seiner braunen Augen spüren. Ich wußte, was er dachte. Er war nicht gerade zurückhaltend.

Die Art, wie er mich in der Tür zum Eßzimmer streifte. Und dann so tat, als sei es Zufall gewesen. Er hat mich praktisch abgetastet. Diese dunklen Augen, die auf mein Gesicht gerichtet waren, dann auf meine Brüste. Diese seelenvollen Augen, deren Blick mich durchdrang.

Er sprach so leise zu mir, so sexy mit diesem irischen Akzent oder was es sonst ist. Neckte mich, flirtete mit mir, streifte meine Hand, als wir in die Küche traten.

Ich erinnere mich an jedes Mal, als er mich berührte. Jedes Mal.

Und dann konnte ich seinen Blick spüren, als ich die Treppe vor ihm hochging. Ich wußte, worauf er schaute. Ich wußte, daß er genoß, was er sah.

So heiß da oben. Die Hitze – die Hitze war zwischen Liam und mir. Ich konnte sie spüren. An seinem Lächeln konnte ich sehen, daß er sie auch spürte.

Ich führte ihn ins Schlafzimmer. Wenn ein Bett darin gewesen wäre …

Und letzte Woche. Die Nacht, in der ich ganz »zufällig« vorbeischaute. Er ließ mich wissen, daß wir auf der gleichen Wellenlänge waren.

Eine gegenseitige Anziehung. So würde ein Professor es nennen. Er ist nicht wie die anderen Professoren, die wie kalte Fische sind. Schlappschwänze und Klugscheißer mit ihren dürren Handgelenken und den kalkweißen Gesichtern. Liam ist heißblütig. Genau wie ich.

Auch ich habe irisches Blut in mir. Mütterlicherseits. Ich glaube, das hat sie mir erzählt.

Heute nacht möchte ich etwas Irisches in mir haben, Liam.

Wow! Du bringst mich auf böse Gedanken. Auf sehr böse Gedanken – aber ich liebe das!

Heiß und scharf. Vielleicht ist das der bessere Titel für mein Buch.

Auch du hast letzte Woche böse Gedanken gehabt. Es war so offensichtlich, Liam. So offensichtlich und zauberhaft zugleich. Die Art, wie du mir in die Augen geschaut und meine Hand gehalten hast, als du mich zur Tür brachtest.

Ich erinnere mich genau an jede Berührung.

Erinnerst du dich auch?

Ich habe soviel über dich nachgedacht. Heute nacht konnte ich es einfach nicht mehr ertragen, allein zu Hause zu sitzen. Ich bin diese Sitcoms so leid, Liam. Sie bringen mich nie zum Lachen.

Wer *sind* diese Leute, die da im Publikum sitzen und wie Schwachsinnige lachen?

Ich will, daß *du* mich zum Lachen bringst, Liam. Darum habe ich beschlossen, mich anzuziehen. Den Pullover anzuziehen, der besonders sexy ist. Ich weiß, daß du diesen Pullover magst. Ich weiß, daß du es magst, wie meine Titten darin aussehen. Ich habe gesehen, wie du sie angestarrt, sie mit deinen Augen liebkost hast. Und sie sind echt, Liam. Andrea braucht keinen Wonder Bra. Überhaupt keinen BH. Das wirst du schon selbst merken.

Ich habe mich für dich angezogen, Liam. Die ganze letzte Woche habe ich daran gedacht. Es war nicht nur der Koks. Der Koks half mir, einen klaren Kopf zu bekommen.

Haben sich die Vorhänge bewegt? Schaust du nach mir, Liam? Ich bin hier. Ich bin hier, gleich auf der anderen Straßenseite. Warte. Warte auf den richtigen Augenblick. Ich sammle mich nur. Kneife die Arschbacken zusammen, wie die Collegekids sagen.

Andrea wich an die Hecke zurück, als die Tür von Liams Haus sich plötzlich öffnete und ein Rechteck von gelbem Licht auf die Betontreppe warf.

Sie faßte den Pelzkragen des Mantels mit beiden Händen. Kam er heraus?

Nein. Es war seine Schwester, wie Andrea sah. Wie war gleich ihr Name? Sie konnte sich nicht erinnern. Fing er mit einem B an? Barbara? Nein.

Andrea spürte ihr Herz klopfen, als die Schwester die Tür hinter sich schloß, die Hände in die Taschen ihres Trenchcoats schob und dann die drei Stufen zum Bürgersteig hinunterging, scharf abbog und davoneilte. Ihre Schuhe scharrten auf dem Pflaster.

Ja! Danke!

Andrea hob triumphierend beide Fäuste hoch. Ihre schwarze lederne Tasche fiel auf den Bürgersteig. Als sie sich bückte, um sie aufzuheben, überkam sie eine Welle von Benommenheit.

Ruhig, Mädchen.

Versau dir jetzt deine große Chance nicht.

Sie faßte die Tasche mit beiden Händen, richtete sich auf und überquerte vorsichtig die Straße. Die Schwester war rücksichtsvoll genug, uns allein zu lassen, Liam. Wenn die Katze aus dem Haus ist, tanzen die Mäuse auf dem Tisch.

Sie drückte ihren Finger auf die Klingel.

Sie konnte es drinnen läuten hören. Dann hörte sie Schritte.

Sie strich sich das Haar über ihre blauen Augen. Räusperte sich. Überlegte, ob ihr Atem rein war. Wünschte, sie hätte etwas mehr Parfüm aufgetragen. *Poison.* Gift. Sie liebte den schweren Duft. Der Name war unwichtig.

»Wer ist da? Margaret? Bist du zurück?«

Hieß die Schwester Margaret?

Die Tür öffnete sich, bevor Andrea antworten konnte. Und da stand er, groß in dem Rechteck von Licht, das aus dem Korridor fiel. Dunkles Haar, zurückgekämmt, anklebend, feucht, als ob er gerade geduscht hätte. Ein weißer Wollpullover über weiter brauner Cordhose. Er schaute sie über seine rahmenlose Lesebrille an. »Andrea?«

»Überrascht, mich zu sehen?« Sie versuchte die Worte sexy zu hauchen, aber ein verkrampftes Kichern kam aus ihrer Kehle. Der Ärmel ihres Mantels streifte seine Brust.

»Andrea, ich – wollen Sie nicht hereinkommen?« Er nahm die Lesebrille ab. Er betrachtete sie noch immer. Diese durchdringenden Augen.

Sei freundlich, Liam. Sei nett zu mir. Sei froh, mich zu sehen.

Aber er hatte noch nicht gelächelt.

Hatte sie einen Fehler gemacht?

Er trat zurück, um sie hinein zu lassen. Sie trat in den Korridor, stieß gegen ihn. Ihr schwerer Mantel drückte ihn an die Wand. »Ich habe über Sie nachgedacht.« Sie hatte das verführerisch sagen wollen, aber es kam ernst heraus, irgendwie geschäftlich.

Endlich lächelte er. Seine braunen Augen blitzten. Das Licht des Korridors funkelte darin. »Ist die Miete schon fällig? Ich bin sicher, daß ich das Geld irgendwie zusammenkratzen kann.« Er lachte.

Ich werde mich in Naturalien bezahlen lassen, dachte sie.

»Nein, Sie verstehen nicht«, erklärte sie. Das Licht im Korridor war zu hell. Sie konnte ihn jetzt nur als Silhouette sehen. Es lief nicht so, wie sie es sich ausgemalt hatte. Sie mußte sich setzen. Ihre Gedanken sammeln. »Könnte ich einen Drink haben?«

Er löste sich von der Wand, ging Richtung Wohnzimmer. »Wasser?«

Wasser? Nein! Wie romantisch ist das?

Was ist dein Problem, Liam?

»Haben Sie vielleicht Wein im Haus?« Sie folgte ihm ins Wohnzimmer. Nur fort aus diesem grellen Licht des Korridors.

Bücher auf einer Seite der Couch gestapelt. Eine Schreibtischlampe warf einen Lichtkegel auf ein aufgeschlagenes Buch, das auf dem Tisch an der Wand lag. Leise Musik aus dem CD-Player auf einem Bücherregal.

»Ist das Van Morrison, Liam? Mögen Sie auch Van Morrison?«

Er nickte. »Ich mag die alten Alben. Bevor er religiös wurde.« Er machte Anstalten, den Raum zu durchqueren. »Ich habe gerade eine Flasche Chardonnay geöffnet. Darf ich Ihnen ein Glas anbieten?«

Das ist schon besser, Süßer, dachte sie. Sie glitt aus dem Mantel. So heiß darin. Unerträglich. »Ja. Danke.« Sie breitete den Mantel über ein Couchkissen und setzte sich darauf.

»Ist das echter Pelz?« Er trat an den kleinen Tisch am Durchgang zum Eßzimmer und ergriff die Weinflasche.

»Kaninchen«, erwiderte sie mit Kleinmädchenstimme.

Er kicherte. »Sieht nach *mehreren* Kaninchen aus.« Er deutete mit dem Weinglas in einen Winkel des Raumes. »Lassen Sie bloß nicht Phoebe den Mantel sehen.«

Phoebe? Ich dachte, der Name seiner Schwester sei Barbara. Oder so.

Es dauerte eine Weile, bis sie ihren Blick auf das Geschöpf in dem Käfig fokussieren konnte. »Sie halten ein Kaninchen?«

Er hielt beim Einschenken inne. »Entschuldigung. Ist das Halten von Haustieren verboten?«

Sie wußte, daß das als Scherz gemeint war. Aber sie spürte einen schmerzhaften Stich. Warum sieht er mich nur als Vermieterin?

»Vielleicht werde ich Phoebe eines Tages in einen Mantel verwandeln«, fuhr er fröhlich fort. »In einen kleinen Mantel für einen Kobold.« Er trat hinter die Couch und ließ den Stiel des Weinglases in ihre Hand gleiten. Dann hob er sein eigenes Glas, während er zum Schreibtisch ging. »Zum Wohl.«

»Zum Wohl.« Andrea nahm einen tiefen Schluck. Guter Wein. Weich. Viel Geschmack. Nicht billig, fand sie. Noch ein Schluck. »Glauben Sie an Kobolde, Liam?«

Er kicherte. »Tut das nicht jeder?«

Sie schüttelte ihr Haar. Reckte ihre Brüste vor. Warum sieht er mich nicht an?

Er stand in der Mitte des Raumes, zwischen Couch und Schreibtisch. Den Blick auf sein Weinglas gerichtet.

Sie hatte den Drang, auf das Kissen zu klopfen, ihn aufzufordern, sich neben sie zu setzen. Aber seine kühle Haltung entmutigte sie. »›Tupelo Honey‹«, murmelte sie. »Mann. Ich erinnere mich noch, als ich die Single kaufte.« Sie blickte zu ihm auf. »Ihr Pullover gefällt mir.«

Er lächelte, rieb mit seiner freien Hand über den Ärmel. »Irische Wolle von guten irischen Schafen.«

»Haben Sie gerade gearbeitet? Störe ich Sie?«

»Ich habe die Volksmärchen gelesen, über die ich morgen eine Vorlesung halte.« Er ergriff das Buch. »Wirklich sehr unterhaltsam. Es ist so wundervoll. Immer dann, wenn ich glaube, ich hätte sie alle gelesen, entdecke ich eins, das völlig neu für mich ist.«

»Wundervoll«, murmelte Andrea und starrte in ihr fast leeres Glas. Sie versuchte das Thema zu wechseln. »Wann ist Ihre Familie nach Amerika gekommen, Liam?«

Sein mürrischer Gesichtsausdruck überraschte sie. »Meine Familie ist nicht gekommen. Nur ich.«

»Und Ihre Schwester?«

»Ja. Meine Schwester. Natürlich.«

Er antwortete so kurz, daß sie einen leisen Pfiff ausstieß.

Er schien das nicht zu bemerken. Sein Gesichtsausdruck entspannte sich langsam. Er ergriff das Buch mit seiner freien Hand. »Ich denke, diese Geschichte wird Ihnen gefallen, Andrea. Es geht darin um Geld.«

Wieder ein schmerzhafter Stich. Er sieht mich nur als die Hausbesitzerin. Was tue ich hier? Mich zum Narren machen?

Aber dann setzte er sich neben sie. Beugte sich dicht zu ihr. Stieß sein Glas gegen ihres. Strahlte das Lächeln, das sie erwartet hatte, das Lächeln, das sie sich vorgestellt hatte, an das sie sich sooft seit jenem heißen Tag im August erinnert hatte.

Er roch nach Seife. Sie atmete den Duft seines Shampoos ein. Süß und kokosnussig. Warum duschte er mitten am Abend?

Er stellte das Weinglas auf den Fußboden und ließ seine Augen über die Worte des Buches wandern. »In dieser Geschichte geht es um einen Kobold.«

Kobolde interessieren mich nicht, Süßer, dachte sie, während sie versuchte, interessiert zu wirken. Warum vergißt du nicht einfach dieses verdammte Buch und schiebst deine Zunge in meinen Mund?

Sie dachte an die beiden schwulen Typen, denen sie an diesem Nachmittag ein Appartement vermietet hatte. Sie sah ihre glatten Gesichter deutlich vor sich. Kobolde. O ja. Zumindest hielten sie immer ihre Wohnungen sauber.

Liam senkte das Buch. Er beugte sich dicht zu ihr und grinste sie aufgeregt an.

Dieses blöde Märchen macht ihn mehr an als ich, dachte Andrea kläglich. Wie kann ein erwachsener Mann so erregt von Märchen und Kobolden sein?

Liam schien ihren Mangel an Enthusiasmus nicht zu bemerken. Er schaute sie an, stieg in die Geschichte förmlich ein, sprach mit der Lebendigkeit, die ihn als Lehrer so beliebt gemacht hatte.

»Es war einmal ein Mann namens Sean O'Doole, der vor vielen Jahren in der winzigen Stadt Carrick lebte. Sean war ein guter Katholik und ging jeden Sonntag zur Messe. Aber an einem Sonntagmorgen wurde Sean unwohl. Er verließ die Kirche und ging hinaus auf die Straße.

Er hatte sich noch nicht ganz erholt, als ein alter Herr, ganz in Schwarz gekleidet, vorbeikam. ›Sie sehen nicht gut aus‹, sagte der alte Herr zu Sean. Sean deutete auf die Kirche und erwiderte ›Ich war in der Messe, aber plötzlich wurde mir schlecht.‹

Der alte Herr ließ einen goldenen Florin in Seans Hand gleiten. ›Gehen Sie hinüber in Muldoon's Pub und nehmen Sie einen anständigen Whisky zu sich. Das wird Ihrem Herzen guttun, mein Freund. Sie werden bald wieder wohlauf und munter sein.‹«

Andrea unterdrückte ein Gähnen. Sie fühlte sich durch den Wein schläfrig. Die Geschichte half nicht dagegen. Sie schloß die Augen. Liam fuhr begeistert fort.

»Sean dankte dem Mann, ging in die Kneipe und verlangte den besten Whisky des Hauses. Er trank einen anständigen Tropfen und bezahlte mit dem goldenen Florin, den der alte Herr ihm so großzügig gegeben hatte. Wenig später fühlte er sich wieder wohl.

Am nächsten Tag merkte Sean, daß er keinen Tabak mehr hatte. Er ging in den Laden und verlangte einen Beutel. Und als er in seine Tasche griff, um zu bezahlen, was entdeckte er da? Denselben Goldflorin, den der alte Herr ihm gegeben hatte!

Er bezahlte den Verkäufer damit und ging zu seinem Fischerboot. An diesem Abend kehrte er müde und wütend und naß zurück. Er ging zu Muldoon's und bestellte einen Whisky, um sich aufzumuntern. Als er dafür zahlen wollte, fand er wieder den Goldflorin in seiner Tasche.

Sean begann zu überlegen, wer der alte Herr gewesen sein mochte, der ihm die Münze gegeben hatte. War es einer dieser Kobolde, die nicht von dieser Welt sind? Sollte Sean die Münze weiter benutzen? Er benutzte sie viele Tage lang, gab sie immer wieder aus und bekam sie stets zurück.

Doch je mehr er sie benutzte, desto besorgter wurde er deswegen. Eines Tages kam er zu dem Schluß, daß er es nicht mehr ertragen konnte, sie zu besitzen. Er bestellte bei Muldoon einen Whisky. Er warf die Münze auf die Theke und schrie: ›Möge der Teufel mit dir gehen!‹

Muldoon legte den Florin in die Kasse und fragte Sean, worüber er so verärgert sei. Und Sean erzählte ihm die ganze Geschichte. ›Du Narr!‹ rief Muldoon. ›Behalte die Münze. Du bist ein reicher Mann!‹ Er ging zur Kasse, um Sean die Münze zurückzugeben – aber sie war verschwunden. Niemand sah sie jemals wieder – und den alten Herrn auch nicht.‹«

Andrea öffnete die Augen und merkte, daß Liam sie ansah. Worauf wartete er? Sollte sie lachen? Oder weinen? Oder was?

Van Morrisons Stimme hob und senkte sich, als glitte sie über Ozeanwellen. Andrea richtete sich auf. Ihre Hand streifte Liams Ärmel, verweilte dort.

»Ich hab's nicht ganz verstanden«, sagte sie, während sie ihn mit zusammengekniffenen Augen anschaute. Es war so schwer, sich zu konzentrieren. Warum mußten die Lichter nur so grell sein? Warum konnte die Musik nicht lauter sein?

Liam lachte. »Typisch irisch. Man kann's nicht ertragen, wenn etwas gut läuft.«

»Aber warum gab er die Münze weg?« wollte Andrea wissen. »Er war doch arm, oder? Er brauchte das Geld.«

»Aber es hätte ein Fluch sein können, verstehen Sie?« Erregung in Liams Augen. Die Erregung eines Lehrers darüber, daß er einen Schüler in seinem Netz gefangen hat. »Sean wußte nicht, wer der alte Herr war. War er ein Teufel? Eine Art Kobold? Selbst das schönste Geschenk kann zu einem Fluch werden, wenn man nicht weiß, woher es kommt. Es hätte Pech bedeuten können. Sean wußte es nicht.«

Andrea schüttelte den Kopf. Die ganze Geschichte ergab überhaupt keinen Sinn, fand sie. Warum fand Liam sie so großartig? »Glauben Sie, Iren sind abergläubischer als die meisten anderen Menschen?« fragte Andrea beiläufig.

Liam reagierte mit Überraschung. Seine Wangen röteten sich. Hellrote Kreise darauf. »Warum fragen Sie das?«

»Nun ja ... dieser Bursche in der Geschichte. Er war doch abergläubisch, oder? Er glaubte an Flüche und Pech.«

Liam nickte nachdenklich.

Genug von diesem Blödsinn, beschloß Andra. Kommen wir jetzt zur Sache oder nicht, Süßer?

Jetzt oder nie.

Sie hob beide Hände und legte sie auf seine geröteten Wangen. Sein Gesicht fühlte sich überraschend heiß an. Sie begann sanft, seinen Kopf zu sich herabzuziehen. Sie schloß die Augen. Öffnete die Lippen.

Ein Hüsteln hinter der Couch. Schritte. Ein Räuspern.

Andrea keuchte.

Liam löste sich aus ihrer Umarmung. Wandte sich den Geräuschen zu. »Margaret! Du bist zurück!«

Andrea drehte sich um und sah die Schwester wenige Meter hinter der Couch stehen. Ihr Gesichtsausdruck mißbilligend, den Blick auf Liam gerichtet. Sie hielt eine braune Papiertüte im Arm. Margaret hob die Tüte mit einer behandschuhten Hand hoch. »Ich habe das Eis. Ich wußte nicht, daß wir eine Party feiern.« Das sagte sie zu Liam.

Andrea sprang unsicher auf. Sie saugte Speichel von ihren Lippen. Der Kuß. Wir haben uns nicht geküßt. Er wollte es auch. Aber die Schwester ... Der Raum kippte. »Ich habe nur kurz vorbeigeschaut. Wirklich. Ich ...«

Warum rechtfertigte sie sich gegenüber der Schwester?

Ein Lächeln auf dem Gesicht der Frau. Ein spöttisches Lächeln. Amüsiert.

Ich möchte es mit meinen Fäusten wegreiben, dachte Andrea.

»Andrea, wie schön, Sie zu sehen«, sagte Margaret schließlich, wandte den Blick von Liam ab und schaute sie an. »Gehen Sie bitte nicht.«

»Nein. Wirklich. Ich muß nach Hause.« Liam lächelte sie ebenfalls an. Sie suchte nach Wärme in seinem Lächeln, in seinem Blick. Lachte er sie auch aus? Oder lächelte er, weil sie jetzt etwas gemeinsam hatten. Ein Geheimnis. Ihre eigene Verschwörung.

Ich bin kein verliebter Teenager. Warum fühle ich mich, als sei Mama gerade hereingeplatzt und hätte mich auf der Couch überrascht?

Ihre rechte Schläfe pochte. Sie versuchte, den Schmerz wegzureiben, während sie nach ihrem schweren Mantel griff und sich zum Korridor bewegte. Liam faßte sie beim Ellenbogen, als sie über den Rand des Perserteppichs stolperte.

»Vorsichtig«, murmelte er. Er schaute sie fragend an. Noch immer konnte sie sein Lächeln nicht deuten.

Er hält meinen Arm so zärtlich. Er macht sich Sorgen um mich. Ich hatte recht.

»Ich stelle das Eis in den Kühlschrank und gehe in meine Wohnung.« Die Schwester noch immer hinter der Couch. »Laufen Sie nicht meinetwegen davon.«

Aber Andrea hatte die Haustür erreicht. Das Licht im Korridor so grell über ihr. So hell wie Sonnenschein am Morgen. Es schmerzte in ihren Augen, ließ ihre Schläfen noch heftiger pochen.

»Ich bin ja so froh, daß Ihnen beiden das Haus gefällt.«

Albern, so etwas zu sagen. Was ist *los* mit mir? Es ist der Wein, denke ich. Wein und Koks.

Nicht genug Koks.

Liam öffnete ihr die Haustür. »Wird es gehen?«

Was meint er?

»Kommen Sie allein nach Hause, Andrea?«

Sie nickte. »Ist nur ein kurzer Spaziergang. Die andere Seite vom Campus.«

Er nahm ihr den Mantel aus dem Arm und hielt ihn ihr hin. Sie glitt hinein, drehte sich zu ihm um und lächelte ihn an.

Er erwiderte das Lächeln. Seine Hände lagen noch auf den Schultern des Mantels. »Seien Sie vorsichtig, okay?«

»Gute Nacht, Liam.«

Die Tür schloß sich so schnell hinter ihr. Sie empfand die kalte Luft in ihrem Gesicht wie einen Schock. Und dann wurde die Tür so heftig zugeschlagen, daß sie fast die Treppe hinuntergefallen wäre.

Während ihre Augen sich an die Dunkelheit gewöhnten, sah sie sein Lächeln im Türrahmen vor sich, seine dunklen Augen, seine Hände auf ihren Schultern. »Seien Sie vorsichtig, okay?« Mit dieser weichen Stimme, so glatt wie Honig.

Er wollte mich auch.

Er wollte es wirklich.

Sie stützte sich auf das Eisengeländer, während sie zum Bürgersteig ging. Sie steckte ihre Hände in die tiefen Manteltaschen, beugte sich gegen den Wind und machte sich auf den Heimweg. Ihre Augen tränten in der Kälte. Tränen brannten auf ihren Wangen.

»Seien Sie vorsichtig, okay?«

Ich konnte ihn fast schmecken.

Beim nächsten Mal werde ich es. Nächstes Mal. Ohne daß diese verdammte Schwester herumschleicht.

Warum lebt ein solcher Mann eigentlich mit seiner Schwester zusammen?

13

Ein junger Mann nahm Liams Mantel und Mütze. Dann geleitete Milton ihn durch das Wohnzimmer, über einen langen verspiegelten Korridor zum Arbeitszimmer. Vor der Terrassentür ging eine rote Nachmittagssonne hinter den kahlen Bäumen unter. »Milton, du hast hier draußen ja deinen eigenen Wald«, erklärte Liam.

Er blieb stehen, um zwei wissenschaftliche Assistentinnen in kurzen Röcken und Strumpfhosen zu begrüßen. Sie lächelten und hoben ihre Weingläser, als prosteten sie ihm zu.

»Nett von dir, völlig ohne Grund eine Party zu geben«, sagte Liam zu Milton.

»Das ist so eine Art Tradition. Der Dekan der Studenten gibt in jedem Herbst eine Party. Ich dachte, es sei netter, sie hier zu geben als in irgendeinem stickigen Raum im Verwaltungsgebäude.«

Drei Studenten, die kellnerten, gingen durch den Raum, boten Platsikbecher mit rotem und weißem Wein an und Cracker, auf die irgendein weißer Käse gestrichen war.

Milton führte Liam am Ellenbogen. »Manchmal kann ich

stundenlang auf den Wald schauen. Einfach nur beobachten, wie das Licht sich verändert.«

Liam kicherte. »Klingt, als hättest du sehr viel Zeit, Milton.«

Milton lächelte nicht. Er zog am Kragen seines braunen Rollkragenpullovers. »Ich bin so froh, daß ich dieses Haus hier gefunden habe. Weißt du, die ganze Rückseite ist verglast. Aus meinem Schlafzimmer schaue ich auch auf die Wälder. Ich kann im Bett liegen und fühle mich, als sei ich draußen.«

Liam winkte einem Mann mittleren Alters zu, der auf einen Stock gestützt in einer Ecke stand. Dann wandte er sich an Milton. »Du bist ein bißchen weit vom Campus entfernt. Wie kommst du im Winter die Hügel hoch?«

»Zum Glück hat's letzten Winter nicht viel geschneit. Das war mein erstes Jahr. Aber ich habe einen Wagen mit Vierradantrieb. Ist nicht so schlimm.«

Liam blieb stehen, um ein Reiseposter an der Wand zu bewundern. »Ist das British Rail?«

Milton nickte. »Ich sammle Plakate der britischen Eisenbahn. Ich habe einige wunderschöne aus den dreißiger Jahren.« Er seufzte. »Aber keine Wände dafür. Das ist eines der Probleme, wenn man so viele Fenster hat. Und meine anderen Sammlungen brauchen auch Platz.«

Liam folgte seinem Blick auf die andere Wand. Gläserne Schaukästen reflektierten das rote Licht der untergehenden Sonne. »O ja. Du hattest mir ja von deiner Messersammlung erzählt.«

»Ich habe einige sehr seltene Stücke«, vertraute Milton ihm an. »Historische. Ich werde sie dir später zeigen.«

Klaviermusik vom CD-Player folgte ihnen ins Arbeitszimmer. Einer der Kellner steckte seinen blonden Schopf ins Zimmer. »Wein?«

»Noch nicht«, erwiderte Liam. Der junge Mann verschwand. »Milton, ich wußte ja nicht, daß du so ein Sammler bist.«

Milton errötete. »Es gibt vieles, was du von mir nicht weißt, mein Freund.«

Er musterte Liams Kleidung. Liam trug ein kragenloses

schwarzes Hemd, das oben zugeknöpft war und in einer weiten schwarzen Bundfaltenhose steckte.

Das soll vermutlich schick sein. Aber er sieht wie ein Priester aus, dachte Milton. Als er hereinkam und alle begrüßte, hatte ich erwartet, er würde seinen Segen erteilen.

Milton war immer über Menschen amüsiert, die glaubten, schick sein zu müssen. Was für einen Sinn hatte das?

Liam ist ein gutaussehender Bursche, fand er. Die meisten Frauen würden ihn wohl für ziemlich gutaussehend halten. Wozu braucht er eine Kostümierung?

Er sah, daß Liam auf die zwei gekreuzten Säbel an der Wand über dem steinernen Kamin schaute. Sah Liams Blick über die Bücherregale wandern, über die Bücher über alte und moderne Waffen. Das Regal mit den Büchern von Kriminalreports. Miltons Fimmel. Einer seiner Fimmel jedenfalls.

Liams Blick blieb bei dem menschlichen Schädel auf der Ecke des Kaminsims hängen. Er wandte sich mit zusammengekniffenen Augen an Milton. »Ist der echt?«

Milton kicherte. »Ja. Das ist meine Großmutter. Ich habe ihn nach der Beisetzung gerettet.«

Liam zögerte. Musterte Milton. Gelangte zu der Überzeugung, daß Milton scherzte.

Sie lachten beide.

»Ich hab ihn auf einem Flohmarkt entdeckt«, gestand Milton. »Ich hab ihn Maurice getauft. Nach meinem alten Dekan in Binghamton.«

»Sehr hübsch. Gibt dem Raum Atmosphäre.« Liam hob die weiße Schachtel in seinen Händen. »Hier. Hätte ich fast vergessen.« Um die Schachtel war ein rosa Band gewunden. Daran steckte eine Blume aus rosa Band.

»Tut mir wirklich leid, daß Margaret nicht kommen konnte«, sagte Milton. »Ist schade.«

Liam legte die Schachtel in Miltons große Hände. »Mir tut's auch leid. Sie hatte schreckliche Kopfschmerzen. Einen ihrer Migräneanfälle. Sie kann nichts dagegen tun, als sich ins Bett zu legen und zu hoffen, daß sie im Schlaf vorbeigehen.«

Milton schaute auf die Geschenkschachtel. »Du solltest kein Geschenk mitbringen. Du weißt, es ist nicht mein Geburtstag.«

Liam lächelte. »Ist nur eine Kleinigkeit. Etwas für die neue Wohnung. Nur zu. Mach's auf.«

Draußen war Gelächter zu hören. Laute Stimmen übertönten die Klaviermusik. Mehr Leute waren gekommen. Milton überlegte, ob Leila Schumacher vom Französischseminar kommen würde. *Ihr* würde *ich* gerne ein paar Französischlektionen erteilen, dachte er. Als sie das letzte Mal an ihm vorbeigegangen war und ihr prächtiges Hinterteil geschwungen hatte, hatte er sich zusammenreißen müssen, sie nicht anzufassen.

Als er vor der Party unter der Dusche masturbiert hatte, hatte er über Leila Schumacher phantasiert. Nicht zum ersten Mal. Er stellte sich vor, daß sie mit ihm unter der Dusche war und das heiße Wasser über ihre Haut lief und sie ihre Beine spreizte. Weit spreizte. Das heiße Wasser lief. Oh. Mann. Manchmal war das Verlangen einfach unerträglich. Vielleicht konnte er sie zum Bleiben bewegen, wenn alle anderen gegangen waren. Ihr die Aussicht auf die Wälder aus seinem Schlafzimmer zeigen …

»Nur zu, Milton. Mach's auf.«

Milton fummelte an dem rosa Band. Bemerkte, daß er eine Erektion hatte. Er trat hinter den Schreibtisch, nahm den Deckel von der Schachtel ab, riß zwei Lagen weißes Haushaltspapier beiseite – und starrte auf einen großen Klumpen schwarzer Kohle.

»Kohle? Das kapier ich nicht.«

Liams braune Augen blitzten. Er lächelte nicht. »Es ist etwas sehr Besonderes, Milton. Ich möchte, daß du es bekommst. Es fiel von einem Kohlenwagen, als ich neun war.«

»Wie bitte?« Milton nahm die Kohle und ließ die Schachtel auf die Schreibtischplatte fallen. »Schenkt man Kohle nicht normalerweise Kindern zu Weihnachten, wenn sie böse gewesen sind?«

Liam nahm Milton die Kohle aus den Händen und strich mit einer Hand darüber. »Dies wird dir Glück bringen. Es ist ein schottischer Aberglaube. Wenn ein Stück Kohle von einem Kohlenwagen fällt und man es als erster aufhebt, muß man es über die rechte Schulter werfen.«

Liam reichte das Kohlestück Milton zurück. »Das habe ich daheim gemacht, als ich neun war. Ich bin hinter dem Kohlenwagen hergerannt, bis er holperte. Ich schaute zu, wie die Kohle herausfiel. Ich war so aufgeregt. Ich griff die Kohle und warf sie über meine Schulter. Seitdem habe ich das Stück behalten. Und jetzt schenke ich es dir.«

Milton schaute Liam skeptisch an. »Und du bist sicher, daß du dich von diesem Schatz trennen willst?«

»Ich betrete nie eine neue Wohnung, ohne etwas Glück mitzubringen.« Das war ernst gesagt, ohne Ironie.

Milton grunzte. »Du glaubst wirklich an diesen Kram?«

Ein feines Lächeln zog über Liams Gesicht. »Das muß ich. Es ist mein Beruf.«

Milton drehte das schwarze Oval in seiner großen Hand. »Einige deiner Studenten finden diese alten Geschichten, die du ständig erzählst, ziemlich verrückt.«

Liams Gesicht zeigte Überraschung. »Du hast mit meinen Studenten gesprochen?«

Milton kicherte. »Das muß ich. Das ist *mein* Job.«

»Einige von ihnen besitzen die Dreistigkeit zu glauben, Folklore sei heutzutage unwichtig. Ich versuche, ihnen diese Einstellung in den ersten Wochen zu nehmen. Und das tue ich, indem ich ihnen erzähle …«

»Oh. Hallo.«

Die Tür zum Arbeitszimmer schwang ganz auf und eine hübsche junge Frau mit fransigem rotbraunen Haar trat ein. Sie trug ein langes, weites verblichenes Jeanskleid. Die drei oberen Knöpfe waren offen und zeigten milchweiße Haut.

Milton hob seinen Blick von ihren Brüsten zu ihrem Gesicht und erkannte sie sofort. »Devra. Hi!«

Ihre Augen waren auf Liam gerichtet, weit vor Überraschung.

Milton wandte sich an Liam. »Du kennst Devra Brookes? Sie ist Assistentin am Fachbereich Sprachen.« Überraschung auch in Liams erstarrten Gesichtszügen. Sein Nacken plötzlich rot.

»Dr. O'Connor!« rief Devra atemlos aus, eilte zu ihm und nahm seine Hand. »Sie haben Chicago in solcher Eile verlassen, daß ich keine Gelegenheit hatte, auf Wiedersehen zu sagen.«

»Also dann ... auf Wiedersehen *und* Hallo!« Liam hielt ihre Hand zwischen seinen. Dieses herzliche Lächeln. »Schön, Sie wiederzusehen, Devra. Wirklich eine Überraschung.«

Scheiß Charme, dachte Milton mit einer gewissen Bitterkeit. Wie kann er ihn so einschalten und abschalten? Dann eine viel interessantere Frage: Woher kennt Liam unsere kleine Dozentin? Warum sah er so heiß und verlegen aus, als er sie erkannte?

Ich wette, er hat sie gebumst. Damals in Chicago.

»Ich bin mitten im Semester hergekommen. Letztes Jahr«, erklärte Devra, wobei sie Liam ihre Hand entzog und beide Hände in die Taschen ihres Kleides steckte. »Was für ein Unterschied zu Chicago! Moore State ist soviel kleiner. Es war wie ein Umzug an eine Kleinstadt High School oder so.«

»Aua!« erklärte Milton. »Sagen Sie nicht High School.«

»Für mich ist das auch ziemlich ungewohnt«, gestand Liam und strahlte sie an. »Ist schön, ein vertrautes Gesicht zu sehen. Wo wohnen Sie, Devra?«

»Ich habe eine Wohnung an der Tremont.« Sie verzog ihr Gesicht. Ihre grünen Augen funkelten. »Sie hat zwei Schlafzimmer. Aber ich habe drei Mitbewohnerinnen. Zum Glück mögen wir uns alle.«

»Und Ihr Hund ...?«

»Sparky ist nicht mitgekommen. Er genießt das Luxusleben bei meinen Eltern.«

Sie plauderten weiter. Langweilige Unterhaltung, dachte Milton. Aber Liam schaute ihr unverwandt in die Augen, als sei er von jedem öden Detail ihres Lebens fasziniert. Und sie genoß seine Aufmerksamkeit.

Milton ließ seinen Blick auf die Vorderseite ihres Kleides wandern. Sie hatte einen hübschen, festen Körper. Die Titten waren nicht schlecht. Und diese cremige, leckere Haut!

Ich würde dir nicht wehtun, dachte Milton. Ich weiß, daß ich zu groß bin. Du könntest obenauf sein, Devra. Er stellte sie sich auf sich vor, wie sie ihn fickte, fickte, die grünen Augen weit aufgerissen, wie ihr rotbraunes Haar über sein Gesicht fiel, ihn streifte, ihn kitzelte – er liebte Rothaarige. Er stellte sich das weiche rhythmische Klatschen ihrer feuchten Leiber vor, das Hüpfen ihres milchweißen Hinterteils, in der Luft hüpfend, langsam, langsam.

O Gott.

Ich hätte Mönch werden sollen. Warum habe ich mich entschlossen, unter all diesen knackigen jungen Frauen zu arbeiten? Warum arbeitet *überhaupt* jemand mit ihnen?

Liam hielt wieder ihre Hand. Milton war bemüht, sich auf ihre Worte zu konzentrieren.

»Wirklich schön, Sie wiederzusehen.«

»Schauen Sie mal in meiner Vorlesung vorbei? Dann trinken wir anschließend zusammen Kaffee?«

»Das wäre toll. Ich kann gar nicht glauben, daß Sie hier sind. Das ganze Jahr?«

»Ja. Ich halte zwei Vorlesungen und recherchiere für ein Buch. Die Bibliothek ist wirklich in Ordnung. Und es gibt hier Computer. Ich kann Online gehen. Sie wissen schon. Ins Internet reingehen und in größeren Bibliotheken in aller Welt suchen.«

Sie runzelte die Stirn. »Von Computern habe ich noch immer keine Ahnung. Ich sollte das wohl lernen.«

Liam nickte. »Es ist nicht so schwer, wie die Leute sagen. Wenn ich es lernen kann, kann das jeder.«

So *langweilig*, dachte Milton ungeduldig. Sie ist so hübsch und so langweilig. Ich müßte ihr den Mund zukleben, bevor ich sie ficke. Das würde ich wirklich. Er starrte auf ihren Mund. Versuchte, sich ihre Lippen trocken und geschwollen vorzustellen.

»Ich sollte mich jetzt besser unters Volk mischen«, sagte Liam schließlich. »Alls Gute, Devra. Bis bald, meine Liebe.« Er nickte ihnen beiden zu und ging dann in das laute Wohnzimmer.

Gelächter im Korridor. Erhobene Stimmen. Leute begrüßten Liam.

Devra wandte sich an Milton, hatte die Hände wieder in die Taschen unter der Taille des Jeanskleides gesteckt. »Danke für die Einladung, Dr. Cohn.«

»Bitte. Alle nennen mich Milton.«

»Ich werde mir irgendwo was zu trinken holen. Ist ein wirklich nettes Arbeitszimmer. Arbeiten Sie hier?«

Milton nickte. »Ist sehr angenehm. Ich mag es, Wälder um mich zu haben.« Er räusperte sich. Machte ein paar Schritte auf sie zu. »Liam hat Chicago in Eile verlassen?« Er versuchte beiläufig zu sprechen.

Devra hob eine Hand, um eine Locke ihres Haares zurückzustreichen. »Ja. Eines Tages verschwand er einfach. Wie einer seiner Kobolde.«

Milton schürzte die Lippen. »Er ist ein interessanter Mann. Wie gut kannten Sie ihn?«

Devra errötete.

14

Mary Beth trat in Miltons bereits überfülltes Wohnzimmer und winkte jemandem zu, den sie kannte. Sara blieb zögernd an der Tür stehen. Will Mary Beth mich verlassen, noch bevor wir überhaupt eingetreten sind? überlegte sie. Ich kenne hier niemand – außer Milton natürlich. Warum habe ich mich von ihr überreden lassen, mitzukommen?

Weil Liam hier sein könnte. Sie beantwortete ihre eigene Frage.

Eine Gelegenheit, mit Liam zu reden. Mit Liam zu *flirten.*

Eine Gelegenheit, in diese weichen, braunen Augen zu schauen, seiner wundervollen Stimme zu lauschen, das strahlende Lächeln zu genießen.

Sara, Sara. Flipp nicht aus.

Vielleicht ist er nicht einmal hier.

Sie trat in den gefüllten, lauten Raum. Beobachtete Mary Beth, die bereits in der Mitte des Zimmers stand, sich ein Glas Wein von einem Tablett nahm, spielerisch nach einem Hors d'œuvre aus der Hand eines Typen griff, den sie offensichtlich kannte, und es in den Mund steckte.

Saras Blick wanderte von Gesicht zu Gesicht. Liam? Bist du hier?

Ist es unser Schicksal, uns wieder zu begegnen?

Schicksal war Liams Wort. Das wußte sie.

Wo *ist* er?

Sara musterte die Kleidung der anderen. Bin ich zu fein angezogen? Sie trug einen schwarzen Flanellblazer, einreihig, weich und fließend, über einem cremefarbenen Merino-Rollkragenpullover. Dazu eine passende Flanellhose.

Zu New Yorkerisch? überlegte sie. Zu elegant für diese Dozenten und jungen Akademiker? Mary Beth wirkte viel lässiger in ihrem unförmigen türkisen Tunikapullover, den sie über marineblauen Leggings fast bis an die Knie heruntergezogen hatte.

Schallendes Gelächter lenkte ihre Aufmerksamkeit auf den Kamin. Ein kleines Feuer glühte darin dunkel, orange und blau. Eine dieser Holzattrappen aus Wachs, dachte Sara. Die Sonne war untergegangen, und der Himmel streckte sich in königlichem Purpur hinter den Terrassentüren. Ein sehr dünner junger Mann in einem schwarzen T-Shirt und schwarzen Jeans demonstrierte einen Tanzschritt, seine Arme hoch über dem Kopf, mit wiegenden Hüften. Die Vorführung wurde von Gelächter und Gejohle begleitet.

»Ich werde immer verlegen, wenn weiße Leute zu tanzen versuchen«, hörte Sara eine Frau sagen.

»Das ist eine rassistische Bemerkung«, erwiderte ein junger Mann. »Hast du *mich* je tanzen sehen?«

Bevor Sara die Antwort hören konnte, bemerkte sie jemanden, der an ihrer Seite war. Sie drehte sich um und entdeckte Milton, rotgesichtig wie immer, der sie begehrlich anstarrte. Nein. Das ist unfreundlich, dachte sie. Er lächelt nun mal so.

Aber warum sieht er immer so hungrig aus?

»Milton, hi«. Sie lächelte zurück. Sie war wirklich froh, ihn zu sehen. »Was für ein wunderschönes Haus.«

Er ergriff ihre Hand, drückte sie fest. »Ich bin froh, daß Sie gekommen sind, Sara. War es schwer herzufinden?«

»Nein. Mary Beth – meine Freundin – hat uns hergefahren. Ich wußte nicht, daß es so weit weg vom Campus ist.«

Er grinste, noch immer ihre Hand haltend. »Manchmal ist es nicht weit genug!«

Sie lachte, ein wenig zu laut. Sie löste ihre Hand. Bemerkte, daß sein Gesicht ein wenig tiefer errötete.

»Ich habe diese Akten übrigens gefunden«, sagte er. Dabei kam sein Gesicht ganz nah, damit er trotz Musik und Stimmen zu hören war, so nahe, daß sie den Wein in seinem Atem riechen konnte. »Claire hatte sie in die falsche Schublade gelegt.«

»Oh, Gott.« Was bin ich froh, daß ich es nicht war, dachte sie. Die Arbeit in seinem Büro war langweilig gewesen, wenig herausfordernd, gelinde ausgedrückt. Gestern dann waren die Akten der neuen Studenten nicht aufzufinden gewesen. Falsch abgelegt. Und Milton war explodiert. Nur kurz. Aber so hatte Sara seine andere Seite kennengelernt. Es war erschreckend, wenn er die Beherrschung verlor. Nicht wegen der Worte, die er brüllte, oder weil er die Tür so heftig zuschlug, daß die Fensterscheibe zitterte. Sondern weil er so groß war. Ein tobender Elefant.

Der Ärger hatte sich rasch gelegt. Es waren schließlich nur ein paar Akten. Jetzt war Sara froh, daß sie aufgetaucht waren. Froh, daß sie nicht diejenige gewesen war, die den Ärger verursacht hatte.

Er nahm sie beim Arm und führte sie in das Zimmer. »Ich zeige Ihnen alles. Kennen Sie jemanden hier?«

»Ich glaube nicht.« Sie schaute von Gesicht zu Gesicht. Eine schöne, dunkelhaarige junge Frau auf der Couchlehne hob den Kopf und ließ aus ihrem offenen Mund einen perfekten Rauchring aufsteigen. Ein grinsender Junge, der eine Baseballmütze trug, beugte sich über die Couch und steckte seinen Finger durch das Loch des Ringes. »Nur meine Freundin Mary Beth.« Wo *war* Mary Beth?

»Ich lese gerade die neue Joyce Carol Oates«, hörte Sara jemand sagen.

»Ach, wirklich? Wovon handelt denn das Buch dieser Woche?« sagte jemand hochnäsig. Es folgte brüllendes Gelächter.

Miltons Körper streifte sie, als er sie zur Terrassentür führte. Er verzog seine dicken Lippen zu einem Schmollen. »Ah, es wird dunkel. Ich wollte Ihnen doch meine Wälder zeigen.«

Sara starrte auf das Gewirr der weitausladenden Bäume, die schwarz vor dem purpurnen Abendhimmel aufragten. Die Gesichter, die sich im Glas spiegelten, erweckten den Eindruck, als ob die Party auch draußen stattfände.

Vorsichtig steuerte er um drei Leute herum, die mit gekreuzten Beinen auf dem Boden saßen, und führte sie durch einen langen Korridor, dessen beide Wände verspiegelt waren, zu dem Arbeitszimmer mit dem Totenschädel auf dem Kaminsims. Dann in die lange, schmale Küche. »Mein einziger dunkler Raum. Überhaupt kein Sonnenlicht. Falls ich mich entschließe, zu bleiben, werde ich diese Wand herausschlagen und durch Glas ersetzen.«

Sie stellte sich vor, wie er seine Schulter senkte und die Wand mit seinem eigenen Körper zerschlug.

»Ich koche gerne. Meine Tochter hat mir letztes Jahr zu Weihnachten einen Wok geschickt, und ich bin ein toller chinesischer Koch geworden. Ich sehe nicht danach aus, nicht wahr? Aber ich bin Mr. Hack und Zack.« Er machte schnelle Hackbewegungen mit der Hand, die nicht Sara hielt.

Sie kicherte. »Ich liebe chinesisches Essen. In New York haben alle Chinarestaurants die Gerichte ins Haus geliefert. Wir haben das dreimal die Woche gegessen.«

Sie entdeckte Mary Beth am Ende der langen Küche, die, einen Ellenbogen an den Edelstahlkühlschrank gelehnt, an ihrem gesträhnten Haar zupfte und in ein Gespräch mit einem schmächtigen jungen Mann in Jeans vertieft war. Er hatte einen hohen braunen Haarbusch über seinem nadeldünnen Gesicht und erinnerte Sara an Lyle Lovett.

Wo ist Eric heute abend? wunderte sich Sara. Ich nehme an, Mary Beth nimmt ihn nicht auf Partys mit. Vielleicht gab es eine Art Gesetz, was Verabredungen von Universitätsangestellten mit Studenten betraf. Sie fragte sich, ob sich Mary Beth je mit ihm außerhalb ihrer Wohnung traf. Außerhalb ihres Schlafzimmers?

Mary Beth sah Sara nicht. Milton zog sie in den Korridor zurück. Eine Frau mit langem weißem Haar trat aus einem Badezimmer. Hinter ihr das Geräusch einer spülenden Toilette. »Dr. Cohn persönlich! Da sind Sie ja. Ich hatte nach Ihnen gesucht. Ich habe mit Ihnen ein Hühnchen zu rupfen.«

»Stellen Sie sich hinten an!« scherzte er. Er blieb nicht stehen. Drehte sich zu der weißhaarigen Frau um. »Ich komme in ein paar Minuten, Liz. Ich führe Sara gerade herum. Ist Arnold hier?«

»Er ist in Washington. Er läßt sich entschuldigen. Er sagte, er wird Sie beim Training treffen.«

Der Raum am anderen Ende des Korridors war Miltons Schlafzimmer, wie sich herausstellte. Mehr Ausblick auf die Wälder. Gläserne Schiebetüren an der anderen Wand. »Hier endet unser Rundgang. Es gibt noch ein anderes Schlafzimmer, wo ich die Mäntel untergebracht habe. Und eine kleine Kammer, die ich als Turnraum bezeichne. Ich habe da einige Geräte reingezwängt.«

Wie sie inzwischen wußte, trainierte er jede freie Minute. »Muß stark für diese Studenten bleiben.« Sein ständiger Satz. Aber was genau bedeutete das?

Sara platzte fast vor Lachen heraus, als sie sein Bett sah. Ein Himmelbett aus purpurrotem Batist. Ohne es zu bemerken, schlug sie eine Hand vor den Mund. Die Vorstellung, daß dieses Riesenrhinozeros unter dem gerafften purpurnen Baldachin schlief, fand sie umwerfend komisch.

Er schien es nicht zu bemerken. Sie wandte sich vom Bett ab und entdeckte passende purpurne Samtvorhänge vor dem Fenster hinter dem Bett.

Und dann fiel ihr Blick auf die Messer.

Die silbernen Klingen glänzten in dem Licht, das von der Deckenlampe fiel. Eine ganze Wand voller Messer, säuberlich vom Boden bis zur Decke angebracht, alle horizontal, die Klingen nach rechts weisend.

Wie viele Messer? Ihr Blick wanderte von oben nach unten. Mindestens zwei Dutzend. Lang und kurz, mit dicken und dünnen Klingen. Alle poliert und silbrig glänzend.

»Sie bewundern meine Sammlung?« Milton strahlte wie seine Messer. Seine Hand auf der Schulter ihres Blazers, führte er sie zur Wand.

Aus irgendeinem Grund fühlte sie sich plötzlich betäubt. Schwindlig.

So viele Klingen? So viele Waffen? Oder ist es der Kontrast zu dem Himmelbett?

»Sie sind wunderschön – nicht wahr?« Er starrte sie gespannt an, drängte sie, zu reagieren.

Sie nickte. »Wunderschön? Ja. Es ist eine tolle Sammlung.« Sie schluckte. Versuchte, eine passende Antwort zu geben. »Sie sind alle alt, oder?«

Er strahlte wie ein stolzer Papa. »Einige davon sind sehr alt.« Er nahm ein Messer mit dickem Griff aus seiner Halterung und richtete es auf sie. Die Klinge wirkte schwer und matt. »Das ist ein echtes Bowie-Messer. Ich meine, eines der Originale. Vielleicht hat Jim Bowie selbst dieses Messer getragen.«

»Tatsächlich.«

Nun komm schon, Sara. Fällt dir nichts besseres ein?

Er schlug die Klinge auf seine dicke Handfläche. Lächelte sie an. Fast ein schuldbewußtes Lächeln.

Waren die Messer für ihn eine Art verbotenes Vergnügen?

»Einige davon sind viel älter als dies.« Er hängte es vorsichtig zurück an die Wand. »Es gibt nichts Schöneres als ein Messer. Die Form ist so klar, die Symmetrie so rein. So ein perfektes Werkzeug und zugleich ein Kunstwerk.«

Als er sich ihr wieder zuwandte, waren seine Augen groß, geweitet. Sie bemerkte, daß er schwer atmete, daß sein großer Bauch sich unter dem weiten Rollkragenpullover hob und senkte.

»Sie sind wirklich erstaunlich«, entgegnete Sara unbeholfen. Sie trat zurück, stieß gegen das Bett.

Seine Hand strich an einem Exemplar mit langer Klinge und einem Elfenbeingriff vorbei. »Dieser Säbel ist ein Museumsstück. Sehen Sie nur den perfekten Schimmer des Elfenbeins. Haben Sie je etwas so Reines und Schönes gesehen? Und dies – dies hier –!« Solche Erregung. Er war jetzt atemlos. Keuchte.

Er streckte einen Arm aus und zog ein Messer mit langem Griff und schwerer Klinge aus seiner Halterung. »Es ist mazedonisch. Stellen Sie sich das vor. Ist es nicht wunderschön, Sara? Sehen Sie nur die Perfektion der Klinge. Es ist zweischneidig. So scharf wie an dem Tag, als es geschmiedet wurde. Sehen Sie.«

Den Griff mit beiden Händen umfassend, bog er seine Arme zurück. Seine Augen waren wild. Sein Bauch bewegte sich heftig. Der Mund zu einem Grinsen verzogen. Mit einem lauten Grunzen stach er zu.

Sara riß beide Hände vor ihr Gesicht, als die Klinge durch den purpurnen Samt des Vorhangs schnitt. Fast lautlos durch den schweren Stoff glitt, ihn sauber zerteilte. Der untere Teil des Stoffes fiel mit einem leisen Plumps zu Boden.

Milton senkte das Messer. Noch immer schwer atmend, schaute er auf das hinab, was er getan hatte. Er starrte lange darauf, das Messer an seiner Seite. Als er zu Sara aufblickte, war alle Farbe aus seinem Gesicht gewichen.

»Entschuldigung.« Das Wort kam im Flüsterton heraus. Er wischte sich mit dem Handrücken über die Stirn. Dann stieß er ein trockenes Lachen aus, lautlos fast. »Ich weiß, ich weiß. Ich habe mich mitreißen lassen.«

Er senkte seinen Kopf, als habe sie ihn getadelt. »Ich bin verrückt, was? Ich brauche nur eine dieser alten Waffen in die Hand zu nehmen und verliere einfach die Beherrschung.«

»Wie lange sammeln Sie die schon, Milton?« Sara war darum bemüht, die Dinge zu normalisieren, hatte noch immer den wilden Schwung, den lautlosen Schnitt vor Augen, sah das kleine Rechteck des Stoffes wie den Leib eines Kindes zu Boden fallen.

Er antwortete nicht. Er hatte sich umgedreht und stand auf Zehenspitzen, legte das mazedonische Messer zurück. Sorgfältig. Sorgfältig.

»Sie sind wirklich interessant«, fuhr Sara fort, jetzt bemüht, zurück ins Wohnzimmer zu kommen, zu Gelächter, zu fröhlichen Stimmen. Die Messer glänzten zu ihr herab. Sie stellte sich vor, in einer alten Folterkammer zu sein. In einem mit purpurnem Samt ausgeschlagenen Kerker, mit dem mächtigen Kerkermeister, der sein Folterinstrument auswählte. »Sie müssen ein Vermögen wert sein.«

Er grinste sie an. Sein Gesicht hatte wieder Farbe. »Ich bin froh, daß sie Ihnen gefallen. Ich freue mich, daß Sie sie zu würdigen wissen. Viele Menschen verstehen das überhaupt nicht. Sie sehen ihre Schönheit nicht, ihre Perfektion.«

Wieder sah sie die großen Schweißtropfen am Ansatz seines weißen Haares. Sah seine Unterlippe zittern. Sah seine grauen Augen vor Erregung leuchten.

Das gefällt mir nicht, dachte sie und spürte einen Schauer von Furcht. *Ich will jetzt gleich aus diesem Schlafzimmer raus.*

Und dann eine Stimme vom Türeingang. *»Hier* also seid ihr.«

Liam. Trat ganz ruhig in das Zimmer. Eine Hand in der Tasche seiner schwarzen Hose. Eine bernsteinfarbene Flasche Coors in der anderen.

Milton wischte sich wieder die Stirn.

Sara wandte sich zu Liam, wartete auf sein Lächeln.

Liam, ich habe an dich gedacht, Liam, ich muß *dauernd* an dich denken.

Er enttäuschte sie, indem er zuerst Milton ansprach. »Alle fragen nach dir.« Aber dann machte er das wett, indem er sich mit einem Lächeln an Sara wandte. »Aber ich verstehe, warum du dich versteckt hast.«

Ein hohes Kichern kam über Miltons Lippen »Ich verstecke mich nicht. Ich habe Sara meine Sammlung gezeigt.« Er deutete auf den zerschnittenen Vorhang. »Und ich fürchte, ich habe mich ein wenig hinreißen lassen.« Er wandte sich wieder an Liam. »Erinnerst du dich an Sara Morgan? Wir sind uns vor einigen Wochen im Spinnaker's begegnet. Sara arbeitet jetzt in meinem Büro.«

Liam nahm ihre Hand und neigte seinen Kopf mit gespielter Feierlichkeit. Seine Hand war warm und trocken. Dunkle Augen brannten tief in ihren. »Natürlich erinnere ich mich. Sara und ich sind uns seitdem ein paarmal begegnet. Wissen Sie, ich wollte wieder in dieses Restaurant gehen und die Krabbenbeine probieren. Sie sahen so farbenprächtig aus, als sie auf Ihrem Teller lagen.«

Sara spürte, daß ihr Gesicht heiß wurde. »Sie waren sehr gut. Sehr süß. Die waren so gut wie die, die ich vor ein paar Jahren mal im Westen hatte.« Sie fühlte sich plötzlich albern. *Was rede ich denn da? Ich klinge wie eine Idiotin!*

Warum schwätze ich über Krabbenbeine?

»Schön, Sie zu sehen, Professor O'Connor.« Ebenso könnte ich wieder von vorne anfangen.

»Bitte. Liam. Professor O'Connor ist mein Vater.«

»Ihr Vater war auch Professor?«

»Nein. Ein Bauer. Aber alle Leute nannten ihn Professor. Vermutlich deshalb, weil er *lesen* konnte!«

Sie lachten alle drei. Milton hob das abgeschnittene Stoffstück auf und faltete es in seinen Händen.

»Sind Sie in Irland geboren?« fragte Sara. Er stand so nahe bei ihr, daß sie sein Rasierwasser riechen konnte. Kieferndufte. Nicht süß.

Liam nickte. »Ja.«

»Und wann sind Sie nach Amerika gezogen?« fragte Sara.

Liams braune Augen schienen matt zu werden. »Vor langer Zeit.« Er räusperte sich. »Es ist wundervoll, Ihnen wieder zu begegnen, Sara. Ich ...« Er hielt inne. »Sie haben nichts zu trinken.« Er nahm ihre Hand. »Kommen Sie. Lassen Sie uns das ändern.«

»Ich bin kein guter Gastgeber«, murmelte Milton, der ihnen aus dem Zimmer folgte. »Ich sollte mich ums Eis kümmern. Ich habe zwei Säcke gekauft, aber das reicht vielleicht nicht. Nicht bei *dieser* Menschenmenge!«

Sie gingen zwischen den verspiegelten Wänden des langen Korridors. Sara erhaschte einen kurzen Blick von ihrem Spiegelbild und vom Spiegelbild ihres Spiegelbildes. Sie sah sie alle drei, Sara, Liam und Milton, unendlich verdoppelt, winziger und winziger werdend und dunkler, während sie sich in die Ferne streckten.

Das Stimmgesumm wurde lauter, als sie das Wohnzimmer betraten. Es war jetzt noch voller, wie Sara sah. Eine Mischung von Verwaltungsangestellten und Professoren und jungen Studenten. Liam führte sie zu dem Tisch, auf dem die Getränke standen. Sie mußten durch eine Gruppe von Studenten gehen, die mit gekreuzten Beinen auf dem Teppich saßen und eine hitzige politische Diskussion führten.

»Es gibt kein Vertrauen, überhaupt kein Vertrauen«, hörte Sara.

»Aber das ist etwas *Gutes*«, beharrte jemand.

Jemand hatte andere Musik aufgelegt. Sara erkannte Ella Fitzgerald und Louis Armstrong, erinnerte sich, daß ihr Bruder Frank immer diese Platte gespielt hatte.

Sie entdeckte Mary Beth am Fenster. Ein sternenloser blauschwarzer Himmel jetzt hinter dem Glas. Sie hatte sich vorgebeugt, die Hände auf den Knien und sprach angeregt mit einer grauhaarigen Frau in einem Rollstuhl.

Liam blieb vor der Couch stehen. Sara wäre fast gegen ihn geprallt. Er nahm einem jungen Mann ein brennendes Streichholz aus der Hand. Der junge Mann reagierte überrascht. Liam blies das Streichholz aus, schaute die Gruppe, die da stand, stirnrunzelnd an. »Drei mit einem Streichholz. Bringt großes Unglück.«

»Das war mein letztes Streichholz, Professor O'Connor!« protestierte der junge Mann.

»Ich glaube, ich habe ein Feuerzeug«, erklärte eine rothaarige Frau und griff nach ihrer Tasche. Sie blickte spöttisch zu Liam auf. »Gibt es auch irgendwelche Regeln hinsichtlich Gasfeuerzeuge?«

Liam tat, als denke er nach. »Nein. Ich glaube, die sind sicher.«

Er trat an den Getränketisch. Flaschen mit Wein, mehrere halbvolle Schnapsflaschen, ein fast leerer Lucite-Eiseimer, Zitronen und Limonen. Jemand hatte sein Glas umgestoßen. Eine rote Lache befleckte das weiße Tischtuch. »Sara, möchten Sie Wein? Ein Bier?«

»Wein wäre schön. Roten, bitte.«

Er schenkte den Wein ein, leerte die Flasche. Drückte ihr das Glas in die Hand und führte sie zu einem leeren Platz hinter der Couch. Er stieß mit dem Hals seiner Bierflasche gegen ihr Glas. »Zum Wohl.« Dann nahm er einen kleinen Schluck Bier, führte die Flasche an seinen Mund, während er sie mit seinen braunen Augen ansah.

»Und wie gefällt Ihnen die Arbeit für Milton?«

Sie zuckte die Schultern. »Ist nicht sehr anspruchsvoll. Aber ich bin froh, daß ich etwas Geld verdiene.« Eine kurze Erinnerung an Milton im Schlafzimmer, wie er das antike Messer schwang, den Vorhang zerschnitt. »Wie lange kennen Sie Milton schon?«

»Ich kenne ihn nicht. Ich habe ihn bei meiner Ankunft hier kennengelernt. An diesem Abend im Restaurant haben wir uns zum ersten Mal richtig unterhalten.« Ein weiterer kleiner Schluck Bier. »Er ist ein interessanter Mann. Wenn man erst mal seine Bärbeißigkeit durchschaut hat. Und sein Äußeres vergißt. Ich meine, ich möchte ihm nicht in einer dunklen Gasse begegnen. Sie?« Liams Augen blitzten fröhlich. »Entspricht nicht meiner Vorstellung von einem Universitätsdekan. Aber er ist auf vielerlei Art überraschend. Er hat so viele unglaubliche Interessen. Das zum Beispiel.« Er deutete auf den Schaukasten mit Messern hinter ihnen an der Wand.

»Ich bin überrascht, daß er nicht all seine Vorhänge in Fetzen geschnitten hat!« scherzte Sara.

Liam lachte. Dann schaute er sie mit schmalen Augen an. »Sara, in welchem Monat sind Sie geboren?«

»Wie bitte?« Ein Lachen entrann ihrer Kehle. »Dr. O'Connor, Sie enttäuschen mich wirklich. Zuerst versuchen Sie, mir aus der Hand zu lesen. Und jetzt wollen Sie mich wirklich nach meinem Sternzeichen fragen?«

Ein verlegenes Grinsen.

»Erzählen Sie mir nicht, daß Sie's mit Astrologie haben.«

»Das ist ein Aberglaube wie jeder andere. Woran glauben *Sie*, Sara?« Er neckte sie.

»Ich weiß nicht. An viele Dinge.«

»Zum Beispiel?« Diese dunklen Augen, diese wunderschönen Augen, glitten über ihr Gesicht und ließen ihre Haut prickeln.

Sie hob das Weinglas. *»In vino veritas.«*

Er lachte. Stieß seine Flasche wieder gegen ihr Glas.

Sie merkte, daß sie anfing, sich zu entspannen. Es war nicht nur der Wein. Sie hatte ihn zum Lachen gebracht. Es war nicht schwer, mit ihm zu reden. Überhaupt nicht. Und er schien es zu genießen, mit ihr zu reden.

»Also beantworten Sie die Frage.«

»Wenn Sie darauf bestehen. Ich bin im Mai geboren. Am 12. Mai.«

»Ein gefährlicher Monat«, erwiderte er mit leiser Stimme. Plötzlich nachdenklich.

Sie überlegte, ob er es ernst meinte oder scherzte. Sie konnte es nicht sagen.

Er beugte sich näher zu ihr und zitierte einen Vers. »März sucht, April probiert. Mai wird zeigen, ob man lebt oder stirbt.«

Sie trank etwas Wein, blickte dann zu ihm auf. »Ich glaube, dieser Spruch gefällt mir nicht.«

»Er ist sehr alt.«

»Haben Sie für jede Gelegenheit einen Reim, Liam?«

»Ich kenne Millionen davon.« Dieses wundervolle Lächeln. Irgendwie vertraulich. »Aber ich vergesse ständig, daß Sie ja im Hauptfach Psychologie studieren, Sara. Ich sollte lieber still sein. Ich sehe, wie diese wunderschönen Augen mich mustern und mich irgendeiner anomalen Verhaltenskategorie zuordnen.«

Sie erwiderte das Grinsen, überrascht darüber, daß er sich an das erinnerte, was sie studierte. »Wie verrückt sind Sie?«

»Verrückt genug.« Fältchen bildeten sich um seine Augen, aber er lachte nicht.

Sie folgte seinem Blick durch das Zimmer. Vor dem Kamin hatten zwei junge Frauen ihre Hände gehoben. Es dauerte einen Moment, bis Sara sah, daß eine von ihnen eine Schnur um die Finger beider Hände gewunden hatte. Sie spielten Katzenkörbchen. Vier oder fünf andere kauerten daneben und feuerten sie mit übertriebener Begeisterung an.

Liam legte seine Hand auf die Schulter von Saras Blazer. »Ich weiß vor allem eine Menge verrückter und nutzloser Dinge. Wußten Sie beispielsweise, daß es Eskimojungen verboten ist, Katzenkörbchen zu spielen?«

Sara lächelte und spürte die Wärme des Weines. »Nein. Warum?«

»Nun, man glaubt, wenn Jungen Katzenkörbchen spielen, daß sich ihre Hände in der Harpunenleine verheddern, wenn sie erwachsen sind.«

Sara drehte sich wieder Liam zu. »Sie wissen *wirklich* eine Menge verrückter und nutzloser Dinge!«

Er warf seinen Kopf zurück und lachte, ein vergnügtes, anerkennendes Lachen, als ob sie gerade das Komischste von sich gegeben hätte, das er je gehört hatte.

☆ ☆ ☆

Milton entleerte den Eissack in den Eiseimer und verschüttete dabei ein paar Würfel auf dem Teppich. Er bückte sich, um sie aufzuheben und mühte sich, weil sie ihm aus der Hand glitten.

Er richtete sich auf und überlegte, was er mit den schmelzenden Würfeln tun sollte, die er in den Händen hielt, und sah krauses, rotbraunes Haar. Devra Brookes wandte sich zu ihm, ein Blätterteigstück in einer Hand. »Oh, hallo noch mal, Dr. Cohn. Nette Party.«

»Danke. Gefällt's Ihnen? Kennen Sie irgendwelche Leute hier, Devra?« Sie hatte ein liebliches Lächeln. Sehr hübsches Mädchen. So cremige Haut. Köstlich.

»Ja. Einige.« Sie beugte sich näher, wandte ihren Blick ab und flüsterte halblaut. »Wer ist das da bei Dr. O'Connor? Ich glaube nicht, daß ich sie schon mal gesehen habe.«

»Sara Morgan«, erwiderte Milton, Devras Parfüm roch sehr blumig und süß. »Ist Studentin. Arbeitet als Teilzeitkraft in meinem Büro. Hat gerade erst angefangen.«

Devra musterte Sara aufmerksam. Milton beobachtete, wie Liam Saras Hand drückte, sich näher beugte. Schneller Arbeiter. Sieh ihn dir an, wie er seinen Charme auskippt. Geht im Handumdrehen ran.

»Sie haben heute abend sicher viel Zeit miteinander verbracht«, murmelte Devra, mehr zu sich als zu Milton.

»Ich hatte nicht vor, sie einzuladen«, verriet Milton. »Aber Liam bestand darauf. Er rief mich dreimal an, um sich zu vergewissern, daß Sara kommen würde.«

Milton beobachtete, daß Devras Augen schmal wurden. Ihre cremeweiße Haut färbte sich rosa. »Tatsächlich?«

»Ich habe plötzlich furchtbaren Hunger. Möchen Sie etwas essen?«

Sara blinzelte. Zwei Glas Wein, und sie bildete sich ein, daß er sie zum Abendessen einlud. Sie hob den Blick und merkte, daß er auf eine Antwort wartete.

Ich sollte auf Partys nicht trinken, dachte sie. Sie fühlte sich warm und ein wenig unsicher. Ein Glas, und dann sollte Schluß bei mir sein. Das zweite Glas macht immer alles so verschwommen. Macht es schwer, schnell zu denken.

Sie glaubte schnell denken zu müssen, um mit ihm mitzuhalten. Aber ihre Unterhaltung war so lebhaft, als seien sie alte Freunde. Sie fühlte sich wohl und einfach entspannt, und es war nicht nur der Wein oder das Gelächter ringsum oder das helle flackernde Glühen aus dem Kamin.

Hatte sie zuviel über sich geredet?

Er hatte ihr wirklich keine andere Wahl gelassen.

Sie versuchte ihn dazu zu bringen, über sein Privatleben zu sprechen, über seine Schwester, darüber, warum er von Irland hergezogen war, hier als Fremder aufgewachsen war, wie er das Interesse an Folklore gefunden hatte.

Aber er schien unwillig, viel preisgeben zu wollen. Er brachte das Thema ständig auf sie zurück, vertiefte es, stellte Frage um Frage, diese dunklen Augen ständig auf sie gerichtet, wirkte amüsiert über ihre Antworten, so fasziniert und verzaubert.

Mit großer Begeisterung erzählte er ihr eine Geschichte, die er gerade entdeckt hatte, eine alte irische Geschichte über einen Mann, der eine Goldmünze bekommen hat, die immer wieder in seiner Tasche auftaucht, nachdem sie ausgegeben worden war. Sara verstand die Pointe zuerst nicht, aber er erklärte sie ihr ausführlich.

Und dann hatte er in seine Tasche gegriffen und eine Goldmünze herausgeholt, die er in ihre Hand gleiten ließ. »Der echte Florin«, neckte er. »Versuchen Sie, ihn auszugeben. Er wird immer bei Ihnen bleiben.«

»Weil es Zauberei ist?« fragte sie. Plötzlich wollte sie ebenso an Magie glauben, wie er es offensichtlich tat.

»Weil er wertlos ist!« erwiderte er. Und sie lachten beide.

Lachten zusammen.

Zusammen.

Sie steckte die Münze in ihre Blazertasche.

Dauernd unterbrachen Leute sie, wollten mit Liam sprechen. Sara sah, daß er sie alle bezauberte. Es war so leicht für ihn. Sara beobachtete das mit einer Mischung von Neid und Bewunderung.

Und jetzt hatte er sie zum Abendessen eingeladen.

»Ja, das würde ich gerne.«

Sie wollte es aus voller Lunge *schreien. »Ja, LIEBEND gerne!«*

Seine dunklen Augen erhellten sich. Er schien sehr erfreut zu sein.

»Wird Milton nicht beleidigt sein, wenn wir uns davonschleichen?« flüsterte Sara. Sie warf einen Blick zu Milton, der vorm Kamin stand, so breit, daß er das Licht des flackernden Feuers fast gänzlich abschirmte. Dicht neben ihm eine junge Frau mit krausem, rotbraunem Haar, in angeregtem Gespräch.

»Die Party wird sich bald auflösen«, erwiderte Liam. »Natürlich werden uns alle vermissen. Aber ich bin sicher, sie werden darüber hinwegkommen.« Seine Miene veränderte sich. Er runzelte die Stirn. »Ich war nicht besonders gesellig, nicht wahr? Ich habe meine ganze Zeit mit Ihnen verbracht.«

Sara senkte ihren Blick. Sie spürte ihr Herz klopfen. »Ich habe es genossen, Liam.«

»Dann werde ich unsere Mäntel holen, und danach sehen wir zu, wo wir etwas zu essen auftreiben können.«

»Ich muß meiner Freundin Bescheid sagen.« Mary Beth. Sara hatte während der ganzen Party kein Wort mit ihr gewechselt. Sie hatte ein paarmal gesehen, daß Mary Beth ihr durch den Raum fragende Blicke zugeworfen hatte. Aber Sara und Liam hatten sich von ihrem Platz hinter der Couch nur kurz entfernt, um sich neue Getränke zu holen.

Jetzt suchte Sara, die sich aufgeregt und ein wenig betrunken fühlte, in dem überfüllten Raum nach ihrer Freundin. Sie entdeckte sie in dem verspiegelten Korridor, wo sie mit zwei Männern mittleren Alters sprach.

Sara nahm sie beiseite. »Ich gehe jetzt mit Liam. Ich meine, ist das in Ordnung? Wir wollen irgendwo etwas essen.«

Mary Beth legte beide Hände auf Saras Schultern. »Wow! Wieviel Wein hast du getrunken?«

Sara kicherte. »Klinge ich ein bißchen beschwipst? Es ist nur so, daß Liam und ich …«

»Ich hatte dich gewarnt, nicht auf diesen irischen Charme reinzufallen.«

»Nun schau mich nicht so an, Mary Beth. Wir wollen nur essen gehen. Das ist alles.«

»He – ich will dich doch nur ärgern!« rief Mary Beth aus und drückte Saras Schultern. Sie stieß einen kurzen Quietscher aus. »Das ist wundervoll. Darum bist du doch schließlich hergekommen.«

Die beiden Männer mittleren Alters kicherten. Sara spürte kurz Verlegenheit. Warum lauschten sie?

Mary Beth umarmte sie kurz. »Viel Spaß.«

»Ich rufe dich später an. Okay?«

Mary Beth glättete die Ärmel von Saras Flanellblazer. »Ja. Ruf mich an. Ich möchte jede Einzelheit wissen.«

Die beiden Männer kicherten wieder.

Sara wandte sich wieder dem Wohnzimmer zu und suchte nach Liam. Sie ließ ihren Blick zweimal durch den Raum wandern. Keine Spur von ihm.

Er hat sich davongeschlichen. Er ist gegangen. Er hat mich nur auf den Arm genommen.

Der schreckliche Gedanke schnürte ihr die Kehle zu. Sie verwarf ihn mit einem Kopfschütteln. Es war nur der Wein. Ich kann nicht klar denken.

Er ist gegangen, um die Mäntel zu holen. Aber woher will er wissen, welcher meiner ist?

Sie ging an Mary Beth und den beiden Männern vorbei, den

langen, verspiegelten Korridor hinunter. Sie fand das zweite Schlafzimmer, in dem die Mäntel untergebracht waren. Trat in den Raum. Sah Liam am Fußende des Bettes.

Er wirkte so verstört. Sein Gesicht verzerrt. Rieb sich mit einer Hand das Kinn. Seine Augen zusammengekniffen. Vor Angst? Starrte auf den Haufen von Mänteln.

Er schien sie nicht zu sehen, nicht einmal, als sie dicht neben ihn trat. »Liam, was ist denn los? Was ist?«

»Mein Hut. Sie haben ihn aufs Bett gelegt.«

15

Andrea DeHaven drehte den Schlüssel im Schloß, vergewisserte sich dann zweimal, daß die Tür verschlossen war. »Seien Sie vorsichtig.« Sie deutete vor sich. »Diese Stufe ist brüchig.«

Mr. Olsham beugte sich schwer auf das Eisengeländer. Er hatte ein lahmes Bein, und die steilen Steinstufen an der Eingangstreppe waren eine Anstrengung für ihn. Nach jeder Stufe, die er geschafft hatte, stieß er ein Stöhnen aus.

Er war ein gepflegter älterer Mann mit lichtem weißem Haar, blaßblauen, weit auseinanderstehenden Augen in einem Gesicht, das einmal sehr gut ausgesehen hatte, wie Andrea bemerkte. Ein Spinnennetz winziger Adern rötete jede Wange. Weiße Stoppeln füllten den tiefen Spalt in seinem Kinn. Er trug einen grauen Wollmantel, der trotz der überraschenden Milde des Oktoberabends bis zum Hals zugeknöpft war.

»Ich bin zu stur, um einen Stock zu nehmen«, murmelte er.

Andrea wartete, bis er den Bürgersteig erreicht hatte, bevor sie hinunterzugehen begann. Sie trug einen weichen, breitrandigen lila Hut, den sie tief in die Stirn gezogen hatte, weil sie keine Zeit mehr gehabt hatte, ihr Haar zu waschen. Sie hatte sich schnell ein schwarzes Kostüm angezogen, damit sie geschäftlicher wirkte. »Und wie finden Sie das Haus, Mr. Olsham?«

»Ziemlich runtergekommen, nicht wahr?« Der alte Bursche konnte wirklich direkt sein, hatte sie festgestellt.

»Runtergekommen, falls Sie darin wohnen wollen«, stimmte Andrea zu, wobei sie die weiche Krempe des Hutes richtete. »Aber wenn Sie es an Studenten vermieten wollen, muß nicht viel daran getan werden. So anspruchsvoll sind Studenten nicht.«

Er biß sich auf die Unterlippe, richtete seine blassen Augen auf die abblätternde weiße Farbe des Hauses. »Ich bin ein wenig besorgt wegen dieser feuchten Stellen an der Küchenwand. Irgendwo ist da ein Leck.«

»Ja, darum müßte man sich kümmern.« Sie konnte sehen, daß sein Interesse schwand. Für das Haus waren mindestens zwanzigtausend Dollar für neue Rohre und Putz und Reparaturen nötig, vielleicht sogar mehr. Er wollte etwas haben, das er sofort an Studenten vermieten konnte, ein Haus, das ihm von Anfang an Gewinn brachte.

»Ist trotzdem ein Schnäppchen«, sagte sie, wobei sie sich wünschte, er würde aufhören, auf die geborstene Dachrinne zu schauen, die an der Seite herunterhing. »Ich bin sicher, ich könnte den Besitzer dazu bringen, daß er die Kosten für die Reparatur der Leitungen in der Küche übernimmt, egal, was es kostet.«

Er schnalzte mehrmals mit der Zunge. Machte ein griesgrämiges Gesicht. »Ich weiß nicht, Mrs. DeHaven. Hmmmm ... Nett von Ihnen, daß Sie es mir am Abend gezeigt haben. Ich weiß Ihre Zeit zu schätzen.«

Ein letzter Versuch. »Ich würde es selbst kaufen, weil es so billig ist. Wirklich. Ich würde zugreifen und die Reparaturen nach und nach machen lassen. Aber ich besitze bereits drei Mietshäuser. Damit habe ich genug zu tun.«

Ein dünnes Lächeln faltete sein Gesicht. Er zwinkerte ihr zu. »Ich wette, das sagen Sie jedem.«

Ausgekochter Bursche.

Ein paar Augenblicke später ging sie nach Hause, eine Hand auf den Hut gedrückt, damit er nicht von den wirbelnden Windstößen weggerissen wurde, die plötzlich die High Street herunterfegten. Mr. Olsham hatte ihr angeboten, sie in seinem schwarzen BMW nach Hause zu fahren, aber sie hatte abgelehnt. Andrea schätzte immer einen langen Spaziergang, wenn sie versucht hatte, ein Haus loszuwerden. Die frische Luft half ihr, den ganzen Mist zu vergessen.

Trockene braune Blätter tanzten über den Bürgersteig, wurden in den Kegel von gelbem Licht einer Straßenlaterne gefegt. Rosa Wolken bedeckten den Mond. Ein roter Himmel. Was bedeutete das? *Roter Himmel heute abend.* Regen oder nicht Regen? Sie wußte das sonst. Warum konnte sie sich nicht mehr an diese einfachen, grundlegenden Dinge erinnern?

Sie blieb an der Ecke der Yale stehen, als Liams Haus ins Blickfeld kam. Oben brannte Licht. Das bedeutete, die Schwester war zu Hause. Aber vielleicht sollte ich trotzdem vorbeischauen. Mich bei Liam dafür entschuldigen, daß ich ihn so überfallen habe. Ihm sagen, daß ich mich nicht wohl fühlte. Ihm sagen, ich hätte ein Medikament genommen, durch das mir immer ein bißchen schlecht wird.

Oder vielleicht war eine Entschuldigung nicht erforderlich. Vielleicht bedauerte Liam es ebenso wie sie, daß seine Schwester sie gestört hatte.

Sie blickte an ihrem Kostüm herab. Öffnete den obersten Knopf der Jacke. Zog die Aufschläge beiseite, um ein wenig mehr von dem Brustspalt zu enthüllen.

Als sie aufblickte, trat die dunkle Gestalt vor sie, versperrte ihr den Weg.

Wo war er hergekommen? Wie konnt er sich so lautlos bewegen?

»He –!« Sie schrie auf, als er ihren Hut ergriff. So heftig. Es fühlte sich an wie ein Schlag.

Benommen griff sie mit beiden Händen nach dem Hut. Aber er segelte auf die Straße.

»Halt!«

Er atmete schwer, schnaufte. Sein Atem so heftig. Wie heißes, faulendes Fleisch. So dunkel. Sie konnte nichts sehen. Bis auf seine grauen Augen, die ausdruckslos glühten. Überhaupt keine Regung.

»Ich gebe Ihnen meine Handtasche! Hier! Nehmen Sie meine Handtasche!«

Ein hartes Reißen. Sie spürte, wie sie gezogen wurde. Kämpfte, um auf den Beinen zu bleiben.

Er zerriß die Kostümjacke. Zerriß sie in zwei Hälften.

»Nehmen Sie meine Handtasche! Bitte – tun Sie mir nicht weh! Nehmen Sie alles!«

Ihre Stimme wurde abgeschnitten, als sie den sengenden Schmerz in ihrer Schulter spürte.

Sie sah, wie seine großen Finger sich in ihre Haut gruben. Spürte das warme Blut an ihrem Arm herunterlaufen.

Noch ein lautes Reißen.

Er riß die Haut von ihrer Schulter. Grub seine Finger tief hinein und schälte die Haut ab.

So leicht. Wie das Aufschlagen eines Bettes.

Brach ihr den Hals.

Finger tief in ihrer Kehle. Um ihr Genick geschlungen.

Aber ich lebe noch! Ich lebe noch!

Riß die Haut an ihrem Rücken ab, grunzend und schnaufend. Solche Lust.

Schälte die Haut ab. Schälte sie ganz ab.

TEIL DREI

16

Sara hielt den Telefonhörer zwischen Schulter und Kinn geklemmt. Sie zog ihr Haar mit beiden Händen hoch und musterte sich im Kommodenspiegel.

»Ich wollte es abschneiden, aber vielleicht lasse ich es so. Liam mag es lang.«

Mary Beth stöhnte am anderen Ende der Leitung. »Ich glaub es einfach nicht.«

»Es sieht als französischer Zopf geflochten hübsch aus, aber ich habe wirklich nicht die Zeit, es zu flechten. Kannst du dir vorstellen, daß ich die ganze Zeit in New York City gelebt und es nie frisiert habe? Ich kämm's einfach zurück und knote es so, wie wir's damals als Erstsemester getan haben. Mein Pony ist noch aus den fünfziger Jahren. Letzte Nacht habe ich das bei jemandem in einem alten Film im Fernsehen gesehen.«

»Sara, du langweilst mich als Haargeschädigte zu Tode.«

Sara ließ ihr Haar fallen und nahm den Hörer in die Hand. Sie lachte. »Haargeschädigt? Was bedeutet das?«

»Es bedeutet, daß ich mein Haar nicht einfach zurückbinden kann. Wenn ich das tue, sieht's aus, als hätte ich ein Stinktier auf dem Kopf sitzen. Ein blondes Stinktier zwar, aber ein Stinktier.«

»Mary Beth …«

»Ich muß mein Haar quälen. Ich muß es runterdrücken, es mit Gewalt unterwerfen. Und wenn ich fertig bin, sieht es üblicherweise noch immer wie ein Verkehrsunfall aus. Darum lasse ich es so kurz schneiden.«

»Mary Beth …«

»Ich möchte also wirklich nicht hören, daß du dich über dein Haar beklagst. Du hast wundervolles, seidiges, glänzendes Haar. Es sieht wie eine Shampoowerbung aus. Und wenn du es ganz abschneiden und kahl herumlaufen würdest, sähst du noch immer wunderschön aus, und das weißt du.«

Kurzes Schweigen.

Dann Sara, leise: »Ein Stinktier auf deinem Kopf? Ich dachte immer, es sei ein Foxterrier!«

Sie lachten beide. Es klang wie damals in ihrer Collegezeit, dachte Sara. Mary Beth beklagte sich immer über ihr Aussehen. Aber irgendwie war sie diejenige, die immer einen Kerl hatte, der verrückt nach ihr war.

Mary Beth hörte als erste zu lachen auf. »Was *meinst* du damit, daß Liam es lang mag? Du bist doch erst zweimal mit ihm ausgegangen. Macht er dir bereits Vorschriften, wie du dein Haar zu tragen hast?«

»Nein. Natürlich nicht«, protestierte Sara.

»Du gehst mit diesem berühmten Professor aus und ihr zwei sitzt da und sprecht über dein Haar?«

»Nein. Nun, ja. Ich meine, er hat mir ein wenig von irischer Folklore erzählt. Du weißt doch, daß er immer von diesen Dingen spricht. Und …«

»Woher soll *ich* das wissen?« unterbrach Mary Beth, deren Stimme etwas gereizt klang.

»Es war ein alter Aberglaube über Leute, die glauben, daß man sein Leben verkürzt, wenn man sich das Haar abschneidet. Und dann …«

»Hört sich grauenvoll an.«

»Mary Beth, wenn du mich ständig unterbrichst …«

»Entschuldige.«

Die nächsten drei Male unterbrach sie Sara absichtlich, als Sara zu sprechen begann, und sie lachten wieder beide. Ausgelassen.

Sara erinnerte sich nicht, wann sie sich zuletzt so ausgelassen gefühlt hatte. Sie hatte Mary Beth in dem Augenblick angerufen, als sie nach Hause gekommen war. Nach ihrer zweiten Verabredung zum Abendessen.

Ihrer zweiten Verabredung!

Die Wirkung des Weines beim Essen war verflogen. Aber nicht die Wirkung von Liam.

»Jedenfalls hat er dann mein Haar berührt und mir erzählt, wie weich es sei. Schimmernd, sagte er. Er ist sehr romantisch. Irgendwie altmodisch. Ich meine, er sagt Dinge, die die meisten Männer nicht sagen. Und er starrte einfach mit seinen wundervollen braunen Augen auf mein Haar. Wirklich, ich ...«

»Sara, du klingst, als ob du völlig bekifft wärst.«

»Das bin ich nicht, Mary Beth. Ich bin nicht einmal beschwipst. Er scheint einfach eine erstaunliche Person zu sein.«

Wieder Stille, diesmal tiefer.

»Sara, ich weiß, daß du denken wirst, ich sage das jetzt aus Eifersucht oder so.«

»Was? Was willst du sagen?« Sara, ein bißchen zu drängend. Mary Beth hat recht, sagte sie sich, während sie tief einatmete und die Luft anhielt. Schloß die Augen, während sie langsam ausatmete. Beruhigen Sie sich, Miss Morgan.

»Ich finde nur, du solltest vorsichtig sein.«

»Wie bitte?«

»Du hast schon verstanden. Ich möchte nicht, daß du verletzt wirst. Ich denke, du bist im Augenblick ziemlich verwundbar. Habe ich recht?«

»Vielleicht.«

»Hör zu, ich habe Liam beobachtet, als wir das Video machten. Er flirtet mit jeder.«

»Das ist anders.« Sara versuchte nicht zu abwehrend zu klingen, aber es kam nicht so unbekümmert heraus, wie sie es gehofft hatte.

»Sara, er hat sogar mit einem Irish Setter geflirtet, der uns überholte!«

Sie lachten beide.

»Das war nicht nur flirten, Mary Beth. Wir mögen uns wirklich. Ich meine, es hat einfach gefunkt. Du weißt doch, woran man erkennt, daß man mit einem anderen wirklich auf einer Wellenlänge ist. Also ...«

»Das versuche ich dir ja gerade zu sagen.« Mary Beth plötzlich ungeduldig. »Das weiß du *nie.* Gib's zu, Sara. Du bist die *schlechteste* Männerkennerin.«

»Also, nun mach aber mal Pause. Ich habe ein paar schlechte Entscheidungen getroffen, aber ...«

»Ein *paar*? Ich wette, ich könnte mehr als nur ein paar nennen. Da war Chip. Und dann war da Steve. Und wer war dieser Kerl in unserem zweiten Studienjahr, als wir in das Appartement zogen?«

»Du meinst Boris?«

»Richtig. Boris.«

»Mary Beth, du hattest mir vor vier Jahren versprochen, dieses Ekel niemals wieder zu erwähnen.«

»Gott, Sara, ich habe an Boris seit Jahren nicht gedacht. Dieser verdammte Mistkerl. Nicht nur, daß er der langweiligste Blödmann auf dem Campus war. Aber dann hat er deine Stereoanlage verkauft! Er hat dir deine Stereoanlage gestohlen, als du zu Weihnachten nach Hause gefahren warst, und sie verkauft!«

Sara stöhnte. »Danke, daß du mich daran erinnerst, Liebste!«

»Ich versuche, dir einen Gefallen zu tun. Sara, du bist diejenige, über die in diesen Büchern geschrieben wird.«

»Bücher? Was für Bücher?«

»Du weißt es. *Schlechte Männer für gute Mädchen.* All diese Bücher darüber, was für absolute Arschlöcher Frauen sind, wenn's darum geht, sich Männer zu suchen.«

»Wie bitte? Hast du mich gerade als Arschloch bezeichnet?«

Mary Beth kicherte. »War nicht persönlich gemeint. Ich versuche nur, dir etwas klarzumachen. In all den Jahren, die ich dich kenne, hast du dir niemals – *niemals* – jemanden ausgesucht, der irgendwie gut für dich war.«

»Du hast dich klar ausgedrückt«, murrte Sara. Mary Beth wurde langsam definitiv lästig. »Liam ist anders.« Und dann fügte sie hinzu: »Weißt du, nur weil du mich aus New York gerettet und mich hier ans College gebracht hast, bedeutet das nicht, daß du für mich verantwortlich bist.«

»Okay, okay.« Die Schärfe von Saras Tonfall mußte Mary Beth

veranlaßt haben, einen Rückzieher zu machen. »Du hast vorher niemals auf mich gehört. Was immer du tust, hör einfach nicht hin. Außerdem weiß ich überhaupt nichts. Ich sitze hier und erteile dir Ratschläge, schenke dir meine wundervolle Weisheit. Und inzwischen bumse ich mit einem achtzehnjährigen Jungen.« Sie fügte schnell hinzu: »Und amüsiere mich prächtig!«

Wieder herzliches Gelächter.

»Mir war aufgefallen, daß du Eric letzte Woche nicht mit zu Miltons Party genommen hattest«, spottete Sara.

»Nein. Ich mußte ihn sein Bäuerchen und sein Schläfchen machen lassen.«

»Weißt du, sechs Jahre Unterschied sind nicht viel.«

»Doch, bei Eric und mir schon. Ich meine, er findet Beavis und Butthead noch immer cool.«

Sara kicherte. »Mary Beth, hast du je daran gedacht, Schauspielerin zu werden?«

Ihre Freundin reagierte mit gespielter Wut. »Glaubst du wirklich, mein Leben sei eine *Komödie*?«

Sara warf einen Blick auf die Nachttischuhr. »Ja, das glaube ich. Und mein Leben ist eine Situationskomödie über ein arbeitendes Mädchen, das wieder zur Schule geht. Ich lege jetzt besser auf. Vor dem Unterricht morgen muß ich noch etwas arbeiten. Ich soll ein Thema für eine Semesterarbeit vorlegen, die ich schreiben muß.«

»Und worüber wirst du schreiben? ›Die Psychologie des Anbandelns mit volkskundlichen Gastdozenten‹?«

»Mary Beth – bist du verrückt oder so? Können wir Liam nicht mal für eine Minute vergessen? Langsam beginne ich zu glauben, daß du eifersüchtig *bist*.«

»Ja, ich bin *neidisch.* Nein. Ernsthaft. Worüber *willst* du schreiben? Geht das Richtung Freud oder in Richtung Jung?«

Sara zögerte. »Ich dachte vielleicht ... etwas über Trauer.«

»Wie bitte?«

»Na ja, es ist etwas, mit dem ich mich schon eine Weile beschäftige. Nachdem mein Vater im vorletzten Jahr gestorben ist, ging es mir eine Weile ziemlich schlecht. Ich meine, ich war über meine Reaktion wirklich überrascht. Wir wußten, daß er sterben würde und all das. Und ich dachte, ich sei darauf vorbereitet. Und dann – WUMM. Es hat mich wie eine Tonne Ziegelsteine getroffen. Hat mich wirklich aus der Fassung gebracht. Und meine Gefühle völlig verdreht.« Sie holte Luft.

»Tut mir leid«, murmelte Mary Beth, deren Stimme jetzt nur ein Flüstern war. »Ich hatte dir einen Brief geschickt, als ich das von deinem Vater erfuhr. Dann hörte ich nichts von dir. Ich dachte ...«

»Meine Mutter bestand darauf, daß wir beide zu einer Trauerberatung gingen«, fuhr Sara fort. »Ich hielt die Idee einfach für dumm. Aber ich ging mit, um ihr zu helfen. Und es stellte sich heraus, daß die Frau dort wirklich klug war. Sie sprach über die vier Stufen von Trauer, die jeder durchmacht, erklärte das ganze Muster einfach – Unglaube, Wut, Schuld und so weiter. Es war so treffend, daß alles klar wurde.

Als ich dann erfuhr, daß ich ein Papier für das Seminar von Dr. Lahm zu schreiben habe, dachte ich an diese Trauerberaterin. Und ich dachte, daß ich vielleicht etwas über die Stufen von Trauer schreiben könnte.«

»Sara, bist du sicher, daß das nicht wieder eine Menge unglücklicher Gefühle aufrühren wird? Du weißt schon. Erinnerungen an das, was du durchgemacht hast?«

»Also, ich glaube das eigentlich nicht ... He, du machst dir ja schon wieder Sorgen um mich! Wo liegt dein Problem, Mary Beth? Seit wann hast du diesen Mutterkomplex? Du warst immer ...«

Sie hörte einen Piepton im Ohr.

»Oh, warte. Da wartet ein Gespräch. Ich habe einen Anruf.« *Vielleicht ist es Liam,* dachte sie, und ihr Herz pochte plötzlich.

»Ein Gespräch wartet?«

»Das ist kostenlos. Hat die Telefongesellschaft so eingerichtet, als das Telefon angeschlossen wurde. Ein Einführungsangebot oder so. Ich muß auflegen. Ich ruf dich morgen an, okay?«

Wieder ein Piepton.

»Okay. Ciao!«

Sara drückte eilig auf den Knopf, um den anderen Anruf anzunehmen. »Hallo?«

Die Stimme in der Leitung war heiser. Der Anrufer sprach in einer Lautstärke, die kaum mehr als ein Flüstern war. *»Ist da Sara?«*

»Ja. Ja, ich bin's.«

»Wollen Sie leben, Sara? Wollen *Sie das? Halten Sie sich von Liam fern!«*

17

Garretts Magen revoltierte. Er hatte alle Mühe, sein Abendessen bei sich zu behalten.

Schwer schluckend schloß er die Augen.

Ein weiterer Mord, unbeschreiblich gräßlich.

Ich muß hinschauen. Ich habe keine andere Wahl. Es ist mein Job.

Öffne deine Augen, Garrett. Tu deinen Job.

»Garrett, kann ich dir helfen?« Walters besorgte Stimme von irgendwo hinter ihm.

Garretts Beine zitterten. Er schluckte wieder heftig, schluckte einen sauren Geschmack hinunter, der seine Kehle zuschnürte.

Wie willst du mir helfen, du fetter Trottel? Diese Frau ist direkt auf dem Bürgersteig *in Stücke gerissen* worden, und ich will nichts weiter, als meine Augen schließen. Oder wegrennen. Wie willst du mir helfen?

Er atmete tief ein. Hielt die Luft an. Wartete darauf, daß das Brennen in ihm aufhörte.

Wieso kotzte Columbo nie?

Garrett öffnete die Augen und blinzelte in den zuckenden Glanz roter Lichter. Sirenen heulten in der Ferne. Ein Krankenwagen hielt auf dem Bordstein, die Vorderräder nur wenige Meter von der Leiche entfernt. Lichter und Motor wurden abgeschaltet.

Einen Krankenwagen brauchen wir nicht, dachte Garrett bitter. Wir brauchen einen Staubsauger, um die da aufzusammeln.

Gaffer starrten aus den Schatten, kauerten sich schweigend an die Ziegelwand des Wohnhauses hinter dem Bürgersteig.

Beobachteten sie Garrett, der in hilflosem Entsetzen erstarrt dastand?

»Walter – schaff sie hier weg! Stell Absperrungen auf. Tun wir so, als wären wir Bullen! Jag sie davon! He, Sie da! Sie befinden sich an einem Tatort! *Verschwinden Sie*«! Seine Kehle zugeschnürt und schmerzend.

Walter sprang auf die Menge zu, schwang seine dicken Arme. »Alle zurücktreten. Bewegung, bitte! Hier gibt's nichts zu sehen. Gehen Sie nach Hause – los. Hier gibt's nichts zu sehen.«

Nichts zu sehen?

Garrett blinzelte. Die weißuniformierten Sanitäter vom Freewood General krochen über den Boden, nahmen Hautstücke mit Chirurgenzangen auf, ließen die Stücke in sterile Gläser fallen. Garrett traute seinen eigenen Leuten diese Arbeit nicht zu. Er bestand darauf, daß das Krankenhaus das übernahm.

Einige Hautreste waren so klein wie Federn. Andere waren größer, ähnelten blutdurchtränkten Streifen von Schaumgummi, aber getrocknet und an den Enden eingerollt.

Er war keine zwei Minuten, nachdem der Anruf erfolgt war, am Tatort eingetroffen. Er hatte mit Angel gesprochen, mit ihr darüber diskutiert, ob sie das Angebot seines Bruders annehmen und hier wegziehen sollten, als das Telefon sie unterbrach. Eine kreischende Frau, hysterisch und zusammenhanglos, schrie die Straßennamen. Ganz nahe am Campus. Ganz in der Nähe der Stelle, wo der andere entsetzliche Mord geschehen war.

Garretts Blick war zuerst auf den blutverschmierten Leichnam gefallen, auf die Rippen, die weiß wie Mondlicht aus der zerfetzten Haut ragten. Nackte Beine. Zu einem unnatürlichen V gespreizt. Die Kleidung weggerissen. Ein Knieknochen ragte durch das zerfetzte Fleisch des Beines.

Als Garrett versucht hatte wegzuschauen, hatte er ihr Gesicht gesehen, die weit aufgerissenen Augen, die ihn anklagend anstarrten.

Wie lange hatte sie gelebt? Hatte sie noch gelebt, als der Mörder ihren Körper zerfetzte?

Hatte der Mörder sie gnädig zuerst getötet? Oder hatte sie gesehen, wie ihr die Haut abgezogen wurde, weggerissen wie Einwickelpapier?

Das war der Gedanke gewesen, mit dem Garrett zum Bordstein getorkelt war, die Augen fest geschlossen.

Jetzt hatte sein Magen sich beruhigt, aber er fühlte sich noch immer, als würde er in einem blitzenden roten Strom schwimmen und darum kämpfen, den Kopf oben zu halten, den sauren Geschmack in seinem Mund, jeder Atemzug eine spürbare Anstrengung.

Der Körper war ausgenommen worden wie ein Fisch. Organe lagen triefend auf dem Bürgersteig. Eingeweide schlängelten sich auf die High Street. Garrett zwang sich dazu, sich auf die weißuniformierten Sanitäter zu konzentrieren, die den Boden absuchten, die Hautstücke mit ihren silbernen Pinzetten sammelten.

»Glaubst du, daß der Kerl eine Art Kannibale ist?« Walter tauchte neben ihm auf wie ein Schweinswal in einer Meeresschau.

Garrett schwimmend, schwimmend in der Strömung.

Er wollte auf Walter einschlagen. *Etwas Nützliches tun!* Aber er war eigentlich gar nicht wütend auf Walter.

Sondern auf seine eigene Hilflosigkeit.

Das merkte er sogar selbst.

»Eine Art Kannibale«, wiederholte Walter kopfschüttelnd. Als ob das eine Erklärung gewesen wäre.

Garrett hörte ein würgendes Stöhnen. Jemand, der sich neben dem Haus erbrach. Einer der Sanitäter.

Wie konnte *überhaupt* jemand sein Abendessen bei sich behalten? fragte er sich angestrengt schluckend.

Wenn nur jemand da wäre, den man verhören, oder vielleicht eine Spur, die man verfolgen könnte. Eine Waffe mit Fingerabdrücken darauf.

Aber diese Person benutzte keine Waffe.

Was hatte er benutzt? Eine Art Messer? Schnitt er die Haut auf und löste sie dann von den Knochen ab?

Würde das nicht sehr lange dauern? Hätte nicht jemand vorbeikommen oder – fahren können? Müßte das nicht jemand gesehen haben?

Ein Augenzeuge.

Garrett richtete den Blick auf die Menge der Schaulustigen. Es war Walter gelungen, sie zum nächsten Haus zurückzutreiben. Sie standen im mattgelben Licht eines kleinen, rechteckigen grasbewachsenen Hofes.

Der Verbrecher kehrt immer an den Tatort zurück.

War das nur in Filmen so?

Stand der Mörder dort zwischen diesen ernst dreinschauenden Zuschauern? Genoß die Schau? Das Blut des Opfers noch an seinen Händen?

»Walter, geh und überprüf die Menge.« Garrett machte eine Bewegung mit dem Kopf.

»Was?«

»Die Gaffer. Geh und überprüf sie. Such nach Blutflecken. Nach allem, was verdächtig ist.«

Walters Mund klappte auf. Sofort Erregung. »Du glaubst ...?«

»Nein, ich glaube gar nichts. Überprüf sie einfach.«

Walter ging gehorsam auf den Hof zu, senkte eine Hand auf den Kolben seines Revolvers.

Erlaube ich Walter *wirklich*, eine Waffe zu tragen? Die Frage drang in Garretts düstere Gedanken. Habe ich völlig den Verstand verloren?

»Wir haben eine Identifikation, Chef.« Ethan, blaß, sein Gesicht zu einem grimmigen Runzeln erstarrt. Öffnete und schloß den Mund im Wechsel.

Garrett schaute den Beamten mit schmalen Augen an. Ethans kahler Schädel blitzte im roten Licht des Streifenwagens. Wo ist seine Uniformmütze? Hatte er sie verloren? »Identifikation?«

»Ja. Einen Ausweis. Aus ihrer Handtasche.«

»Die Handtasche war noch hier?«

Ethan nickte. »Nichts gestohlen, soweit Harvey und ich das sagen können. Es war kein Raubmord.«

Nein. Es war ein Hautaufschlitzen im Vorbeifahren.

Garrett seufzte. »Wer ist sie, Ethan? Ich meine, wer war sie?«

»Der Name war DeHaven. Andrea DeHaven. Wohnte hinter dem Campus. An der Forrest.«

»Hast du die Tasche in einen Indizienbeutel gesteckt?«

»Jau. Ich war vorsichtig, Chef. Um keine Fingerabdrücke zu verwischen. Aber, ich – äääh –« ein plötzlicher Gefühlsausbruch. Der harte Gesichtsausdruck zerfiel. »Ich werde das noch lange in meinen Träumen vor mir sehen.« Die schmalen Schultern zogen sich zusammen, als würde er plötzlich entsetzlich frieren.

»Ich auch, Ethan.«

Garrett sah den Arzt kommen. Versuchte, sich an seinen Namen zu erinnern. Er hatte ihn schon eine Million Mal gesehen. Konnte sich nie daran erinnern. Grimmiges Nicken als Begrüßung. »Was haben Sie rausgefunden, Doc?«

»Die Frau wurde bei lebendigem Leibe gehäutet, dann ausgenommen, Detective.«

Er kommt gleich auf den Punkt, dachte Garrett, schluckte wieder. Er versuchte zu antworten, aber die Worte blieben ihm im Halse stecken.

Als er endlich seine Stimme wiedererlangt hatte, platzte er mit einer etwas unprofessionellen Frage heraus. »Doc, was für eine Art von Mensch ist das, der ein solches Verbrechen begeht?«

Der Doktor sah Garrett mit blutunterlaufenen Augen an. Er antwortete mit zusammengebissenen Zähnen. »Ein sehr starker Mensch.«

18

Ein heftiges Klopfen an der Tür riß Sara aus ihren Gedanken. Sie hatte fast eine halbe Stunde lang auf ein und dieselbe Seite des Buches auf ihrem Schoß gestarrt – eine Camille-Paglia-Abhandlung, die Sara für ihr Psychologie-Seminar lesen mußte – und über die geflüsterte Stimme, die gezischte Drohung am Telefon nachgedacht.

Offensichtlich ein dummer Schabernack. Aber von wem?

Höchstwahrscheinlich von jemand, der letzte Woche auf Miltons Party gewesen war, überlegte Sara. Jemand, der gesehen hatte, daß sie und Liam soviel Zeit miteinander verbracht hatten und dann zusammen weggegangen waren. Vielleicht jemand, der sie heute abend im Spinnaker's gesehen hatte.

Eine eifersüchtige Kollegin?

Liam war seit weniger als einem Monat an der Moore State. War das lange genug, daß eine Frau aus dem Fachbereich Besitzansprüche auf ihn haben könnte? So starke Gefühle für Liam, daß sie Sara anrief und eine so häßliche Drohung ausstieß?

War es eine Frau?

Sara war sich nicht ganz sicher. Die Verbindung war schlecht gewesen. Es hatte in der Leitung gerauscht. Die geflüsterten Worte waren so leise und heiser gewesen.

Da Sara fröstelte, hatte sie einen langärmeligen Pyjama angezogen, Chips alten Pyjama, weiße Wollsocken und ihren warmen Flanellmorgenmantel. Sie hatte den Kessel aufgesetzt, um Tee zu kochen.

Der Wind heulte draußen, rüttelte an den Fensterscheiben, einer der Nachteile einer Eckwohnung. Sara rieb sich die Ärmel, ging von der winzigen Küche ins Zimmer und wieder zurück, wartete darauf, daß der Wasserkessel flötete, überlegte und versuchte sich an Gesichter zu erinnern.

Gesichter von der Party.

So viele Leute waren gekommen, um Liam zu begrüßen. Er war zu allen freundlich gewesen, herzlich, aber zu niemandem übermäßig liebevoll oder überschwenglich. Sie versuchte, sich irgendein Anzeichen von gemeinsamer Intimität, einer Nähe vorzustellen. Jemand, der Liam von der anderen Seite des Raumes angestarrt, ihn ständig beobachtet hatte.

Nein. Niemand.

Die Bodenbretter knarrten unter ihren Füßen. Als der Kessel zu flöten begann, war sie versucht, Liam anzurufen. Um ihn nach seiner Theorie über den Anrufer zu fragen. Einen Vorwand zu haben, mit ihm zu reden.

Als Sara das kochende Wasser in die Tasse schüttete, und sie spürte, wie der heiße Dampf ihr Gesicht wärmte, begann sie sich ruhiger zu fühlen. Sie gab Honig in die Tasse und beobachtete, wie das Wasser sich verdunkelte. Beruhigend. Sie wärmte ihre Hände an der Tasse, trug sie zu dem weichen niedrigen Armsessel neben ihrem Bett und schlug das Paglia-Buch bei dem betreffenden Kapitel auf.

Etwas über wechselnde sexuelle Bedürfnisse. Es hätte sie interessieren sollen. Aber die Worte verschwanden, schienen in die Ferne zu weichen, während ihre Gedanken zu Liam zurückkehrten.

Flirtete er nur? Wenn es so war, warum hatte er gerade sie ausgesucht? Sie hatte sich in dem Restaurant an jenem Abend sofort zu ihm hingezogen gefühlt. Aber sie hatte nicht erwartet, daß er sich an sie auch nur erinnerte.

Beim Essen heute abend war er mit seinen witzigen kleinen abergläubischen Geschichten so zauberhaft gewesen. Er schien so viele davon zu kennen, Arten von Aberglauben, von denen Sara noch nie gehört hatte.

Was für ein Aufhebens hatte er doch gleich wegen ihrer Serviette gemacht, als sie gehen wollten? O ja. Sie hatte sie von ihrem Schoß genommen und begonnen, sie wieder zusammenzufalten. Aber er hatte über den Tisch gelangt, um sie daran zu hindern. »Eine Serviette nach einem Essen zu falten bedeutet, daß man die Freundschaft faltet und beendet. Ich werde Sie nie wiedersehen.« Ein gespieltes Schmollen in seinem Gesicht. So traurige Augen.

Sie hatte die Serviette schnell zusammengeknüllt und hingeworfen. Sie lachten beide.

Zuvor hatte er darauf bestanden, daß sie den Tee zusammen einschenkten, seine Hand auf ihrer. Die Wärme seiner Hand, ihre überraschende Kraft, hatte ein elektrisierendes Prickeln an ihrem Arm ausgelöst, das ihren ganzen Körper durchfuhr.

Aber warum bestand er darauf, die kleine Porzellanteekanne

gemeinsam zu halten und daraus einzuschenken? Welcher Aberglaube war das? Er weigerte sich, das zu verraten. Ein erfreutes Grinsen auf seinem schönen Gesicht. Seine Augen tanzten, als ob er ihr gerade den wunderbarsten Trick vorgeführt hätte.

Sara starrte auf dieselben zwei Seiten des Buches auf ihrem Schoß. Der Tee war jetzt kalt. Eine dunkle Pfütze am Boden der Tasse. Habe ich nicht ein Buch über Aberglauben? Irgendwo in diesen beiden Kartons mit Büchern, die ich noch nicht ausgepackt habe?

Das harte Klopfen an die Tür veranlaßte sie, das Buch zuzuschlagen. Ihr Blick wanderte zu der Nachttischuhr. Fast Mitternacht. Wer mochte das so spät sein? Mary Beth?

Und dann ein erregender Gedanke: Liam?

Sie sprang auf, zupfte an ihrem Morgenmantel, zog den Gürtel fest über dem weiten Pyjama.

Wieder ein Klopfen, fester.

Sie musterte ihr Haar im Spiegel. Eilte zur Tür. »Wer ist da?«

Keine Antwort. Dann ein atemloses »Sara?«

Sie öffnete die Tür. »Milton?«

Er stand auf der Fußmatte, atmete heftig, ein Elefant in einem grauen Jogginganzug. Schweiß tropfte trotz der herbstlichen Kühle, der wirbelnden, kalten Winde von seiner Stirn. Sein Gesicht rot in dem düsteren Deckenlicht des Treppenhauses. Sein üblicherweise hochstehendes weißes Haar klebte feucht an seinem Kopf.

»Milton – was ist denn los?«

»Nichts. Ich hatte nur gejoggt und ...« Zwischen zwei keuchenden Atemzügen ausgestoßen. Sein Bauch hob und senkte sich unter dem weiten grauen Sweatshirt.

»Oh. Sie haben mich erschreckt. Ich dachte ... ich dachte ...«

Ich dachte, du hättest einen Herzanfall. Sie beendete den Satz nicht. »Ist wirklich alles in Ordnung?«

Er holte tief Atem, schluckte. Er preßte beide Arme an den Türrahmen, stützte sich daran. »Ja. Fein. Ich hatte einiges an Arbeit in meinem Büro zu erledigen. Dann hab ich mich so unruhig gefühlt. Irgendwie eingesperrt. Deshalb beschloß ich zu joggen.

Ich bin über den Campus gejoggt. Dann kam ich an Ihrem Appartment vorbei und ...« Seine grauen Augen ruhten auf ihr, auf dem offenen Ausschnitt ihres Morgenmantels.

»Milton, es ist spät.«

Er zuckte seine massigen Schultern. »Laufen entspannt mich.«

Warum war er zu ihr gekommen? Erwartete er, daß sie ihn hereinbat?

Er war so groß. Sie hatte plötzlich die erschreckende Vorstellung, daß er sich hineindrängen würde.

Seine silbernen Augen hatten ihre fixiert, als suchten sie etwas. »Tut mir leid, Sie so spät zu stören. Sie haben doch nicht schon geschlafen, oder?« Sein Blick wanderte über ihre Schulter, an ihr vorbei ins Appartement. Prüfte er, ob noch jemand dort war? Will er sehen, ob Liam hier ist?

»Sara, ich wollte Ihnen ein paar Schlüssel bringen. Mir ist etwas dazwischengekommen. Eine Familiensache. Ich muß für ein paar Tage nach Atlanta. Aber ich möchte, daß Sie im Büro sind. Sie wissen schon. Nur Anrufe entgegennehmen und die Post durchsehen.«

»Kein Problem, Milton. Ich ...«

Er hielt ihr einen Schlüsselbund hin, an dem drei oder vier Schlüssel hingen.

»Milton – sie bluten ja!«

Er hob den Handrücken vor sein Gesicht. Reagierte überrascht. »Oh. Ja. Na schön. Ist ja schon fast getrocknet.«

Sie ergriff die Hand, zog sie an sich, um sie zu untersuchen. »Ist ein wirklich tiefer Schnitt. Wie haben Sie das denn gemacht?«

Sein Gesicht rötete sich noch stärker als gewöhnlich. »Ich weiß nicht. Muß mich an etwas geschnitten haben. Ich erinnere mich nicht.«

Als Sara seine Hand losließ, bemerkte sie den dunklen Fleck an der Seite seiner Trainingshose. Mehr Blut?

»Ich kann einfach nicht glauben, daß Sie das nicht einmal gespürt haben. Es ist soviel Blut.«

Ein seltsames Lächeln überzog sein Gesicht. Seine Augen auf

sie gerichtet. »Ich bin ein Macho, Sara. Es muß schon mehr als ein kleiner Kratzer sein, damit ich überhaupt darauf achte.«

Er drückte ihr die Schlüssel in die Hand. »Der silberne ist für das Vorzimmer. Der hier ist für das Büro.« Er ging sie mit blutverschmierten Fingern durch. »Der kleine, der sich von den anderen unterscheidet – der ist für den verschließbaren Aktenschrank.«

Sara strich sich mit ihrer freien Hand das Haar zurück. »Den brauche ich wahrscheinlich nicht.«

»Für alle Fälle.«

Sie hob den vierten Schlüssel hoch, der glänzender war als der Rest. »Und der hier?«

Er blinzelte sie an. Sie hatte plötzlich das Gefühl, als versuchte er mit seinem Blick, ihre Haut zu durchdringen, in ihr Gehirn zu starren. »Das ist mein Hausschlüssel.«

»Wie?«

»Vielleicht möchten Sie ja irgendwann mal vorbeikommen.« Diese silbernen Augen strahlten sie wie Scheinwerfer an. Was versuchte er – wollte er sie hypnotisieren? »Vielleicht mich besuchen ... mich überraschen ... ich meine ...«

»Milton, ich glaube wirklich nicht ...«

»Behalten Sie ihn einfach.« Plötzlich kurz. Dann weicher: »Behalten Sie ihn für alle Fälle.« Er preßte ihre Hand um den Schlüsselbund. Er löste seinen Blick, senkte ihn schließlich auf ihren Hals. »Ich könnte einen Drink brauchen. Wie steht's mit Ihnen? Ich weiß, es ist spät, aber vielleicht ...« Wieder schwerer Atem.

Sara spürte einen Schauer von Furcht. Ich will ihn wirklich nicht in mein Appartement lassen. Bin ich verrückt? Schließlich arbeite ich doch für ihn. Was sollte passieren?

Ja. Was?

Sie wollte das nicht herausfinden.

»Tut mir leid. Ich habe nichts im Hause. Ich hatte keine Zeit. Ich ... also, es ist wirklich spät, Milton. Sie sehen ja, daß ich schlafengehen wollte.« *Du hast meinen Pyjama intensiv genug angestarrt!*

Milton seufzte. Kratzte sich sein verklebtes Haar. Beugte sich vor. Er wird sich einfach hineinschieben, dachte Sara, spürte, daß ihr Magen zu einem Klumpen wurde. Ich hatte recht.

Sie griff nach der Tür, bereitete sich darauf vor, sie zuzuschlagen.

Milton runzelte die Stirn. Hob wieder die blutverschmierte Hand. »Ich sollte nach Hause gehen und sie waschen. Mich reinigen. Ich komme ein andermal auf den Drink zurück.« Ein trockenes Lachen, als ob er etwas Komisches gesagt hätte. »Haben Sie und Liam heute abend gut gegessen?«

Sara spürte wieder ein Frösteln. Warum fragt er das? *Spioniert* er mir nach? Spioniert er Liam und mir nach? Ist er deshalb hier?

»Ja. Liam ist wirklich nett.«

Nett? Großartiges Vokabular, Sara.

Milton atmete wieder schwer, stieß ein pfeifendes Geräusch aus, das tief aus seiner Kehle kam. Ein weiterer Blick in das Appartement. Suchte er nach Liam? »Er bestand darauf, daß ich Sie einlade.«

»Was?«

»Zu der Party letzte Woche. Er bestand darauf.«

»*Tatsächlich*?« Echte Überraschung. Sara spürte, daß ihr Gesicht heiß wurde.

»Natürlich hatte ich bereits vorgehabt, Sie zu fragen, ob Sie kommen.« Er musterte sie von oben bis unten. »Na ja. Liam ist ein charmanter Bursche. Und auch sehr schlau. Ein richtiger Ladykiller, wie ich höre.«

Sara lachte verlegen. »Nun, ich werde vorsichtig sein.« *Bitte geh, Milton. Bitte – geh heim.*

»Ja. Also …« Er musterte wieder die zerschnittene Hand. »Tut mir leid, Sie so spät gestört zu haben, Sara. Aber ich breche morgen sehr früh auf. Werde am Mittwoch zurück sein. Wie *bin* ich an diesen Schnitt gekommen? Ist wirklich ekelhaft.«

»Waschen Sie ihn gründlich«, sagte sie, erleichtert, als er den Korridor hinabging. »Sie haben Glück, daß das nicht genäht werden muß.«

Sie schloß die Tür, schloß ab und hängte die Kette vor. Preßte ihren Rücken an die Tür und schloß die Augen. Sie drückte ihre Hand zu und spürte den Schlüsselbund und die Schlüssel in ihrer Handfläche.

Ein seltsamer Mann. All dies Blut, und er bemerkte es nicht einmal.

Sie öffnete die Augen und dachte an Liam. *»Liam bestand darauf, daß ich Sie einlade.«* Das hatte Milton gesagt. »Was geht da vor, Liam?« murmelte Sara laut.

War dies so eine Art verrückte Liebe-auf-den-ersten-Blick-Geschichte, die ihr da widerfuhr?

Vorsichtig, Sara. Vorsicht.

Hör auf Mary Beth. Du hast noch nie einen Mann aufgegabelt, der gut für dich war.

Aber wenn er mich aufgabelt?

Als sie an der Küche vorbeikam, fiel ihr Blick auf den Teekessel auf dem Herd. Er erinnerte sie an das Buch über Aberglauben. Habe ich's eingepackt? Ich bin jetzt hellwach und nicht in der Stimmung für Camille Paglia. Ich kann ebensogut nachsehen.

Sie hatte vier Kartons mit Büchern vollgepackt, einschließlich ihrer alten Collegebücher. In die Bücherregale im Wohnzimmer paßte nur der Inhalt von zwei Kartons. Die anderen beiden hatte sie unter das Bett geschoben.

Ich meine mich zu erinnern, es gesehen zu haben, sagte sie zu sich, während sie sich hinkniete, um den ersten Karton aus seinem Versteck zu ziehen. Mit ihm zog sie eine dicke Staubschicht heraus. Eine Art Lexikon über Aberglauben. Alphabetisch aufgelistet. Sie hatte das Buch einmal für ein Literaturseminar gebraucht.

Ich hatte eine Eins in dem Kurs, erinnerte sie sich, während sie den Karton öffnete, Bücher herausnahm und sie neben sich auf dem Schlafzimmerteppich stapelte. Eine gute Studentin. Vielleicht werde ich für den Rest meines Lebens Studentin bleiben.

Oder Liam heiraten und ein ruhiges Leben an Universitäten führen.

Keine unerfreuliche Aussicht.

Sie fand das Buch auf dem Boden des ersten Kartons. Sie

durchblätterte es schnell, und ihr Blick flog über die winzige, enggedruckte Schrift.

Bestimmt gab es tausend Aberglauben über Tee.

Es waren drei Seiten darüber da. Ihr Blick glitt über »Teeblätter, Tee kochen, Teeblasen, Tee rühren.«

Sie landete bei »Tee einschenken«. Es *gibt* einen Aberglauben beim Tee einschenken! Siehst du, Liam, du hast geglaubt, du könntest mir etwas verheimlichen. Du dachtest, du könntest einer armen, unwissenden, ahnungslosen Sara etwas vorenthalten. Mal sehen, was dein Aberglaube ist.

Sie hob das Buch näher heran und las:

»Romney Marsh, Kent. 1932. Wenn ein Mann und eine Frau eine Tasse Tee gemeinsam aus der Kanne einschenken, wird ihnen ein Kind geboren.«

19

Die weiße Porzellanteetasse klirrte auf der Untertasse. Liam setzte sie auf dem niedrigen Kaffeetisch ab und drehte sich um, als Margaret das Wohnzimmer betrat. »Da bist du ja.«

»Ja. Da bin ich.« Sie nahm ihren schwarzen Samthut ab, der bowlerförmig war und eine breite, weiche Krempe hatte, schüttelte ihr Haar aus. Sie warf den Hut auf den Stuhl, der an der Wand stand und begann damit, ihre grünen Lederhandschuhe auszuziehen. »Kalt draußen. Man hat wirklich den Eindruck, daß es schneien könnte.«

Liam legte einen Arm auf die Rückenlehne der Couch und schaute zu, wie sie mit den Handschuhen kämpfte. Ihre Hände waren groß. Handschuhe waren daher immer sehr enganliegend. »Wo warst du?«

Sie zog einen Handschuh ab und warf ihn oben auf den Hut. Das Haar fiel ihr in die Augen. Sie strich es zurück. »Ich bin hoch nach Northport gefahren. Da gibt's eine ganze Reihe von Antiquitätengeschäften. Sehr kurios, sehr hübsch.«

Auf der anderen Seite des Raumes summte der Fernseher. Eine

Coca-Cola-Werbung. Zuckende Zwei-Sekunden-Bilder. Alle tranken Coke. »Hast du etwas für den Laden gekauft?«

»Nein. Nur geschaut. Aber ich fahre vielleicht wieder hin.« Sie seufzte. »Ich weiß, du hältst mich für töricht, weil ich in dieser kleinen Stadt ein Geschäft eröffnen will.« Sie streifte den zweiten Handschuh ab und warf ihn neben den ersten. Dann zog sie ihren schwarzen Wollmantel aus. »Aber wenn ich jeden Monat nur ein paar Stücke verkaufe ...«

Den Rest davon hörte er nicht. Er seufzte und drehte sich auf der Couch beiseite, wandte sich wieder dem Fernseher zu. »Möchtest du Tee? Der Kessel ist noch heiß?«

Sie antwortete nicht. Er hörte, wie die Garderobentür geöffnet wurde, stellte sich vor, wie sie ihren Mantel aufhängte. Ein paar Sekunden später ließ sie sich neben ihn fallen. Die Kälte von draußen haftete noch an ihrem Pullover und ihrem langen Rock. Sie tätschelte seine Hand mit einer kalten Hand und lächelte ihn an, wobei sie seinen Blick suchte. »Und was hast du heute nachmittag gemacht?«

»Nicht viel.« Er konzentrierte sich auf den Bildschirm. Die lokalen Frühabendnachrichten würden gleich anfangen.

»Hast du zu Abend gegessen?«

»Noch nicht.«

Sie ließ ihre Hand auf seinem Handrücken liegen, wärmte sie. »Liam, hast du dich überhaupt bewegt? Hast du den ganzen Nachmittag hier gesessen?«

Er seufzte. Zog seine Hand weg. Er versuchte, in seinem grauen Rollkragenpullover zu verschwinden. »Ja. Ich glaube schon.«

Margaret biß sich auf die Unterlippe. »So mißgelaunt.«

»Margaret ...«

Sie sprang auf, um seinem scharfen Blick auszuweichen, und ging zur anderen Seite des Kaffeetisches, blockierte ihm den Blick auf den Fernseher. »Du hast den ganzen Nachmittag nichts gemacht? Hast einen wundervollen Sonntag vergeudet?«

Er erwiderte darauf nichts.

»Warum hast du nicht Sara angerufen? Sie hätte dich aufmuntern können.«

Liam schwenkte eine Hand. »Ich kann die Nachrichten nicht sehen.«

Margaret stieß ein ungeduldiges Stöhnen aus, trat aber beiseite.

»Ich habe Sara angerufen«, sagte er, die Augen auf den Bildschirm an der anderen Seite des Raumes gerichtet. »Wir sprachen darüber, was für einen wundervollen Abend wir gestern verbracht haben.«

Margaret stieß ein kurzes, sarkastisches Lachen aus. »Zwei Abendessen mit dem großen Professor, und das arme Mädchen hat sich Hals über Kopf verliebt?«

Ein Hauch von Leben blitzte zum ersten Mal an diesem Abend in Liams Augen. Ein dünnes Lächeln. »Ich denke, es könnte so sein.«

Margaret erwiderte das Lächeln. »Wer könnte dir widerstehen? Zumal dann, wenn du deinen Charme versprühst.«

»Der kommt von selbst, Margaret. Ich muß mich nicht besonders dafür anstrengen.« Sein Lächeln entblößte seine perfekten Zähne.

»Und diese Bescheidenheit. Das ist deine charmanteste Eigenschaft.«

»Sarkasmus steht dir nicht, meine Liebe.« Er schaute an ihr vorbei auf den Fernseher. Noch mehr Werbung.

»Magst du sie wirklich?« Margarets Arme waren noch immer vor ihrer Brust verschränkt. Sie fixierte ihn mit ihren Augen.

Er rieb sich sein glattes Kinn. »Sie mögen? Nun, sicher. Sie ist wundervoll.«

»Ich bin sehr glücklich für dich.«

»Ich habe mich für den nächsten Samstagabend mit ihr verabredet. Sie klang sehr erfreut. Wir hatten doch keine anderen Pläne, oder?«

»Nein. Keine anderen Pläne. Sara ist im Augenblick dein wichtigstes Projekt, das weißt du doch, oder?« In ihrer gewöhnlich sanften Stimme klang jetzt so etwas wie Tadel an. »Dieses Mal mußt du Erfolg haben, Liam.«

Liam tätschelte ihre Hand. »Diesmal habe ich ein gutes Gefühl.«

Sie erschauerte und entzog ihm ihre Hand. »Vielleicht nehme ich doch eine Tasse Tee. Ich weiß nicht, warum du das Angebot an der Universität von Los Angeles nicht angenommen hast. Wahrscheinlich sind's dort heute sechsundzwanzig Grad.«

Liam hob eine Hand. »Pssst.« Er beugte sich auf der Kante des Couchpolsters vor und schaute mit schmalen Augen auf den Fernsehbildschirm.

»Wieder ein brutaler Mord auf dem Campus ...«

Bilder von einem glänzenden grauen Leichensack aus Kunststoff. Sanitäter mit ernsten Gesichtern, die den Sack auf eine Trage hoben.

Liam sprang auf, hatte die Hände geballt. Er stieß mit den Schienbeinen gegen den Kaffeetisch, als er um ihn herumging, auf den Fernseher zu, den Blick auf den Bildschirm gerichtet.

»Liam ...!« rief Margaret scharf.

»Andrea. Die arme Frau ...«, murmelte er und schüttelte dabei den Kopf. Er ballte die Hände zu Fäusten, öffnete sie wieder. Er stand nur Zentimeter vom Bildschirm entfernt.

»Das Opfer wurde als eine einheimische Hausbesitzerin und Maklerin identifiziert ...«

Margaret zog Liam am Arm. »Schalte das ab. Komm weg. Ich mein's ernst.«

Er befreite seinen Arm aus ihrem Griff, starrte auf die Nachrichtenbilder. Gleißende Lichter in der Nacht. Polizisten mit ernsten Gesichtern. Weißuniformierte Sanitäter, die herumstreiften.

»Die Polizei verfolgt mehrere Spuren. Polizeidetektiv Montgomery kündigt an, daß eine Verhaftung kurz bevorstehe.«

»Diese arme Frau.« Liams Augen jetzt feucht.

»Liam – stell das ab! Ich mein's ernst!« wiederholte Margaret ungeduldig und griff wieder nach seinem Arm. »Es hat keinen Sinn, daß du dich selbst quälst.«

Er wandte sich zu ihr, und seine dunklen Augen blitzten. »Ich *muß* es sehen. Ich *muß* es sehen!«

Margaret seufzte. »Was geschehen ist, ist geschehen, Liam. Hör mir zu. Was geschehen ist, ist geschehen.«

Der blaue Schimmer des Fernsehschirms spülte über die Sorge in Liams Gesicht. Die Nachrichtensendung endete, und er ging zu dem Kaninchenkäfig hinüber.

Er beugte sich über den Käfig, starrte auf das Kaninchen, murmelte etwas zu sich, murmelte auf Gaelisch denselben Satz immer und immer wieder, und das Kaninchen zuckte als Reaktion darauf, begierig, seine Karotte zu bekommen.

20

Sara spreizte die Beine. Hob ihre Knie. Sie schlang ihre Arme um Liams warmen Rücken und schloß die Augen, als er in sie drang.

»Ohh.« Ein leises Stöhnen. Das erste leise Stöhnen von Lust.

Für einen langen Augenblick bewegte er sich nicht.

Er roch so süß und seifig.

Geschieht dies wirklich?

Geschieht dies wirklich so schnell?

Ja. Jetzt küßte er ihre kleinen Brüste. Schaukelte auf ihr.

»Oh. Oh. Oh, Gott.«

Die Augen geschlossen, hielt sie sich fest, als klammerte sie sich an einen Traum.

»Oh-oh-oh.«

Er küßte sie hitzig, küßte ihre Brüste, küßte die weiche Haut zwischen den Brüsten.

Gleitend so leicht. Gleitend. Gleitend.

Schwerer jetzt.

Sie hielt inne und bewegte sich dann mit ihm.

»Oh, Gott.«

Seine warme Wange war jetzt an ihre gepreßt. Atem in ihrem Ohr. Sein Atem so heiß auf ihrer Haut. Es elektrisierte sie.

So süß und duftend.

Sein Haar so weich auf ihrem Gesicht.

»Oh. Oh. Oh. Oh.«

Ein gleichmäßiger Rhythmus.

Es geschieht wirklich.
Es könnte nicht wirklicher sein.
Oder noch wundervoller.
Sie mußte ihre Augen öffnen und sich selbst überzeugen.
Er hatte sich auf beide Hände gestützt. Seine braunen Augen starrten intensiv auf sie herab, ohne zu blinzeln, als ob auch sie versuchten, in sie zu dringen.
Kein Lächeln auf seinem Gesicht. Seine Lippen zu einer harten, geraden Linie zusammengepreßt.
Sie spürte einen Stich der Enttäuschung.
Kein Lächeln. Nur diese großen braunen Augen, die in sie brannten. Brannten. Brannten.
Er bewegte sich jetzt schneller. Gleitend. Hinein, um ihr zu begegnen. Hoch. Dann hinein, ihr entgegen. Ihre Körper klebten aneinander.
Ein schneller Rhythmus, im Takt zu ihrem Atem. Gemeinsam atmen.
Und dann explodierte er ohne Vorwarnung mit einem fast lautlosen Schrei.
Grub sich in sie. Sein Gesicht zwischen ihren Brüsten.
Sie kam mit einem leisen Zittern. Sanft. Ihre Arme wurden schlaff, ihre Hände glitten auf seine Schultern.
Sie seufzte.
Nach ein paar Sekunden hob er den Kopf, lächelnd. Endlich lächelnd. Die braunen Augen jetzt weicher, wie die Augen eines Teddybären. Zog sich hoch, feuchte Haut an feuchter Haut. Und küßte ihre Lippen. Seine Zunge über ihren Zähnen. Stieß gegen ihre Zunge.
Küßte sie, noch immer tief drinnen. Küßte sie, als wolle er nicht aufhören.
Ich habe gerade Liam geliebt.
So schnell! So schnell!
Ich bin so glücklich!
Mit den Narzissen hatte es angefangen, fand sie, während sie seinen Kuß erwiderte, sein feuchtes, schwarzes Haar mit beiden Händen zurückstrich. Ja. Die Narzissen.

Er war mit einem Strauß Narzissen, so golden wie die Junisonne, zu ihrer Wohnung gekommen.

Sara hob beide Hände an ihr Gesicht. »Wo haben Sie denn im Oktober Narzissen gefunden?« juchzte sie. Bevor sie die Tür öffnete, hatte sie tief Luft geholt, sich gefaßt und ihre Maske von Kultiviertheit aufgesetzt.

Aber angesichts der Narzissen verlor sie ihre Kühle.

»Woher wußten Sie, daß Narzissen meine Lieblingsblumen sind?«

»Magie!« erwiderte er, und sein Lächeln verriet, wie sehr ihre Reaktion ihn erfreut hatte. Er drückte ihr die Blumen, die in weißes Seidenpapier gewickelt waren, in die Arme. »Magie ist die Antwort auf beide Fragen.«

Sie kicherte. »Also, ich hatte ja keine Ahnung, daß ich heute abend mit *einem Magier* essen würde.«

Er folgte ihr in das Appartement und schaute sich in dem kleinen Wohnzimmer um. »Ja. Sie hatten keine Ahnung.«

»Sie sind wunderschön! Haben Sie die selbst gezüchtet, Mr. Magier? Haben Sie einen Zauberstab geschwungen und – puff – tauchten sie aus einem Zylinder auf?«

Er grinste. Rieb sich die Wange. »Ich habe eine magische Master-Card geschwungen. Und dann tauchten sie auf, wahrscheinlich aus Südamerika. Ein hübsches Appartement, Sara. Gemütlich.«

»Sie meinen winzig.«

»Ja. Ich meine winzig.«

Sie lachten beide.

Er folgte ihr in die Küche. »Ich glaube, ich hatte eine Vase mitgebracht«, sagte sie, während sie eine Schranktür öffnete. »Aber wo habe ich sie hingestellt? Die Hälfte meines Krams ist noch in Kartons. Ich glaube, ich sträube mich dagegen zu glauben, daß ich tatsächlich wieder hier bin.«

Er kicherte und trat nahe zu ihr. »Das haben Sie wie eine wahre Psychologiestudentin im fortgeschrittenen Semester gesagt.«

Sie drehte sich zu ihm, um ihn zu mustern. Er trug einen cremefarbenen Pullover mit rundem Halsausschnitt unter einem braunwollenen Sportjackett, dessen Ellenbogen mit Lederflekken besetzt waren. Der Pullover war über frische Jeans gezogen. Die Jeans fielen über schwarze Westernstiefel.

Sehr collegemäßig.

Sara war froh, daß sie sich nicht für elegante Kleidung entschieden hatte. Sie trug einen silbergrauen Rollkragenpullover aus Chenille über einer seidig schwarzen Hose. Eine Kette aus schwarzen Glasperlen, die Chip ihr geschenkt hatte, klackerte, als sie nach der Vase im obersten Regal langte.

Vor sich hinsummend, begann Liam die Blumen auszuwickeln. »Wir müssen zwei Knospen finden, die noch nicht ganz geöffnet sind.« Das sagte er völlig ernst.

Sara schaute ihn an. »Warum das?«

»Wir müssen sie in ein separates Glas Wasser stellen. Es ist ein alter Aberglaube, um festzustellen, ob zwei Menschen ein Liebespaar werden.«

Sara füllte die Vase zur Hälfte mit Leitungswasser. »Nur zur. Sie machen mich wirklich neugierig.« Ihre Wangen waren plötzlich heiß.

»Wir nehmen zwei Knospen, die noch nicht erblüht sind, und stellen sie allein in ein Glas Wasser. Wenn sie sich einander zuwenden, wenn sie sich miteinander verflechten, ist das ein Zeichen wahrer Liebe.«

Sara lächelte, zum Teil deshalb, weil sein Gesichtsausdruck so ernst geworden war. »Und wenn die Blumen sich voneinander abwenden?«

Seine Augen blitzten. »Dann nehmen wir zwei andere Blumen.«

Ich glaube, er mag mich wirklich.

Sara spürte, daß ihr Herz zu rasen begann. Sie faßte die Narzissen bei den Stielen, bereit, sie in die Vase zu stellen.

Doch zu ihrer Überraschung senkte Liam seinen Kopf und küßte sie. Er verfehlte sie fast. Seine warmen, feuchten Lippen streiften ihre Unterlippe. Schwankend hob sie den Kopf, um seinen Kuß zu erwidern.

Und die Narzissen fielen ihr aus der Hand, fielen auf die Arbeitsplatte, und die gelben Blumen stürzten übereinander, stürzten und verflochten und verhedderten sich in Gelb und Grün.

Eine junge Frau trat im Restaurant an ihren Tisch. Liam hatte Saras Hand auf dem Tisch gehalten, ließ sie aber schnell los.

»Dr. O'Connor – wir laufen uns ja ständig über den Weg!« rief die junge Frau aus. Sie schlug auf den Tisch und richtete ihren Blick auf Liam, als ob er allein da säße.

Sara sah, daß sie sehr hübsch war, mit grünen, runden Augen, hohen Wangenknochen und fransigem, rotbraunem Haar. Sie trug ein langes, dunkelgrünes Pulloverkleid über einer grünen Strumpfhose.

»Sara, dies ist Devra Brookes«, sagte Liam beiläufig, ohne besonders überrascht zu sein, sie zu sehen. »Sara Morgan. Seid ihr euch auf Miltons Party begegnet?«

Sie schüttelten beide den Kopf. Devra grüßte Sara mit einem Hallo, wandte sich dann sofort wieder an Liam. »Ist das nicht ein tolles Restaurant? Ich komme immer hierher.«

»Wir haben gerade erst bestellt«, erwiderte Liam mit einem Blick zu Sara. »Das Wasser ist soweit gut.« Er hob sein Wasserglas und prostete Devra zu.

Sie lachte. »Ich bin da drüben mit ein paar Freundinnen.« Sie deutete auf einen Tisch an der Wand, an dem drei weitere junge Frauen saßen. »Ich wollte nur Guten Tag sagen. Ich sah Sie hereinkommen. Wie gefällt Ihnen Moore State?«

»So weit, so gut. Ich habe einige neue Freunde gefunden.« Er ließ bewußt ein Lächeln in Saras Richtung blitzen.

Devra schaute zurück zu ihrem Tisch. EinKellner stellte das Essen darauf, große Platten mit Grillhähnchen und Rippchen. »Ich gehe wohl besser zurück. Rufen Sie mich mal an, ja? Wir könnten ein bißchen über die alten Zeiten in Chicago reden.« Sie lachte. »Ich meine nur so. Sie wissen schon.« Sie entfernte sich. »Ich wohne in der Tremont Street.« Auf halbem Weg zu ihrem Tisch rief Devra zu Sara: »Nett, Sie kennengelernt zu haben.« Und kehrte zu ihren Freundinnen zurück.

Liam musterte sie eine Weile. Sein Blick verweilte auf Devras Rücken. Dann richtete er seinen Blick wieder auf Sara.

Sara nahm einen Schluck Wasser. »Wer ist sie?«

»Devra? Eine von meinen Studentinnen. Aus Chicago. Sie ist letztes Jahr hierher übergewechselt. Ich bin ihr auf Miltons Party begegnet.«

»Ich *wußte*, daß sie mir bekannt vorkam. Ja. Jetzt erinnere ich mich, sie dort gesehen zu haben. Es ist schwer, dieses rote Haar zu vergessen. Es ist sehr außergewöhnlich.«

»Nettes Mädchen«, murmelte Liam, dessen Augen plötzlich abwesend wirkten.

Ein Kellner brachte ihre Margaritas.

»Hast du vielen Frauen nahegestanden?«

Die Worte kamen aus Saras Mund, ohne daß sie es verhindern konnte.

Etwas an der Art, wie Devra Liam angeschaut hatte, hatte sie zu dieser Frage veranlaßt. Aber sie hatte nicht die Absicht gehabt, sie laut zu stellen!

Sie hielt den Atem an. Sie wollte die Frage zurücknehmen, die Worte zurückziehen. Sie wollte am liebsten im Boden versinken.

Wie konnte ich das nur *fragen*?

Sie zwang sich, Liam anzuschauen. Er beugte sich über den Tisch, ein amüsiertes Lächeln auf dem Gesicht, überhaupt nicht überrascht oder gar verlegen.

»Sara, kennst du das alte irische Sprichwort ›Stell einer Katze keine Fragen?‹«

»Wie? Nein, ich ...« Sara war so verlegen, daß es für sie beide reichte.

Liam beugte sich noch näher, und seine Augen zwinkerten. »Nun, weißt du, *warum* man einer Katze nie eine Frage stellen sollte? Weil sie antworten könnte!«

Er wartete darauf, daß sie lachte, und fiel dann in ihr Lachen ein.

Er nahm ihre Hand in seine. »Du hast ein wundervolles Lachen. Es ist wie Musik.«

»Vielleicht waren es nicht die Narzissen.

Vielleicht war es dieser Augenblick, in dem die Zeit stillzustehen schien, als ihre Hand in seinen Händen war.

Vielleicht war dies der Augenblick, in dem sie sich in ihn verliebte.

Verliebte?

Sara schaute sich in dem hellen, voll besetzten Grillrestaurant um. Rosa und blau, Resopal-Tische im Stil der fünfziger Jahre. Papierplatzdecken auf den Tischen. Darauf bildeten Buchstaben in Lassoform den Namen des Restaurants – TEXAS. Riesige Stetson-Cowboyhüte an den Wänden. Rinderhörner über der verspiegelten Bar. Das würzige Aroma von Hähnchen und Rippchen schwebte aus der offenen Küche in der Mitte des Raumes.

Was konnte schöner, romantischer sein?

War Liam ebenso gefangen von ihr, wie sie von ihm? Es schien so. Sie stießen mit ihren Margaritagläsern zu einem Toast auf »neue Freundschaften« an.

Sie sprachen und scherzten so unbeschwert. Sie fühlte sich so wohl mit ihm. So wohl, daß sie nicht zögerte, die klebrigen, soßentropfenden Rippchen mit beiden Händen zu nehmen. Was machte es schon, wenn ihr Gesicht klebrig wurde und die dicke, rote Barbecuesoße an ihrem Kinn heruntertropfte?

Sie schienen so viele Gesprächsthemen, so viele Gemeinsamkeiten zu haben. Liam brachte sie zum Lachen, indem er eine Geschichte nach der anderen erzählte. Wie merkte er sich die alle?

An einem Tisch in der Ecke wurde dröhendes Gelächter laut. Sara drehte sich um und sah, daß drei Frauen mittleren Alters ihre Biergläser zu einem Toast hoben. Eine von ihnen sagte etwas, und alle drei warfen die Köpfe zurück und lachten wieder.

Ein amüsiertes Lächeln breitete sich über Liams Gesicht. »Erinnert mich an eine alte irische Geschichte über einen Fuchs«, sagte er. Er legte einen Hähnchenflügel auf den Teller und wischte seine Finger an der Serviette ab. »Der Fuchs hatte drei Junge, und er wollte wissen, welcher von ihnen in der Welt überleben könnte. So führte er sie zu einem großen Haus am Waldrand.

Der Fuchs blieb an der Rückseite des Hauses stehen und lauschte. Sie hörten schwatzende Stimmen, viel Gerede und Lachsalven. Der alte Fuchs forderte die ersten beiden jungen Füchse auf, ihm zu sagen, wer im Hause sei. ›Das können wir nicht sagen‹, antworteten die beiden Fuchskinder.

Und so fragte der alte Fuchs sein drittes Kind. ›Wer ist in dem Haus?‹ Der junge Fuchs lauschte dem lauten Gerede und Gelächter im Hausinnern. Und dann antwortete er: ›Entweder zwei Frauen oder zwölf Männer.‹

›Du wirst es in der Welt zu etwas bringen‹, sagte der alte Fuchs zu ihm.«

Liam grinste Sara an.

Sie runzelte mißbilligend die Stirn und schlug ihm scherzhaft auf den Handrücken. »Aber, Liam, das ist eine sehr sexistische Geschichte!«

»Ich weiß. Bist du überrascht, daß alte irische Geschichten politisch unkorrekt sind?«

»Nun ...«

Sein Gesichtsausdruck wurde ernst. »Ich habe damit begonnen, mir Notizen für ein Buch über das Thema zu machen. Etwas über Geschlechterrollen in irischen Legenden und wie sie sich in der Gesellschaft widerspiegelten. Sollte ein Bestseller werden, findest du nicht?«

Als Sara einen Blick über Liams Schulter warf, sah sie, daß Devra und ihre Freundinnen ihre Mäntel anzogen und im Aufbruch waren. Devra drehte sich um und winkte Liam zu, rief etwas, das in dem Geklapper und Stimmgewirr des lebhaften Restaurants unterging. Sara war sich nicht sicher, ob Liam Devra gesehen hatte. Er starrte Sara so aufmerksam, fast ergeben an.

»Deine Freundin winkt ...«, setzte sie an.

Aber Liam griff über den Tisch und verschloß ihren Mund mit einer Hand. Er führte den Zeigefinger seiner anderen Hand an seine Lippen. »Pssst.«

Sara lauschte. Sie hörte das Schlagen einer Uhr. Eine Großvateruhr, die in dieser Westerneinrichtung neben der dunklen Eichenbar irgendwie fehl am Platze war. Liam preßte seine Hand sanft auf ihren Mund, bis die Uhr neunmal geschlagen hatte. Neun Uhr.

Nach dem letzten Schlag nahm er seine Hand fort, brachte sein Gesicht ganz nahe an das ihre und küßte ihre Lippen. Ein zärtlicher Kuß. Nur für wenige Sekunden.

»Warum hast du das getan?« fragte Sara atemlos.

Er lächelte. »Weil ich dich mag.«

»Nein. Warum hast du deine Hand auf meinen Mund gelegt?«

»Die Uhr schlug. Man sollte nie reden, wenn eine Uhr schlägt. Das bringt sehr großes Unglück.«

Etwas an seinem ernsten Gesichtsausdruck brache Sara zum Lachen. »Hältst du auch den Atem an, wenn du an einem Friedhof vorbeigehst?«

Er nickte. »Ja, das tue ich.«

»Liam, wo hast du all diesen Aberglauben gelernt? Woher kennst du das alles?«

»Mein Vater ... er hat mir das weitererzählt.«

Sara reagierte überrascht. »Dein Vater? Du hattest mir erzählt, er wäre Bauer gewesen.«

»Ja. Er war Bauer. Wenn man auf einem Bauernhof lebt, ist viel Zeit zum Geschichtenerzählen. Mein Vater war in vielerlei Hinsicht ein einfacher Mann, ein sehr strenger, ruhiger Mann, aber ein wundervoller Geschichtenerzähler.« Er senkte seinen Blick, spielte mit dem Messer und der Gabel, die er über Kreuz auf seinen Teller gelegt hatte. »Kaffee?«

»Wie?«

»Möchtest du Kaffee oder ein Dessert? Die haben hier einen umwerfenden Käsekuchen, so schwer wie Zement.«

»Warum gehen wir nicht zurück zu mir und trinken da Kaffee?« Die Worte kamen wie selbstverständlich aus ihrem Mund. Sie wußte, daß sie mit ihm schlafen würde, als sie sie sagte.

Als sie in ihr Appartement traten, griff sie nach dem Lichtschalter. Aber er faßte ihre Hand. Sie zogen sich gegenseitig im Dunkeln aus, kicherten, weil das so mühsam war, so unbeholfen und so begierig geschah. Er stolperte über seine eigenen Schuhe, als sie ihn in ihr Schlafzimmer zog.

Doch die Unbeholfenheit endete, als er sie liebkoste, sie küßte, auf ihr war, in ihr war.

Anschließend hielten sie sich umarmt, berührten sich, streichelten sich, ließen ihre Hände über die Haut des anderen gleiten, als glaubten sie nicht, daß der andere wirklich sei. Sara küßte die Haut hinter seinem Ohr, inhalierte die verschwitzte Süße seines Haares. »Erinnert dich das an eine Geschichte über einen Fuchs?« flüsterte sie.

Er lächelte, und seine Augen glitzerten im matten Licht, das von der Straße einfiel. »Das tut es wirklich.«

Sie preßte einen Finger auf seine Lippen. »Erzähl sie nicht.«

Ihre Hände glitten über seinen Rücken, der überraschend muskulös war. Ihn haltend, ihn berührend, sah sie, daß sie ihn erregt hatte.

Sie liebten sich zum zweiten Mal. Dieses Mal schloß er seine Augen. Ihre Körper, bereits feucht und warm, bewegten sich langsam miteinander. Sie waren bereits miteinander vertraut. Vertraute Fremde.

Sie bewegte sich unter ihm, beobachtete sein Gesicht, die dunklen Augenbrauen, die über den geschlossenen Augen schwebten, den Mund, der zu einem Lächeln der Lust erstarrt war. Ein so schönes Gesicht, das sich über ihrem auf und nieder bewegte. Sie faßte es mit beiden Händen, zog ihn zu einem langen, feuchten und innigen Kuß zu sich herab, und ihren Zungen forschten und suchten.

Sie wollte nicht, daß es aufhörte. Aber er beendete den Kuß, vergrub sein Gesicht neben ihrem und explodierte in ihr mit einem leisen Schrei, der durch das Bettlaken gedämpft wurde.

Sie hielten einander fest. Sprachen nicht.

Dann Sara, leise: »Wir haben den Kaffee vergessen.«

Sie lachten beide so herzlich, so ausgelassen. Eigentlich war es gar nicht lustig. Aber sie fanden es urkomisch, und sie lachten. Lachten sich zurück in die Wirklichkeit.

Ein paar Minuten später war Liam angezogen und gab ihr einen Gutenachtkuß. Sie schmollte. »Warum bleibst du nicht? Machst du dir Sorgen um meinen Ruf?« neckte sie ihn.

»Margaret wird sich um mich Sorgen machen.«

Sara deutete auf das Wohnzimmer. »Ruf sie an. Sag ihr, daß sie sich keine Sorgen zu machen braucht.«

»Nein. Ich gehe besser. Ich will nicht zu lange bleiben.«

So förmlich.

Noch ein Kuß. Ihr nackter Arm um seinen Hals gelegt.

Und dann war er fort. Die Wohnungstür fiel leise hinter ihm ins Schloß.

Sara legte sich auf das feuchte Kissen zurück. Ihre Beine kribbelten noch immer.

Was tue ich?

Was habe ich getan?

Wieso ist das so schnell gegangen?

Und dann: Du bist vierundzwanzig, Sara. Es ist nicht so schnell gegangen. Du hast so viele Jahre gebraucht, um den Richtigen zu finden.

Den richtigen Mann.

Liam.

Sie leckte ihre Lippen, schmeckte ihn. Fuhr sich mit der Hand über ihren nackten Bauch und spürte ihn.

Das Telefon klingelte etwa fünfzehn Minuten später, weckte sie schlagartig. Sie hatte nicht gemerkt, daß sie eingedöst war.

Ein zweites Läuten.

Sie stand unsicher auf. Benommen. Wacklige Beine durch ihr Liebesspiel.

Liam?

Ja. Wie süß von ihm.

Hinein in das dunkle Wohnzimmer. Blaugraues Licht durch das vorhanglose Fenster.

Sie nahm den Hörer mitten im dritten Läuten auf, hob ihn ans Ohr, brannte darauf, seine Stimme zu hören. »Hallo?«

»Halte dich von Liam fern!«

Nicht die Stimme, die Sara erwartet hatte. Das häßliche, heisere Flüstern. Dasselbe wie in der Woche zuvor.

»Willst du sterben? Das ist kein Scherz. Halte dich von Liam fern.«

»Wer – wer *ist* da?« stammelte Sara wütend. »Wer spricht da? Wer?«

21

Wann immer Liam an sein Haus in Irland dachte, roch er Speck. Speck, geschnitzelte Kohlrüben und Zwiebeln, die auf dem Herd in der großen Küche brieten, dem größten Raum in dem kleinen Bauernhaus, das Liams Großvater mit seinen eigenen Händen erbaut hatte.

1970 war Liam zehn, Margaret war neun, und die Farm lag braun und kahl da, fast so trostlos wie der leere Blick seines Vaters.

»Das Glück hat uns verlassen«, sagte Rory O'Connor zu seinem Sohn. Das war die ganze Erklärung, die Liam bekam. Anders als die irischen Männer in den Geschichten und Sagen, die Liams Vater seinem Sohn pflichtbewußt vorlas und erzählte, war Rory O'Connor ein wortkarger Mann.

»Das Glück hat uns verlassen.«

Alle anderen Bauern waren nacheinander fortgezogen, um in den Städten zu leben, um Arbeit zu finden, hatten ihre Höfe den großen Gesellschaften hinterlassen, die sie bewirtschaften konnten.

Aber Liams Vater hatte sich beharrlich geweigert fortzuziehen, hatte weiter dort gelebt, wo die meisten der gepflasterten Straßen im Schmutz endeten, wo sich die steinübersäten Felder zaunlos erstreckten. Rory hatte seine Familie gezwungen, das ländliche Leben weiterzuführen, das in ganz Irland längst nicht mehr existierte.

Als versteckte er sich, dachte Liam. Als versteckte er uns vor allem, was modern ist in dieser Welt.

»Vater, warum kannst du die Kartoffeln nicht ernten?« fragte Liam, während er an den Trägern seiner weiten, abgetragenen Latzhose zog. Liam, so dünn und blaß, daß er in seiner Kleidung verloren wirkte, nicht pausbäckig und robust wie Margaret, sondern dunkel und ernst, mit Augen, die viel älter wirkten, als er tatsächlich war.

»Das Glück. Es hat sich gewendet.« Rory starrte weiter auf die Wand.

Das Glück hatte sich *im Hause* ebenso gewendet wie auf den Feldern. Liam sah das an den tränenfeuchten Augen seines Vaters, hörte es an seinem erschöpften Seufzen. Spürte die Kälte im Haus trotz des Feuers im steinernen Kamin.

Liam hatte auf den Tod seiner Mutter noch nicht reagiert. Sie war jetzt seit fast sechs Monaten tot, aber er hatte nicht darauf reagieren können, abgesehen von einem Gefühl dumpfer Trauer. Einer Leere. Einem dumpfen Schmerz in seiner Magengrube.

Das Haus wirkte dunkler ohne sie, ohne die Locken ihres blonden Haares, ihr blasses, sommersprossiges Gesicht, ihre himmelblauen Augen.

Die Tränen kamen Rory leicht. Aber Liam hatte nicht weinen können. Nach dem Leichenschmaus, nachdem die schwarz gekleideten Männer aus der Stadt und ihre traurig blickenden Frauen sich satt gegessen, ihre Gebete und ihr Beileid ausgesprochen hatten, schwere Schuhe auf den Dielen des Hauses dröhnten (Liam würde das Dröhnen dieser schweren Schuhe nie vergessen), nachdem sie in den wirbelnden Sturm dieser düsteren Nacht hinausgegangen waren, schloß Liam sich in sein Zimmer ein, warf sich auf sein Bett und versuchte zu weinen.

Er spannte sein Gesicht an. Preßte jeden Muskel.

Versuchte, die Tränen herauszuzwingen.

Er wußte, daß er sich traurig fühlte. Er wußte, daß er seine Mutter nie wiedersehen würde, nie wieder ihre süße, melodische Stimme hören würde, nie wieder ihre Hand an seinem Hinterkopf spüren würde, wenn sie sein dunkles Haar streichelte.

Warum konnte er nicht weinen?

Er versuchte, sich in die Wangen zu kneifen, dann auf die Zunge zu beißen.

Keine Tränen.

Auf der anderen Seite der Schlafzimmertür hörte er ein Jammern. Sein Vater. Laut schluchzend.

Liam öffnete den Mund und versuchte das Geräusch nachzuahmen.

Er legte sich auf den Rücken, starrte an die niedrige Decke, an das Spinngewebe von Rissen über seinem Kopf. Versuchte, sich seine Mutter vorzustellen. Versuchte, ihr Gesicht herbeizubeschwören.

Er wollte in ihr Gesicht schauen. Es für immer in sein Gedächtnis einbrennen.

Werde ich es vergessen? Werde ich vergessen, wie du ausgesehen hast, Mutter? Werde ich deine Stimme vergessen?

Selbst dieser erschreckende Gedanke vermochte nicht, Tränen zu erzeugen.

Er richtete sich auf, fühlte sich noch leerer. Er überlegte, ob sie ihn vielleicht aus dem Himmel beobachtete. Er fragte sich, ob sie sah, daß er nicht weinen konnte.

Sechs Monate später war der Schmerz betäubt. Liam wußte, daß die Tränen kommen mußten. Aber wann?

Seine Mutter war gestorben, und dann hatte das Unglück auch die Ernte getroffen. Die Kartoffelpflanzen verdorrten und verwelkten, trotz Rorys Wässerung und Pflege. »Kein Glück ist in dieser alten Erde geblieben«, sagte er zu seinem blassen, besorgten Sohn.

Die Ziegen wurden dürr, meckerten matt und sorgenvoll.

»Kein Glück mehr auf dieser Farm.« Rorys gemurmelter Refrain.

Er stellte zwei brennende Kerzen neben das gerahmte Foto seiner Frau auf den Kaminsims, das einzige Porträt, das von ihr gemacht worden war, aufgenommen von einem Berufsfotografen in einem Laden. Das silberne Kreuz an einer schmalen Kette, das sie um ihren Hals getragen hatte, hing über dem Foto. Daneben ein geschnitztes, vierblättriges Kleeblatt, von dem die grüne Farbe blätterte.

Liams Vater verbrachte immer mehr Zeit vor dem Kamin, starrte mit feuchten Augen und stumm die lächelnde junge Frau auf dem Porträt an, die so blond und fröhlich war.

Wenn Margaret nicht gewesen wäre, wäre Liam, wie er wußte,

in einem Sumpf der Verzweiflung versunken. Sein Leben wäre noch öder als die Kartoffelfelder geworden.

Mit ihrem hellen Lachen, ihren blitzenden grünen Augen, ihrem sonnengoldenen Haar erhellte Margaret für Liam die dunkelsten, kühlsten Tage.

Sie verbrachten jeden Tag miteinander, jagten einander durch die steinigen Weiden. Suchten nach vergrabenen Koboldschätzen unter den Bäumen. Sammelten Glühwürmchen des Nachts, Krug um Krug voll, Margarets »funkelnde Diamanten«.

Schon damals versprach Liam ihr, daß sie immer zusammenbleiben würden.

Schon damals.

Selbst dann, als Rory Pläne schmiedete, den Hof zu verlassen, ihr altes Leben aufzugeben und alles Unglück hinter sich zu lassen.

»Ziehen wir wirklich alle nach Amerika, Dad?« Liams Stimme im Stimmbruch, unwillig und erwartungsvoll zugleich.

Rory blickte von der Speckseite auf, die er gerade schnitt. Die Zwiebeln bräunten bereits in der Pfanne, zischten und rauchten in dem grauen Licht, das durch das Fenster fiel. »Ich warte auf einen Brief von deinem Cousin in Illinois.«

Illinoise. Rorys Vater sprach das S aus. Was für ein Wort war das? überlegte Liam. Welche Sprache wurde dort gesprochen?

»Was werden wir dort tun? Werden wir einen Bauernhof kaufen?«

Sein Vater zuckte die Schultern. Schnitt den Speck mit langsamen, geschickten Bewegungen. Liam betrachtete die knorrigen, schwieligen Hände. Die Hände eines Bauern.

»Könnten wir nicht nach Dublin ziehen?«

Rory hielt im Schneiden inne, schaute seinen Sohn mit zusammengekniffenen Augen an. »Was sollten wir dort tun? Auf den Straßen betteln?«

»Aber die Sheas sind nach Dublin gezogen. Und die Reillys leben jetzt auch in der Stadt.«

»Ist nichts für uns, Liam.« Für Rory war das Stadtleben düster. Auf Galway Bay geboren, einer winzigen, grünen Insel, hatte er die Stadt nur einmal gesehen, und sie hatte ihn erschreckt. »Kein Platz für Feenmenschen auf diesen festen Straßen«, hatte er einmal zu Liam gesagt.

Glaubte er wirklich an diese Märchenwesen?

Manchmal glaubte Liam, daß es so war. Nachts brachte Rory die Märchenwesen in den Geschichten, die er erzählte, zum Leben. Geschichten über Kobolde und die Elfen, die direkt hinter ihrem Hof lebten, über Trolle, den heulenden Banshee, über den Phouka oder Pferdegeist, die Meerjungfrau und den Dullahan, der seinen Kopf unter dem Arm trug (Wie viele von ihnen hatten den armen Liam in seinen Träumen verfolgt?).

Rory vermochte es, all diese seltsamen Kreaturen so wirklich wirken zu lassen.

In manchen Nächten lasen sie gemeinsam Bücher, saßen dicht am Feuer, ein Buch mit irischen Geschichten zwischen sich, Margaret auf dem Hocker neben der Couch, und durchblätterten die Seiten im orangefarbenen Feuerschein. Manchmal verstand Liam die Geschichten nicht ganz. Aber er liebte die Sprache, den schwarzen Humor darin. Und er liebte es, wenn sein Vater vorlas, vollständige Sätze von sich gab, ganze Abschnitte! Mit solcher Begeisterung. Die einzige Zeit, in der Rory zum Leben zu erwachen schien.

Aber jetzt zogen sie fort, fort von dem Hof, fort aus Irland. »Man kann hier nicht bleiben, wenn das Glück vorbei ist«, erklärte Rory ernst.

Würden die Feenwesen ihnen folgen?

»Und was werden wir in Illinois tun?« Liam sprach den Namen sehr sorgfältig aus.

»Du wirst zur Schule gehen und ein gebildeter Mann werden.« Rory hörte mit dem Schneiden auf und legte den Speck auf die knisternden Zwiebeln. Nahm einen Holzlöffel, um umzurühren.

»Aber alle amerikanischen Kinder sind reich. Sie werden mich nicht mögen. Und die Menschen fahren in großen Autos herum und beschießen sich.«

Rory kicherte. »Du siehst zuviel fern.« Die Kohlstücke brutzelten in der Pfanne. »Liam, was möchtest du heute zu Mittag essen?«

Liam tat, als dächte er darüber nach. »Wie wär's mit Speck?«

»Gute Idee.«

Es war einer ihrer Familienwitze.

Die Nacht, in der Liam seine Unschuld verlor, kam einige Wochen vor seinem zwölften Geburtstag.

Eine warme Frühlingsnacht. Der süße Duft von Klee trieb durch das offene Schlafzimmerfenster herein. Liam lag bäuchlings auf dem verschlissenen Wollteppich und las im schwindenden Sonnenlicht ein Buch über Raumfahrt (eine Vorbereitung auf seine Reise nach Amerika?).

Ein Schatten fiel auf das Buch. Liam blickte auf und erwartete, Margaret zu sehen. Statt dessen stand sein Vater da mit strenger Miene, wachsamem Blick und neuen Falten in seiner bereits gefurchten Stirn und schaute nachdenklich auf ihn herab.

»Liam – komm mit mir.«

»Ich möchte nur dieses Kapitel noch zu Ende lesen.« Wie viele Male hatte Liam diese Worte gesagt? Sein Vater strahlte immer erfreut, wenn er Liam beim Lesen fand.

Dieses Mal aber blieb seine Miene kalt. »Komm bitte jetzt mit mir mit.«

Habe ich etwas Falsches getan? Liam bemühte sich angestrengt, die Strenge des Gesichtsausdruckes seines Vaters zu verstehen, das kalte Drängen in seiner Stimme.

Er schloß das Buch, stand auf, zog den blaßblauen Pullover über seine Jeans und folgte Rory die Treppe hinunter und aus der Hintertür hinaus.

Die Sonne glänzte rot hinter den frisch blühenden Bäumen. Die unbepflanzten Felder streckten sich rosa im Abendlicht. Wie nackte Haut.

»Wohin gehen wir, Vater?«

Keine Antwort.

Rory ging schnell, mit langen Schritten über den Schmutz. Liam hatte Mühe, Schritt zu halten.

»Gehen wir in die Stadt?«

Was für eine Stadt. Ein Geschäft und ein Postamt. Eine Tankstelle. Und zwei baufällige Lagerhäuser hinter den Eisenbahngleisen.

Normalerweise gingen sie vorne hinaus und spazierten den Highway entlang. Wenn ein Nachbar mit seinem Laster vorbeikam, hielt er an und nahm sie mit. Heute abend aber nahm Rory den Weg hin zu der Straße, die zum Hof führte, den alten Lehmweg, der sich zwischen den Feldern schlängelte. In der Nacht zuvor hatte es geregnet. Für den Frühling ein heftiger Sturm mit Böen, die die frischen Baumblüten schüttelten und die Ziegen Zuflucht in der Scheune suchen ließ. Der Weg war noch immer voller Pfützen und weich.

»Vater, warte. Gehen wir in die Stadt? Was ist passiert?«

Rory beugte seinen langen Körper vor. Die knorrigen Hände schwangen weit neben seinem Overall. Das dunkle Haar flog um seinen Kopf. Aber er verlangsamte seinen Schritt nicht.

Etwas Unheimliches. Das wußte Liam. *Etwas stimmte nicht.*

Die beiden Setter tollten hinter ihnen her, keuchten aufgeregt, sprangen umeinander herum. Ihr rostbraunes Fell war feucht und zerzaust. Rory drehte sich ärgerlich um. »Geht heim! Heim!«

Normalerweise ignorierten die beiden Hunde seine Befehle. Aber etwas in seiner Stimme verriet ihnen, daß es heute völlig anders war. Sie blieben stehen, ließen ihre Ruten hängen, senkten schuldbewußt die Köpfe und starrten, hechelten und warteten.

»Geht heim!«

Zu Liams Überraschung machten beide Hunde kehrt und liefen gehorsam zum Hof zurück. Irgendwo in der Nähe krächzte eine Krähe. Das löste eine Symphonie von Krächzen aus. Liam sah seinen Vater zusammenzucken. Krähen bedeuteten Unglück. Das wußte Liam. Vögel, die die Farbe des Todes trugen.

Schweigend gingen sie durch die kahlen Felder. Der Himmel wurde purpurn, verfärbte sich dann zu einem abendlichen Kohlengrau.

Liam hörte Stimmen, als sie sich dem Kolonialwarenladen näherten, einem einstöckigen Holzgebäude an der Ecke der einzigen Kreuzung. Erregte Stimmen. Schreie. Er sah zwei schwarzgekleidete Männer um die Rückseite des Gebäudes eilen.

Sie überquerten die Straße. Rory ging jetzt langsamer, hatte eine Hand schwer auf Liams schmale Schulter gelegt. Sie gingen hinter den Laden, über den gepflasterten Weg auf die Lagerhäuser zu.

Zwei kleine Autos standen neben dem Laden. Ein Pickup, dessen Scheinwerfer brannten, stand mitten auf der Straße.

Als das scheunengroße Lagerhaus ins Blickfeld kam, sah Liam die Polizeiautos. Zwei von ihnen parkten in einem V am Eingang des Lagerhauses. Ein weißroter Krankenwagen, auf dessen Dach ein rotes Licht blitzte, stand rechts neben den Streifenwagen.

Liams Herz schrie. Wütende Schreie. Stimmengewirr.

Rory, dessen Hand noch immer auf Liams Schulter lag, führte ihn zur Rückseite des Lagerhauses.

So viele Menschen, die im grauen Licht herumhasteten. Für Liam sah das wie ein Theaterstück aus, so wie er sich Theaterstücke vorstellte, wenn er sie mit seinem Vater las. Alle schienen eine Rolle zu spielen. Dunkeluniformierte Polizeibeamte, weißgekleidete Sanitäter, rechts auf der Bühne eine schreiende Frau, getröstet von zwei Männern, wie Liam erkannte. Die Stadtbewohner als Zuschauer links abseits der Bühne.

Was taten sie alle hier?

Und warum hatte sein Vater ihn zu dieser sonderbaren Vorstellung gebracht?

Die Polizisten drängten sich in einem engen Kreis nahe der Wand des Lagerhauses. Rory führte Liam näher dorthin. Ihre Schuhe versanken in dem weichen, regennassen Schlamm.

Der Kreis der dunklen Uniformen öffnete sich – und Liam sah den Mann auf dem Boden.

Er keuchte.

War der Mann verletzt?

Näher. Rorys Hand preßte jetzt seine Schulter ganz heftig, hielt ihn fest, als sei er entschlossen, ihn daran zu hindern zu fliehen.

Näher. Nah genug, um die erste Leiche zu sehen.

Der Mann auf dem Boden – sein Körper lag auf der Seite, der Kopf gebogen, nach hinten gebogen. Die Augen weit offen.

Nein. Ein Auge weit offen. Das andere nur eine leere Höhle. Ein schwarzes Loch im Schädel.

Ein Arm. Ein Arm völlig abgerissen. Noch immer in seinem Hemdsärmel steckend. Lag wie ein Paket ein paar Meter entfernt.

Liam faßte nach seiner Schulter und griff nach der Hand seines Vaters. »Oh, nein.«

Aber sein Vater stieß ihn noch näher heran. Nahe genug, um die Blutlache um den verrenkten Körper zu sehen. Nahe genug, um die Fliegen zu sehen – selbst in diesem grauen Licht –, die Fliegen, die auf dem Gesicht krabbelten, in dem offenen Mund schwärmten, in die dunkle, runde Öffnung, in der das Auge gewesen war. Die lauter summten als die gedämpften Stimmen der Zuschauer. Lauter als das erstickte Schluchzen der Frauen. Die summenden Fliegen bedeckten den Körper wie eine Decke, bedeckten den abgetrennten Arm, der zerrissen und blutig wie ein Fleischhaufen war. Summten aufgeregt über ihrem Abendessen.

Liam wandte sich ab, vergrub sein Gesicht im Hemd seines Vaters. »Vater – warum zeigst du mir das?« Seine Stimme zitterte, war in dem Flanell erstickt.

Er konnte spüren, wie Rorys Bauchmuskeln sich anspannten, spüren, wie sein ganzer Körper erstarrte. Und dann kam Rorys Stimme, kalt und hart: »Weil du, Liam, dafür verantwortlich bist.«

TEIL VIER

22

»Glaubst du an Märchen?« fragte Liam.

Sara kicherte und preßte ihr Gesicht an seinen Arm. Sie hatten sich gerade geliebt. Jetzt kuschelte sie sich an ihn, drückte sich an seine warme Haut, wollte ganz nahe bei ihm sein, Teil von ihm sein, ihn berührend, noch immer eins sein.

»Na?« Sein warmer Atem kitzelte ihr Haar.

Sie erschauerte, zog das Laken und die Decke fast bis zum Kinn hoch, kauerte sich noch näher an ihn, so daß ihre beiden Seiten miteinander verschmolzen, feucht und so warm.

»An dies glaube ich.« Sie küßte seine Wange. Ihre Lippen waren vom Küssen bereits weich. Er strich ihr eine Haarsträhne aus dem Gesicht.

»Schön, also dies ist eine Geschichte, betitelt ›Die Märchenfrau‹.« Liam richtete sich auf, nahm sein Weinglas vom Nachttisch und nahm einen Schluck Chardonnay.

Auf der anderen Seiten von Saras Schlafzimmer flackerten zwei schlanke Kerzen auf der Kommode, deren Flammen im ovalen Spiegel hinter ihnen reflektiert wurden. Liam bestand immer darauf, zwei weiße Kerzen zu entzünden, bevor sie sich liebten. Einer seiner Aberglauben, wie sie wußte – aber so romantisch.

Sie fand sehr viel von seinen Aberglauben romantisch. Der Gedanke heutzutage, in diesem Zeitalter abergläubisch zu *sein*, wirkte auf sie ebenso unschuldig wie romantisch.

Sie drückte sich an ihn, ihre Stirn auf seine Schulter gelegt, und fuhr mit einer Hand leicht, zärtlich – besitzergreifend – über seine Brust, während er seine Geschichte erzählte:

Ein junger Mann namens Lonnie lebte vor langer Zeit allein auf einer Kartoffelfarm in den Rossos. Eines Abends, als er in der Haustür stand und zu den Sternen hochschaute – die über Irland viel heller als anderswo leuchten (dies ist eine wissenschaftlich anerkannte Tatsache, Sara) –, erschien wie durch Zauberei eine wunderschöne Frau. Lonnies Augen wurden vor Erregung riesengroß, und sein Herz begann bei ihrem Anblick heftig zu schlagen. »Tritt ein«, lud er sie ein.

»Heute kann ich nicht hereinkommen«, sagte sie mit schüchternem Lächeln.

Am nächsten Abend erschien sie wieder an der Tür. »Tritt ein«, lud Lonnie sie ein.

»Heute kann ich nicht hereinkommen«, wiederholte sie mit dem gleichen scheuen Lächeln.

Am dritten Abend erschien die wunderschöne junge Frau wieder, und ihre Augen funkelten heller als die Sterne. »Tritt ein«, lud Lonnie sie ein.

»Also gut«, sagte sie.

Sie schwebte förmlich in Lonnies Haus und lebte von dieser Nacht an als seine Frau bei ihm. Nicht ganz ein Jahr später gebar sie ihm einen Sohn. Lonnie und seine Familie lebten glücklich und die Kartoffelfarm gedieh prächtig, so wie es einst gewesen war, als die irische Erde frisch war und die Kobolde noch auf den Feldern wohnten.

Einige Zeit später fand der Herbstmarkt in dem Dorfe Glenties statt. »Ich denke, ich werde heute zum Markt gehen«, sagte Lonnie. »Dort wohnen Onkel von mir, die ich seit langer Zeit nicht gesehen habe.« Und so machte er sich auf den Weg.

Seine Onkel waren dort. Statt ihn aber herzlich zu begrüßen, zeigten sie ihm die kalte Schulter. Lonnie war durch ihre Kälte verletzt und beschloß, sie zur Rede zu stellen. »Welches Verbrechen habe ich begangen?« rief er. »Warum grüßt ihr mich nicht, Onkel?«

Worauf ein Onkel erwiderte: »Wir können dich nicht froh begrüßen, Junge. Wir hörten, daß du eine Fee geheiratet hast.«

»Warum bist du nicht zu uns gekommen?« wollte ein anderer

Onkel wissen. »Wir hätten für dich eine passende Braut gefunden.«

»Hier ist ein Messer«, sagte der dritte Onkel zu Lonnie. »Du mußt es mit nach Hause nehmen und deine Feenfrau töten.«

Lonnie nahm das Messer. Er wußte, daß seine Onkel die Wahrheit gesagt hatten. Er wußte, daß er falsch gehandelt hatte. Aber er wußte auch, daß er seine Frau nicht töten könnte. Er warf das Messer in ein Kornfeld und kehrte nach Hause zurück.

»Wie war der Markt?« fragte sie.

»Sehr lustig«, erwiderte Lennie.

»Und in welcher Stimmung waren deine Onkel?«

»In guter«, antwortete Lennie.

Sie schaute ihn streng an. »Du solltest die Wahrheit sagen. Haben sie dir nicht ein Messer gegeben, mit dem du deine Feenfrau töten solltest?«

»Ja, das haben sie«, gestand Lonnie.

»Und hast du es nicht in ein Kornfeld geworfen?«

»Das tat ich.«

»Es ist gut, daß du das getan hast«, sagte sie zu ihm, »denn ich habe dich wie eine wirkliche Frau geliebt. Aber jetzt werde ich dich verlassen. Du kannst zu deinen Onkeln gehen und sie für dich eine Frau auswählen lassen.« Sie ging und nahm das Kind mit sich.

Und Lonnie tat genau das, was sie ihm gesagt hatte. Kurze Zeit später kehrte er mit seiner neuen Braut in das Bauernhaus zurück.

Er war seiner neuen Frau ein guter und treuer Ehemann.

Aber jeden Abend vor dem Schlafengehen schlich Lonnie sich in die Küche, wo er eine Laterne anzündete und zwei Teller mit Essen auf den Tisch stellte. Jeden Morgen fand er die Laterne heruntergebrannt und die Teller leer vor. Dies tat er bis zu dem Tag, an dem er den Hof gen Himmel verließ.

Sara stützte sich auf einen Ellenbogen und wandte sich zu Liam. »Eine eigenartige Geschichte. Aber wunderschön.«

Er lächelte. »Das ist sie, nicht wahr?«

Im Schimmer des Kerzenlichtes sah sie, daß sich ihr Gesicht in seinen dunklen Augen widerspiegelte. »Aber eigentlich verstehe ich sie nicht ganz, Liam. Hat diese Geschichte eine Pointe?«

Sein Lächeln wurde breiter. »Natürlich. Glaubst du, es gäbe eine alte irische Geschichte, die keine Pointe hat?«

Sie senkte ihre Stirn auf seine Brust. Ihr Haar fiel auf ihn. »Also? Sag schon, Professor. Mach deine Arbeit. Kläre deine Studentin auf.«

Liam nahm ihren Kopf sanft in seine beiden Hände. »Er war ihr treu, Sara«, flüsterte er, und sein Gesicht wurde plötzlich ernst in dem düsteren Licht. »Es ist eine Geschichte über Liebe und Treue. Über Bande, die nicht zerrissen werden können. Über Glück und Traurigkeit. Und daß Liebe uns beides bringt.«

Sara spürte, daß ihr Herz zu rasen begann. Sie schloß ihre Augen. Sie mochte das Gefühl seiner Hände auf ihrem Gesicht. »Aber warum hast du mir diese Geschichte gerade heute abend erzählt?«

»Weil ich möchte, daß du meine Frau wirst, Sara.«

Sie riß ihren Kopf hoch. Lehnte sich an das Kopfende des Bettes, ergriff das Laken mit einer Hand und zog es über ihre nackten Brüste. »Wie bitte?«

»Für mich bist du die wunderschöne junge Fee, die vor der Tür auftauchte, Sara«, sagte er zu ihr, und seine Stimme war voller Gefühl. Er richtete sich graziös auf und legte seine Hände auf ihre Schultern. »Ich möchte, daß du meine Frau bist.«

»Oh!«

Der schlichte, erstaunte Schrei kam über ihre Lippen, bevor sie es verhindern konnte.

Das Zimmer verschwamm. Sie merkte, daß sie plötzlich Tränen in den Augen hatte.

Welch ein wundervoller Antrag. Was für eine wunderschöne Geschichte. Und welche romantische und unschuldige Art, um ihre Hand anzuhalten. So typisch für Liam.

So ... perfekt.

Perfekt.

Seine dunklen Augen leuchteten, blickten in die ihren. »Nun, Sara?«

»Oh!« Wieder. Ihr fiel ein, daß sie vergessen hatte, ihm zu antworten.

»Ja, Liam. Natürlich, ja. Ich – ich hoffe, daß unser gemeinsames Leben …«

Er unterbrach sie mit einem Kuß.

Sie schlang ihre Arme um seinen nackten Hals. Und dann war er auf ihr. In ihr. Hart in ihr. Sie waren so eng aneinander geschmiegt. Sie liebten sich, bis die Kerzen, die zwei weißen Kerzen heruntergebrannt waren, schmolzen, schmolzen, schmol-zen …

23

Anschließend konnte keiner von ihnen schlafen. Sara ruhte in seinen Armen, hatte ihre Wange gegen seine gepreßt. Blasses Mondlicht fiel weich und warm auf das Bett. Sara fühlte sich so glücklich, daß sie den Drang verspürte, aufzuspringen, zu tanzen, herumzuwirbeln und sich zu strecken und durch das Zimmer zu hüpfen.

»Wann soll die Hochzeit sein?« fragte Liam. Er fuhr ihr mit einer Hand durchs Haar, streichelte es, glättete ihre Stähnen. »Ich möchte, daß sie so bald wie möglich ist. Morgen. Heute nacht!«

Sara lachte. »Dafür sind wir aber nicht richtig angezogen.«

»Hmmm … vielleicht doch.«

»Wir können im Frühjahr heiraten, Liam. Im Juni. Meine Mutter wird kommen. Und meine Brüder.«

»Nein. So lange will ich nicht warten«, erklärte er.

»Nun … wie ist es dann mit Mai?«

Seine Finger in ihrem Haar erstarrten. Sie spürte, daß sein Körper steif wurde. »Im Mai kann das nicht sein, mein Schatz. Das würde sehr großes Unglück bedeuten. Mai ist der Monat, in dem die Römer ihre Toten ehrten.«

Sara stieß ein leises Lachen aus. »Aber wir müssen doch wohl keine Römer einladen – oder?«

Schweigen. Sie erwartete ein Lachen, aber es kam keins. »Ende Januar ist das Semester vorbei, Sara. Laß uns dann heiraten.«

»Liam, es ist doch schon fast November. Ich bin nicht sicher, ob all meine Brüder so kurzfristig kommen können.«

Er schlang seine Arme um sie. Er seufzte. »Ich habe meine Meinung geändert. Ich kann nicht bis Januar warten. Wie wär's mit Thanksgiving, Sara? Bitte, sag nicht nein. Wir werden an Thanksgiving heiraten.« Er führte eine Hand unter ihr Kinn und neigte ihr Gesicht zu sich. »Ich bin zehn Jahre älter als du, Sara. Ich kann mir die Geduld der Jugend nicht leisten. Ich möchte jeden Augenblick mit dir genießen.«

Sie küßten sich.

Er ist wirklich sehr süß, dachte sie. War ich jemals zuvor so glücklich?

War ich das?

Am nächsten Nachmittag hatte Sara es sich auf dem Sofa bequem gemacht und eine weiße Wolldecke über ihre Beine gezogen. In ihrem Schoß ruhte ein Lehrbuch. Sie dachte an Liam und hatte deshalb seit Minuten keine Seite umgedreht und keinen Abschnitt gelesen.

Das Klingeln an der Haustür riß sie aus ihren Tagträumen.

Sie schlug das Buch zu, legte es auf den Boden, sprang auf, stolperte über die Decke und trat sie beiseite, während sie zur Tür eilte.

Liam?

Nein. Sie war überrascht, seine Schwester zu sehen, Margaret. Sie stand auf der Matte und hielt einen in weißes Seidenpapier gewickelten Strauß von rosa und gelben Rosen in der Hand. »Hi, Sara. Störe ich?«

»Nein, ich – komm doch herein. Wie geht es dir, Margaret?«

Margaret eilte an Sara vorbei in das Appartement und schaute sich rasch in dem spärlich möblierten Wohnzimmer um. »Hier, die habe ich dir mitgebracht. Ich kam an der Tremont an einem Blumenstand vorbei und konnte ihnen nicht widerstehen. Sind die Farben nicht wundervoll?«

Sie wirkt so quirlig, so lebhaft, dachte Sara und lächelte, während sie ihr die Blumen abnahm. »Danke, Margaret. Sie sind wunderschön.« Sie hob sie an ihr Gesicht und roch lange daran. »Mmmm. Sie duften so süß.«

Margaret sieht so anders aus, dachte Sara. So jugendlich. Sie hatte eher farblos und abgespannt ausgesehen, fast scheu, als Sara sie das letzte Mal gesehen hatte.

Margaret hatte eine neue Frisur, sehr kurz an den Seiten, vorn über einem Auge hängend, auch eine neue Farbe, viel blonder, nicht gesträhnt. Sie zog ihren kastanienbraunen Mantel aus, unter dem ein weißer Mohairpullover zum Vorschein kam, den sie über schwarzen Leggings trug. Eine sehr hübsche Figur, fand Sara. Sie überlegte, warum sie das vorher nie bemerkt hatte. Vielleicht, weil ihr Blick immer auf Liam gerichtet war?

Hat Margaret ihr Make-up verändert oder so? überlegte Sara weiter. Warum sieht sie soviel hübscher aus?

»Ich habe nur eine Vase«, erzählte Sara ihr, während sie in die kleine Küche ging. »Ich hoffe, sie ist groß genug. Das war sehr nett von dir. Die sind wirklich schön!«

Margaret warf ihren Mantel auf die Couch und folgte ihr. »Du kannst die Stengel abschneiden, wenn sie zu lang sind. Ich kann nur kurz bleiben. Ich war auf dem Weg zu meinem Geschäft und wollte einfach reinschauen. Heute gibt's viel zu tun. Liam hat mich gefragt, ob ich ihn bei einer dienstlichen Einladung begleite.« Sie seufzte. »Er scheint dieser Dinge nie müde zu werden.«

Sara kicherte. »Er ist sehr gesellig.« Sie nahm die Vase aus dem Schrank. Dann begann sie das Papier von den Rosen zu entfernen.

»Ich genieße es auch, mit Menschen zu sprechen«, sagte Margaret, wobei sie an einem Ärmel ihres Pullovers nestelte. »Das ist das Schöne daran, wenn man ein Antiquitätengeschäft besitzt. Aber immer, wenn ich zu einer dieser Fakultätsveranstaltungen von Liam gehe, erkundigt sich bei mir jeder nur nach Liam.«

Ich möchte sie auch einiges über Liam fragen, dachte Sara, während sie die Vase mit warmem Wasser füllte. Ich möchte *alles* über ihn wissen. Alles.

Weiß sie, daß Liam mich gestern abend gebeten hat, ihn zu heiraten?

Natürlich weiß sie es. Darum ist sie hier. Darum hat sie die Blumen gebracht, um zu zeigen, daß sie mich akzeptiert, daß sie glücklich darüber ist.

»Liam ist faszinierend«, fuhr Margaret fort, wobei sie eine gelbe Rose aus dem Strauß zupfte und daran roch. »Aber manchmal würde ich gerne über ein anderes Thema sprechen. *Irgendein* anderes Thema.« Sie lachte. »Entschuldigung, Sara. Meine gesellschaftlichen Probleme dürften dich kaum interessieren. Ich bin sicher, daß ...«

»Ja«, unterbrach Sara. Sie wandte sich an Margaret, fühlte sich plötzlich sehr verlegen. »Ich meine ... Ich möchte dich besser kennenlernen.« Warum klinge ich so steif, so förmlich? »Ich hoffe, daß du und ich gute Freundinnen werden können.«

Margaret lächelte und tätschelte Saras Hand. »Liam hatte mir heute beim Frühstück die gute Nachricht erzählt. Darum bin ich vorbeigekommen.«

»Oh. Also ...« Sara wußte nicht, was sie sagen sollte, und spürte, daß ihre Wangen zu brennen begannen.

Margaret drehte die gelbe Rose in ihrer Hand, den Blick auf Sara gerichtet. »Ich bin so froh für euch beide. Ich bin einfach froh, daß Liam dich gefunden hat, Sara. Ich glaube, du bist genau das, was er braucht.«

»Oh! Oh, danke!« Sara spürte, wie ihre Brust vor Emotionen fast zu platzen drohte. »Wie lieb von dir, so etwas Schönes zu sagen!« Sie hatte Mühe, nicht in Tränen auszubrechen. Margarets Worte hatten sie wirklich gerührt. Sie ließ die Rosen fallen und umarmte Margaret kurz.

Nun war es Margaret, die verlegen zu sein schien. Sie hob die gelbe Rose, die sie gehalten hatte, und machte Ts-ts. Sara hatte den Stiel während ihrer impulsiven Umarmung zerdrückt.

»Ohh.« Sara nahm ihr die geknickte Blume ab und versuchte sie in die Vase zu stellen.

Margaret glättete ihr kurzes Haar und strich es wieder über das eine Auge. »Ich bin wirklich nur gekommen, um das zu sagen. Wir beide sollten bald einmal zusammen Mittag essen. Und dann lange miteinander reden.«

»Das wäre schön«, erwiderte Sara voller Begeisterung. »Darüber würde ich mich freuen, Margaret.«

»Ich weiß, daß du Liam sehr glücklich machen wirst.« Margarets Gesichtsausdruck veränderte sich. Ihr Lächeln schwand. »Und ich werde mir wirklich Mühe geben, nicht im Wege zu sein.«

»Im Wege?«

»Vor allem, wenn das Baby da ist.«

Sara stieß ein scharfes Lachen aus. Ein wenig zu laut. »Baby? Welches Baby?«

Margaret schaute auf ihre Armbanduhr, ging dann zur Couch und nahm ihren Mantel. »Oh. Es ist spät. Zeit, ins Geschäft zu gehen.« Sie schlüpfte in den Mantel und zog fest an den Ärmeln, um sie über den Mohairpullover streifen zu können. »Ich bin sicher, Liam hat dir gesagt, wie sehnlich er sich ein Kind wünscht.«

Ohne eine Erwiderung abzuwarten, drückte Margaret Sara wieder. Während sie die schweren Mantelarme um Sara schlang, preßte Margaret ihre Wange weich an die von Sara. Sara roch einen blumigen, pudrigen Duft.

»Ich bin wirklich ganz aufgeregt, Sara. Willkommen in unserer Familie. Das sind die *besten* Neuigkeiten! Wir gehen bald miteinander aus – okay? Nur wir beide. Auf Wiedersehen.«

Sara öffnete ihr die Wohnungstür, und Margaret eilte hinaus. »Danke noch einmal für die Blumen.«

Margaret huschte über den langen Korridor. Sara schaute ihr nach, bis sie hinter einer Ecke verschwunden war. Sie schloß die Tür, lehnte sich dann dagegen und holte tief Atem.

Wie verrückt. Wie völlig verrückt.

Margaret schien ein völlig veränderter Mensch zu sein. Sie war so herzlich, so lebhaft, so glücklich.

Sara blinzelte, dachte angestrengt nach und versuchte sich an alle Einzelheiten des kurzen Besuchs zu erinnern.

Was war das mit einem Baby?

Wünschte sich Liam wirklich so sehnlich, Vater zu werden?

Wenn es so war, warum hatte er das ihr gegenüber nicht erwähnt?

24

Eine Woche später streifte Sara die Kapuze ihres Regenmantels über ihr Haar und zog den Kopf ein, als ein kalter Niesel zu einem Dauerregen wurde. Ein scharfer Windstoß riß ihren Mantel auf. Sie kämpfte mit den großen Plastikknöpfen. Ihre Schuhe pochten weich auf dem Weg, als sie ihren Schritt beschleunigte.

Sie erschauerte. Sie konnte noch immer Liams Wärme auf ihrer Haut spüren, sein Gesicht, das an ihre Wange gepreßt war, seinen Körper, der auf ihr lag.

Zu ihrer Rechten schien die grüne Kuppel des Verwaltungsgebäudes in den dunklen Nebeln zu schweben. Die Bäume im Circle tanzten zitternd und schwankend im Wind einen lautlosen, anmutigen Tango.

Sara war ebenfalls nach Tanzen. Der kalte Regen drang in ihre Kapuze, aber sie spürte das Wasser auf ihren Wangen kaum. Sie wollte den schweren Mantel abwerfen, den Laternenpfosten umarmen, der vor ihr aufragte, und um ihn herumspringen, wie Gene Kelly im Regen steppen und singen.

Wahre Liebe macht einen verrückt, befand sie. Ein neues Gefühl für sie.

Liam. Liam. Liam. Sie merkte, daß sie seinen Namen wie ein Schulmädchen aufsagte, ihn immer wieder auf die linierten Seiten ihrer Seminarkladde schrieb.

Mrs. Liam O'Connor.

Sara Morgan-O'Connor.

Ich *bin* ein Schulmädchen! sagte sie sich. Und der Gedanke veranlaßte sie, so wie eines zu kichern.

Das Schulmädchen, das den Großen Professor heiratet.

Sie hatte jeden Abend der vergangenen Woche mit Liam verbracht, mit ihm gesprochen, über seine Geschichten gelacht, seine komischen Aberglauben und mit ihm geschlafen, richtig geschlafen. Pläne gemacht.

Mary Beth warnte sie weiter. *»Du bist verrückt. Du springst zu schnell da rein. Du weißt, daß diese Dinge immer böse für dich enden, Sara.«*

Diese Dinge?

»Es ist kein *Ding.* Ich werde heiraten! Ich heirate Liam an Thanksgiving.«

Arme Mary Beth. Sie wußte nicht, wie man sich fühlte, wenn man seinen Mantel ausziehen und im Regen tanzen wollte. Ich würde ihre Ratschläge übelnehmen, fand Sara, wenn sie mir nicht leid täte.

In diesen Tagen – in dieser Woche – diesem Augenblick – tat ihr jeder leid, der das Gefühl nicht kannte. Dieses Gefühl, explodieren zu wollen, zu zerplatzen, vom Boden abzuheben und in die kalte, süße Luft hinaufzufliegen.

Ich könnte fliegen. Ich könnte das wirklich!

Die Schritte brachten Sara auf die Erde zurück.

Zuerst glaubte sie, den Regen auf den Weg klopfen zu hören. Doch der gleichmäßige Rhythmus, das Scharren eines Schuhes, dann des anderen, verriet ihr, daß jemand hinter ihr war.

Eine Spur von Furcht veranlaßte sie, den Kopf zu drehen und ihren Schritt zu beschleunigen.

Durch die Kapuze konnte sie nichts sehen.

Die Dunkelheit schien sie zu umgeben, sie zu überschwemmen. Die schwarzen Bäume tanzten im Wind. Sie platschte durch eine Pfütze, spürte eisiges Wasser über ihren Knöchel rinnen.

Sie streifte die Kapuze mit beiden Händen ab, rannte jetzt.

Die Schritte dicht hinter ihr.

Wer ist das?

So dunkel und nebelig.

Eine verschwommene Gestalt, schnell rennend. Ein dunkler Mantel. Der Kopf gesenkt.

Er rennt zu schnell. Ich kann ihm nicht weglaufen.

Sie trat in das blasse, schimmernde Lichtdreieck einer Laterne.

Regentropfen funkelten in dem Licht, Perlen, ein Schauer von Perlen. Unwirklich. Alles unwirklich.

Bis auf die Gestalt im dunklen Mantel. Die sie einholte. Angestrengt atmend. Der Körper bewegte sich heftig unter dem schweren schwarzen Mantel.

Er griff mit beiden Händen nach ihr. Sah sie mit wütenden Augen an, mit wahnsinnigen Augen, die im düsteren Licht glühten.

»Chip!« schrie Sara. Regen prasselte auf ihr Gesicht, ihr Haar. »Was tust du hier?«

Er hielt ihre Schultern fest, schaute ihr fest in die Augen. Ein anklagender Blick. Hielt sich fest, als suche er Halt. Wartete darauf, wieder zu Atem zu kommen. Und dann brachte er »Hi, Sara« heraus. Fast schüchtern.

So falsch, dachte sie. So völlig fehl am Platze. Als ob er noch immer nicht begriffen hätte.

Ich bin gegangen, Chip. Ich bin schon längst gegangen. Ich bin nicht mehr ›Hi, Sara‹.

»Ich ... bin dir gefolgt.« Er hielt sie noch immer an den Schultern fest. Drückte er absichtlich so heftig?

Licht fiel auf seine weißblonden Augenbrauen. Die blauen Augen darunter blickten leer, schienen zu schwimmen.

Sie roch den Alkohol in seinem Atem. Nur Bier?

Vor wenigen Monaten noch hatte das Gesicht so vertraut gewirkt. Und jetzt hatte sie das Gefühl, als schaue sie einen Fremden an. Der Stummel einer Nase, die Narbe an seinem Kinn – in New York vertraute Dinge, die ihr jetzt fremd erschienen. Das Gesicht unerfreulich und ungewollt.

»Chip, was *tust* du hier?«

»Wir müssen miteinander reden.«

»Nein, müssen wir nicht.« Er hat versucht, mich zu ertränken. Er hat mich fast ertränkt. Und jetzt ist er mir hierher gefolgt.

Um was zu tun?

»Laß uns aus diesem Regen gehen, Sara. Laß uns irgendwo hingehen und uns setzen und vielleicht ...«

»Nein. Bitte, Chip ...« Sie hob beide Hände, um seine Hände

von ihren Schultern zu streifen. Sie sah seine rechte Hand deutlich vor sich. Sie keuchte. »Wann hast du dir *das* machen lassen?«

Ihr Finger verweilte auf der kleinen Tätowierung auf seinem Handrücken. Knapp zweieinhalb Zentimeter lang. Ein winziger schwarzer Dolch mit einem blauen Blutstropfen an der Spitze der Klinge.

Er senkte den Blick, nickte unsicher, als sei er verwirrt, sähe ihn zum ersten Mal. »Das?«

»Ich glaub's einfach nicht. Warum hast du dich tätowieren lassen?«

Er zog seine Hand vors Gesicht, um sie zu mustern, schaute sie stirnrunzelnd an. »Nachdem du gegangen warst, Sara. Nachdem du verschwunden bist. Einfach ohne ein Wort verschwunden warst. Ich glaube, ich habe mich in einer Nacht betrunken. Ich weiß nicht. Ich war mit ein paar Freunden zusammen. Irgendwelchen Typen. Ich war verrückt. Ich wußte nicht, was ich tat.«

Die Tätowierung ist also meine Schuld. Sara spürte ein Frösteln, das nicht vom Regen kam. Sie kämpfte mit der Kapuze, und es gelang ihr, sie wieder über ihr Haar zu streifen.

»Chip, du hättest nicht hierher kommen sollen. Du …«

»Aber ich muß mit dir sprechen. Ich vermisse dich so, Sara.« Er schaute sie bittend an, um seine Ehrlichkeit zu zeigen. Wie oft hatte sie diesen Gesichtsausdruck gesehen? Früher war sie darauf reingefallen. Jetzt wirkte es zu glatt, zu einstudiert. Seicht. Unreif.

»Du weißt, warum ich gegangen bin. Ich mußte gehen.« Die Kälte in ihrer Stimme überraschte sie. Sie hatte sie nie zuvor darin gehört.

Er schlug seinen Mantelkragen hoch, spürte die Kälte ebenfalls. »Können wir nicht irgendwohin gehen? Da ist ein Café …« Er deutete auf den Dale Street Coffee Shop.

Regen glitzerte auf seinen blonden Augenbrauen. Wie Diamanten.

Der Goldene Junge, dachte sie, überrascht darüber, wie sehr sie ihn jetzt ablehnte, wie schnell ihre Bitterkeit die Oberhand gewonnen hatte, was für ein starkes Gefühl das war.

Er ist ein Goldener Junge. Er hat alles. Ein ganz großartiger Bursche.

Sag bloß niemals nein zu ihm.

»Nein, Chip. Das kann ich nicht. Ich meine, ich will nicht mit dir reden.« Sie atmete heftig ein. »Ich will, daß du gehst. Wirklich.« Sie spürte, wie ihre Halsmuskeln sich verkrampften. Spürte das Blut in ihren Schläfen pochen.

Sie drehte sich rasch um und ging davon, langsam, aber mit großen Schritten.

Er lief ihr nach und holte sie ein. Sie wußte, daß er das tun würde. Er faßte ihren Arm, aber sie stieß ihn beiseite.

»Sara, bitte ...«

»Geh nach Hause, Chip. Sei ein Mann. Geh heim.« Schwer, das zu sagen. Sagte sie das wirklich? War dies tatsächlich sie? Sie war weggelaufen, um ihm auszuweichen, war ohne ein Wort weggelaufen. So begierig darauf, so verzweifelt, jede Art von Konfrontation zu vermeiden.

Und jetzt war sie hier und brachte das so hart heraus.

Er faßte ihren Arm. Er würde sie nicht gehen lassen. »Dieser Professor ist zu alt für dich!« Er kreischte die Worte förmlich.

Sie drehte sich zu ihm um, um ihn anzusehen. Seine blauen Augen wild, unkonzentriert. Waren das Regentropfen auf seiner breiten Stirn oder Schweißperlen?

»Woher weißt du von Liam?« fragte sie mit zusammengebissenen Zähnen. »Wie lange bist du schon in Freewood, Chip? Hast du mir nachspioniert?«

»Er ist zu alt für dich. Du gehörst zu mir.«

Der Wind streifte ihre Kapuze zurück. Ihre Brust hob und senkte sich. Sie rang nach Atem. Regen prasselte auf ihr Gesicht, ließ sie zusammenzucken. Sie musterte ihn, suchte nach Antworten. »Wie lange bist du schon in Freewood?«

»Lange genug.« Plötzlich schüchtern. Zugleich wütend und schüchtern. »Du ruinierst dein Leben, Sara. Du weißt, daß du nach New York gehörst. Zu mir.«

»Woher weißt du von Liam?« Sie würde diese Frage wiederholen, bis sie ihn zwang, darauf zu antworten. Aber dann kam ihr eine andere, viel drängendere Frage in den Sinn. »Hast du mich angerufen?«

Die blonden Augenbrauen hoben sich, als er sie mit zusammengekniffenen Augen ansah. »Wie?«

»Hast du mich angerufen? Spätabends? Mir gedroht?«

»He – absolut nicht.«

Er lügt, dachte sie.

Was für ein verlogenes Gesicht. Es war immer eine Lüge gewesen. So gutaussehend, so hübsch, so perfekt. Und so häßlich darunter.

Alles Lüge.

»Du warst dieser Anrufer – nicht wahr!?« Ihr Mund zitterte. Ihre Zunge war plötzlich dick und schwer.

»Wirklich, Sara. Ich habe dich nicht angerufen.«

Lügner.

Ihren Arm haltend, zog er sie dicht an sich. Sie roch den Alkoholatem und einen süßen Duft, ein blumiges Aftershave, ein neues Aftershave, das sogar in der regenfeuchten Luft schwer war.

Widerlich, dachte sie.

Und was wollte er tun? Sie küssen?

Ja. Die jetzt weit offenen blauen Augen waren auf sie gerichtet. Der Griff um ihren Arm wurde fester. Das blonde Haar, durch den Regen angeklebt, glänzte im Licht. Das falsche Lächeln. Die sich öffnenden Lippen. Die sich zu ihr bewegten.

»Nein! Laß mich los!« Ihr Schrei schien ihn zu verwirren. Sein Kopf wich zurück. Er schloß die Augen.

Aber er ließ ihren Arm nicht los. »Komm mit mir zurück, Sara. Komm zurück nach New York. Ich brauche dich. Ich brauche dich wirklich.«

»Nein, Chip ...«

»Wäre ich dir bis hierher gefolgt, wenn ich dich nicht brauchte? Würde ich mich so erniedrigen? Würde ich bitten? Würde ich betteln? Sara ...«

»Nein. Es ist vorbei. Schluß. *Au*! Laß mich los. Du tust mir *weh*!«

»Es ist nicht vorbei. Hör mir zu. Es wird toll werden. Erinnerst du dich an diese Produktionsfirma, die ich gründen wollte? Paß auf, mein Vater sagte, er würde mir dabei helfen. Und ich bekomme ein neues Appartement, Sara. Mit einem irren Blick auf den Fluß. Das mußt du sehen. Es wird dir gefallen. Und ...«

Sie versuchte, sich zu befreien. »Laß mich los, Chip. Ich werde schreien. Ich werde die Polizei holen. Ich warne dich.«

»Es ist nicht vorbei. Überhaupt nicht. Ich habe mich geändert, Sara. Wirklich. Du wirst es sehen. Ich bin ein anderer Mensch. *Hör mir doch zu!* Ich kann ohne dich nicht leben. Ich kann nicht ...«

Er hob eine Faust. Der winzige schwarze Dolch mit dem blauen Blutstropfen war plötzlich vor ihr.

Wie gefährlich ist Chip? überlegte sie. Wie wahnsinnig?

»Es ist nicht vorbei«, wiederholte er. »Überhaupt nicht. Es ist nicht vorbei.«

»Laß mich *los*! Aua! Was *machst* du denn? Laß mich endlich los!«

25

Detektiv Garrett Montgomery führte ein Ferngespräch mit seinem Bruder, als die Meldung vom dritten Mord eintraf.

Die Stelle in dem Möbelgeschäft war besetzt, hatte Duane Montgomery in ernstem, leisen Tonfall verkündet, der üblicherweise auf Beerdigungen Anwendung findet.

Als ob dies Garretts letzte Chance gewesen sei.

»Es wird andere Jobs geben«, sagte Garrett zu seinem Bruder. »Nimm's leicht. Was, wenn ich gekommen und die Stelle angenommen hätte? Dann wären Angel, Martin und ich bei dir eingezogen.«

Nimm's leicht, sagte Garrett sich selbst. Es ist ja nicht direkt eine Tragödie. Außer, daß dies sein einziger Fluchtweg gewesen war.

Flucht aus diesem winzigen Provinznest. Flucht davor, über

den Schreibtisch hinweg den Doughnuts verschlingenden Walter anzustarren, der Zucker auf die Vorderseite seines sich wölbenden blauen Uniformhemdes streute.

Schrecken, die Garrett nachts wach hielten, so daß er auf die sich bewegenden Schatten an der Decke starrte und Körperteile vor sich sah, abgetrennte Arme, gebrochene Rücken, freiliegende Knochen.

Morde, die er glaubte, nicht lösen zu können. Mörder, durch die er sich hilflos und schwach fühlte – die eine Flucht so wünschenswert machten.

Natürlich wollte Angel nicht aus Atlanta fort. Und wenn er versuchte, sie zu überzeugen, würde sie ihm wahrscheinlich vorwerfen, daß er vor der größten und schwersten Herausforderung seines Lebens davonzulaufen versuchte.

Und sie hätte recht.

Aber die Ermittlungen führten zu nichts. All diese Stunden, die er investiert hatte, er und seine Männer. All die Überlegungen. All die Verhöre und Durchsuchungen und die harte Arbeit – all dies hatte zu nichts geführt.

Und während die Tage allmählich zu Wochen wurden, verfolgten ihn die Morde noch immer. Tag und Nacht.

Auf so etwas wie das bin ich auf der Akademie nicht vorbereitet worden, sagte er sich. Man hat mich nicht auf den Anblick von grauen Knochen, die aus zerfetztem Fleisch ragen, vorbereitet. Auf das Blut. Dunkle Pflützen von Blut.

Wie hätten sie mich vorbereiten *können*?

Wie könnte man überhaupt jemanden auf den Anblick dieser zerrissenen und zerbrochenen Körper vorbereiten? So etwas taten Menschen doch nicht Menschen an – oder?

Und jetzt starrte Walter ihn über den Schreibtisch hinweg an, den Telefonhörer an sein rundes Gesicht gepreßt, den Mund offen, mit zitterndem Kinn, und winkte Garrett mit seiner freien Hand drängend zu.

Garrett hatte den Gesichtsausdruck schon gesehen. »Ich muß auflegen«, sagte er zu Duane. »Gib Barbara einen Kuß von mir.« Er knallte den Hörer auf die Gabel. »Walter – was?«

Walter noch blasser als sonst unter dem Neonlicht. »Wieder einer.«

Am nächsten Morgen hatte Garrett die Fotos auf seinem Schreibtisch ausgebreitet. Willst du schnell aufwachen? dachte er bitter. Kein Problem. Leg einfach die Fotos der drei Mordopfer auf den Schreibtisch.

Dieser Junge, Anders, ist ein verdammt guter Fotograf, dachte Garrett, während er schwarzen Kaffee aus seinem Pappbecher trank, wobei sein Blick auf das jüngste Opfer fiel. Anders war noch auf der Highschool, aber er arbeitete als fester Fotograf für die Lokalzeitung und erledigte, wann immer nötig, die Fotoarbeiten für die Polizei.

Gestern abend hatte Garrett beobachtet, wie der dürre Junge knipste, als fotografiere er Miss Amerika. Garrett hatte versucht, sich auf Anders zu konzentrieren, um nicht auf das Motiv der Fotos schauen zu müssen.

Keine schlechte Arbeit, dachte er jetzt, während er den Kaffeebecher auf dem Rand des Schreibtischs absetzte und sich vorbeugte, um besser erkennen zu können, ob er vielleicht etwas übersehen hatte. Die Schwarzweißfotos waren etwas körnig, aber das Wichtige war eingefangen. Und die farbigen Polaroids – sie waren deutlich genug, um einen Menschen für immer wach zu halten.

Dieser dritte Mord war ebenso häßlich wie die beiden ersten. Für Garrett noch verheerender, vielleicht deshalb, weil das Mädchen einmal so schön gewesen war.

Sie hatte cremige, weiße Haut, die mit blassen Sommersprossen gesprenkelt war, und fransiges kastanienrotes Haar, das über ihren Rücken fast bis auf die Hüfte hinabfiel.

Als Garrett und Walter am Tatort eingetroffen waren – auf dem Campus, keine zehn Meter von der Stelle entfernt, wo der erste Mord stattgefunden hatte –, lag sie ausgestreckt auf dem Rücken, und ihr Haar war ihr wie eine weiche, schützende Dekke über das Gesicht gefallen.

Garrett hatte sich hinhocken und das Haar beiseite streifen

müssen. Garrett war derjenige gewesen, der entdeckte, daß die Augäpfel des Mädchens ausgestochen und ihr in den Mund gestopft worden waren.

Die beiden grünen Augen starrten ihn zwischen ihren Lippen an.

Garrett war rückwärts getaumelt, war heftig gegen einen Baumstamm gestoßen, hatte nach Luft geschnappt, und sein Herz hatte so heftig geklopft, daß seine Brust schmerzte.

Fühlte es sich so an, wenn man einen Herzanfall bekam?

Jetzt beugte er sich über den Metallschreibtisch, starrte die körnigen Schwarzweißfotos an und dachte an ... nichts. Er war unfähig, über irgend etwas klar zu denken.

Außer Flucht?

Devra Brookes.

Der Name des Mädchens war Devra Brookes. Wieder war das Opfer weder ausgeraubt noch vergewaltigt worden. Ihre Brieftasche, ihr Bargeld, ihr Führerschein, ihre Kreditkarten – alles war in ihrer Handtasche.

Devra war akademische Assistentin am College gewesen, Fachbereich Sprachen. Der Dekan der Studenten klang sehr erschüttert, als Garrett ihn anrief, um Informationen zu bekommen. Garrett machte ihm keinen Vorwurf. Drei Morde auf oder nahe beim Campus.

Drei grauenhafte, unmenschliche Morde.

Devra Brookes war nicht lange am Moore State gewesen, hatte der Dekan mit zitternder, heiserer Stimme berichtet. Sie war erst im letzten Jahr von Chicago nach Freewood gezogen.

Ein schlechter Umzug, dachte Garrett kopfschüttelnd, während er auf den schwarzweißen Leichnam auf seinem Schreibtisch schaute.

Die ganze Nacht hatte er Angel festgehalten. Sich an ihr festgehalten, als ob sie ihn daran hindern könnte zu schweben. Sie hatte kein Wort gesagt. Sie verstand.

Aber jetzt war nichts außer seinem Schreibtisch da, woran er sich festhalten konnte. Ein Becher mit Kaffee, ebenso trüb und dunkel wie seine Gedanken.

»Chef, wir haben hier was.« Walters Stimme, aufgeregt, laut dafür, daß es noch so früh am Morgen war.

Garrett blickte langsam auf. Der Wechsel von Schwarzweiß zu Farbe schmerzte seine müden Augen. Walters weißblondes Haar war noch vom Duschen naß. Hinter einem Ohr hatte er Rasierschaum. Er befleckte den blauen Kragen seines Uniformhemdes.

»Ich habe die Fingerabdrücke von den Jungs im Labor in Somerville bekommen«, verkündete er, wobei er einen großen Manilaumschlag hochhob.

Garrett seufzte. »Haben sie irgendwelche sauberen erwischt?« Er erwartete nicht viel. An den letzten beiden Leichen hatte es keinen einzigen brauchbaren Fingerabdruck gegeben.

Walter langte über die Schreibtische, um Garrett den Umschlag in die Hand zu geben. »Du siehst schrecklich aus, wie Hack. Warst du die ganze Nacht hier?«

»Bitte, vergleich mich nicht mit Hack«, knurrte Garrett mit zusammengebissenen Zähnen. »Ich habe nicht geschlafen. Habe dauernd Augäpfel gesehen.« Er stöhnte. »Ich werde nie wieder ein hartgekochtes Ei essen.«

Er fummelte an der Umschlagklappe herum. Warum klebten sie die immer so fest zu. »Und? Gute darunter? Was hat O'Brian dir erzählt?«

»Diesmal haben wir welche«, berichtete Walter, wobei er seine Nase kratzte. »Wir haben gute, deutliche Abdrücke. Waren auf ihrem Gesicht und auf den Kleidern.« Walter stand gespannt auf und beobachtete, wie Garrett mit dem Umschlag kämpfte. »Ich habe sie nicht gesehen. Das ist nur das, was O'Brian mir erzählt hat.«

Garrett riß heftig an dem Umschlag und öffnete die Klappe. »Glaubt er, wir können eine Identifizierung vornehmen?«

Walter zuckte mit den Schultern. »Hat er nicht gesagt.«

Garrett hielt den Rand des Schwarzweißfilms vorsichtig fest und schüttelte die Abzüge aus dem Umschlag. Ein einzelner Kontaktbogen. Mehrere verschiedene Abzüge.

Eine erste Spur, dachte er. Drei Morde, und endlich haben wir einen Durchbruch.

Er hielt den Kontaktbogen unters Licht. Schaute darauf. Schaute angestrengter.

»He, Walter – soll das ein Witz sein?« fragte er scharf. »Ist O'Brian vielleicht durchgedreht?«

Walter schob seinen massigen Körper um den Schreibtisch herum. »Wie? Was ist denn los, Chef?«

»Diese Fingerabdrücke – die sind nicht von einem Menschen.«

26

Liam senkte seinen Daumen auf das schwarze Stempelkissen. Die Sekretärin, die einen Kaugummi mit schnellem, gleichmäßigem Rhythmus kaute, führte seine Hand über die Karte und preßte dann den Daumen sanft in das richtige Viereck.

Liam schaute mißbilligend auf den schwarzen Fleck. »Muß ich das mit beiden Händen machen?«

»Nur mit der rechten.« Der Atem der jungen Frau roch nach Juicy Fruit. Sie führte seinen Zeigefinger auf das Stempelkissen. »Sie sind vielleicht der letzte.«

Liam runzelte die Stirn. »Der letzte, von dem Fingerabdrücke genommen werden?«

Die Sekretärin nickte heftig kauend. »Vor diesem Jahr haben wir das in Moore State nie getan. Aber ich denke, es ist jetzt erforderlich.« Sie preßte den Finger in das Rechteck neben dem Daumenabdruck.

Liam blickte auf und sah, daß Sara den kleinen Raum betrat. Ihre Schuhe klackerten auf dem harten Boden. Unter einem grauen Trenchcoat trug sie ein kurzes blauwollenes Kleid über marineblauer Strumpfhose.

Sie sieht wie achtzehn aus, dachte er. Besonders mit diesem Pony und wie sie das Haar zurückgebunden hat.

Sie lachte, und ihre haselnußbraunen Augen blitzten belustigt. »Liam – bist du verhaftet?«

Er hob seine Hand, zeigte ihr seine schwarzen Fingerspitzen

und lächelte sie strahlend an. »Erinnere mich daran, heute abend Handschuhe zu tragen, wenn ich die Bank ausraube.«

Die Sekretärin lachte nicht. Sie konzentrierte sich darauf, den letzten Fingerabdruck zu nehmen.

»In manchen Kulturen bedeutet das, einem die Seele stehlen«, sagte Liam. »Nimmst du meine Fingerabdrücke, nimmst du meine Seele.« Dann fügte er locker hinzu: »Ein Glück, daß ich keine Seele *habe,* nicht wahr?«

Sara trat an den Tisch und tätschelte seine andere Hand. »Oh, ich denke, du hast sehr viel Seele.«

Liam drückte ihre Hand sanft.

»Sie sind fertig, Sir«, verkündete die Sekretärin. »Hier.« Sie nahm eine Rolle Papiertücher aus der Schreibtischschublade, riß zwei Blatt ab und reichte sie ihm, damit er die Farbe von seinen Fingerspitzen wischen konnte.

Er bedankte sich und führte Sara auf den Gang hinaus, wobei er seine Hand abwischte. »Seltsamer Brauch. Fingerabdrücke nehmen«, murmelte er. Die Farbe verschmierte, ließ sich aber nicht entfernen. »Ich habe mich wirklich wie ein Verbrecher gefühlt, als sie das machte.«

Sara machte ts-ts. »Schuldgefühle, Liam?«

»Fingerabdrücke sind wirklich etwas, das der Vergangenheit angehört«, erzählte er ihr, während sie über den langen, hell erleuchteten Korridor des Verwaltungsgebäudes gingen. »Sehr grob. Vielleicht wird das College schon bald verlangen, daß wir etwas DNA hinterlassen. Ein Haar vielleicht. Oder ein Stück Haut. Vielleicht Teströhren gefüllt mit Blut, Speichel und Urin.«

»Liam – bitte!«

Er lachte. »Warum nicht? Warum findest du das beleidigender oder aufdringlicher als das Abnehmen und Archivieren von Fingerabdrücken?«

Sara antwortete darauf nicht. In Gedanken war sie woanders. »Hast du gepackt?«

Er zuckte die Schultern. »Fast fertig.«

»Ich muß mich noch um ein paar Dinge kümmern. Ich möchte Mutter ein Moore-State-Sweatshirt mitbringen.«

Liam kicherte. »Ist deine Mutter ein Sweatshirt-Typ? Ich hatte sie mir eher in einem Hauskleid vorgestellt, mit einer weißen Spitzenschürze über dem Rock.«

Sara versetzte ihm einen sanften Stoß. »Gott, Liam. In welchem Jahrhundert lebst du denn?«

Ein verletzter Ausdruck huschte über sein Gesicht. Sie küßte ihn auf die Wange. »Ich laufe noch schnell in den Campus-Laden. Dann packe ich fertig. Die Maschine geht um fünf. Kannst du mich um vier mit einem Taxi abholen?«

Liam nickte. »No problem, wie meine Studenten sagen.« Er nahm sie beim Arm. »Glaubst du, daß deine Mutter mich mögen wird?«

»Liam, sie kann es kaum noch erwarten. Ich habe so von dir geschwärmt. Die halbe Bevölkerung von Indiana wird wahrscheinlich zu deiner Begrüßung am Flughafen stehen und ...«

Als sie um die Ecke zum Gebäudeausgang bogen, tauchte Milton Cohn im Türrahmen eines Büros auf.

»Hallo!« Sein Blick verweilte auf Sara, wanderte dann zu Liam.

»Sie sind wieder zurück«, rief Sara überrascht aus. »Liam und ich verreisen. Ich dachte nicht, daß Sie schon aus Atlanta zurück seien. Das Büro ...«

»Ich bin gar nicht gefahren. Wegen dieses Mädchens«, unterbrach Milton. Liam konnte sehen, daß seine Augen rotgerändert und müde waren. Die Mähne von weißem Haar völlig wirr über seiner roten Stirn.

Milton seufzte schwer und erschauerte. »Ich habe gerade mit ihren Eltern telefoniert. Es – es war schwer.« Er senkte seinen Blick. »Es hat mir wirklich das Herz zerrissen. Eltern sollten nicht soviel ... Leid ertragen müssen.«

Er hob eine Hand, um sich am Kopf zu kratzen. Liam sah die fleischfarbene Binde, die um das Handgelenk gewickelt war.

»Milton – ist das ein *neuer* Schnitt?« fragte Sara.

Er nickte. Hielt die Binde vor sich. »Eines meiner Messer. Fiel von der Wand, als ich es zum Reinigen herunternahm. War ein böser Schnitt.« Er schüttelte den Kopf.

Liam schaute auf seine Armbanduhr. Er faßte Saras Ellenbogen. »Wir sollten besser gehen. Wir haben nicht viel Zeit.« Er wandte sich an Milton. »Sei vorsichtig, okay? Deine Messer ...« Seine Stimme verlor sich.

Milton schluckte. »Ich muß ständig an Devra Brookes denken. So ein wundervolles Mädchen.«

Liam senkte den Blick. »Es war ein Schock.«

»Sie war auf meiner Party – erinnerst du dich? Du warst so überrascht, sie zu sehen, Liam. Ich kann nicht glauben, daß sie gerade noch in meinem Haus war. Und jetzt ...«

»Ich hab sie erst kürzlich getroffen«, sagte Liam leise, wobei er Sara anschaute. »Wir waren beim Abendessen. Sara und ich. In diesem Grill-Restaurant Texas. Devra kam an unseren Tisch.«

Sara keuchte. »Das rothaarige Mädchen? Oh, mein Gott! Ich hatte ihren Namen vergessen.«

Liam drückte ihren Arm und rieb ihn tröstend. »Ja. Das war Devra. Ein nettes Mädchen. Eine gute Studentin. Hübsch und sehr klug.«

»Das war mir nicht klar«, wiederholte Sara, die ihre Hände an die Wangen preßte. »Oh, wie schrecklich.« Sie schaute Milton an. »Ich hörte, daß heute morgen alle darüber sprachen. Mir war nicht klar ... Ich meine, alle auf dem Campus sind so durcheinander. So entsetzt.«

»Die Studentinnen haben Angst, nachts über den Campus zu gehen«, sagte Milton, während er die Manschette seines weißen Hemdsärmels über die Wickel an seinem Handgelenk zog. »Eltern rufen mich an und wollen wissen, was unternommen wird. Ich weiß nicht, was ich ihnen sagen soll. Was kann ich denn sagen? Ich bin sicher, daß die Polizei ihr Bestes tut. Aber eine solche Art von Verbrechen ist denen fremd. Dies ist eine Kleinstadt.« Er schüttelte wieder den Kopf. »Was soll ich sagen?«

»Wir sind alle hilflos«, murmelte Liam. Er blickte auf seine farbverschmierten Fingerspitzen und runzelte die Stirn.

»Da draußen ist ein wahnsinniger Mörder«, sagte Sara leise und klammerte sich an Liams Arm. »Im Fernsehen wurde gesagt, daß es überhaupt keinen Zusammenhang zwischen den

Morden zu geben scheint. Sie waren einfach zufällig. Ein verrückter Mörder.«

»Wir haben nachher eine Besprechung«, sagte Milton. »Wir müssen entscheiden, ob wir das Homecoming Game nächste Woche vom Abend auf den Nachmittag verlegen.« Er seufzte. »Aber wird es deshalb sicherer sein? Vielleicht sollten wir es ganz absagen. Ich weiß es nicht.«

»Wir müssen gehen.« Liam legte eine Hand auf Saras Schulter. »Sara und ich nehmen eine Maschine um fünf Uhr. Wir sehen uns am Montag, Milton. Ruh dich etwas aus. Du wirkst erschöpft.«

»Paßt auf euch auf, okay. Ich muß noch ein paar Anrufe machen.« Milton drehte sich um und trat langsam wieder in das Büro.

Liam führte Sara eilig aus der Tür. Sie traten in einen grauen Nachmittag hinaus. Dunkle Sturmwolken am fernen Horizont hinter dem Campus. Die Luft schwer und feucht. Liam sah zu, wie sein Atem vor ihm dampfend aufstieg. Kalt genug für Schnee, dachte er. Hoffentlich startet das Flugzeug auch.

Sie hatten die Hälfte der breiten Betonstufen hinter sich gebracht, als Sara zu Liams Überraschung plötzlich vor ihn trat und beide Arme um seine Hüfte schlang. Sie preßte ihre Wange an seine. »Drei Frauen auf dem Campus ermordet. Oh, Gott, Liam. Es – es ist so entsetzlich.«

»Ja, das ist es.« Er mochte die Wärme ihrer Wange an seiner, das Gefühl, wie ihre Arme sich um seinen Mantel schlossen. Er drückte seine Lippen auf ihr Ohr. »Hab keine Angst. Ich werde dich beschützen, Sara«, flüsterte er. »Ich werde gut auf dich aufpassen.«

Sara ließ das Schloß des Koffers zuschnappen und hob ihn vom Bett. Sie stellte ihn auf den Boden, ging dann durch das Zimmer zur Kommode, blickte in den ovalen Speigel und bürstete wieder ihr Haar.

Warum bin ich so nervös?

Sie wischte sich mit dem Daumen etwas Lippenstift von ihrem

Kinn. »Mom wird in Liam vernarrt sein. Sie erliegt garantiert diesem irischen Charme. Und Frank und Laurie werden ihn auch mögen.

Frank, ihr ältester Bruder. Wie alt ist Frank jetzt? Sie mußte nachrechnen. Fünfzehn Jahre älter als Sara. Er war also neununddreißig. Frank war schon Teenager, als Sara geboren wurde. Wir hatten nie eine besondere Beziehung, dachte Sara sehnsüchtig. Für mich war er immer mehr wie ein zweiter Vater als wie ein Bruder. Und seine Frau, Laurie, hatte immer ein bißchen distanziert gewirkt.

Sie warf einen Blick auf die Nachttischuhr. Liam mußte jede Sekunde da sein. Sie faßte den Koffergriff in der Absicht, ihn zur Eingangstür zu tragen – als das Telefon klingelte.

»He –!« Beruhige dich, befahl Sara sich. Du bist ja fast aus den Schuhen gesprungen.

Sie durchquerte den Raum und nahm den Hörer ab. »Oh, hi, Mary Beth. Ich wollte gerade gehen. Du weißt schon. Zum Flughafen. Muncie, wir kommen. Ich ...«

»Der Flughafen kann warten«, unterbrach Mary Beth. »Ich brauche jemanden zum Meckern.«

Sara schaute wieder auf die Uhr. »Wau. Du klingst großartig.«

»Diese Morde werden mich noch umbringen!« jammerte Mary Beth.

Sara hielt den Hörer ein paar Zentimeter vom Ohr weg. »War das eine Art Witz oder so?«

»Ich mache keine Witze«, erklärte Mary Beth. »Das Telefon klingelt ständig. Ich muß mein Büro – dieses winzige Loch – vor Fotografen verbarrikadieren – kannst du dir das vorstellen? Und Reporter von überall. Heute nachmittag waren zwei Fernsehteams da. Beide kamen gleichzeitig und begannen darüber zu streiten, wer als erster die Tatorte filmen dürfte!«

»Das verstehe ich nicht. Warum kommen die alle zu dir?«

»Weil ich die Mediendirektorin des Colleges bin – erinnerst du dich? Aber das ist einfach wahnsinnig! Es sollte ein ruhiger, kleiner unwichtiger Job sein. Ich sollte Videos machen, die zeigen, wie aufregend der Campus ist, und nette kleine Prospekte machen.

Und statt dessen habe ich Reporter, die mir Mikrofone vor die Nase halten und mich fragen, wer *meiner* Meinung nach diese armen Frauen ermordet hat! Und … und …«

»Beruhige dich doch, Mary Beth. Zumindest …«

»Ich muß einfach raus und mich erholen. Wirklich. Ich bin so fertig, Sara. Ich plappere wie eine Idiotin. In meinem Kopf dreht sich alles. Ich muß auftanken. Fliege morgen nach Indiana. Komm, wir treffen uns im Pitcher – okay?«

»Was? Das ist doch nicht dein Ernst! Du kennst meine Mutter. Wahrscheinlich steht sie schon in der Haustür und wartet auf mich! Liam und ich müssen …«

»Ich möchte mit dir auch über Liam reden. Ich freue mich sehr für dich. Wirklich. Aber ich möchte nicht, daß du dich in etwas stürzt …«

»Mary Beth – wir können darüber jetzt nicht reden. Ich bin schon spät dran. Und …«

»Du weißt doch eigentlich überhaupt nichts über Liam, Sara.«

»Ich weiß nur, daß er ein wundervoller Mann ist und daß es der richtige Zeitpunkt ist. Das weiß ich. Es ist der richtige Zeitpunkt. Aber ich habe keine Zeit …«

»Darum müssen wir uns ja treffen. Uns treffen und über alles reden. Sara, du hast ja keine Ahnung, was auf dem Campus los war.«

»He, das weiß ich. Ich bin auch auf dem Campus, wie du dich erinnerst. Ich höre Leute darüber reden, welche Angst sie haben, wie sie …«

»Nein. Ich meine im Verwaltungsgebäude. Alle sind einfach zu Tode erschreckt. Und diese Reporter und Fernsehleute kommen an wie … wie Heuschrecken. Zum Glück wurde beschlossen, einige an Milton zu verweisen. Von morgen an. Ich meine, sie wußten, daß ich nicht mit all denen fertig werden würde. Diese Fernsehleute sind verrückt. Sind alle so aufgeblasen. Als sei es der Super Cup oder so was. Da Milton der Dekan der Studenten ist, werden sie …«

Sie hielt plötzlich inne und wechselte das Thema. »He, Sara, du arbeitest doch für Milton, stimmt's? Hast du je das Gefühl gehabt, daß er so eine Art Lustmolch ist?«

Sara kicherte. »Ja. Irgendwie. Er sieht einem nie ins Gesicht. Er schaut immer ...«

»Ja. Richtig. Und er tut es auch nicht gerade unauffällig. Heute morgen mußte ich mich bücken, um meinen Schuh zuzubinden, und er ...«

»Hör zu, Mary Beth, es tut mir leid. Ich muß wirklich los. Wirklich. Kann ich dich später anrufen? Aus Indiana?«

»Nein, das glaube ich nicht. Ich hoffe, ich werde zu dem Zeitpunkt nicht mehr zum Reden in der Lage sein. Vielleicht rufe ich Eric an. Er weiß immer, wie er mich entspannen kann. Ha ha!«

»Mary Beth ...«

»Es ist ein Alptraum gewesen, Sara. Ein wirklicher Alptraum. Aber geh nur. Sag deiner Mutter, ich lasse grüßen. Ruf mich an, wenn du zurück bist – okay?«!

»Okay. Tschüß.« Sara legte den Hörer auf und warf wieder einen Blick auf die Uhr.

Es klingelte an der Tür.

Sara sprang auf, obwohl sie darauf gewartet hatte. Sie eilte zur Eingangstür. »Liam! Er ist früh dran!«

Sie riß die Tür auf. »Liam – ist das Taxi –?«

Kein Liam.

Niemand da? Spielte ihr jemand einen Streich?

Schritte am Ende des Korridors.

Sie wollte schon die Tür schließen, als sie die Schachtel auf der Fußmatte entdeckte. Eine silberne Geschenkschachtel mit weißem Band und Schleife.

»Wie?« Ein Geschenk von Liam?

Aber er weiß, daß wir in Eile sind.

Es *kann* also *nicht* von Liam sein. Aber von wem dann?

Ein letzter Blick auf den langen, leeren Korridor. Dann trug sie das Geschenk mit beiden Händen in das Appartement, eine große, aber sehr leichte Schachtel.

Sie stieß die Wohnungstür heftig hinter sich zu. Ließ sich auf die Couch fallen, mit der Schachtel auf ihrem Schoß. Löste die Schleife. Nahm den silbernen Deckel ab. Nahm mehrere Lagen Seidenpapier heraus.

»He.« Was war das?
Vier wollige weiße kleine Puderquasten?
So süß aussehend.
Sie ergriff eine davon mit den Fingern. So warm.
Sie hielt sie näher, um sie zu betrachten.
Und begann zu schreien.

27

Das wattige Ding fiel ihr aus der Hand. Fiel zurück in die Schachtel.

Knochen und Knorpel ragten vom Boden auf.

Rosa Flecken auf dem Seidenpapier. Blutflecken, warm und feucht.

Ihr Schrei endete in einem Zittern. Sie schubste die Schachtel über den Tisch.

Die vier Kaninchenpfoten stießen aneinander. Wieder sah sie das geronnene Blut und gelben Knorpel unter dem wolligen Pelz. Sie schüttelte ihre Hand, als versuche sie damit das Gefühl des Fußes wegzuschütteln, den sie gehalten hatte.

Noch warm.

Er hatte sich noch warm angefühlt. Dem Tier abgerissen, wurde ihr klar, und sie schluckte heftig. Alle vier Kaninchenpfoten abgerissen – nicht abgeschnitten. Knorpel und Adern baumelten von dem befleckten Fell.

»Iiiiiih!« Ein Stöhnen entrann ihrer Kehle. »Wie krank.«

Und dann sah sie den Umschlag. Einen kleinen, rechteckigen weißen Umschlag, wie der Umschlag einer Grußkarte, der in dem Seidenpapier seitlich in der Schachtel steckte.

Ich sollte ihn dort lassen, sagte Sara sich. Sie starrte den Umschlag an, bis er verschwommen wirkte. Ich sollte ihn dort lassen und die Polizei anrufen.

Sie blinzelte. Sie sah den Umschlag wieder deutlich neben den vier pelzigen Pfoten. Sie griff mit zitternder Hand nach dem Umschlag und wandte sich von dem ekelhaften Anblick ab.

Ein Klecks von rosa Blut auf der Rückseite des Umschlags. Sie riß ihn auf. Zog eine kleine Karte heraus, die schwarz liniert war. Hielt sie mit beiden Händen, um ihr Zittern zu unterbinden, und las die Worte, die mit roter Tinte sauber in Druckbuchstaben geschrieben waren:

WENN DU LIAM HEIRATEST, WIRST DU ALLES GLÜCK BRAUCHEN, DAS DU BEKOMMEN KANNST.

Sara zerknüllte die Notiz in ihrer Hand, einer Hand, die plötzlich kalt und feucht war. Sie holte tief Luft. Schloß die Augen und versuchte zu denken.

Wer hatte dies geschickt? Wer?

Chip?

Die geflüsterten Telefonanrufe – und jetzt dieses kranke, ekelhafte Geschenk. Ist Chip so völlig durcheinander, daß er ein lebendes Tier zerreißen würde, um mir Angst zu machen?

Nein. Er kann es nicht sein.

Er war es nicht.

Aber ...

Ohne es zu bemerken, hatte Sara den Telefonhörer abgenommen. Sie hatte Mühe, den grauen Notizblock neben dem Telefon klar zu sehen, auf den sie Liams Nummer geschrieben hatte.

Ich habe sie so oft gewählt, daß ich sie jetzt auswendig wissen müßte, schalt sie sich. Ist er noch da, oder ist er bereits mit dem Taxi auf dem Weg hierher?

Sie wählte die Nummer, und ihr Herz klopfte heftig. Es schlägt so schnell wie das eines Kaninchens, dachte sie. Eine Welle von Übelkeit stieg in ihrer Brust hoch, schnürte ihr die Kehle zu.

Dreimal Läuten. Dann: »Hallo?« Liam klang atemlos.

»Liam, ich bin es. Ich ... ich ...«

»Sara, was ist los? Ich war schon aus der Tür. Ich komme doch nicht zu spät, oder?«

»Nein. Ich – Liam – es ist entsetzlich.« Sie wollte die Geschenkschachtel und ihren widerlichen Inhalt beschreiben. Statt dessen kam eine andere Frage mit schriller, angespannter Stimme: »Dieses Kaninchen von dir – Phoebe. Ist mit ihm alles in Ordnung?«

Stille. Dann lautes Atmen in ihrem Ohr. »Sara, du mußt Hellseherin sein.«

»Wie? Was meinst du damit?«

»Nun ... Phoebe geht es *nicht* gut.«

Die Überraschung traf Sara wie ein Schock.

»Sie bekam eine Art Fieber«, fuhr Liam fort. »Der Tierarzt mußte sie einschläfern. Gestern nachmittag.« Er lachte traurig auf. »Es ist komisch, wie man sich an Haustiere gewöhnen kann. Ich habe den ganzen Tag an Phoebe gedacht. Sara ... ich ... also ...«

Saras Blick fiel auf die silberne Geschenkschachtel.

»Woher wußtest du das von Phoebe?« wollte Liam wissen. »Ich hatte es nicht erwähnt. Ich wollte dir nichts verderben ...«

»Es ist einfach entsetzlich!« unterbrach Sara ihn mit einem Aufschrei. »Jemand hat mir ein Päckchen geschickt. Eine Geschenkschachtel. Mit Band und Schleife und allem. Und darin lagen vier Kaninchenpfoten. Alle blutig und warm. Sie – sie sind dem Kaninchen *abgerissen* worden, Liam. Sie waren mit Blut durchtränkt. Und ... und ...« Ein Schluchzen kam aus ihrer Kehle.

»Wann? Heute?« fragte Liam.

»Eine Nachricht lag dabei. Mit roter Tinte geschrieben«, fuhr Sara fort. »Damit wurde ich vor dir gewarnt.«

»Mein Gott. Was stand darin?«

Sie holte tief Luft. Wenn doch nur ihr Herz aufhören würde, so heftig zu schlagen. »Eine Warnung. Darin stand, ich brauchte alles Glück, was ich bekommen könnte, wenn ich dich heirate.«

Schweigen. Dann: »Ich bin entsetzt, Sara. Es tut mir so leid. Wirklich.«

»Was soll ich tun, Liam? Soll ich die Polizei verständigen?«

»Ich weiß nicht. Das sollte für uns eine so glückliche Zeit werden. Aber jemand ...«

»Wer?« wollte Sara wissen. »Wer?«

»Ich werde es herausfinden«, sagte er zu ihr. »Das verspreche ich dir. Ich werde es herausfinden. Und ich werd dem ein Ende setzen.«

28

Das weiße Holzhaus wirkte auf Sara jedesmal kleiner, wenn sie zu Besuch kam. Flecken grauen Schnees schienen auf dem rechteckigen Vorrasen wie Eisberge in einem stillen, dunklen Ozean zu treiben.

Sie faßte Liams Hand fest und drückte auf die Klingel. Ihr Atem stieg in der schweren, feuchten Luft in gelben Wolken im hellen Licht der Veranda auf.

Frank öffnete die Tür mit einem strahlenden Lächeln und mit Fältchen in den Augenwinkeln hinter der randlosen Brille. Er ist fast völlig kahl! stellte Sara fest. Sie senkte den Blick von seiner glänzenden, endlosen Stirn.

»Die reuige Schwester kehrt zurück!« erklärte Frank mit seiner hohen Stimme. Eine Umarmung für Sara. Ein männlicher Händedruck für Liam. Sie sah, daß Liam zusammenzuckte. Frank war ungewöhnlich überschwenglich.

Sie traten in den Vorraum, und der kalte Wind fegte mit ihnen hinein. Es roch gut aus der Küche. Das Haus so heiß wie ein glühender Backofen. Wie immer.

Sara versuchte die Kälte abzuschütteln. Sie sah sich rasch um, war erfreut darüber, daß noch alles gleich aussah. Die dunkel getäfelten Wände. Der grünsamtene Armsessel und die passende Couch. Die glänzende Uhr über dem Kaminsims. Picassodrucke an den Wänden – aus der Blauen Periode. Ein Schwarzweißfoto ihres Vaters, das vom Beistelltisch neben der Couch her lächelte.

Am anderen Ende des Wohnzimmers bemühte sich ihre Mutter, die wie Frank grinste, sich aus dem großen Sessel zu erheben. Laurie, Franks schlanke, hübsche Frau beugte sich, um ihr zu helfen.

»Wer immer Knie erfunden haben mag, sollte erschossen werden!« erklärte Mrs. Morgan laut. Als sie schließlich auf den Beinen war, umarmte sie Sara innig. »Dir ist kalt! Leg deinen Mantel ab.«

Auch für Liam eine Umarmung. »Willkommen in der Familie. Du bist ein schneller Arbeiter – nicht wahr?«

Sara mußte lachen. Liam wirkte sprachlos. »Du siehst Sara sehr ähnlich«, sagte er schließlich.

»Ich weiß, ich weiß. Ich könnte ihre Schwester sein.« Mrs. Morgan verdrehte die Augen. Sie stellte Laurie Liam vor.

Laurie stand verlegen da, hatte die Hände auf die Taille des kurzen schwarzen Rockes gelegt, den sie über schwarzen Leggings trug. »Wir haben schon viel von dir gehört. Von Sara. Meine Kusine hat mal einen Kurs bei dir gemacht. Vor einigen Jahren.«

Liam ginste. »Ich hoffe, ich habe sie nicht durchrasseln lassen.«

Gelächter.

Sara konnte sehen, daß Liam ihre Mutter musterte. Mom sieht mir sehr ähnlich, erkannte Sara. Mrs. Morgan trug einen weiten marineblauen Pullover über verblichenen Jeans. Ihr Haar – Saras Haar, nur mit grauen Streifen durchsetzt – war zu einem mädchenhaften Pferdeschwanz zurückgebunden. Sie weigerte sich, eine kurze ›Alte-Damen-Frisur‹ zu tragen.

Sie trug mehr Make-up als gewöhnlich, bemerkte Sara. Sie sah die Anspannung an den Wangen ihrer Mutter, als sie ein paar Schritte vorwärts machte. Die Arthritis in ihren Knien war seit dem Tode von Saras Vater sehr viel schmerzhafter geworden.

»Ich bin immer wieder überrascht, wie ähnlich Töchter ihren Müttern sehen«, erklärte Liam, während er seinen Mantel Frank reichte. »Aber Sara hat dieses wunderschöne Grübchen nicht.« Er grinste Saras Mutter an.

Ihre Hand fuhr zu ihrem Kinn. »Schön? Es hat mich immer verlegen gemacht. Du weißt ja, wenn man jung ist, will man wie alle anderen aussehen. Ich wollte es immer verdecken oder füllen.«

»Es gibt einen alten Vers aus Yorkshire«, erzählte Liam ihr. Er schloß die Augen und versuchte, sich daran zu erinnern. »Ein Grübchen im Kinn heißt leben mit Sinn. Ein Grübchen in der Wange heißt Leben suchen lange.«

Mrs. Morgan lachte. »Na ja, dann muß meins runtergerutscht sein oder so. Denn ich suche noch immer!«

Mehr Gelächter.

»Bitte – ermutige ihn nicht«, fiel Sara ein und ergriff Liams Arm. »Liam hat für alles einen albernen Reim!«

Liam warf ihr einen überraschten Blick zu. »Albern?«

Frank hielt noch immer die Mäntel in seinen Armen. »Willst du ihre frechen Bemerkungen einfach so hinnehmen?« wollte er von Liam wissen. »Bevor Sara in New York wohnte, hat sie nie so geredet.«

Noch mehr Gelächter. Nur Sara lachte nicht.

Sie knurrte Frank an. »He – wirst du irgendwann mal mit den Anspielungen auf New York aufhören? *Bevor* ich in New York wohnte, war ich böse.«

»Setzt euch doch. Steht nicht rum«, befahl Mrs. Morgan. Sie wandte sich wieder ihrem Sessel zu. »Ich wollte euch mit einem knisternden Feuer begrüßen. Aber wir haben leider keinen Kamin!«

Liam grinste Sara an. Er wußte den Humor ihrer Mutter zu schätzen. War wahrscheinlich darüber überrascht, da Sara selten versuchte, komisch zu sein.

»Du hast hier drin so gut geheizt, daß ein Feuer das Haus wahrscheinlich abkühlen würde!« erklärte Laurie.

»Ich mag es behaglich«, erwiderte Mrs. Morgan. Sie machte unter Schmerzen ein paar Schritte auf den Sessel zu.

»Mom, nimmst du noch die Medizin?« wollte Sara wissen. »Du siehst aus, als hättest du Schmerzen.«

»Das hat sie nicht daran gehindert, letzte Woche zum Dead-Konzert in Indianapolis zu gehen!« rief Frank aus, der von der Garderobe zurückkam.

»Wirklich? Ich glaub's einfach nicht!« erklärte Sara.

Frank zu Liam: »So hat sie vor New York nie geredet.«

»Einmal ein Dead Head, immer ein Dead Head«, grunzte Mrs. Morgan. »Nun hör mal, Jerry Garcia ist fast so alt wie ich!«

»So hört er sich auch an«, murrte Frank.

»Ich hätte dich und Laurie nicht als Begleitung gebraucht«, schnappte Saras Mutter scherzend. »Wenn ihr das nicht zu würdigen wißt ...«

»Doch. Es war einfach riesig, Mom«, fiel Laurie ein, wobei sie Frank stirnrunzelnd ansah. »Es war ... *furchtbar.*«

Mrs. Morgan wandte sich wieder den Neuankömmlingen zu. »Ich habe über diese Morde gelesen. Diese schrecklichen Morde auf dem Campus, Sara. Ich war so besorgt. Den Kerl hat man noch immer nicht erwischt, nicht wahr?«

Sara seufzte. Warum mußte ihre Mutter ausgerechnet zuerst auf dieses Thema zu sprechen kommen? »Nein. Er ist noch nicht gefaßt«, murmelte sie.

Mrs. Morgan machte ts – ts. »Bist du auch vorsichtig?«

»Natürlich.«

Saras Mutter schaute ihre Tochter nachdenklich an. Dann schien sie sich von ihren düsteren Gedanken zu lösen. »Seid ihr beiden hungrig? Ihr habt doch sicher nicht dieses Essen im Flugzeug gegessen? Laßt uns essen.«

Sie ergriff Saras Hand und zog sie ins Eßzimmer. »Ich habe eine kleine Überraschung. Ich habe ein Thanksgiving-Essen gemacht.«

»Mom! Warum ...?« setzte Sara an.

»Wir alle werden an Thanksgiving bei eurer Hochzeit sein – nicht wahr?« Saras Mutter grinste Liam an. »Also dachte ich, daß wir heute abend Erntedankfest feiern. Ihr wißt schon. Truthahn, Füllung und all das.«

»Das klingt wundervoll«, sagte Liam. »Fliegen macht mich immer mordshungrig.«

»Wir essen immer um sechs«, erklärte Mrs. Morgan. »Hier, im Mittleren Westen, essen die Menschen gern früh zu Abend.«

»Ich kenne die Sitten im Mittleren Westen«, erzählte Liam ihr. »Bis zu diesem Herst habe ich in Chicago gelebt.«

»Ich liebe Chicago«, schwärmte Mrs. Morgan. »Dave und ich fuhren bei jeder Gelegenheit, die wir hatten, dorthin.« Sie seufzte. »Wir haben dort unsere Flitterwochen verbracht, mit einer wundervollen Aussicht auf den See. Vielleicht solltet du und Sara ...«

»Nein, dazu werden wir keine Zeit haben«, fiel Sara rasch ein. »Uns bleiben nach der Hochzeit nur ein paar Tage, bevor das Semester beginnt.«

»Vielleicht solltet ihr zwei die Hochzeit auf den Frühling verschieben«, schlug Mrs. Morgan vor, wobei sie Blickkontakt zu Sara suchte. »Dann könntet ihr euch die Zeit nehmen, richtige Flitterwochen zu machen. Ihr hättet den ganzen Sommer ...«

Sara biß sich auf die Unterlippe. Mom war noch nie die subtilste Person der Welt gewesen, dachte sie. Dies ist ihr »cleverer« Weg, mir zu sagen, daß ich mich nicht in diese Ehe stürzen soll.

»Mom – dieser Tisch! Er ist wundervoll! Warum hast du dir all diese Mühe gemacht?« wechselte Sara das Thema. Auch sie konnte »subtil« sein.

»Laurie und Frank haben geholfen«, erwiderte Mrs. Morgan. Aber ihre Augen waren noch immer bedeutungsvoll auf Sara gerichtet.

»Das war wundervoll!« erklärte Liam, als er ins Wohnzimmer trat. Er schob einen hochlehnigen Stuhl neben Mrs. Morgans Sessel. Sara ließ sich auf das nächste Ende der Couch sinken. »Die beste Mahlzeit, die ich seit Jahren gegessen habe.«

»Liam, mit Schmeichelei erreicht man alles!« erklärte Saras Mutter, wobei sie vertraulich seine Hand tätschelte. Sie kicherte.

»Ich bin kein Schmeichler«, protestierte Liam. »Frag Sara.«

Sara verdrehte die Augen. »Du darfst ihm kein Wort glauben, von dem, was er sagt, Mom. Vergiß nicht, daß er Volksmärchen erzählt.«

»Ich habe die Geschichte genossen, die du beim Essen erzählt hast«, sagte Mrs. Morgan zu ihm. »Ich werde am Montag in die Bibliothek gehen und all deine Bücher ausleihen, Liam.«

Er dankte ihr. Er beugte sich zu ihr und sprach leise, fast flüsternd mit ihr. Bezauberte sie.

Sara bemühte sich zu verstehen, was sie sagten. »Sara war immer die Ruhige«, murmelte Mrs. Morgan. »Sie war mein Baby, aber sie wirkte immer so erwachsen.«

Durch die Worte hörte Sara das Rauschen von Wasser in der Küchenspüle. Laurie und Frank machten den Abwasch. Sara hatte ihre Hilfe angeboten, aber sie hatten darauf bestanden, daß sie mit ihrer Mutter sprechen sollte.

Sie gähnte, fühlte sich zufrieden und glücklich. »Mom, es ist so heiß in diesem Haus, daß es mich ganz schläfrig macht.«

»Ich wünschte, Gary und Rich wären hier«, seufzte Mrs. Morgan. »Ich habe mit deinen Brüdern seit Wochen nicht gesprochen. Ich hoffe, sie werden zu eurer Hochzeit kommen können.«

»Ich bin froh, daß Frank und Laurie kommen«, erwiderte Sara. »Ich weiß, daß sie normalerweise zu Thanksgiving zu ihrer Mutter fahren.«

»Es wird eine wunderschöne Hochzeit werden«, sagte Liam leise, wobei er sich dicht zu Mrs. Morgan neigte. »Die Zeremonie wird draußen stattfinden. Am Rand des Waldes, hinter dem Haus des Dekans.«

Saras Mutter reagierte mit Überraschung. »Draußen? Und das Ende November? Werden wir nicht frieren?«

»Es wird eine kurze Zeremonie sein«, versprach Sara. »Ich habe Liam gesagt, daß er verrückt ist, aber er bestand darauf ...«

Liam wollte etwas sagen. Aber er hielt inne, als eine dunkle Gestalt lautlos hinter der Couch vorschoß – und auf seinen Schoß sprang.

»Oh –!« Ein scharfer Schrei drang aus Liams Kehle.

Sara beobachtete, daß Liam steif an die Stuhllehne zurückwich. Und in entsetzter Verwunderung auf die große schwarze Katze auf seinem Schoß starrte.

»Flint – ich hatte schon überlegt, wo du dich versteckt haben könntest!« rief Mrs. Morgan aus. »Du verrückter Kater. Warum hast du dir gerade Liam ausgesucht?«

Liams dunkle Augen traten weit hervor. Er schien mit der gelbäugigen Katze einen Kampf mit Blicken auszutragen.

»Gib ihm einfach einen kräftigen Schubs«, riet Saras Mutter. »Flint weiß nicht, wie schwer er ist. Schubs ihn einfach runter.«

Liam bewegte sich nicht. Blinzelte nicht.

Der große schwarze Kater hatte seinen Kopf geneigt und starrte ihn weiter an. Er harkte mit einer Pfote über das Knie von Liams Hose.

Liam starrte darauf. Die Arme steif und hilflos zum Boden gesenkt.

Sara sah, daß die Augen des Katers sich in Liams Augen widerspiegelten. Sie sah das Entsetzen in Liams Gesicht. Sah, daß sein Kinn bebte.

»Schubs doch einfach diesen fetten Kater weg, Liam«, drängte Mrs. Morgan. »Liam? Liam? Was ist denn los mit dir?«

»Äh … Mom … es ist wirklich nichts«, erklärte Sara leise. »Liam … ist ein bißchen abergläubisch.«

29

Sara glättete ihr Flanellnachthemd, als sie Liam in dem schwach erleuchteten Korridor im Obergeschoß begegnete. Sie unterdrückte ein Lachen. Sein weiter, gestreifter Pyjama schien aus einem Film der vierziger Jahre zu stammen.

Er deutete mit seiner Zahnbürste auf das Badezimmer. »Willst du zuerst hineingehen?«

»Du brauchst nicht zu flüstern, Liebling.« Sara küße ihn auf die Wange. Dann glitt ihr Mund seitlich über sein Gesicht, bis sie seine Lippen fand.

Die Bodendielen knarrten unter ihren nackten Füßen. Sara spähte die Treppe hinunter. Das Haus war dunkel. Ihre Mutter war, wenige Minuten nachdem Frank und Laurie zu ihrem Haus gegangen waren, das nur wenige Blocks entfernt lag, in ihr Schlafzimmer im Erdgeschoß gegangen.

Sara preßte die Lippen auf Liams Ohr. »Du kannst in mein Zimmer kommen. Du brauchst nicht in dieser kleinen Kammer zu schlafen.«

Liam schüttelte den Kopf. »Nein, das denke ich nicht«, flüsterte er. Er umarmte sie fest, preßte sein Gesicht gegen ihres. Seine Wange fühlte sich sengend heiß an.

»Mom wird uns nicht hören«, flüsterte Sara. »Wirklich, Liam. Wir sind keine Teenager. Wir brauchen nicht herumzuschleichen. Sie weiß, daß wir miteinander schlafen.«

»Ich … ich würde mich unwohl dabei fühlen«, gestand er. Er grinste hilflos.

Sie lachte. Streichelte zärtlich sein Gesicht mit beiden Händen. »Manchmal bist du so seltsam und verrückt.«

»Das ist es also, was du an mir liebst.«

Sie küßte seine Oberlippe. »Mmmmm. Zum Beispiel.«

Noch ein langer Kuß.

»Tut mir leid wegen Moms Kater.«

»Er – er hat mich erschreckt.«

»Dich erschreckt? Du bist völlig verrückt.« Wieder ein Kuß. Sie zog sein heißes Gesicht mit ihren Händen zu sich herab. »Wenn ich ihn dir nicht von deinem Schoß heruntergenommen hätte, was hättest du getan?«

Er küßte sie auf die Augenlider. »Er hat mich einfach überrascht. Das ist alles. Er tauchte aus dem Nichts auf. Ich wußte nicht einmal, daß deine Mutter einen Kater hat.«

»Einen schwarzen Kater«, neckte sie. »Du magst keine schwarzen Katzen, nicht wahr?«

Er schob sie von sich. Seine Gesichtszüge waren plötzlich starr. »Gute Nacht, Sara. Träum schön.« Er drehte sich um und ging zu seinem Zimmer. Die Dielen knarrten bei jedem Schritt.

Sie lief ihm nach, faßte ihn bei der Schulter. »Du willst wirklich nicht in mein Zimmer kommen? Es tut mir leid, Liam. Ich wollte mich nicht über dich lustig machen. Einer von deinen Aberglauben. Es ist nur so, daß ... also ... du mußt doch zugeben, daß die Sache mit der schwarzen Katze ein bißchen albern ist.«

»Bis morgen früh«, flüsterte er. Er hauchte ihr einen Kuß auf die Stirn, verschwand in seinem Zimmer und schloß die Tür leise hinter sich.

»Was habe ich getan?« flüsterte Sara ihm nach, während sie ihr Gesicht ganz nah an die Tür brachte. »Wirklich. Was habe ich getan? Wo liegt das Problem?«

Als er nach fast einer Minute nicht geantwortet hatte, machte sie kehrt und stapfte zum Badezimmer.

Sara nahm sich vor, nicht sentimental zu werden, weil sie in ihrem alten Zimmer schlief. Sie schaltete das Licht aus, damit sie nicht ihre alten Poster, ihre Highschool-Fotos sehen mußte, all die Dinge, die ihre Mutter hier aufbewahrt hatte, in dem heiligen Sara-Schrein.

Ich weiß, daß ich jetzt lauter schöne, sentimentale Gedanken haben sollte, weil ich in diesem Zimmer schlafe – dem Zimmer meiner Kindheit –, zum letzten Mal als alleinstehende Frau, dachte Sara.

Aber ich bin einfach zu müde. Und verärgert über Liam. Liam und sein dummer Aberglaube. Und ich will nicht zu weinen anfangen und meinen alten Panda-Teddy umarmen und mich wie eine Fünfjährige verhalten.

Ich wünschte, Dad wäre hier, dachte sie, während sie das Kissen unter ihrem Kopf zurechtschob. Daddy, ich vermisse dich so. Ich wünschte, ich könnte mit dir reden. Ich wünschte, du könntest Liam kennenlernen. Du würdest ihn mögen, Daddy. Er ist ganz anders als du. Aber du würdest ihn dennoch mögen.

Mit Gedanken an ihren Vater fiel sie in einen tiefen, traumlosen, kindlichen Schlaf.

Sie erwachte durch einen Aufschrei – durch Hilferufe.

Saß senkrecht in ihrem schmalen Bett. Die Augen weit aufgerissen. Das Herz wild klopfend.

Hörte die Schreie. Unten.

»Mom?«

Sara warf die Decke beiseite. Sprang aus dem Bett. Zog das Nachthemd herunter und eilte über den schmalen Korridor zur Treppe. »Mom? Mom?«

Sie sah, daß Liam aus seinem Zimmer geeilt kam. Den Pyjama zerknittert, das Haar zerzaust. Er rieb sich die Augen. Dann stürzte sie die Treppe hinunter, folgte den Schreien ihrer Mutter in die Küche.

Graues Morgenlicht fiel durch die Küchenfenster. Sara sah die dunkle Pfütze auf dem Boden. Dann den weichen Haufen zu ihren Füßen. Daneben eine schwarze Garnkugel.

Die Augen noch immer halb geschlossen, dachte Sara zuerst, ihre Mutter habe einen schwarzen Pullover fallen lassen.

Aber dann sah sie die vier steifen Pfoten, die aus dem Haufen ragten.

Und dann erkannte sie, daß der schwarze Garnball ein Katzenkopf war.

»F-Flint«, stammelte ihre Mutter und deutete auf den schwarzen Fellhaufen. Sie blinzelte fortwährend, als glaube sie nicht, was sie sah, als versuche sie, das schreckliche Bild wegzublinzeln.

»F-Flint.«

Saras Knie wurden plötzlich weich. Sie griff nach der Resopal-Arbeitsplatte, um sich daran festzuhalten.

Der Kopf des Katers war eindeutig abgerissen worden. Der pelzige schwarze Leib durchtränkt in einer Lache seines eigenen Blutes. Ein Gewirr von roten Adern breitete sich aus dem klaffenden Hals.

»F-Flint.«

»Was ist passiert?« Liam kam in die Küche gerannt. Seine nackten Füße klatschten auf dem Linoleum, als er neben Sara eilte.

Sara ergriff seinen Arm. »Es ist Moms Kater. Er ...«

»Jemand hat Flint getötet«, brachte Mrs. Morgan heraus und starrte auf den runden Kopf.

Liam stieß ein bestürztes Stöhnen aus. Er bewegte sich schnell durch den Raum und hockte sich neben den Kadaver. Er betrachtete den Körper. Dann wanderte sein Blick über die Blutlache zum Kopf.

»Ein Tier«, murmelte er. Er erhob sich, schüttelte den Kopf. »Ein Waschbär vielleicht. Oder ein großer Hund.« Er streckte einen Arm aus. »Seht nur. Die Hintertür steht weit auf.«

Mrs. Morgan keuchte, hob beide Hände ans Gesicht. »Die Tür?«

Alle drei starrten auf die offene Tür.

Saras Mutter wandte sich an Liam. »Aber glaubst du wirklich, daß ein Tier durch die Hintertür gekommen ist, Flint getötet hat und wieder aus der Tür hinausgegangen ist?«

Liam nickte. Seine Miene war düster. »Was *sonst* könnte es gewesen sein?«

30

Liam trat in den verspiegelten Korridor, um seine schwarze Fliege zurechtzurücken. Er hörte Gelächter aus dem Eingangsraum, das Rascheln von Mänteln, das Klackern hoher Absätze auf dem Holzboden.

Als er sich zu dem Spiegel vorbeugte und seine Fliege betastete, sah er kurz Margarets Spiegelbild. Sie trug einen cremefarbenen Rock und eine weiße Spitzenbluse mit hohem Kragen unter einer offenen cremefarbenen Jacke. Angespannt stand sie im Türrahmen des Korridors, eine Hand in der Jackentasche, dann neben sich, dann das gelbweiße Sträußchen zurechtrückend, das an ihr Revers gesteckt war.

Margaret, du bist so nervös wie der Bräutigam, dachte Liam. Ein Lächeln huschte kurz über sein Gesicht, fast wie ein Zucken. Ich fühle mich völlig ruhig. Jetzt, wo die Hochzeit beginnt, viel ruhiger.

Er hörte neue Stimmen im Wohnzimmer. Die Haustür schlug. Laute Begrüßungen. Stimmen, die er nicht kannte.

Er hatte eine kleine Hochzeit gewollt. Vier oder fünf Personen allenfalls. Gerade so viel, wie gesetzlich vorgeschrieben war. Und gerade so viel, daß es für Sara romantisch war.

Aber Sara hatte auf einer richtigen Hochzeit bestanden. Sie mußte ihre Familie einladen, ihre Mutter, ihre Brüder und Cousins, ihre Freunde von der Highschool und vom College.

Er war Miltons Idee gewesen, in seinem Haus zu feiern. Und Sara hatte die Gelegenheit genutzt. »Was für eine wunderschöne Kulisse! Welch herrlicher Platz, um unser gemeinsames Leben zu beginnen! So romantisch!«

Romantisch.

Liam klopfte auf die Tasche seines Smokings und tastete nach der Haarnadel, die er Sara schenken wollte. Der College-Geistliche hatte sich bereit erklärt, die übliche Zeremonie durchzuführen. Das war Sara recht. Aber Liam wollte all dem eine besondere Note geben.

Er dachte über das Telefongespräch nach, das sie am Abend zuvor geführt hatten. Sara hatte so nervös geklungen, wie ein Schulmädchen. In der Umgebung ihrer Familie war sie wieder das Baby.

Er hatte unter dem Vorwand angerufen, er wolle sich vergewissern, ob sie ruhig und fröhlich sei. Seine wahre Absicht aber war gewesen, daß sie für die Gegenstände gesorgt hatte, etwas Altes, etwas Neues, etwas Geborgtes und etwas Blaues. Und um dafür zu sorgen, daß sie vor ihm in Miltons Haus war, damit er sie vor der Hochzeit weder sah noch mit ihr ging.

Keine Schnitzer, sagte sich Liam. Keine Schnitzer. Ein ernstes Versprechen.

Aber dann hatte es Probleme mit Mary Beths Auto gegeben. Sie kam zu spät. Hatte vor Miltons Haus gehalten – Sara bei sich – nur Sekunden, nachdem Liam und Margaret eingetroffen waren. Eine schöne Freundin war das!

Liam hatte stumm geflucht und den Blick abgewendet – rechtzeitig? – während Mary Beth sich entschuldigte. Ihr Atem war Rauchsignalen gleich zum hinreißend blauen Nachmittagshimmel aufgestiegen. Liam hatte sich abgewandt, als Mary Beth Sara und ihr Brautkleid in das Haus brachte.

Keine Schnitzer.

Liam warf Margaret im Spiegel wieder einen Blick zu. Sie war noch immer allein, setzte ihr Lächeln auf.

Keine Angst, Margaret, wir haben's fast geschafft, dachte er. Es wird alles gut werden. Wenn ich's nur schaffen würde, diese Fliege zu binden.

Ein schwerer Schlag auf Liams Schulter vereitelte seine Bemühungen. »Ich habe nach dir gesucht, Liam«, dröhnte Milton, der wie ein stolzer Vater grinste. »Wie geht es dem Bräutigam?«

»Nicht schlecht.« Liam erwiderte das Lächeln. In seinem glänzenden schwarzen Frack sah Milton wie eine Romanfigur von Dickens aus. Liam hätte ihn am liebsten mit »Squire« angesprochen.

»Laß mich dir dabei helfen.«

Bevor Liam protestieren konnte, hatte Milton seine dicken Finger in die Schleife gesteckt. »Milton, bitte ...«

»Ist kalt da draußen«, berichtete Milton, der Liams Unbehagen nicht zu bemerken schien. »Ist noch nicht zu spät, die Zeremonie nach drinnen zu verlegen, mein Freund.«

»Es ist kalt, aber schön«, beharrte Liam. »Ein klarblauer Himmel. Sonnenlicht funkelt auf den verschneiten Bäumen. Das ist viel romantischer.«

»Okay, okay.« Milton zupfte noch einmal abschließend an der Schleife und trat zurück, um sein Werk zu bewundern. »Perfekt. Du bist ein glücklicher Mann, Liam. Ich beneide dich. Das tue ich wirklich.«

Ich *weiß*, daß du das tust, dachte Liam humorlos. »Es war sehr nett von dir, uns dein Haus zur Verfügung zu stellen«, sagte er. »Die schönste Kulisse, die ich mir vorstellen kann.« Und dann fügte er hinzu: »Auch Sara ist ewig dankbar dafür«, worauf Miltons Lächeln noch breiter wurde.

Er wischte eine Fluse vom Revers von Liams Smoking. »Von deiner Familie ist heute niemand hier?«

»Nein. Keine Familie«, erwiderte Liam leise. »Meine Mutter starb, als ich zwölf war. Bevor Margaret und ich nach Amerika kamen.«

»Und dein Vater ...?«

»Mit ihm habe ich seit Jahren nicht gesprochen. Margaret und ich – irgendwie sind wir vor ihm davongelaufen. Wir – wir mußten fliehen. Wir sind nach Amerika gegangen und haben seitdem von Dad nichts mehr gehört.«

»Ich bin ... das tut mir leid«, sagte Milton ernst. Er warf einen Blick auf seine Armbanduhr. »Ich werde wohl besser alle hinausgeleiten. Das Streichtrio von der Musikhochschule ist da. Die sind schon hinten im Wald. Ich möchte nicht, daß ihnen die Saiten einfrieren!« Er entfernte sich schwerfällig.

Liam blieb in der ruhigen Sicherheit des verspiegelten Korridors. Er konnte hören, wie Milton alle zusammentrieb und dann hinausgeleitete. Stimmgewirr neben dem Rascheln von Mänteln. Liam überlegte, wie es Sara gehen mochte. Sie und Mary Beth hatten sich in Miltons Schlafzimmer einquartiert, bereiteten Saras Auftritt vor.

Sie wird eine wundervolle Braut sein, dachte Liam sehnsüchtig.

Er warf einen letzten Blick auf die Fliege. Fast gerade. Dann stieß er ein leises Keuchen aus, als er seine Augen im Spiegel sah.

Blau.

Seine Augen waren blau. Nicht braun.

»Nein – bitte!« bettelte er laut. »Bitte!«

Er blinzelte einmal. Zweimal. Mehrere Male rasch.

Noch immer blau.

»Nein – nicht heute! Bitte!« bettelte er.

Seine Worte wurden durch die fette Zunge abgeschnitten, die von allein aus seinem offenen Munde schoß.

Die Zunge, purpurn wie eine Qualle und am Ende gezackt, entrollte sich. Liam wankte zurück, als sie, jetzt fast einen Meter lang, zu der verspiegelten Wand schnellte. Sie war fett wie eine Salami, zerfurcht und verschmiert, spie aus seinem offenen Mund. Schlug feucht auf den Spiegel.

Nein! Bitte – nicht heute! Nicht jetzt!

Er rang nach Atem.

Nicht jetzt! Nicht jetzt!

Die Zunge wand und schlängelte sich wie der Tentakel eines Oktopus.

Geh zurück! Geh zurück – bitte!

Schritte. Er drehte sich um und sah Milton durch das Wohnzimmer gehen, zu ihm zurückkommen.

Die schwere purpurne Zunge glitt schnell zurück, würgte Liam, während sie sich einrollte. Während er entsetzt keuchte, verdunkelten seine Augen sich zu einem Braun.

»Liam!« rief Milton aus. »Was machst du hier im Korridor? Alles in Ordnung?«

Liam zuckte die Schultern. Er zwang sich zu einem Lächeln. »Einfach nur Bammel vorm Hochzeitstag, denke ich.«

TEIL FÜNF

31

»Ich kann's einfach nicht glauben, daß ich endlich einen guten Mann gefunden habe!« schwärmte Sara. »Nein. Vergiß das. Einen perfekten Mann.« Sie wirbelte fröhlich herum, ließ den Spitzenschleier hinter sich schweben und sah wie eine glückliche Braut aus.«

»Sara – steh still!« schalt Mary Beth. »Der Schleier saß perfekt. Jetzt hast du alles versaut.«

Sara kicherte. Ein untypisches Geräusch. »Sag an meinem Hochzeitstag nicht ›versaut‹.«

Mary Beth öffnete ungläubig den Mund. »Wie? Warum nicht?«

»Das bedeutet Unglück.« Saras Augen blitzten unter dem hauchdünnen weißen Schleier.

Mary Beth stöhnte. »Jetzt fängst du auch schon so an wie Liam.«

Sara trat an das Fenster. »Ich möchte, daß alles perfekt ist. Ich hatte soviel Pech mit Männern. Aber jetzt habe ich Liam gefunden. Es ist so gut und so freundlich und so ... so *brillant.* Und er kümmert sich soviel um mich. Ich weiß, daß es dieses Mal richtig ist. Ich werde dafür sorgen, daß alles richtig ist. Ich werde dafür sorgen, daß alles perfekt ist!«

Mary Beth applaudierte. »Nachdem du jetzt deinen Hochzeitstoast ausgesprochen hast, wie wär's mit der Hochzeit?«

»Oh, mein Gott!« Sara schlug die Hände vors Gesicht, während sie aus dem Fenster starrte. »Die sind ja alle schon draußen. Sie warten.«

»Frieren sich den Arsch ab«, fügte Mary Beth hinzu. Sie eilte Sara hinterher. »Warte! Ohne dich fangen die nicht an! Wirklich!«

Es hatte am Tag zuvor geschneit, weniger als drei Zentimeter, aber genug, um den Boden mit einem glänzenden weißen Teppich zu bedecken und die Bäume glitzern zu lassen, als seien sie mit Diamanten behängt.

Sara trat in das Sonnenlicht, geblendet von der Helligkeit, weiß auf weiß und so strahlend, so strahlend.

Es war alles so wunderschön, so prickelnd wunderschön, daß ihr die Tränen in die Augen traten. Und als sie Liam sah, der auf sie wartete, so dunkel und so stattlich in einem Smoking, die Fliege leicht verrutscht, als sie sein Haar im Wind flattern sah, als sie ihn lächeln und seine Hand zu ihr ausstrecken sah, hätte sie am liebsten aufgeschrien, geschluchzt und geweint vor Glück, vor lauter Freude.

Der Geistliche war ein kleiner, kahler, pausbäckiger Mann, der sie an einen Schneemann erinnerte. Dazu fehlten nur eine Maiskolbenpfeife und zwei Augen aus Kohlen. Er trug eine Bibel in einer Hand, öffnete sie aber nicht. Er lächelte die ganze Zeit, während er redete. Seine Worte wurden vom Wind fortgetragen.

Der Pulverschnee wirbelte um Saras Knöchel. Die Kälte war durchdringend. Sie schaute in Liams braune Augen. Darin fing sich das Sonnenlicht und funkelte sie an.

Der Geistliche, der die ganze Zeit strahlte, beendete seinen Teil der Zeremonie, trat einen Schritt zurück und gab Liam ein Zeichen. Hatte er nur eine Minute gesprochen? Zehn Minuten? Zwanzig? Sara war sich nicht sicher.

Aber jetzt hatte Liam sich zu ihr gewandt. Sein Atem stieg wie weißer Rauch auf. Er zog etwas Glänzendes aus seiner Jackentasche und hielt es Sara hin.

Sonnenlicht? Ein Funkeln von Sonnenlicht in seiner Hand?

Nein. Eine goldene Nadel. Eine zierliche goldene Haarnadel.

Waren es wirklich Menschen, die ihnen zuschauten? Sara hatte sie alle vergessen. Jetzt schaute sie genauer zu ihnen, sah ihre

Mutter, ihre Brüder. Sie alle standen zusammengedrängt, hatten die Mäntel über ihre elegante Kleidung gezogen, lächelten. Blaue Schatten zu ihren Füßen.

»Sara, ich gebe dir dies«, verkündete Liam laut. Er ließ die goldene Nadel in ihre Hand gleiten und schloß dann sanft ihre Finger darum. Die Nadel fühlte sich warm in ihrer Handfläche an.

»Die Worte sind von Yeats. Aber das Gefühl ist von mir«, sagte Liam und lächelte sie herzlich an. Dann nahm er ihre Hand und rezitierte:

»Stecke dein Haar mit einer goldenen Nadel
und binde die Locken, die fallen;
ich hieß mein Herz, armselige Verse zu formen;
es arbeitete daran, tagaus, tagein,
errichtete eine traurige Schönheit
aus dem Kampf alter Zeiten.
Du brauchst nur deine perlweiße Hand zu heben
und dein langes Haar hochzubinden und zu seufzen.
Und die Herzen aller Männer werden brennen und schlagen.
Und kerzengleicher Schaum auf dem trüben Sand
und Sterne erklimmen den tautropfenden Himmel,
leben nur, um deinen flüchtigen Schritt zu erhellen.«

Stille jetzt. Sara spürte das Schweigen in ihrem Herzen. Selbst der Wind schien innezuhalten.

Die goldene Nadel umfassend, küßte sie Liams Hand.

»Ich erkläre euch jetzt zu Mann und Frau.« Die Worte schienen aus dem Nichts zu klingen.

Und dann küßte sie ihn, küßte ihn, und die Glückwunschrufe hallten von den eisfunkelnden Bäumen wider.

Perfekt, dachte sie. Es ist perfekt.

Und dann drehte sie sich um und sah Milton über den Schnee laufen. Blaue Schatten, die sich schnell bewegten. Und sie sah die Flinte in Miltons Händen, den langen, silbrigen Lauf und dann den hölzernen Schaft, so fest im Griff, sah die Flinte und Miltons grimmiges Gesicht, sah ihn die Flinte an seine Schulter heben.

Keine Zeit zum Schreien. Oder Ducken. Oder Verstecken.
Keine Zeit.

32

Ein schriller Schrei von Vögeln, als die Flinte abgefeuert wurde. Das Krachen der Explosion hallte durch die Bäume, schwand hinter dem Schlagen von Flügeln.

Niemand bewegte sich.

Milton schoß wieder. Und wieder.

Sara spürte, wie ihre Knie weich wurden. Es schnürte ihr die Kehle zu.

So perfekt. Es war alles so perfekt gewesen. Und jetzt ...

Liam drückte ihre Hand. »Hab keine Angst«, flüsterte er.

»Wie?«

Ein weiterer krachender Schuß in der Luft. Die flatternden Vögel jetzt weit weg.

»Es ist ein alter Aberglaube«, sagte Liam, wobei er sich zu ihr beugte. Sein Atem heiß auf einer Seite ihres Gesichts. »Die Schüsse werden böse Geister vertreiben.«

Sara atmete unsicher aus. »Sie haben vor allem die Vögel vertrieben.«

»Flatternde Krähen«, murmelte Liam. »In den alten Zeiten versteckten sich die jungen Männer in Edinburgh hinter den Hecken. Wenn die Braut und der Bräutigam kamen, feuerten sie alle ihre Musketen in die Luft ab. Das wurde *feu de joie* genannt.«

»Liam – du hast mich zu Tode erschreckt! Ich war vor Angst fast außer mir. Warum hast du mich nicht gewarnt?« schalt Sara und gab ihm einen Schubs.

»Oh, oh.« Liam grinste. »Unser erster Streit!«

☆ ☆ ☆

Als Sara Liam küßte, spürte sie, wie seine Zunge in ihren Mund drang. Ihre Zunge berührte seine kurz, nur ein Streifen. Sie beendete den Kuß abrupt, nahm den Kopf zurück. »Liam – alle beobachten uns!«

Er lachte. Seine braunen Augen funkelten. »Ich habe ein so schüchternes Mädchen geheiratet!« Seine Hand glitt um ihre Taille.

»Ich bin nicht schüchtern«, protestierte sie verspielt. »Ich bin aus Indiana. Erinnerst du dich? Menschen aus dem Mittleren Westen halten nichts von Zurschaustellung in aller Öffentlichkeit.«

Er zog sie an sich, senkte seine Lippen an ihr Ohr. »Und was hältst du von *privaten* Zurschaustellungen?«

Sie wandte sich zu ihm und küßte ihn wieder. Verfehlte seine Lippen, fand aber seine Wange. Dies ist der glücklichste Tag meines Lebens, sagte sie sich zum hundertsten Male. Unter dem satinweißen Hochzeitskleid flatterte ihr das Herz in der Brust. Sie fühlte sich so leicht, als ob sie vom Boden aufsteigen und durch Miltons lautes, überfülltes Wohnzimmer schweben könnte. Sie fragte sich, ob sie je wieder herunterkommen würde.

Mary Beth unterbrach sie, wirbelte sie herum, hob eine kleine Kamera mit Blitzlicht. »Nur noch ein paar Aufnahmen, Sara. Du siehst so wundervoll aus.«

Sara öffnete den Mund, als es blitzte. »Mary Beth – du hast schon fünf Filme verknipst!«

Ein weiterer Blitz. Sara blinzelte, war kurz geblendet. Die Menschen um sie bewegten sich durch hellgelbe Kugeln.

Sie hörte Liam hinter sich, wie er jemand von ihren Plänen für ihre Flitterwochen erzählte. »Wir fahren hoch zu den Pines. Ich habe mir sagen lassen, da oben gäbe es ein wundervolles altes Hotel. Nur für ein paar Tage. Nein. Mehr Zeit haben wir nicht. Das Semester beginnt am Montag wieder.«

Nur ein paar Tage, dachte Sara. Aber sie werden wundervoll sein. Nur wir beide. Sonst niemand, den wir kennen. Niemand, mit dem wir sprechen werden. Paradies.

Langsam wurde ihr Blick wieder klar. Margaret tauchte aus dem Nichts auf und umarmte sie. Sie duftete nach Gardenien. Das Parfüm war scharf und durchdringend, als ob sie zuviel davon aufgelegt, darin gebadet hätte. Ihre Wange fühlte sich an der Saras heiß an. »Ich freue mich ja so für euch beide. Ich habe Liam noch nie so glücklich gesehen.«

Eine weitere Umarmung. Und dann umgab Saras Familie sie, drückte sie, schüttelte ihre Hände, berührte ihr Kleid. Sie hoben ihre Weingläser, grinsten und redeten, redeten alle auf einmal.

So wundervoll, im Mittelpunkt des Universums zu sein. Und so ungewöhnlich.

Sie sah Milton nicht. Merkte erst, daß er sie in eine Ecke getrieben hatte, als es zu spät war. Rotgesichtig, mit schwimmenden Augen und nach einem alkoholischen Getränk riechend, das stärker war als Wein. Er drängte sie zum Eingang des verspiegelten Korridors zurück.

»Wundervolle Braut«, sagte er und strahlte sie an.

»Danke, Milton.« Sie lächelte zu ihm auf. »Es war so nett von Ihnen …«

Er tätschelte ihre Schulter mit seiner großen Hand. »Wenn er Ihnen irgendwelche Schwierigkeiten macht, kommen Sie zu mir.«

Sie lachte. Milton machte doch nur Witze – oder?

»Nein. Ich meine es ernst. Falls Sie seiner überdrüssig werden. Ich meine, wenn es nicht klappt. Ich meine … also, ich weiß nicht, was ich meine.« Er schloß seine Augen für einen langen Augenblick. Als er sie öffnete, schien er klarer sehen zu können. Seine Hand massierte ihre Schulter. »Sie haben den Schlüssel noch – oder?«

»Milton …« Sie schaute an seinem breiten Körper vorbei, suchte nach Liam. Ihre Mutter fütterte Liam gerade mit Hochzeitskuchen von ihrem Teller.

Ein lüsternes Lächeln breitete sich über Miltons Gesicht. »Habe ich vergessen, die Braut zu küssen?« Und dann preßten sich seine Lippen auf ihre, feuchte, schwammige Lippen. Der Kuß zu heftig, zu bemüht.

»Ich denke, es ist Zeit für Sara und mich, aufs Pferd zu steigen.« Liam kam als Retter.

Milton wich unsicher zurück. Sein anzügliches Grinsen war

wieder da. Es galt jetzt Liam. Sara konnte noch den Geschmack seiner Lippen auf ihren spüren. Armer, einsamer Mann. Lag ihm wirklich etwas an ihr?

Heute konnte sie niemanden zurückweisen. Sie konnte niemandem böse sein, nicht an diesem Tag, dem glücklichsten Tag, dem traumhaftesten Tag, dem Traumtag, dem Tag, an dem sie durch den funkelnden, edelsteingleichen Schnee gegangen war, um Liams Frau zu werden.

»Wir sollten jetzt lieber aufbrechen, wenn wir noch rechtzeitig vor Einbruch der Nacht bei den Pines sein wollen«, sagte Liam, wobei er ihre Hand nahm. Er wandte sich an Milton. »Ich weiß gar nicht, wie ich dir danken soll.«

»Ein glücklicher Mann«, murmelte Milton. Er sagte noch etwas, aber Sara konnte ihn durch die lachenden Stimmen hinter ihr nicht verstehen.

Liam und Milton schüttelten sich die Hände. Liam wollte sie durch den verspiegelten Korridor dorthin ziehen, wo die Mäntel aufbewahrt wurden. »Oh! Meine Mutter! Meine Brüder!« Sara löste sich von ihm. »Ich muß mich verabschieden. Sie sind von so weit hergekommen.«

Weitere Umarmungen und Glückwünsche. Versprechen, besser und intensiver in Verbindung zu bleiben. Ein Lebewohl den anderen. Noch eine Umarmung von Margaret. Sara suchte nach Mary Beth, konnte sie aber nicht finden.

Liam tauchte mit ihrem Mantel auf. »Aber ich müßte doch ein anderes Kleid anziehen!« rief sie. »Ich werde frieren!«

»Ich werde die Heizung im Wagen aufdrehen«, versprach er. »Zieh dich im Hotel um. Laß uns heimlich von hier verschwinden – okay? Ich kann niemand mehr anlächeln. Mein Gesicht ist wie erstarrt. Ich kann keinen Augenblick länger freundlich sein. Wenn mir noch ein einziger Mensch gratuliert und mir erzählt, wie glücklich ich mich schätzen darf, werde ich ihn beißen. Das schwöre ich!«

Sara lachte, als er ihr in den Mantel half. »Liam – *du* – nicht freundlich und charmant? Nun sei mal ernst.«

Er hatte den Arm leicht auf ihre Schulter gelegt, als er sie durch den Korridor zur Tür führte. Aber Milton tauchte am anderen Ende auf und blockierte ihren Fluchtweg. Sara lehnte sich an Liam. Milton bewegte sich unsicher auf sie zu, streifte mit einer Hand über die verspiegelte Wand.

»Pssst. Schleicht durch diese Tür hinaus«, sagte er ihnen heiser flüsternd. »Dort entlang.« Er huschte an ihnen vorbei und führte sie grinsend zu einem schmalen Seiteneingang. Ein Hickser kam aus seiner Kehle. Er öffnete die Tür und drückte sich an die Wand, um Platz zu machen. »Ich wünsche euch schöne Flitterwochen, Kinder.« Noch ein Hickser.

Liam tätschelte Miltons Schulter, als er an ihm vorbeiging, hinaus auf den Hof an der Seite des Hauses. Sara atmete tief ein, spürte die frische Luft an ihren heißen Wangen und genoß ihre Kälte und Süße. »Liam – sieh nur – es hat angefangen zu schneien. Wie schön!«

Sie hörte, wie die Tür hinter ihnen geschlossen wurde. Liams Arm mit beiden Händen fassend, machte sie einen Schritt, dann einen weiteren auf die Vorderseite des Hauses und die Straße zu, wo Liams grüner Volvo geparkt stand.

Schneeflocken fielen leicht auf ihre Stirn und ihr Haar. Sie steckte ihre Zunge heraus, hoffte, eine davon aufzufangen.

Sie waren fast an der Vorderseite des Hauses, als sie spürte, wie Liams Arm starr wurde. Sein ganzer Körper wirkte angespannt. Er blieb so abrupt stehen, daß sie fast umfiel. »Liam ...?«

Sein Blick war starr geradeaus gerichtet, ohne etwas zu sehen. Er stand reglos da, hatte den Mund geöffnet.

»Liam ...?«

»Oh, nein.« Er stieß ein lautes Stöhnen aus. »Nein. Oh, nein.«

»Liam – was ist denn?« fragte Sara und drückte seinen Arm. »Liam – so antworte mir doch. Was *ist* denn?«

33

»Die Tür«, brachte Liam schließlich mit einem Keuchen heraus.

Sara hielt sich an seinem Arm fest und starrte zu ihm auf, in sein vor Furcht verzerrtes Gesicht.

»Die Tür. Wir sind durch die Nebentür hinausgegangen.« Er schluckte schwer.

Saras Gedanken überschlugen sich. Was war falsch daran, aus der Nebentür hinauszugehen? Was konnte daran falsch sein?

»Die Nebentür«, wiederholte Liam. Er wandte sich zu ihr, schaute sie mit schmalen Augen an, als erinnere er sich plötzlich, daß sie noch da war. »Verstehst du nicht? Man muß durch dieselbe Tür hinausgehen, durch die man hineingegangen ist. Man kann nicht durch eine andere Tür gehen.«

»Aber, Liam – wir sind bereits draußen. Was ändert das denn?«

»Alles, Sara. Das ändert alles.« Traurigkeit in seiner Stimme. »Wir sind durch die Vordertür hineingegangen. Wir müssen durch die Vordertür hinausgehen.«

»Oh, Liam – manchmal ist dein Aberglaube aber wirklich völlig verrückt!« rief sie. Sie klammerte sich an ihn, versuchte es leicht zu nehmen, wunderte sich, warum er so betroffen sein konnte, so … erschreckt. »Muß ich mir jeden Tag darüber Gedanken machen, durch welche Tür ich hinein- und hinausgehe, wenn wir zusammen leben?«

Er schien sie nicht zu hören. Seine Augen noch immer wild, seine Gesichtszüge ernst und düster, nahm er ihre Hand und zog sie, gegen den fallenden Schnee gebeugt, zurück zum Haus. »Wir werden wieder hinausgehen«, murmelte er, jetzt zu sich selbst. »Es wird gut sein. Wir werden durch die Vordertür hineingehen und wieder hinausgehen. Es wird absolut perfekt sein.«

»Ohhhh. Ohhhhh.«

Liam fühlte sich so leicht auf ihr an. Sie schlang ihre Arme um seinen Hals und preßte sein heißes Gesicht an ihre Brust.

»Ohhhhh. Ohhhhh.«

So ein wundervoller Liebhaber. Sie hob ihre Beine, schlang sie um seinen Rücken, versuchte ihn näher, tiefer zu ziehen. Sie wollte ihn einhüllen, ihn in sich einhüllen. Sie wollte ihn näher. Näher.

Fester jetzt. Sie hielt ihn ganz fest, klammerte sich an ihn, zog ihn hinunter, wiegte sich mit ihm. Seine Augen waren geschlossen. Seine Lippen bewegten sich in einem Flüstern. Eine Sprache, die sie nicht verstehen konnte.

»Ohhhhhh.«

Die Kerzen züngelten und flackerten. Ihre Flammen bewegten sich von einer Seite zur anderen, als wiegten sie sich mit ihnen. Genau sechzehn weiße Kerzen. Liam hatte sie aus seiner Tasche genommen, sie sorgfältig in ihrem Hotelzimmer verteilt, einem zugigen Raum, dunkel und verblichen, aber behaglich mit seiner tannengrünen Tapete, schweren dunklen Holzmöbeln und einem kalenderbildgleichen Gemälde der verschneiten Alpen über dem Kopfende des Bettes.

»Warum sechzehn?« hatte sie gefragt, noch immer ausgelassen, noch immer aufgeregt an ihrem Hochzeitstag. Die ekstatische Braut, überhaupt nicht müde durch die lange Fahrt durch den fallenden Schnee zu dem alten Hotel. Sie beobachtete sein Gesicht, seine konzentrierte Miene, die dunklen Augenbrauen über den intensiv braunen Augen gefurcht. So ernst. »Warum nicht hundert Kerzen? Warum nicht eintausend?«

Er lächelte nicht. »Sechzehn ist eine Zahl der Kraft, Sara. Sechzehn ist die vierte Kraft.«

Sie folgte ihm zu der Kommode, wo er die silbernen Kerzenleuchter aufstellte. »Die vierte Kraft? Bin ich deine vierte Frau?«

Komm schon, Liam. Scherze mit mir. Schau nicht so ernst drein.

Aber seine Gesichtszüge blieben konzentriert. Er ignorierte ihre Frage. »Menschen haben sechzehn Zähne in jedem Kiefer. Glaubst du, das sei ein Zufall?«

»Was?«

»Zimmerleute lassen sechzehn Zoll Abstand zwischen den Nägeln in den Wänden eines Hauses.«

Sie ließ ihre Hand über die Vorderseite seines Hemdes gleiten. »Du kannst heute nacht *mein* Nagel sein.«

Es war kein typischer Sara-Scherz. Als sie es gesagt hatte, spürte sie, daß ihre Wangen heiß wurden. Aber er reagierte nun. Er drückte die letzte Kerze in ihren Halter und richtete seinen Blick auf sie. »Wir müssen uns lieben, bis die Kerzen heruntergebrannt sind.«

Sie küßte seine Wange und kicherte. »Ich bin bereit, wenn du es bist.«

Er lächelte noch immer nicht. Seine Arme glitten um ihre Taille. Er zog sie an sich und küßte sie mit überraschender Eindringlichkeit.

Dann flüsterte er, und dabei kitzelte sein warmer Atem ihr Ohr. »Ich will ein Kind, Sara. Jetzt gleich. Ich möchte, daß wir ein Kind haben. Ein wunderschönes Kind. Möchtest du auch eins?« Er preßte seine Wange an ihre, bis ihre Haut an seiner brannte.

Seine Worte überraschten sie nicht. Sie hatte sie erwartet, darüber nachgedacht, darauf gewartet, daß er sie aussprach, hatte seit Wochen an ein Kind gedacht, sein Kind. Ihr Kind.

»Liam, ich möchte, was du möchtest.«

Ein Freudenschrei kam über seine Lippen. Er küßte sie wieder, küßte sie so voller Gefühl.

Er brauchte mehrere Minuten, um die Kerzen zu entzünden. Er weigerte sich, Sara dabei helfen zu lassen. Sie beobachtete, wie er vor sich hin murmelte, während er das Streichholz an jeden Docht hielt. Sang er?

Sie liebten sich zum ersten Mal, bevor sie völlig ausgezogen waren. Unter leisen Schreien zerrten sie aneinander, prallten, drängten sich atemlos aneinander, mit einer Intensität, die Sara überraschte. Sie hatten sich viele Male geliebt, wurde Sara klar, aber es war niemals so *physisch* gewesen.

Es endete schnell. Die sechzehn Kerzen als Zeugen hatten kaum zu schrumpfen begonnen.

Noch immer in ihr, senkte Liam sich auf sie und preßte seine Lippen an ihr Ohr. »Ich bin jetzt so glücklich, Sara.«

Die geflüsterten Worte ließen einen Schauer durch ihren Körper rinnen.

Als sie zu einer Antwort ansetzte, bedeckte er ihren Mund mit wilden Küssen.

Augenblicke später liebten sie sich wieder. Langsam jetzt, mit einer gemesseneren Leidenschaft. Schatten spielten an der hohen Decke, während die Flammen der Kerzen mit ihnen tanzten. Sara klammerte sich an Liam, bewegte sich mit ihm, lauschte dem leisen Summen und Zischen seiner melodischen, gemurmelten Worte.

»Liam – ist das Gälisch?« flüsterte sie.

Er setzte seinen leisen Gesang fort, bewegte sich auf ihr, in ihr, die Augen geschlossen, seine Lippen zu einem Lächeln verzogen.

»Ist das Gälisch? Es ist so wunderschön. Was singst du, Liebling?«

Er schien sie nicht zu hören.

34

Garrett blickte von seinem Rätsel auf, als die Tür des Einsatzraumes geöffnet wurde.

LOKNORTLE. Das sollte ein einfaches Wort sein. Aber es war schwer, sich zu konzentrieren. Seine Gedanken wanderten wieder zum Morgen zurück, zu seinem Streit mit Angel.

Streit? Nein. Tirade? Ja.

Und natürlich hatte Angel recht. Das machte Garrett immer noch wütender. Er hatte wirklich nicht viel Zeit mit Martin verbracht. Und auch für Angel hatte er nur wenig Zeit gehabt.

Aber gönn mir doch eine Pause, dachte er. Wie wär's, wenn du mir einfach etwas Luft läßt, da du doch siehst, daß ich drei Morde habe, die darauf warten, aufgeklärt zu werden? Es ist doch nicht so, daß ich alleine ausgehe oder mich allein vergnüge oder nachts schlafe. Ich habe keinen einzigen Augenblick, ich bin nicht einmal fähig, auch nur eine Mahlzeit zu mir zu nehmen oder klar zu denken oder einfach dazusitzen und zu versuchen, klar zu denken, oder – oder …

Ruhig, Mann.

Du wirst alles in Ordnung bringen. Du wirst alles auf die Reihe bekommen.

LOKNORTLE.

Loknortle. Es klang wie eine Art Frühstücksfleisch.

Das ist es, Garrett. Bleib cool. Bewahre die Kontrolle.

Kontrolle.

Das ist das Wort!

Er ergriff den Bleistift und schrieb die Buchstaben in die kleinen Kreise, als Ethan eintrat, die Mütze tief über seinen kahlen Schädel gezogen, der Gesichtsausdruck ernst, und einen jungen Mann in hellgelbem Pullover hereinführte.

Der junge Mann sieht wie ein Bleistift aus, dachte Garrett und klopfte angespannt mit den Fingern auf den Schreibtisch, während er ihn musterte. Der gelbe Pullover. Ein schlanker, schilfgleicher Körper. Eine kurze, braune Frisur auf einem schmalen Kopf.

Die sorgenvollen Augen, mit denen er sich blinzelnd im Raum umsah, paßten nicht zu dem Bild. Der Junge war achtzehn oder neunzehn, schätzte Garrett. Collegestudent höchstwahrscheinlich. Er musterte die Hände. Sauber, ohne Schwielen. Ja. Collegestudent. Schlechter Teint. Muß auf der Highschool Akne gehabt haben. Ein winziger silberner Stecker glänzte im rechten Ohr des Jungen.

Der Junge räusperte sich nervös. Räusperte sich nochmals.

Garrett schob das Rätsel beiseite und beugte sich über dem Schreibtisch vor.

Oh, nein, dachte er, während er beobachtete, daß der junge Mann zögerte, bevor er Ethan zum Schreibtisch folgte. Nein. Bitte. Nicht noch ein Geständnis. Nicht noch ein falsches Geständnis.

Bisher hatte es drei »Schuldige« gegeben, einen für jeden Mord. Jedes Geständnis jämmerlicher, lächerlicher als das letzte.

Was brachte diese Idioten dazu, zu gestehen? War das eine Art von Kitzel? Ein verzweifeltes Bedürfnis, Aufmerksamkeit zu wecken? Ein Grabschen nach einer krankhaften Vorstellung von Ruhm?

Überlassen wir das den Seelenklempnern, hatte Garrett entschieden. Kopfkranke. Er wollte sie einfach aus seiner Polizeistation *raushaben.* Sie nicht sehen.

»Ich habe hier was, Garrett«, murmelte Ethan. Er hatte sich angewöhnt, aus einem Mundwinkel zu sprechen, als ob er ein Stück Kautabak in seinem Kiefer stecken hätte. Garrett glaubte, daß er versuchte, hart und unbeugsam zu klingen, so wie die Bullen, die er ständig im Fernsehen sah. Aber er war dadurch nur schwer zu verstehen.

Garrett hielt seinen Blick auf den jungen Mann gerichtet, musterte sein teigiges, vernarbtes Gesicht. »Was kann ich für Sie tun, junger Mann?«

Der Junge räusperte sich wieder.

Garrett deutete auf den gradlehnigen Holzstuhl neben seinem Schreibtisch. Der Junge sank auf den Stuhl und rang seine Hände im Schoß.

»Sagt, er habe was gesehen«, setzte Ethan an. »In der Nacht des letzten Mordes.«

Ein Augenzeuge?

Garrett spürte, daß all seine Muskeln sich anspannten. Er richtete sich auf. »Wie heißen Sie?«

»Craig Kline.«

»Gehen Sie aufs College?«

Er nickte. Schob seine Hände in die Taschen seiner Jeans. »Ich bin Student im ersten Semester.«

»Haben Sie den Mord gesehen, junger Mann?«

»Nein!« Er brachte das Wort keuchend heraus. Ein schriller Protestschrei.

Garrett fuhr geduldig fort, sprach mit leiser und ruhiger Stimme, musterte die Augen des Jungen, suchte nach der Antwort auf eine Frage: Wahr oder falsch?

Jeder, der in sein Büro kam, war eine Wahr- oder Falsch-Frage. Es war die Frage, die man zuerst beantworten mußte.

»Also, was haben Sie gesehen?«

»Ich war auf dem Campus. Mittwochabend. Bin über den Circle gegangen. Ich hatte in der Bibliothek gearbeitet.« Diesen

Teil hatte er sich offensichtlich vorher überlegt. Er schien zu rezitieren.

Aber das bedeutete nicht, daß es nicht wahr war.

»Es war eine dunkle Nacht, ziemlich neblig. Ich erinnere mich daran, weil die Laternen auf dem Circle düster wirkten, irgendwie schimmernd.«

»Sehr poetisch«, kommentierte Garrett trocken. »Haben Sie Literatur als Hauptfach oder so?«

Kline errötete. »Entschuldigung.«

»Erzählen Sie Detektive Montgomery einfach, was Sie gesehen haben«, drängte Ethan. Er hatte nach dem leeren Garderobenständer neben dem anderen Schreibtisch gegriffen und lehnte sich daran.

Kline rieb sich die Nase. »Also, zuerst hörte ich einen Schrei.«

»Den Schrei eines Mädchens?« fragte Garrett.

Kline nickte. »Ja. Er war sehr laut. Aber er dauerte nicht lange. Er hörte irgendwie auf. Als sei er abgeschnitten worden.«

»Haben Sie das Mädchen gesehen?« wollte Garrett wissen.

»Nein. Ich schaute nach ihr. Ich meine, nachdem ich den Schrei gehört hatte, versuchte ich zu sehen, wer es war, woher er kam. Aber es war zu dunkel. Ich habe niemand gesehen.«

Ist er wirklich hergekommen, um mir zu erzählen, daß er nichts gesehen hat? Die Frage ging Garrett plötzlich durch den Kopf.

Geduld.

»Was geschah dann, Mr. Kline?«

»Dann sah ich einen Mann in einem Kostüm. Er rannte wirklich schnell, direkt vor dieser Reihe von immergrünen Büschen vorbei. An der Weaver Hall.«

Garrett spürte, daß sein Herz zu rasen begann. Seine Augen wurden schmal, während er den jungen Mann ansah. »Kostüm? Was für ein Kostüm?«

»Ein Monsterkostüm«, erwiderte Kline. »Er trug so eine Art Monsterkostüm. Er rannte an den Büschen vorbei, dann hinein und verschwand.«

»Wow.« Ethan stieß einen Pfiff aus. Vor Überraschung? Aus Unglauben? »Verrückt, was?«

Garrett ignorierte ihn. Er schaute Craig Kline unverwandt an. »Können Sie das Monsterkostüm beschreiben?«

Kline schluckte, gab mit trockenem Mund Geräusche von sich. »Na ja, ich konne nicht allzu gut sehen. Die Maske hatte glühende Augen, wie ich mich erinnere. Rotglühende Augen. Und sie hatte lange, spitze Zähne.«

»Und wie sah der Rest des Kostüms aus?«

»Es schien haarig zu sein. Sie wissen schon. Pelzig. Mit dunklem Fell bedeckt, glaube ich. Es war so dunkel ...« Die Stimme des Jungen versagte. Er senkte die Augen.

»Ein Kerl in einem Monsteranzug«, murmelte Ethan kopfschüttelnd.

Garrett schloß die Augen, dachte angestrengt nach. Gab es in der Stadt einen Kostümverleih? Irgendeinen Scherzartikelladen in der Nähe des Campus, wo Kostüme verkauft wurden?

Ihm fiel keiner ein.

»Ethan, kennst du irgendeinen Kostümladen? Einen Partyladen vielleicht? Einen Laden, wo Masken verkauft werden?«

Ethan umfaßte sein winziges Kinn mit einer Hand. »Na ja, der K-Markt verkauft zu Halloween Kostüme. Und einige Drugstores. Das ist alles, Chef.«

Garrett grunzte. »Überprüf sie. Und überprüfe diesen Burschen an der Tenth Street, der Kostüme für Schulaufführungen verleiht.«

Er wandte sich wieder an Kline. »Dieser Mord ist schon Wochen her. Warum haben Sie so lange gewartet, bevor Sie herkamen?«

Kline räusperte sich. Seine blaßblauen Augen wurden groß. »Ich hatte Angst, glaube ich.«

»Angst?«

»Solche Angst, das glauben Sie gar nicht. Ich meine, nachdem ich das über den Mord im Fernsehen gesehen hatte – also, ich war mir nicht sicher, ob ich das überhaupt glauben könnte.«

»Und warum sind Sie gerade heute abend gekommen?« wollte Garrett wissen. Er beugte sich näher zu ihm, ließ den Jungen nicht vom Haken, prüfend, prüfte ihn.

»Ich mußte dauernd daran denken. Ich wußte, daß ich es tun

sollte. Ich meine, ich habe Sie im Fernsehen gesehen, in den Nachrichten, wo Sie darum gebeten haben, daß sich jeder melden soll, der irgendwelche Informationen hat. Und deshalb ...«

Das war jämmerlich, erkannte Garrett. Es war immer jämmerlich, wenn ein Bulle im Fernsehen um Hilfe bitten muß.

Aber was konnte er sonst tun?

Konnte er da stehen, die Kamera fast in seinem Auge, ein Dutzend Mikrofone vor seinem Gesicht und sagen: »Hört mal zu, Leute, wir haben keine Spur. Wir haben einen Haufen Fingerabdrücke, die aussehen, als habe Salvadore Dali sie gemalt. Und das ist alles. Das ist nach drei entsetzlichen Morden unsere einzige Spur.«

Das konnte er unmöglich sagen.

Statt dessen hatte er um Hilfe gebeten. Und zwei Tage nach Thanksgiving kam dieser Junge mit einer Geschichte über einen Mann in einem Monsterkostüm.

Er lehnte sich mit einem Seufzen in seinem Sessel zurück. »Danke, daß Sie gekommen sind, Mr. Kline.« Er ergriff den Bleistift und richtete ihn auf Ethan. »Bring ihn ins Nebenzimmer und nimm die ganze Aussage zu Protokoll, okay?«

Ethan nickte. Sein gewaltiger Adamsapfel rutschte rauf und runter.

Kline stand schnell auf, zog die Bündchen des gelben Pullovers zurecht. Er machte sich daran, Ethan aus dem Zimmer zu folgen, drehte sich an der Tür aber um. »Glauben Sie mir?« fragte er.

Garrett nickte grimmig, wobei er den Bleistift drehte. »Ja. Sicher. Ich glaube Ihnen.«

Warum sollte ich nach diesen Morden nicht an Monster glauben?

35

Sara hob einen Eisbergsalat aus dem Marktregal und drückte ihn. Ich wünschte, das wäre dein Kopf, Liam.

Nein. Nein, das tue ich nicht. Was sage ich denn da?

Ich bin nicht mehr wütend.

Sie warf den Salat in ihren Einkaufskorb.

Wir hatten also heute morgen diesen dummen Streit. Nicht einmal einen Streit. Einen Wortwechsel.

Meine Güte.

Sie ließ zwei gelbe Paprikaschoten in den Korb fallen und ging über den Gang weiter zu den Gurken.

Alle Frischverheirateten haben Auseinandersetzungen. Das gehört dazu, wenn man sich näher kennenlernt.

Sara kaute auf ihrer Unterlippe. Zwei Wochen verheiratet, und sein Aberglauben fängt langsam an, mich verrückt zu machen.

Nein. Sag das nicht, schalt sie sich.

Aber der Zwischenfall von heute morgen beschäftigte sie weiter. *Was* ist denn dabei, wenn ich auf der linken Seite aus dem Bett steige? *Was* ist denn dabei, wenn ich vergesse, »Gesundheit« zu sagen, wenn Margaret niest?

Sollten Liam und ich nicht über etwas Interessanteres streiten?

Haben wir nichts Besseres zu tun, als darüber nachzudenken, auf welcher Seite ich aus dem Bett steige?

Schön, sie hatte ihm genau diese Fragen heute morgen gestellt. Und sie hatten nur dazu geführt, daß er stammelte und zu kochen begann. Okay, er war mehr als nur ein bißchen abergläubisch. Aus irgendeinem Grunde glaubte er an all diesen Kram. Schön. Aber es gab Grenzen.

Ich meine, mach's *mir* doch nicht schwer, weil ich das alles für ziemlichen Unsinn halte, Liam.

Und Margaret. Schwester Margaret stand da und beobachtete, wie sie stritten, hatte diesen traurigen Gesichtsausdruck. So stumm, versuchte sich der Tapete anzupassen.

Margaret war rücksichtsvoll. Und freundlich. Und hilfreich. Sie bemühte sich wirklich sehr, nicht im Wege zu sein. Sie verbrachte die meiste Zeit in ihrem kleinen Antiquitätengeschäft neben der Bäckerei. Und wenn sie nicht dort war, blieb sie oben in ihrer eigenen Wohnung, trat nur bei den Mahlzeiten in Erscheinung oder wenn Liam sie einlud, ihnen Gesellschaft zu leisten.

Sehr rücksichtsvoll. Aber Sara spürte Margarets Blick auf sich, spürte ihre Präsenz im Haus, eine dritte Gestalt, eine weitere Person, wo doch nur sie beide da sein sollten, ihre Streitigkeiten als Jungvermählte auszutragen hatten, ihre ganz trivialen Auseinandersetzungen, nur sie beide. Darauf bedacht, alles nach den scharfen, bösen Worten wiedergutzumachen.

Die bösen Worte gingen ihr während des Seminars immer wieder durch den Kopf und auch dann noch, als sie versuchte, in der Bibliothek zu recherchieren. Sie ging all die Dinge durch, die sie später zu ihm sagen würde.

Dann beschloß sie, es sein zu lassen. Es war schließlich keine große Affäre.

Dann fühlte sie sich schuldig, weil sie es in Gedanken so aufgebläht hatte. Fühlte sich schuldig, weil sie so schlechte Gedanken über ihn gehabt hatte. Über Liam. Ihren Mann. Ihren wundervollen Mann.

Sie beschloß, ein Abendessen für ihn zu kochen.

Sie waren so beschäftigt mit dem neuen Semester gewesen, das in dem Moment begann, als sie von ihren zweitägigen Flitterwochen zurückkehrten. Jeden Abend hatte es Pizza und chinesisches Essen gegeben, oder sie waren schnell hinausgefahren, um an einem der Imbisse am Campus einen Happen zu essen.

Es schien, als hätten sie keinen Abend – oder auch nur einen Augenblick – für sich allein. Und es sah nicht so aus, als ob sich das ändern würde. Heute abend die Studentenaufführung von *Macbeth*. Morgen abend Miltons Dinnerparty, um ihre Hochzeit zu feiern.

Hatte Milton nicht schon genug getan, indem er ihnen sein wundervolles Haus für die Hochzeit zur Verfügung gestellt hatte? Er brauchte ihnen zu Ehren nicht auch noch ein Essen zu geben. Aber er hatte darauf bestanden. Ihr Zögern schien ihn zu verletzen. »Es war keine Zeit, für euch ein Essen vor der Hochzeit zu geben«, verkündete er mit seiner ruppigen Stimme, wobei sein Gesicht rot leuchtete. »Also gebe ich das Vorhochzeitsdinner *nach* der Hochzeit.«

Er war wirklich ein großzügiger Mann, fand Sara.

Sie griff nach einer Flasche mit Salatdressing, ließ dann ihre Hand sinken. Nein. Ich werde die Vinaigrette selbst machen. Ich mache heute abend alles selbst. Mein erstes selbstgekochtes Abendessen.

Nicht, weil ich mich wegen heute morgen schuldig fühle, Liam. Sondern weil ich dir beweisen will, daß ich nicht einfach ein Collegemädchen bin. Ich bin eine echte Ehefrau.

Shrimps. Wilder Reis mit Spinat. Ein schöner Salat.

Sie hatte die Shrimps in dem Fischgeschäft an der Dale Street gekauft. Jetzt ging sie durch den Gang des kleinen Supermarktes um die Ecke und griff nach den restlichen Salatzutaten, die sie brauchte.

Sie setzte den Korb an der Kasse ab und warf einen Blick auf ihre Armbanduhr. Fast halb sechs. Es war noch reichlich Zeit, um das Abendessen vorzubereiten und sich für die Aufführung umzuziehen, bevor Liam heimkam.

Sara bezahlte und trat, die prallgefüllte braune Tüte in ihren Armen, vor sich hin summend aus dem Laden. Sie summte eine fröhliche Melodie. Weil sie sich glücklich fühlte.

Ich mache für meinen Ehemann Abendessen.

Ehemann. Das Wort klang so fremd. Fremd und altmodisch.

Ein kurzer Weg nach Hause über die High Street. Ein kalter Dezemberwind, der vom Norden heranfegte, die kahlen Bäume auf dem Campus schüttelte. Sara nahm die Tüte mit dem Gemüse auf den anderen Arm.

Ich werde zuerst die Shrimps machen. Dann bereite ich den Salat zu.

Ich kann's gar nicht erwarten, Liams Gesicht zu sehen. »Sara – du kannst kochen? Du hast für *mich* Abendessen gemacht?«

Nein. Nicht einmal Liam würde so schmalzig reden.

Sara hatte Mühe, sich vorzustellen, was er sagen würde. Liam war einer der unberechenbarsten Männer, die sie je kennengelernt hatte.

Unberechenbar und brillant, fand sie.

Er wird sich über meine kleine Überraschung freuen. Das *kann* ich vorhersagen!

Als sie um die Ecke bog, kam ihr Haus ins Blickfeld. Ein Windstoß riß ihr fast die Tüte mit den Einkäufen aus den Händen. Zwei Mädchen, die Sara vom Campus kannte, kamen vorbei, hatten Wollschals um das Kinn geschlungen, beugten sich gegen den kalten Wind, die Gesichter gerötet, schnellen Schrittes.

Sara stieg die niedrige Treppe zu ihrem Haus hoch. Stellte die Tüte ab und suchte in ihrer Handtasche nach dem Schlüssel. Sie rieb sich die Nase. Sie war taub vor Kälte. Drehte den Schlüssel um und trat ins Haus, war dankbar für die Wärme drinnen.

Die Tüte vor der Brust balancierend, trug sie sie direkt in die Küche. Und wollte sie auf der Arbeitsplatte absetzen – als sie Margaret sah.

Margaret, am Herd, die in einem dampfenden Topf rührte.

Margaret drehte sich um. »Sara – hi!« Ihr Lächeln schwand, als sie die Einkaufstüte sah. »Was ist das?«

»Einkäufe«, erwiderte Sara. Sie spürte, daß ihre Brust eng wurde, daß die Kälte von draußen blieb, schwebend, um sie wirbelnd. »Ich dachte ...«

»Ich bin früh heimgekommen«, sagte Margaret. »Deshalb habe ich einen schönen Eintopf zum Abendessen gemacht. Liams Lieblingsessen.«

»Aber ...« Sara blieb die Stimme in der Kehle stecken.

Margaret schaute wieder auf die Tüte mit den Einkäufen. Begriff.

»Oh, Sara – es tut mir so leid. Du wolltest das Abendessen machen? Das wußte ich nicht.«

Sie ließ den langen Metallöffel an die Wand des Topfes fallen. Eilte mit angespanntem Gesicht zu Sara, um sich zu entschuldigen. Umarmte Sara innig. »Es tut mir so leid. Wirklich, meine Liebe. Es tut mir so leid. Du hättest mir das sagen sollen.«

Sara fühlte sich wie eine Zehnjährige. Kam sich albern vor.

Margaret umarmte sie wie ein unglückliches Kind.

Nein. Das ist unfair, fand Sara. Margaret ist so süß, so freundlich. Es ist nicht Margarets Schuld. Margaret hat nichts Falsches getan.

Und jetzt habe ich dafür gesorgt, daß Margaret sich schrecklich fühlt.

»Kein Problem«, sagte Sara und zwang sich zu einem Lächeln. Sie entzog sich Margarets Umarmung. »Ich werde die Shrimps in den Kühlschrank legen. Die können wir am Sonntag essen.«

Sara atmete tief ein. »Mmmmm, dieser Eintopf duftet wundervoll, Margaret. Genau das richtige für einen so kalten Abend.«

Schritte, die sich rasch näherten. Sara wandte sich der Tür zu, als Liam eintrat, seinen Mantel ablegte. »Na so was. Meine beiden Lieblingsfrauen! Bin früh daheim. Was gibt's zum Abendessen?«

»Mir hat's gefallen«, sagte Margaret, die Sara nach draußen folgte. »So wundervoll, sich zurückzulehnen und Shakespeares Sprache zu lauschen.« Ein Windstoß ließ ihren Mantel wie ein Segel flappen. Sie griff nach den Hälften, zog sie zusammen und bemühte sich, sie zuzuknöpfen. »He – es ist wirklich kalt geworden.«

Liam war stehengeblieben, um mit einer Studentin zu sprechen, und so waren sie die letzten, die Ayers Hall verließen. Durch die offenen Türen konnte Sara sehen, wie die Lichter im Saal erloschen. Die Vorstellung war gut besucht gewesen. Jetzt gingen die Zuschauer – vor allem Studenten und Angehörige der Fakultät sowie einige Stadtbewohner – zu zweit, zu dritt und zu viert auf den Circle hinaus, in Richtung ihrer Wohnheime oder zu Restaurants oder Bars oder nach Hause.

Der Wind wehte scharf um das Gebäude. Sara schlug den Kragen ihrer Jacke hoch. Ihr dunkles Haar flatterte um ihr Gesicht. Liam stand noch immer redend im Eingang, gestikulierte mit beiden Händen. Die Studentin, ein Mädchen in einem weiten Waschbärfellmantel, der ihrer Großmutter gehört haben mußte, lachte. Ein schrilles und hohes Lachen.

»Die Lady Macbeth war doch wirklich wundervoll – oder?« Margaret trat näher zu Sara, versuchte, aus dem Wind zu kommen. Die kahlen Bäume an der anderen Seite des Circle knackten und wurden geschüttelt. »So ausdrucksvoll und so glaubwürdig. Ich glaube, diese junge Frau hat wirklich Talent.«

»Ja, das hat sie«, stimmte Sara zu, den Blick auf Liam gerichtet. »Mir gefiel das Blut an ihren Händen. Das war ein schöner Effekt.«

»Ein bißchen dick aufgetragen«, sagte Margaret, wobei sie eine Grimasse schnitt. »Schade, daß die Kulisse umfiel. Es war so störend. Mir taten die armen Kids leid, die ...«

»Es ist ein verhextes Stück«, unterbrach Liam, der zu ihnen lief, die Hände in den Taschen seines schwarzen Mantels vergraben. »Wußtet ihr das?« Er lächelte Sara an, streckte eine Hand aus, um ihren Jackenkragen zu richten. »Auf dem Stück liegt ein Fluch. Kennt ihr die Geschichte? Der Schauspieler, der in der ersten Inszenierung die Hauptrolle spielen sollte, wurde vor der Premiere tot aufgefunden. Er konnte diese Rolle nie spielen. Man erzählt sich, daß das Stück seitdem verhext ist. Schauspieler sind sehr abergläubisch, was ihr Mitwirken darin betrifft.«

»Schauspieler sind sehr abergläubisch. Punktum«, fiel Margaret ein.

»Schauspieler, die in diesem Stück mitwirken, nennen den Titel nie«, fuhr er fort, während er Saras Arm ergriff. »Sie nennen es immer ›Das schottische Stück‹. Sie bezeichnen es immer nur so.«

Liam hat den Namen auch nicht genannt, bemerkte Sara.

»Hast du das dieser Studentin gesagt?« neckte Margaret. »Sie wirkte wirklich fasziniert.«

Liam grinste. »Sie findet mich faszinierend.«

Sara versetzte ihm scherzhaft einen Schubs. »Ich vermute, daß dich *jeder* faszinierend findet, nicht wahr?«

Er lachte. »Und? Kannst du das leugnen?«

Sie begannen, dem Pfad zur High Street zu folgen, Liam zwischen ihnen. Sie hatten sich beide bei ihm eingehakt. Sie waren erst wenige Schritte gegangen, als eine Gestalt auf den Weg wankte.

Sara sah ihn zuerst nicht. Sie lehnte sich an Liam vorbei, um auf etwas zu antworten, das Margaret gesagt hatte. Liam zupfte an ihrem Arm und versuchte, an dem Fremden vorbeizugehen.

Aber der junge Mann trat vor sie, versperrte ihnen den Weg.

Sara drehte sich um – und erkannte ihn. »Chip! Was tust *du* hier?«

Seine blauen Augen waren im matten Licht wie Silber. Er kniff sie zusammen, versuchte, den Blick auf sie zu konzentrieren. Sein blondes Haar war durch den Wind aufgerichtet. Seine lederne Bomberjacke war geöffnet, so daß man einen Fleck an der Vorderseite seines Rollkragenpullovers sehen konnte. »Sara …«

Er ging unsicher auf sie zu, ein seltsames, unangebrachtes Lächeln auf dem Gesicht, die Augen halb geschlossen. Das Lächeln schwand schnell. »Sara …«

»Chip – bitte!«

»Sara – sieh ihn dir an!« Er deutete auf Liam, wobei sich seine Hand auf und ab bewegte, als habe er sie nicht ganz unter Kontrolle. »Er ist zu alt für dich, Sara!«

»Chip!«

Sie spürte, daß Liam sich neben ihr anspannte. Er ergriff ihren Jackenärmel. »Sara, *kennst* du ihn?« Mißbilligung in Liams Stimme.

»Er ist alt genug, um dein Vv-vvater sein zu können!« Chip schwenkte noch immer seinen Finger in Liams Richtung.

»Geh weg, Chip.« Sara sprach diese Worte leise, aber entschlossen. »Geh einfach weg.«

Chip schaute Liam mit zusammengekniffenen Augen an, versuchte, ihn deutlich zu sehen. »Dein Vv-vater.« Er schaute finster drein. »Sara, ich will keinen Ärger machen. Ich bin gekommen, um dir zu helfen. Ich bin gekommen, um dich zu *warnen.* Du weißt nicht, was du tust. Du kannst nicht …«

»Geh weg, Chip. Du hast getrunken.« Sara sagte das mit zusammengebissenen Zähnen. Ihre Stimme war leise und hart. Sie spürte, daß sich jeder Muskel ihres Körpers spannte. *Das kann nicht sein. Das kann nicht geschehen.*

Sie sah, daß Margaret einen Schritt zurücktrat, aus dem Wege ging. Ihr Gesicht von Furcht gezeichnet. Oder Mißbilligung?

»Da wir gerade davon re-reden, eine Jüngere zu h-hheiraten«, stammelte Chip, seine wässerigen Augen noch immer auf Liam gerichtet. Der Wind zauste sein blondes Haar.

»Chip – ich bitte dich ...« Sara versuchte leise und ruhig zu sprechen.

Liam ließ ihren Ärmel los und trat vor. »Sie will jetzt nicht mit Ihnen sprechen.« Er legte eine Hand auf die Schulter von Chips Bomberjacke.

Chip wich heftig zurück, so ungestüm, daß er sich aus dem Gleichgewicht brachte und fast umfiel. »Nimm deine Pfoten von mir weg.« In dem Versuch, sein Gleichgewicht wiederzufinden, torkelte er vorwärts.

Liam fing ihn auf und erfaßte die ledernen Jackenaufschläge. »Können wir Sie nach Hause bringen? Sie sollten sich ausschlafen.«

Chip stieß einen heiseren Protestschrei aus und wich mit wildem Blick zurück. Speichel glänzte an der Seite seines Mundes.

Noch nie war mir etwas so peinlich, dachte Sara. Wie soll ich dies jemals Liam erklären?

»Liam – sei vorsichtig«, warnte Margaret, die mehrere Schritte hinter ihnen auf dem Gras stand und ihre Arme schützend vor sich verschränkt hatte.

»Liam, sei vorsichtig«, äffte Chip sie nach. Er stieß ein hohes Kichern aus. Sein Lächeln verflog, als er sich wieder aufrichtete, seinen Jackenkragen mit beiden Händen zurechtrückte und sich wieder Sara zuwandte.

»Chip – geh weg!« beharrte sie.

In seinen blauen Augen fing sich das Licht von der niedrigen Laterne neben dem Weg. »Ich weiß, warum dein Professor Chicago verlassen mußte.«

Liam schaute finster und warf Sara einen raschen Blick zu. Er machte einen Schritt auf Chip zu, hielt seine Hände zu Fäusten geballt.

»Willst du wissen, warum?« höhnte Chip, der wie ein Vierjähriger klang. »Willst du wissen, warum dein *Mann* Chhhhhicago verlassen mußte?«

Sara schloß ihre Augen. Sie wollte ihre Ohren mit den Händen zuhalten. *Das darf einfach nicht wahr sein. Bitte. Bitte – laß ihn verschwinden.*

Aber als sie die Augen öffnete, stand Chip da und schaute sie höhnisch an. »Willst du den wirklichen Grund wissen?« fragte er.

Liam bewegte sich schnell. Margaret stieß einen überraschten Schrei aus. Liam packte Chip bei den Schultern. Wirbelte ihn herum. Führte ihn fort.

Chip protestierte laut. Sara konnte Liams Erwiderung nicht hören. Zu ihrer Erleichterung leistete Chip keinen Widerstand, kämpfte nicht. Er wankte einmal, aber Liam hielt ihn fest. Liam führte ihn zur Straße, schob ihn fest und sicher.

Margaret trat neben Sara und drückte ihre Hand. Margarets Hand war eiskalt. »Ein alter Freund?« flüsterte Margaret.

Sara nickte. »Er ... er ist mir aus New York gefolgt. Ich kann einfach nicht glauben, daß er so ein Scheusal ist. Er weiß, daß Liam und ich verheiratet sind. Warum ist er noch hier?«

Liam kehrte zurück, hatte beide Hände in die Taschen seines Mantels gesteckt. Seine Miene war ernst. »Ein kleines richtiges Drama«, murmelte er, den Blick auf Sara gerichtet. »Nicht ganz wie bei Shakespeare.«

Sara schüttelte den Kopf. »Es tut mir leid. Wirklich.«

Liams Gesichtsausdruck wurde weich. »Ist nicht deine Schuld. Das also ist Chip, ja? Er ist genau so charmant, wie du ihn geschildert hast.«

Sara stieß einen lauten Seufzer aus. »Wirklich ... es tut mir leid.«

Liam kicherte. »Ich kann's gar nicht erwarten, deine anderen Freunde kennenzulernen.«

»Laß Sara in Ruhe«, fiel Margaret ein. Sie zitterte, schlug ihren Mantel um sich. »Das war wirklich beängstigend.« Sie warf Liam einen mißbilligenden, finsteren Blick zu. »Mister Held.«

Liam zuckte die Schultern. »Manchmal, wenn mein Adrenalin zu fließen beginnt ...«

»Es tut mir ja so leid«, wiederholte Sara und ergriff seinen Arm. »Ich weiß nicht, wie er uns gefunden hat. Ich weiß nicht, woher er wußte, daß wir heute abend hier waren.«

Liam tätschelte ihre Hand. »Mach dir darüber keine Sorgen. Er war zu betrunken, um jemand etwas tun zu können.« Er grinste sie an. »Ich glaube, ich könnte jetzt selbst einen Drink brauchen.«

Sie spazierten zur Yale Avenue. Saras Beine waren wackelig. Sie sah noch immer den glitzernden Speichel in Chips Mundwinkel.

Sie blieb plötzlich stehen und blickte zu Liam auf. »Wovon hat Chip eigentlich geredet? Warum *hast* du Chicago verlassen?«

Er lächelte sofort. »Um *dich* kennenzulernen, natürlich.«

Margaret ging nach oben in ihre Wohnung. Sara setzte sich auf die Couch im Wohnzimmer. Liam schenkte zwei Gläser Portwein ein, reichte ihr eins und ließ sich neben ihr nieder. Seine freie Hand legte er um ihre Schulter. »Ooh, meine Liebe. Du bist durchgefroren. Trink das. Es wird dich wärmen.«

Sie nahm einen Schluck. Die dunkelrote Flüssigkeit fühlte sich gut an, als sie in ihrer Kehle brannte. Sie nahm einen weiteren Schluck und lehnte ihren Kopf an den Ärmel von Liams Pullover.

Er erzählte ihr von der ersten Shakespeare-Aufführung, die er je gesehen hatte, eine Inszenierung von *Heinrich V.* in einem kleinen Collegetheater, als er sechzehn gewesen war. Er erzählte, wie überrascht er gewesen war, als er diese Sprache zum ersten Mal hörte, von seiner Enttäuschung darüber, alles zu verstehen und doch nicht zu verstehen, alles wissen und alles genießen zu wollen – jeden Satz, jedes Wort – alles auf einmal.

Sara hörte nur halb zu, nickend und lächelnd, und ließ ihr Inneres von dem Port wärmen. Sie mußte noch immer an Chip denken. Sie konnte ihre Verlegenheit nicht abschütteln – aber ebensowenig ihre Neugier.

Wußte Chip wirklich etwas Nachteiliges über Liam? Oder hatte er einfach wieder nur das boshafte Kind gespielt?

Liam senkte den Kopf, um sie zu küssen. Aber sie preßte zwei Finger auf seine Lippen. »Warum *hast* du Chicago verlassen?« Sie mußte die Frage wieder stellen. »Hat Chip nur dummes Zeug geredet, oder ...«

Er zog ihre Finger zärtlich fort. Lächelte. »Ich habe dir doch gesagt ...«

»Nein. Komm schon, Liam. Erzähl es mir. Es gibt so vieles, was ich nicht von dir weiß. Was war der Grund dafür, daß du Chicago verlassen hast?« Sie gab ihm einen Knuff, grinste ihn spottend an. »War es eine Art saftiger Skandal?«

Seine dunklen Augen schienen ihren Glanz zu verlieren. Er verzog den Mund und wandte seinen Blick ab. »Ich möchte dich nicht mit meiner unglücklichen Vergangenheit behelligen.«

Augenblicklich bedauerte sie, ihn verspottet zu haben. »Unglückliche Vergangenheit?«

Liam zögerte. Er schaute sie nachdenklich an, als überlege er, wie ihre Reaktion ausfallen könne, wenn er ihr die Geschichte erzählte.

»Liam, wenn wir einander nicht vertrauen können ...« Ihre Stimme wurde schwächer.

Liam seufzte. »Ich mußte Chicago verlassen. Ich weiß nicht, was dein Freund herausgefunden hat – wenn überhaupt. Ich weiß nicht, warum er mir nachspioniert hat.«

»Das mit Chip tut mir wirklich leid, Liam ...«

»Es gab da eine Frau namens Angela. Ich mußte ihretwegen von dort fortgehen.« Die Worte sprudelten in einem Atemzug heraus. Er schaute sie fest an, beobachtete ihre Reaktion.

Warum ist er so besorgt? überlegte Sara. Weiß er nicht, daß ich ihn liebe? Warum sollte mich eine Frau in Chicago interessieren?

»Liam ...«

»Nein. Laß mich zu Ende erzählen. Angela war meine Assistentin. Eigentlich war sie nur eine Schreibkraft. Sie tippte die Manuskripte meiner letzten beiden Bücher. Eins führte zum anderen – wie man so sagt. Angela war älter als du, fast in meinem Alter. Wir hatten eine Affäre. Diese Worte. Sie klingen alle so banal. Es dauerte fast zwei Jahre, glaube ich. Es endete böse.«

Sara rieb zärtlich ihren Kopf an seiner Schulter. Er wirkte so aufgeregt. Lag ihm noch immer an dieser Angela? überlegte sie. Verhält er sich deshalb so eigenartig, so ganz anders?

»Ich habe Schluß gemacht«, fuhr Liam fort, wobei er sich abwandte. »Mir war klar, daß es zu nichts führte. Ich glaubte, sie sei zu der gleichen Erkenntnis gekommen. Aber ich denke, ich hatte sie unterschätzt. Ich meine, ich unterschätzte die Tiefe ihrer Gefühle. Sie ... hatte so eine Art von Nervenzusammenbruch.«

»Oh, das tut mir leid«, platzte Sara heraus.

Liam zuckte die Schultern. »Sie mußte in ein Krankenhaus gebracht werden. Ich war nicht sicher, wie ich reagieren sollte. Ich meine, ich bedauerte sie sehr. Und natürlich war ich von Schuldgefühl erfüllt. Aber dann kam ich auf den Gedanken, daß dieser Zusammenbruch eine Art Trick war, ein Weg, mich festzuhalten, damit ich bei ihr blieb.

Zu meiner Überraschung merkte ich, daß ich wütend auf sie war. Wütend darüber, daß sie versuchte, mir auf diese Weise mitzuspielen. Wütend darüber, daß sie so weit ging zu beweisen, daß sie ein besserer Mensch sei als ich, daß sie mehr Gefühle hätte als ich. Absurde Gedanken, natürlich. Alle ausgelöst durch mein Schuldgefühl.«

Er schaute sie mit schmalen Augen an. Ein seltsames, humorloses Lächeln teilte seine Lippen, entblößte seine Zähne, ein Lächeln, wie sie es noch nie gesehen hatte. »Schuldgefühl ist die treibende Kraft in meinem Leben.« Das sagte er ohne irgendeine Emotion.

»Liam? Was soll das heißen?« Sie spürte ein Frösteln. Das Lächeln beunruhigte sie. Sie wollte es wegwischen. Nein. Es wegküssen. »Was, um Himmels willen, meinst du damit?«

Er ignorierte ihre Frage. »Ich wollte Angela nicht weiter verletzen, aber mir blieb keine andere Wahl. Ich mußte weg. Als das Angebot von der Moore State kam, griff ich zu. Normalerweise hätte ich höflich abgelehnt. Aber der Zeitpunkt war genau richtig. Es schien ein echter Fluchtweg zu sein.«

Das seltsame Lächeln verschwand endlich. Die dunklen Augen gewannen ihren Glanz wieder. Sara schmiegte sich eng an ihn, streifte seine Wange mit ihrer.

»Angela war noch im Krankenhaus. Ich ging, ohne Lebewohl zu sagen. Es war ein so gutes Gefühl wegzukommen. Ich gebe das zu. Als ob ich mich von Ketten befreit hätte.« Er schüttelte den Kopf. »Ich wollte dir das wirklich nicht erzählen.«

Sara preßte ihr Gesicht gegen seins. Drückte ihn.

»He.« Sie wich zurück. »He. Warte. Glaubst du, daß Angela vielleicht diejenige ist?«

Er starrte sie an. »Diejenige *welche*?«

»Glaubst du, daß Angela diejenige ist, die diese erschreckenden Anrufe gemacht hat und die blutigen Kaninchenpfoten geschickt hat?«

Liam rieb sich nervös das Kinn. Dann fuhr er sich mit einer Hand durch sein dunkles Haar. »Vielleicht. Ich kann es mir nicht vorstellen ...« Er dachte etwas länger nach, starrte in sein Portglas. »Angela könnte es gewesen sein. Ich hätte darauf kommen können. Aber ich denke nie an sie. Ich meine, ich habe seit meiner Ankunft hier nicht mehr an sie gedacht.«

Gott sei Dank, dachte Sara erleichtert, daß er zu dieser Frau keinerlei Beziehung mehr hatte. Und erleichtert, daß vielleicht das Rätsel der erschreckenden Drohungen gelöst war.

»Vielleicht *war* es Angela«, fuhr Liam nachdenklich fort. »Die arme Frau ist wirklich schrecklich verwirrt. Allerdings ist sie harmlos. Glaube mir, Sara, sie ist völlig harmlos.«

Sara fühlte sich besser, schlang ihre Hände um Liams Hals und zog seinen Kopf an sich. »Und was ist mit *dir*?« neckte sie. »Bist du auch völlig harmlos?«

Er lachte. Seine Augen blitzten. »Nicht, wenn du in der Nähe bist.« Er küßte sie. Zärtlich. Ein langer, süßer Kuß. »Wenn ich mit dir zusammen bin, bin ich wirklich *gefährlich*.«

36

Liam trat an das Waschbecken und beugte sich dicht an den wasserbefleckten Spiegel. Er zog den blaßblauen Hemdkragen aus dem engen Halsausschnitt seines Pullovers heraus. Änderte seine Meinung. Steckte den Kragen wieder hinein.

Er hörte das Rauschen des Pissoirs an der gekachelten Wand hinter sich. Milton trottete, den Reißverschluß seiner schwarzen Anzughose schließend, neben ihm ans Waschbekken. »Du hättest dich nicht feinmachen sollen«, spöttelte Milton. Er korrigierte den schiefsitzenden Knoten seiner weinroten Krawatte und warf einen mißbilligenden Blick auf Liams Pullover.

»Ich dachte, hier im Spinnaker's wären wir alle leger gekleidet«, erklärte Liam.

»Du weißt, warum ich dieses Restaurant für unser nachhochzeitliches Vorhochzeitsdinner ausgewählt habe«, sagte Milton, während er sein Spiegelbild betrachtete. Er strich sich seine weiße Haarmähne mit beiden Händen zurück. Das Haar richtete sich wieder auf, als steckte es auf einer Feder. »Hier hast du deine Braut kennengelernt.«

Liam kicherte. »Du bist so sentimental, Milton.«

»Und du hast soviel Glück«, kam Miltons Antwort. Mürrisch. Und er hatte das nicht zum ersten Mal gesagt. Er grunzte. »Ein glücklicher Mann. Sara ist wirklich ein tolles Mädchen. Wünschte, ich hätte sie zuerst gesehen.«

Liam ließ dieses Thema fallen. Er versuchte, sich Sara mit Milton vorzustellen. Allein der Gedanke daran führte dazu, daß seine Nackenmuskeln sich verspannten.

Milton beugte sich über das Waschbecken und drehte beide Hähne auf. Zu weit. Das Wasser spritzte auf seine Anzugjakke. Er stieß einen scharfen Schrei aus und fummelte an den Hähnen herum, um sie zurückzudrehen. Dann begann er seine riesigen Hände zu waschen.

Liam kämmte sich die Haare. Steckte den Kamm wieder in die Hosentasche. Dann drehte er das Wasser vorsichtig auf. »Darf ich diese Seife benutzen?«

Milton hörte auf, seine Hände einzuseifen, und reichte Liam das blaßgrüne Seifenstück. Liam begann abwesend, seine Hände einzureiben.

»Oh.« Die Seife fiel in das Becken. Liam schaute sich grimmig im Spiegel an. »Verdammt. Oh, verdammt.«

»Liam – was ist los?«

Liam schüttelte verdrießlich den Kopf. »Seife darf nie von Hand zu Hand weitergereicht werden.« Er hob seinen Blick zu Milton. »Man sollte sie immer ablegen, so daß die andere Person sie selbst aufnehmen kann.«

Milton lachte, so daß sein Doppelkinn unter dem engen weißen Hemdkragen hüpfte. »Du und dein Aberglaube. Du hast mich erschreckt. Ich dachte, du wärest wirklich über etwas bestürzt.«

Liam lachte ebenfalls.

Milton trocknete sich die Hände ab und verließ dann die Herrentoilette.

Liam hörte, wie die Tür sich hinter ihm schloß. Er starrte auf das blaßgrüne Seifenstück hinab.

Starrte mit wachsendem Entsetzen auf das, was er gerade getan hatte.

Dann öffnete er seinen Mund weit – so weit er ihn nur öffnen konnte – und stieß ein langes, klagendes Heulen aus.

Seine Hände schossen hoch, und er riß an seinem Haar, riß wild und heftig daran, schlug an die Seiten seines Kopfes, schlug, riß Haar aus, prügelte sich selbst, prügelte, mit geschlossenen Augen und erhobenem Kopf, während das Geheul tief aus seinem Inneren drang.

Die fette, purpurne Zunge entrollte sich aus seinem Mund. Es gab ein feuchtes *Platsch,* als sie auf den Spiegel schlug.

Liams eingeseifte Hände schossen vor. Er packte die sich windende Zunge mit beiden Händen.

Und drückte sie. Schob sie.

Drückte sie, zerrte an ihr, rutschend, gleitend. Sie kämpfte gegen ihn. Kämpfte.

Er schob sie zurück in seinen Hals. Und preßte seine Zähne zusammen.

Wenige Augenblicke später schlenderte er, sein dunkles Haar sorgfältig gekämmt, die Hände in den Hosentaschen, gemächlich zum Tisch zurück. Seine Blicke kreuzten sich mit Saras, und er lächelte ihr glücklich zu.

37

Chips Atem beschlug die Fensterscheibe. Er rieb sie mit seiner behandschuhten Hand klar und spähte in das Restaurant. Saras Tisch war im hinteren Teil, aber er konnte ihr Gesicht deutlich sehen. Konnte ihr strahlendes Lächeln sehen. Sah, wie sie den Pulloverärmel des Professors umfaßte, ihren Kopf zurückwarf und lachte.

Chip rieb die Scheibe wieder klar. Versuchte den Atem anzuhalten. Der Wind wehte schneidend um das Gebäude. Die Kälte drang in das geöffnete Vorderteil seines Mantels. Völlig auf das stumme Schauspiel drinnen konzentriert, machte er keinerlei Anstalten, den Mantel zuzuknöpfen.

Sein Genick brannte. Die Drinks – Red Label – in der Bar auf der anderen Straßenseite schmeckten sauer, aber es war das, was er brauchte – wärmten noch immer seine Kehle.

Durch das Fenster beobachtete er, wie der große, rotgesichtige Elefant aufstand und sein Champagnerglas zu einem Toast erhob. Plötzlich von Schwindel erfaßt, preßte Chip seine beiden behandschuhten Hände an das Glas, lehnte sich schwer an die Scheibe. Gläser berührten sich leise drüben am Tisch. Chip stellte sich das zarte Klirren vor. Lächeln ringsum.

Ein großer Kellner mit blondem Pferdeschwanz versperrte Chip den Blick. Er bedeutete dem Kellner ungeduldig mit einem Handschuh, sich zu entfernen. Autos rumpelten hinter ihm über die Straße. Mit zusammengekniffenen Augen spähte Chip unverwandt durch die beschlagene Scheibe.

Der Kellner setzte endlich sein Tablett ab und entfernte sich. Chip sah, daß der Professor aufgestanden war. Er sprach mit einem Lächeln, das auf seinem Rattengesicht klebte, schwenkte sein Champagnerglas. Eine Frau mit kurzem, blondem Haar – Liams Schwester? – lächelte zu ihm auf.

Ein weiterer heftiger Windstoß zerrte an Chips Mantel. Er starrte Sara an, beobachtete das Strahlen ihrer Augen, sah zu, wie sie bereitwillig über alles lachte, was der Professor – ihr Liam –

sagte, während er nur die Hitze seines Zorns, des Schnapses spürte, der ihn nicht hatte trösten können.

»Liam.« Er flüsterte den Namen mit Abscheu. Er wischte den Atem von der Scheibe. Warum stehe ich draußen in der Kälte, Sara? Du weißt, daß du zu mir gehörst.

Er wankte unsicher, fiel fast gegen die Scheibe. Aber sein Blick blieb unverwandt geradeaus gerichtet. Er sah, wie sie die Augen zu Liam hob, sah ihre Wangen erröten, sah das bewundernde, schmeichelnde Lächeln.

»Nein. Niemals.«

Du bleibst nicht bei ihm, Sara. Niemals wirst du bei diesem Betrüger bleiben.

Alle am Tisch lachten. So fröhlich.

Aber das Gelächter wird bald enden, sagte Chip voraus, den Blick auf Sara gerichtet. Das Gelächter wird enden, Sara, wenn du die Ehe beendest. Keine Toasts mehr. Keine geistreichen, selbstherrlichen Sprüche von dem großen Professor mehr.

Und du *wirst* diese Ehe beenden. Du *wirst* ihn verlassen.

Du *wirst* ihn verlassen und zu mir zurückkehren, wenn ich dir erzähle, was ich weiß. Was ich über deinen brillanten Professor herausgefunden habe.

»Liam. Liam.« Chip murmelte das Wort, sah, wie es die Fensterscheibe beschlug. »Liam. Das reimt sich mit …«

Ihm fiel nichts ein.

Statt dessen stießen sie drinnen wieder an. Mehr Jubel und Gelächter. Sara errötete graziös. Sie sagte kurz etwas, und alle lachten. Liam küßte sie auf die Wange.

Nein. Bitte – nein.

Chip fand, daß er noch einen Red Label brauchte. Oder zwei. Zwei, um sich Mut anzutrinken. Seine Kehle war trocken. Er brauchte das, um locker zu sein. Er mußte ganz entspannt sein, wenn er Sara erzählte, was er wußte. Wenn er in das Restaurant ging, ganz beiläufig an ihren Tisch trat – und ihr gemeinsames Leben ruinierte. Kling-kling.

Einen Toast auf mich.

Einen Toast auf mich und Sara.

Ich werde dich retten, Sara.

Du kannst nicht mit dem Professor leben, und ich weiß warum. Ich werde dich vor ihm retten. Ich weiß alles über ihn. Alles.

Ich sollte wütend auf dich sein, Sara. Ich sollte dich dafür bestrafen, daß du fortgelaufen bist, mich dazu gebracht hast, dir nachzujagen, mich dazu zu bringen, um das zu kämpfen, was mir gehört. Ich habe auch einen Stolz, weißt du?

Ich habe dich zuerst gefragt, erinnerst du dich? Ich hatte dich gebeten, mich zu heiraten.

Erinnerst du dich – das tust du doch, oder?

Oh, macht nichts.

Das ist Vergangenheit. Ich werde dir ganz und gar verzeihen. Du wirst schon sehen. Ich werde meinen Stolz vergessen, Sara. Keine Bestrafung. Keine Vorwürfe. Ich werde dich zurückbringen, zurück nach New York. Oder vielleicht ziehen wir nach L. A., wenn meine Firma läuft. Und wir werden niemals über das sprechen. Niemals. Das verspreche ich.

Irgendwann werden wir vielleicht sogar darüber lachen. Über den Fehler, den du gemacht hast.

Chip spähte in das Restaurant. Der Kellner servierte ihr Essen. Liam hatte eine Hand auf Saras Haar gelegt, streifte es hinter ihre Schulter.

Chips Kehle verengte sich. Du besitzt sie nicht, Professor. Zumindest nicht mehr lange.

Der große, rotgesichtige Mann mit der weißen Haarmähne begann zu essen, kaum daß sein Teller vor ihm stand. Es saßen noch vier oder fünf andere am Tisch. Chip kannte sie nicht. Er hatte sie überhaupt nicht beachtet.

Er wandte sich vom Fenster ab, war überrascht festzustellen, daß er schwer und geräuschvoll atmete. Er mußte sich aufwärmen, sich vor seinem großen Augenblick beruhigen.

Noch viel Zeit, um zurück auf die andere Straßenseite zu gehen, fand er. The Pitcher hatte einen großen Neonbierkrug im Fenster. Holzbalkenimitate an der Front des Gebäudes. Kaktuspflanzen in großen Tontöpfen davor. Schwingtüren im Westernstil. Ein lahmer Versuch, die Bar wie einen Westernsaloon aus alten Zeiten aussehen zu lassen.

Nicht die Art Kneipe, die Chip mochte. Nicht die Art von Bar, die er in New York an der Third Avenue stets besuchte. Aber die unechte Atmosphäre konnte dem Scotch nichts anhaben.

Er ging durch die Schwingtüren und bewegte sich durch den schwach erleuchteten vorderen Raum – vor allem Collegestudenten saßen ringsum an kleinen runden Tischen und hielten mit Bier schäumende Glaskrüge – und zu der Bar. Die junge Barkeeperin mit dem langen roten Haar und dem Bergkristallstecker in der Nase schaute ihn vertraulich an. »Red Label pur?«

Er lachte. »Sind Sie Hellseherin?«

Sie verzog den Mund. »Sie sind gerade vor fünfzehn Minuten gegangen.«

Er nickte. »Oh.« Schien viel länger her zu sein.

Sie schenkte das Glas halbvoll. Stellte es vor ihn. »Machen Sie's lieber voll«, sagte er. Seine Augen hatten sich noch nicht ganz an die Dunkelheit gewöhnt.

Der erste Schluck brannte. Der zweite wärmte ihn.

Schwer an die Bar gelehnt, starrte er ein Paar an, auf das das blaue Licht der Musicbox fiel. Collegestudenten. Das Mädchen in Jeans und übergroßem Flanellhemd saß auf dem Schoß des Jungen. Junge oder Mann? Er wirkte älter. Oder lag das nur an dem blauen Neonlicht? Sie küßte ihn. Und küßte ihn. Küßte seine Wangen. Seine Stirn. Küßte seine Augen. Als ob sie allein seien. Als ob niemand zuschauen könnte.

Das machte Chip wütend.

Ihm war, als würde sein Kopf explodieren. Er stand auf. Seine Knie waren überraschend weich. Die Kehle zugeschnürt. All dieser gute Scotch vergeudet. Er warf einen Zwanziger auf die Bar, dann noch einen.

Trat in das blaue Licht. Sah, wie sie den Kerl küßte. Ihn wieder küßte. Kurze Küsse, aber süß. Küsse, bei denen Chips Gesicht zu jucken begann.

In die Nacht. Kälteschock. Wind in seinem Gesicht. Ein plattgetretener Orangensaftkarton schlitterte über den Bürgersteig.

Über die Straße, um in das Restaurantfenster zu schauen. Er stolperte über den Bordstein, behielt aber das Gleichgewicht. Das blaue Licht folgte ihm über den Bürgersteig, umhüllte ihn, kaltes blaues Licht. Ließ ihn erschauern.

Vorsichtig, um nicht mit der Stirn gegen die Fensterscheibe zu stoßen. Er hob den Blick fast schüchtern. Richtete die Augen auf den Tisch hinten.

Leer.

Niemand saß dort. Zwei weißbeschürzte Hilfskellner räumten ab.

Nein!

Wie lange war er in der Bar auf der anderen Straßenseite gewesen? Er versuchte zu denken, auf die Uhr zu schauen, doch das blaue Licht entzog sie seinem Blick.

Nein!

Wie viele Scotches? Wie lange? Wie lange? Zu lange.

Aber er konnte sie noch einholen. Er konnte ihnen noch die Nacht verderben. Er konnte Sara einholen und ihr erzählen, was er wußte.

Er stieß sich mit beiden Händen von dem Fenster ab. Drehte sich um und torkelte unsicher zur Ecke. Die Kälte des Fensterglases blieb an seinen Händen.

Meine Handschuhe. Was habe ich mit meinen Handschuhen gemacht?

Er dachte noch immer über die Handschuhe nach, als er den ersten stechenden Schmerz in seiner Schulter spürte.

Das blaue Licht flackerte.

Die Schulter fühlte sich kalt an, bevor der Schmerz ihn aufschreien ließ.

Er sah die Klinge. Dann die dunkelbehandschuhte Hand.

Die Klinge schnitt von seiner Schulter hinunter, hinunter fast bis zu seiner Hüfte, schnitt leicht durch sein Hemd, durch seine Haut.

Kalt. Dann feucht.

Das warme Blut – *sein* warmes Blut – zischte, als es in die kalte Luft plätscherte.

Er schwankte. Senkte den Blick, um das Blut auf seine Schuhe spritzen zu sehen.

Wieder ein schlitzendes Reißen. An der anderen Seite seiner Brust hinunter. Hemd und Haut zerrissen gemeinsam.

Er öffnete den Mund. Konnte nur gurgeln.

Sein Blick hob sich von seinen Schuhen, um dem Messer zu folgen.

Aber das blaue Licht ging aus.

Und er spürte die Kälte oder den Schmerz nicht länger.

38

»Ja, ich weiß. Ja, ich weiß.« Detective Garrett Montgomery fuhr mit einem Finger über das gerahmte Foto seines Sohnes, Martin, während er sich über den Schreibtisch beugte, den Telefonhörer zwischen Schulter und Ohr geklemmt.

Walter, der ihm gegenübersaß, die zusammengekniffenen Augen auf Garrett gerichtet, bewegte die Lippen, als nehme er an dem Gespräch teil. Garrett drehte sich in seinem Sessel um, damit er Walters Gesicht nicht sehen mußte.

»Ich weiß, Sir. Aber bedenken Sie bitte ...«, sagte Garrett ruhig. Er seufzte, während die schrille Stimme des State Marshal aus Medford in sein Ohr drang.

»Ja, ich weiß. Ich weiß, Sir.« Wieder ein frustrierter Seufzer.

»Wir sind eine kleine Truppe«, konnte Garrett schließlich herausbringen. »Nur sechs Mann. Wir sind nicht ausgerüstet, Sir. Ich gebe das jederzeit und als erster zu. Und das nationale Interesse – all die Fernsehkameras und Reporter ...«

Seine Stimme wurde leiser. Das vierte Opfer hatte der Sohn eines großen Fernsehbosses sein *müssen.* Die Reporter und Kamerateams waren fast freudig nach Freewood geschwärmt, dachte Garrett. Waren herumgelaufen wie Ameisen zu einer Brotkruste, über den Campus gehüpft, über die Tatorte, hüpfend und schwätzend, hatten mit jedem geredet, alle auf einmal geredet, geredet, geredet, dann das Haar geglättet und mit dem nächsten geredet. Eine Frau von einem der sogenannten Nachrichtenmagazine hatte Garrett sogar zehntausend Dollar angeboten, wenn er vor der Kamera gräßliche Einzelheiten über die Morde berichten würde.

Er hatte das abgelehnt. Zu schnell vielleicht. Später hatte Angel Überlegungen über all die Dinge angestellt, die sie mit zehntausend Dollar hätten tun können. Sie hatte eingewandt, daß es nicht unethisch sei, Einzelheiten bekanntzugeben, die ohnehin bereits bekannt waren.

Aber jeder kannte die Einzelheiten eben *nicht.*

Den Reportern war nie erzählt worden, wie grausig, wie gnadenlos und unmenschlich die Morde gewesen waren.

Unmenschlich. Gutes Wort, dachte Garrett.

Unmenschlich. Niemand hatte etwas von den Fingerabdrükken erfahren. Mit ihren wilden, zackigen Wirbeln und scharfen Schlitzen, die keinem sonst bekannten menschlichen Muster folgten. Der Computer in der Zentrale hatte fast einen Festplattenschaden bekommen, als sie versuchten, die Fingerabdrücke mit den dort gespeicherten zu vergleichen.

Natürlich war Garrett und seinen Beamten absolute Unfähigkeit vorgeworfen worden. Sie seien nicht fähig, einen ganz einfachen Fingerabdruck zu nehmen, beherrschten eine Polizeitechnik nicht, die seit der Mitte des neunzehnten Jahrhunderts angewendet wurde.

Ja, Garrett wußte, daß die Fernsehreporter eine Menge dafür zahlen würden, von den Fingerabdrücken zu erfahren. Und von den in Stücke gerissenen Leichen. Zerrissene und zerfetzte Leichenteile, auf dem Campus verstreut wie Gemüse, das aus einer geplatzten Papiertüte gefallen war.

Und sie würden ganz verrückt auf die Aussage des Augenzeugen sein. Die Geschichte des Jungen, der gesehen hatte, wie der Mörder in einem Monsterkostüm floh.

Wieviel würden sie dafür bezahlen?

»Ich könnte nachts nicht schlafen, wenn ich die Geschichte verkaufe, wenn ich auch nur einen Penny daran verdiente«, sagte Garrett zu Angel.

Aber er konnte nachts sowieso nicht mehr schlafen.

Wozu also die ganze Aufregung?

»Okay, Sir. Ich verstehe. Okay«, sagte Garrett mit ausdrucksloser Stimme ins Telefon. Reglos. Er legte den Hörer auf.

»Worum ging's denn?« fragte Walter. Er beugte sich vor, so daß der Sessel unter ihm quietschte.

Das Geräusch hallte in Garretts Ohr nach. Jedes Geräusch klang in der letzten Zeit überaus stark. Er rieb sich die Schläfen. »Wir werden abgelöst. Große Überraschung.«

Aber Walter reagierte überrascht. »Sie nehmen uns die Mordfälle ab?«

Garrett nickte grimmig. »Er hat es nicht direkt gesagt. Aber die Bundespolizei will mit uns nicht spielen. Sie wollen uns den Ball abnehmen und ihr eigenes Spiel spielen.«

Warum redete er plötzlich so, als handele es sich um ein Ballspiel? War er bestürzter darüber, versagt zu haben, als er sich selbst gegenüber zugab? Versuchte er, etwas Unwirkliches daraus zu machen?

Ich brauche einfach eine Pause! schalt er sich selbst. Bin ich ein Psychiater oder ein Bulle?

Oder keins von beiden?

»Aber – aber ...«, stammelte Walter und griff mit seinen beiden feisten rosa Pfoten nach der graumetallenen Schreibtischplatte. »Wir habe die ganze Arbeit gemacht.«

Garrett runzelte die Stirn. »Wir haben nicht viel getan. Wir haben vor allem Leichen angestarrt und anschließend Fotos von Leichen angestarrt.«

Walter rieb sich das Doppelkinn. »Du bist nur verärgert wegen all der Fernsehreporter.«

»Du hast verdammt recht!« schnappte Garrett. Er warf einen Bleistift durch den Raum. Er traf die Wand und prallte auf den Linoleumboden.

Walter riß den Mund entsetzt auf. Wann verlor Detective Garrett Montgomery die Beherrschung? Niemals. »Vier Morde«, murmelte er und schüttelte seinen runden Schädel. »Vier Morde und wir waren nicht dazu fähig ...«

»Ich bin nicht sicher, ob es vier Morde *sind*«, murmelte Garrett, der sich noch immer die Schläfen rieb. Keine Kopfschmerzen. Nur ein dumpfes Pochen, das einfach nicht weggehen wollte.

»Wie?« Walter starrte über die Schreibtische.

»Vielleicht sind es drei Morde und ein Mord«, erwiderte Garrett leise, bemühte sich nachzudenken, überlegte, warum er plötzlich seine Theorie mit Walter teilte.

»Das verstehe ich nicht«, gestand Walter. Garrett hörte diese Bemerkung nicht zum ersten Mal von ihm. »Wir haben vier Leichen, die in Stücke gerissen sind, Chef. Zähl nach. Eins. Zwei. Drei. Vier.« Er zählte an seinen Fingern ab.

»Wir haben drei Leichen, die in Stücke gerissen sind«, korrigierte ihn Garrett. »Und eine Leiche, die in Stücke *zerschnitten* und zerstückelt ist.«

Walter dachte einen langen Augenblick darüber nach. »Du meinst ...«

»Ich meine, daß wir nicht vollkommen sicher sein können, daß der vierte Mord mit den drei anderen in Verbindung steht. Dieser junge Mann – Chip Whitney – wurde mit einem Messer angegriffen. Ja, sicher, er wurde zerschnitten und verstümmelt. Aber er wurde *aufgeschnitten* – nicht *zerrissen.*«

»Du meinst, in der Stadt könnten *zwei* Mörder sein?« Walter wurde noch blasser als gewöhnlich.

Garrett stand auf und ging durch den Raum, um den Bleistift wiederzuholen. »Ich weiß nicht. Ich weiß nur, daß es bei den ersten drei Morden keinen Hinweis auf eine Waffe gab. Diese Leichen waren ein totales Durcheinander. Mir wird schlecht, wenn ich nur daran denke. Und ich denke die ganze Zeit an sie.«

Er bückte sich, um den Bleistift aufzuheben. »Whitneys Leiche war auch ein Durcheinander. Aber die Jungs im Labor haben festgestellt, daß die Mordwaffe ein Messer mit zehn Zentimeter langer Klinge war. Das ist der Unterschied zu den ersten dreien.«

Walters Mund öffnete sich langsam, während er Garrett mit riesengroßen Augen anstarrte. »Zwei Mörder hier in Freewood? *Zwei* Mörder?«

39

»Ich – ich glaube einfach noch immer, daß es meine Schuld ist«, stammelte Sara. Sie senkte die rotgeränderten Augen auf ihren Schoß, in dem sie die Hände verschränkt hatte.

Mary Beth streckte ihre Hände aus und umfaßte damit die von Sara. »Wie kannst du das sagen?« erwiderte sie mit tröstendem Flüstern. »Du weißt, daß das nicht wahr ist.«

»Aber Chip wäre nicht in dieser Stadt gewesen, wenn ich nicht hier wäre«, jammerte Sara. Eine einzelne Träne rollte über ihre geschwollene Wange. Sie wuße, daß nicht viele Tränen geblieben waren. Sie hatte die ganze Nacht geweint.

Sich an Liam geklammert und geweint. Nicht, weil sie Chip noch liebte. Sondern weil sie sich so schuldig fühlte.

Sie und Mary Beth saßen Seite an Seite auf Mary Beths Couch. Weiße Becher mit Kaffee standen unberührt auf dem niedrigen Tisch vor ihnen. Mary Beth, in schwarzem Rock und mit schwarzem Rollkragenpullover, war früh von der Arbeit nach Hause geeilt, um sich mit ihr zu treffen, nachdem Sara angerufen hatte.

Saras verblichene Jeans waren zerknittert, ihr langärmliges blaues T-Shirt an der Vorderseite befleckt. »Ich komme direkt von der Polizeiwache«, murmelte sie, befreite ihre Hände aus Mary Beths Griff und hob sie, um ihr dunkles Haar zurückzustreifen. »Liam wollte nicht, daß ich ging. Aber ich mußte ihnen erzählen, daß ich Chip kannte. Ich mußte ihnen erzählen, warum Chip in Freewood war.«

Mary Beth beugte sich vor und griff nach ihrem Kaffeebecher. »Liam wollte nicht, daß du gehst?«

Sara schüttelte den Kopf. »Er sah, wie erregt ich war. Er – er war letzte Nacht wundervoll. Er hat mich die ganze Nacht festgehalten und ließ mich einfach weinen. Er erzählte mir die ganze Zeit, daß ich mich nicht schuldig fühlen müsse.«

»Das mußt du ja auch nicht«, sagte Mary Beth entschlossen. Der Becher neigte sich in ihrer Hand. Kaffee tröpfelte an der Seite herunter. Ihre Augen waren auf Sara gerichtet. »Du hast Chip nicht nach Freewood eingeladen. Und du hattest nichts zu tun mit … mit seinem Tod.«

»Aber es ist einfach so unheimlich«, erwiderte Sara, die sich die Tränen von der Wange wischte. »Es ist einfach so unheimlich, jemand zu *kennen,* der ermordet worden ist.«

Mary Beth nickte. Sie nahm einen kleinen Schluck Kaffee und stellte den Becher zurück auf den Tisch. »Was ist auf der Polizeiwache passiert?«

Sara seufzte. »Ich habe mit einem Polizisten gesprochen. Detective Montgomery. Ich glaube, so heißt er. Schwarz, mit einer ganz weichen Stimme. Er war sehr nett. Sehr verständnisvoll. Er wollte wissen, wann ich Chip zuletzt gesehen habe. Und ob ich jemand kenne, der ihn ermorden wollte. Und ein paar andere Fragen.« Sie verlagerte ihr Gewicht auf der Couch und streckte sich zurück. »Er sah, daß ich bestürzt war. Er hat mich nicht sehr viel gefragt. Er schien selbst ziemlich betroffen zu sein.«

»Er war betroffen?«

»Ja. Er sagte, daß der Fall der örtlichen Polizei abgenommen worden sei. Das FBI oder sonstwer würde das übernehmen. Er sagte, er sei außerstande, einen Serienmörder zu finden. Ich weiß nicht, warum er mir all das erzählte. Ich vermute …« Saras Stimme verlor sich.

Sie saßen eine Weile stumm da. Sara hörte das Knacken der Dekke. Jemand lief in dem Appartement über ihnen herum. Sie hörte das Dröhnen eines Schlagzeugs aus der Stereoanlage von nebenan.

Das Leben ging seinen normalen Gang. Für die meisten Menschen war es ein normaler Tag.

»Chips Vater traf an der Polizeiwache ein, als ich ging«, vertraute sie Mary Beth an. »Ich sah eine weiße Limousine auf dem Parkplatz halten, und er stieg langsam aus dem Fond aus.«

»Was hast du zu ihm gesagt?«

»Ich – nichts. Ich konnte ihm nicht unter die Augen treten«, gestand Sara, wobei sie Mary Beths Blick auswich. »Ich bin in die andere Richtung gegangen. Bevor er mich sehen konnte. Ich meine … was hätte ich sagen sollen?«

»Standen sich Chip und sein Vater nahe?« fragt Mary Beth.

Sara nickte.

Weitere Schritte über ihnen. Draußen, vor dem Fenster, zog eine Wolke an der Sonne vorbei, verdüsterte das Licht. Graue Schatten glitten über Mary Beths kleines Wohnzimmer.

Sara seufzte wieder. »Warum sollte jemand Chip umbringen? Ich meine, warum sollte jemand – irgendein Fremder – einfach auf der Straße über ihn herfallen – und ihn ermorden? Es ist alles so grauenhaft, Mary Beth. So verrückt.«

»Sara, trink deinen Kaffee. Du darfst nicht mehr darüber nachdenken. Du mußt dich irgendwie ablenken. Du mußt ...«

»Aber wie? Ich meine, ich *kenne* jemand, der ermordet worden ist. Brutal ermordet. Und – *oh, mein Gott*!« Sara legte die Hände auf ihre blassen Wangen.

»Sara – was ist denn?« wollte Mary Beth wissen.

»Ich kannte *zwei* von ihnen!« rief Sara aus. »Vier Morde auf dem Campus. Und ich kannte zwei von ihnen. Chip – und diese wissenschaftliche Assistentin. Devra Brookes. Ich hatte sie kennengelernt. In einem Restaurant. Kurz bevor sie ermordet wurde. Oh, mein Gott, Mary Beth. Mein Gott. Wie kann ich *zwei* Menschen kennen, die ermordet wurden? Wie?«

40

Sara zog den Gürtel ihres blauen Baumwollbademantels fester, als sie Liam am Frühstückstisch gegenüberstand. »Grrrrr. Ich knurre dich an, Liam.« Sie warf ihr ungekämmtes Haar mit beiden Händen zurück.

Liam, um halb acht bereits mit weiten Cordhosen, einem weißen Sporthemd und darüber einer braunen Wolljacke bekleidet, sein Haar, noch naß vom Duschen, ordentlich gebürstet, zuckte die Schultern und lächelte sie beschwichtigend an. »Ich kann diese Eier nicht essen. Es tut mir wirklich leid.« Er schob den Teller in die Mitte des Tisches.

»Grrrrr.« Sie bog ihre Hände zu Krallen und schlug durch die Luft, eine wütende Tigerin.

»Du kannst knurren, soviel zu willst. Ich hatte dich gewarnt, Eier zu kaufen, wenn es dunkel ist. Es ist ein sehr alter Aberglaube, aber …«

»Ja! Ein sehr alter Aberglaube!« schrie Sara, als wolle sie beweisen, daß sie recht hatte. »Sehr alt und sehr dumm.«

»Sara, bitte – reg dich doch nicht auf. Setz dich.«

Sie wollte das heute morgen nicht auf sich beruhen lassen. Sie hatte nicht gut geschlafen. Chip war seit zwei Wochen tot, aber sie sah sein Gesicht noch immer jede Nacht vor sich, wenn sie die Augen schloß, sah ihn, wann immer sie sich entspannte.

Zwei Wochen. Und in all dieser Zeit hatte sie keine Nacht ganz normal schlafen können.

Chip, warum verfolgst du mich? Wirst du je verschwinden?

Als sie an diesem Morgen beobachtet hatte, wie Liam vorsichtig auf der rechten Seite aus dem Bett stieg und dreimal den Raum umrundete, bevor er seine Schritte zum Badezimmer zählte, war sie fast durchgedreht.

»Liam, ich hatte keine Ahnung, daß du *so viele* Aberglauben hast«, hatte sie mit noch immer verschlafener Stimme gestöhnt.

Er antwortete nicht.

Sie war aufgestanden, obwohl ihre erste Vorlesung erst um elf begann, und hatte ihm Rühreier auf Toast gemacht, die er ganz beiläufig zurückgewisen hatte, als er erfuhr, daß sie die Eier am Abend zuvor nach dem Studium in der Bibliothek gekauft hatte.

»Nur weil eine Horde ignoranter Iren Angst hatte, vor dreihundert Jahren Eier bei Dunkelheit zu kaufen, heißt das doch nicht, daß du meine Rühreier nicht essen kannst!« schrie sie und begann zu husten. Sie schenkte sich einen Becher Kaffee ein, nahm einen Schluck und verbrannte sich die Zunge.

Er strahlte sie mit seinem jungenhaften Lächeln an. Er wußte, daß das normalerweise auf sie wirkte. »Sei doch bitte nicht böse auf mich.«

Sie war entschlossen, sich nicht so einfach umstimmen zu lassen. Sie setzte den schwarzen Becher heftig auf dem Tisch ab.

»Und wann, bitte, soll ich Eier kaufen? Warum nennst du mir nicht den richtigen Zeitpunkt dafür, wann Eier Glück bringen?«

Er reagierte auf ihren Sarkasmus mit einem mürrischen Gesicht. Dann griff er nach der Kaffeekanne. »Mach dir wegen der Eier keine Sorgen, meine Liebe. Du solltest an deine Arbeit denken. Laß Margaret die Eier kaufen.«

Wie auf ein Stichwort hörte Sara Margarets Schritte, die die Hintertreppe herunterkamen. Wenige Sekunden später trat Margaret, einen beigen Wollpullover über schwarzen Leggings, zögernd in die Küche. »Darf ich mich zu euch setzen?«

Warum kann Margaret eigentlich nicht oben frühstücken? fragte sich Sara wütend. Warum können Liam und ich nicht einen Morgen allein für uns haben? Warum können wir uns nicht einmal streiten, ohne daß Margaret dasteht und uns zuschaut?

Vielleicht liegt's daran, daß ich prämenstruell bin, dachte sie, während sie ihren Kaffee nippte. Margaret ist absolut liebenswert. Und sie bemüht sich wirklich, sich nicht einzumischen.

Und ich sollte nicht so ungeduldig mit Liam sein. Er ist so wundervoll, so herzlich und umsorgend, so liebevoll. Er scheint so glücklich mit mir zu sein. Und er hat soviel Verständnis wegen Chip gehabt.

Margaret schenkte sich selbst einen Becher Kaffee ein. Sie ging durch den Raum zum Kühlschrank, um sich Milch zu holen. Sara trat hinter Liam, beugte sich über ihn, schlang ihre Arme um ihn. Sie atmete tief ein, genoß den Duft seines Aftershaves. Dann küßte sie seinen Nacken.

Er drehte sich zu ihr, um sie auf die Lippen zu küssen.

»Die beiden Turteltauben«, murmelte Margaret vom Kühlschrank. Sie schüttelte lächelnd ihren Kopf.

»Kuckuck«, machte Sara. Ihre beste Vogelimitation.

Nach dem Frühstück gingen sie ins Wohnzimmer. Margaret zog die Vorhänge auf und ließ das blaßgraue Morgenlicht in den Raum. Sara blickte auf einen trüben Wintertag. Dunkle Sturmwolken hinter den Bäumen.

Liam setzte sich auf die Couch und schaute einen Stapel Papiere durch. »Vorlesungsnotizen«, sagte er als Antwort auf Saras unausgesprochene Frage. Margaret verschwand in der Küche. Sara konnte Wasser in die Spüle laufen hören.

Warum macht sie den Abwasch? überlegte Sara ungeduldig. Ich habe Margaret doch *gesagt,* daß ich den Abwasch machen werde. Warum beeilt sie sich immer, das zu machen, wenn ich mich nicht sofort darum kümmere?

Sara trat an Liams Schreibtisch. Sie warf einen Blick auf den Kaninchenkäfig. Leer jetzt. Warum hatte er sich nicht davon getrennt? Vielleicht sollte ich das einfach für ihn erledigen, dachte sie. Irgendwann, wenn er nicht da ist.

Sie wollte die obere Schreibtischschublade aufziehen, besann sich dann aber anders. »Liam, wo bewahrst du die Schere auf?«

»In der oberen rechten Schublade.« Er blicke nicht von seinen Notizen auf. »Jetzt wohne ich seit zwei Monaten hier und fühle mich noch immer wie ein Gast«, beklagte sich Sara. »Ich weiß nicht, wo was ist.«

»Du brauchst deinen eigenen Schreibtisch«, murmelte Liam.

Sie zog die Schublade auf. Schere, Bleistifte, ein Lineal, Päckchen von Karteikarten, alles sauber geordnet. Sie spürte kurz den Drang, alles durcheinanderzubringen, einfach mit ihrer Hand darin zu wühlen, um Unordnung zu schaffen. Ich muß ein bißchen Durcheinander, ein bißchen Unordnung in Liams Leben bringen, dachte sie.

Dann schalt sie sich für ihre kindischen Gedanken. Was ist heute nur mit mir *los*?

Sie nahm die Schere heraus.

Er ließ die Vorlesungsnotizen auf seinen Schoß sinken und lächelte sie an. »Was machst du?«

Sie schloß die Schublade mit der Hüfte. »Oh, ich habe die Hochzeitsfotos, die Mary Beth endlich hat entwickeln lassen. Du weißt schon. Ich habe sie dir gestern gezeigt. Ich wollte ein paar an Mom schicken. Und ich wollte die Hochzeitsanzeige aus der Campuszeitung ausschneiden und ...«

Die Schere fiel ihr aus der Hand und sprang über den Teppich. Sie bückte sich, um sie aufzuheben.

»Nein!« kreischte Liam. Er sprang auf und ließ seine Notizen zu Boden fallen.

»Wie?« Sara richtete sich bestürzt auf. »Was ist denn?«

Liam durchquerte schnell das Zimmer. »Heb niemals deine eigene Schere auf.«

»Wie bitte?« fragte Sara.

»Wenn man seine eigene Schere aufhebt, schneidet man sein Leben ab.«

»Sei nicht albern!« schrie Sara.

»Jemand anders muß sie für einen aufheben.«

»Kommt nicht in Frage!« schrie Sara. Liam bückte sich nach der Schere, aber sie war näher dran. Als seine Hand sie streifte, hob sie sie bereits vom Boden auf.

Liam stieß einen Schrei aus, als leide er Schmerzen.

Margaret tauchte im Türeingang auf. »Was geht denn hier vor?«

Liam richtete sich schweratmend auf und funkelte Sara an. Sie hob die Schere hoch wie eine Trophäe. »Liam, manchmal treibst du es mit diesem Aberglauben wirklich zu weit.«

Langsam entspannte sich sein Gesichtsausdruck. Er ließ wieder sein jungenhaftes Lächeln blitzen. »Du hast recht. Es tut mir leid.« Er trat einen Schritt zurück. »Ich werde versuchen, mich zu bessern. Wirklich, das verspreche ich.«

»Was ist denn bloß geschehen?« wollte Margaret wissen.

»Nichts, wirklich«, erwiderte Sara, den Blick auf Liam gerichtet. Sie bedauerte bereits, so trotzig gehandelt zu haben. Der arme Mann schien so beunruhigt zu sein. Warum sollte sie ihn nicht die Schere für sie aufheben lassen, wenn ihm das soviel bedeutete?

»Ich habe mich ein wenig hinreißen lassen«, erzählte Liam Margaret. Er wollte weiterreden, aber die Hausglocke klingelte. Er wandte sich an Sara. »Erwartest du jemand so früh?«

Sara schüttelte ihren Kopf. Sie legte die Schere auf die Schreibtischplatte. Liam begab sich zur Haustür.

Margaret trat ans Fenster und schaute auf die Eingangstreppe. »Oh!« Sie stieß einen kurzen, überraschten Schrei aus. »Liam – es ist ein Polizist.«

41

Garrett drückte wieder auf den Klingelknopf und starrte zu dem dunkler werdenden Himmel hoch. Er sah, daß ein Sturm aufkam. War es kalt genug für Schnee?

Er streifte seine schwarzen Lederhandschuhe ab und stopfte sie in die tiefen Taschen seines Mantels. Der Mantel war offen, so daß man seine Polizeiuniform sehen konnte. Er hatte seinen Dienstausweis an die Schreibtafel geklemmt, die er bei sich trug. Heutzutage wollten die Leute immer Dienstausweise sehen. Eine Uniform war nicht genug.

Er sah eine Bewegung am vorderen Fenster. Ein Blitz von Farbe. Eine Frau, halbversteckt durch die Spiegelung des Himmels, spähte zu ihm hinaus. Dann Schritte im Hausinneren.

Erst neun Uhr, und er hatte bereits zwanzig Häuser besucht. Garrett wußte, daß es gut war, früh anzufangen. Man erwischte die Leute, bevor sie zur Arbeit eilten.

Diese Kleinarbeit von Haus zu Haus würde bestimmt unangenehm werden. Jedes Haus und jede Wohnung im Campusbereich abklappern? Jeden Bewohner fragen? Was sollte dabei denn herauskommen?

Sandusky, der milchgesichtige Leiter der FBI-Einheit, hatte gemeint, daß Garrett überrascht sein würde. Garrett haßte die Art, wie Sandusky einem den Arm um die Schulter legte, mit einem sprach, als ob man sechs Jahre alt sei. So gönnerhaft. Wie alt war *er* eigentlich? Mit diesen glatten, weißen Wangen und den babyblauen Augen sah er wie vierzehn aus. Und seit wann ging das FBI so auf Körperkontakt.

Vielleicht ist er schwul, überlegte Garrett amüsiert. Vielleicht fährt er auf große, schwarze Bullen ab.

Nein. Er ist einfach ein herablassendes Arschloch, das von sich unheimlich überzeugt ist, weil es ein so toller Bundespolizist ist, kein jämmerlicher Campus-Spielbulle, der nicht mal von einer Leiche, die von Hand in Fetzen gerissen wurde, einen Fingerabdruck abnehmen kann.

Zumindest bin ich aus der Polizeiwache raus, dachte Garrett. Darum war er froh, daß die FBI-Burschen ihn mit diesem Abklappern der Häuser beauftragt hatten. Zumindest bin ich hier draußen an der frischen Luft und bewege mich etwas. Ich sitze nicht in dem stickigen Raum und muß diesem fetten Clown Walter zuschauen, wie er sich sein Hemd mit Puderzucker bestreut, während er ein Doughnut nach dem anderen ißt.

Scheiße, ja. Es war gut, draußen zu sein, von einem Haus zum anderen zu gehen und nichts zu erreichen. Zeit zum Nachdenken. Über dieses Leben. Über die Morde.

Angel hatte nicht über ihn gelacht, als er ihr seine Theorie erzählte. Daß die Morde von einem unmenschlichen Monster begangen worden waren. Aber er konnte den Zweifel in ihren grünen Augen sehen. Zweifel und Besorgnis. Zweifel an seinem *Geisteszustand*?

Schön, warum nicht?

Seit er diese erste Leiche gesehen hatte, fühlte er anders. Dieses arme Mädchen, dem die Kopfhaut abgerissen worden war, deren Haar in einem Klumpen auf dem Gras gelegen hatte, um deren Schädel sich die zerrissenen Blutgefäße wie Schlangen wanden.

Er fühlte anders. Er hatte Menschen nicht mehr wie früher ansehen können. Er konnte niemanden ansehen, ohne an ihre Schädel zu denken, ihre Adern, wie sie aussehen, wenn ihr Haar als ein Klumpen abgerissen war.

Wahnsinn? Wahrscheinlich.

Was war an diesen Morden denn normal? Wie konnte der Mörder denn *kein* Monster sein?

Er hörte, daß ein Schlüssel umgedreht wurde. Die Eingangstür ging langsam auf. Garrett wartete auf den überraschten Blick, auf den furchtsamen Gesichtsausdruck. Die Leute hatten Angst, wenn ein Polizist vor ihrer Tür stand. Er konnte ja nur schlechte Nachrichten bringen.

Ein dunkelhaariger Mann, irgendwo zwischen dreißig und vierzig, mit einer braunen Strickweste über einem weißen Hemd schaute zu ihm hinaus. Garrett bemerkte die Überraschung in seinen Augen. Auch Furcht? Garrett war sich nicht sicher.

»Guten Morgen, Officer. Was kann ich für Sie tun?« Der Mann hatte eine sanfte, freundliche Stimme. Ein leichter ausländischer Akzent.

»Professor O'Connor?«

»Ja.« Zusammengekniffene Augen auf Garrett gerichtet.

»Ihre Frau hat mich kürzlich besucht. Wegen des Mordes an Chip Whitney?«

»Ja. Ich weiß. Sara war schrecklich bestürzt. Ich natürlich auch.«

»Sie kannten ihn?« fragte Garrett, wobei er sein Schreibbrett in die andere Hand nahm.

»Nein, das nicht. Ich war darüber bestürzt, daß Sara so bestürzt war.« Er strich sein dunkles Haar zurück. »Und natürlich waren wir alle bestürzt über ... die anderen Morde. Es ist alles so erschreckend.«

Garrett richtete seinen Blick auf den Professor. »Ich mache Ermittlungen von Haus zu Haus, Professor. Es dauert nur eine Minute. Sie kannten eines der anderen Opfer, richtig?«

Er wartete nicht auf eine Antwort. Er blätterte die Seiten auf seinem Klemmbrett durch. Hielt bei dem Farbfoto des zweiten Opfers inne. Die Frau lächelte ihn an. War mit einem zitronengelben Badeanzug bekleidet. Dahinter erstreckte sich ein Ozeanstrand. Ihr offenes Haar hob sich leicht im Wind.

Der Professor warf einen Blick auf den Schnappschuß und nickte. »Mrs. DeHaven. Sie war unsere Vermieterin. Ihr gehörte dieses Haus. Ein entsetzlicher Schock.«

»Wann haben Sie sie zum letzten Mal gesehen? Hat Sie Ihnen je von Auseinandersetzungen oder Streitigkeiten mit irgendwelchen anderen Mietern erzählt? Haben Sie irgendeinen Verdacht, wer Streit mit ihr gehabt haben könnte? Die Vormieter? Irgendwelche anderen Mieter in diesem Haus?«

Dr. O'Connor beantwortete die Fragen ohne Zögern in weichem nachdenklichem Ton. Er hatte keinen Hinweis, keine Spur von irgendwelchem Streit. Er kannte keinen der anderen Mieter.

Hatte nie gehört, daß die Vermieterin einen der anderen Mieter erwähnt oder sich darüber beklagt hatte. Er behauptete, ein ›äußerst herzliches‹ Verhältnis zu ihr gehabt zu haben.

Überhaupt keine Hilfe, dachte Garrett. Er konnte Frauenstimmen aus dem Innern des Hauses hören. Die Frau und die Schwester, erinnerte er sich aus seinem Gespräch mit der Frau. Er würde mit ihnen ebenfalls sprechen müssen.

Zwei junge Männer, Studenten wahrscheinlich, kamen um die Ecke gejoggt. Sie wurden langsamer, als sie Garrett auf der Treppe sahen, schauten, um zu sehen, wen er verhörte, und wandten ihre Köpfe ab, als sie am Hause vorbeitrabten.

»Ich glaube nicht, daß ich Ihnen eine große Hilfe sein werde, Officer«, sagte Dr. O'Connor, der eine erste Spur von Ungeduld zeigte.

Garrett blätterte zu dem Foto des ersten Opfers. Charlotte Wilson. Es war ein Schulfoto. Das Abschlußjahr der Highschool. Sie sah wie zwölf aus. »Dr. O'Connor, kannten Sie diese junge Frau? Charlotte Wilson?«

Professor O'Connor blickte auf das Foto. Er schluckte. »Nun, also ...«

»Ja?«

»Ich bin ihr flüchtig begegnet. Das ist die junge Frau, die meine Sekretärin werden sollte. Aber sie ... Es war, als ich gerade in der Stadt eingetroffen war. Meine Schwester und ich waren so mit dem Einzug beschäftigt und damit, uns hier einzugewöhnen, daß ich kaum Zeit hatte, in mein Büro zu gehen. Ich glaube, ich habe mit dem armen Mädchen nur ein oder zwei Mal gesprochen. Und dann ... als sie ermordet wurde ...«

Garrett spürte, daß seine Nackenmuskeln sich anspannten. Er schaute den Professor durchdringend an. Bemerkte das Unbehagen in den braunen Augen des Mannes. »Sie kannten Charlotte Wilson? Sie kannten alle drei Opfer?«

Dr. O'Connors Wangen röteten sich. »Nun ... ja. Aber ich kannte keinen von ihnen gut. Sie waren nur flüchtige Bekannte.«

Garrett stellte weitere Fragen, kritzelte eine Notiz an den Rand von Charlotte Wilsons Befragungsbogen, während sie sprachen.

»Haben Sie jemals jemand kennengelernt, der Charlotte Wilson kannte? Haben Sie sie einmal zusammen mit Freunden gesehen? Wissen Sie sonst von jemandem, der sie kannte? Hat sie Ihnen gegenüber jemals etwas über Freunde oder Bekannte erwähnt? Hat sie sich jemals verängstigt oder auf irgendeine Weise seltsam verhalten?«

Der Professor konnte absolut keine Hilfe bieten.

Aber Garrett spürte, daß sein Herz zu rasen begann. Etwas geht hier vor. Etwas Verdächtiges? Reiner Zufall? Aber wir haben hier gleich drei von drei. Er kannte alle drei.

Ist es möglich, daß er nicht mehr weiß? Ist es wirklich möglich?

Fragen flogen durch Garretts Hirn. Er mahnte sich zur Vorsicht: Sei nicht aufgeregt. Du hast den Fall nicht gelöst. Du hast nichts gefunden.

Aber drei von drei?

Versuchen wir's mit der vierten.

Eine starke Böe erfaßte die Sciten auf dem Klemmbrett. Der Himmel verdunkelte sich. Beide Männer hoben die Köpfe zu den Wolken hoch. Dr. O'Connor erschauerte. »Ich denke, ich hätte Sie ins Haus bitten sollen, Officer. Sie müssen mir verzeihen.« Er warf einen Blick auf seine Armbanduhr. »Aber ich komme bereits zu spät zu meiner Vorlesung. Meine Klasse ...«

»Hier ist das vierte Opfer«, unterbrach Garrett und hob das Photo von Devra Brookes hoch, der wissenschaftlichen Assistentin. Sexy auf dem Foto, das kastanienrote Haar über einem Auge, ein vielsagendes Lächeln auf ihrem hübschen Gesicht. Garrett hatte das bestimmt hundert Mal gesehen, schüttelte aber den Kopf. Konnten die denn kein besseres Foto finden?

Der Professor senkte seinen Blick auf das Foto. Schien es zu mustern. Er schüttelte seinen Kopf. »Nein. Bedaure. Die kannte ich nicht. Ich habe sie nie gesehen.«

Garrett empfand so etwas wie Enttäuschung. »Sind Sie sicher, Professor? Ihr Name ...«

Bevor Garrett ausreden konnte, steckte Sara den Kopf aus der Tür. Sie sah Garrett, schaute dann auf das Foto. »Devra!« rief sie aus. »Liam, es ist Devra.«

»Oh. Ja.« Scharlachrote Flecken brannten auf Professor O'Connors Wangen. »Ich *kannte* sie.«

Vier Treffer.

42

Sara folgte Margaret ins Haus. Sie seufzte, glücklich darüber, daheim zu sein. »Was für ein schrecklicher Tag.«

Sie hörte, daß Liam hinter ihnen die Haustür schloß. Er ging an Sara vorbei. Seine Miene war grimmig, er wirkte erschöpft, hatte Ringe unter den Augen. Er warf seinen Mantel über die Rückenlehne der Couch. »Ich werde das unterstützen, Sara.« Er reckte seine Arme über den Kopf.

Margaret nahm Liams Mantel auf und trug ihn zur Garderobe. »Sollten wir nicht einen Anwalt nehmen? Meinst du nicht, wir sollten mit einem Anwalt auf die Polizeiwache gehen, Liam?«

Liam trat ans Fenster und schaute in den fallenden Schnee hinaus. »Wir brauchen keinen Anwalt. Wir haben nichts getan. Diese FBI-Männer greifen nach Strohhalmen.«

Sara ließ sich auf den Rand der Couch fallen. »Ein ganzer Tag auf der Polizeiwache. Wieder und wieder die gleichen Fragen beantworten.«

»Es ist alles meine Schuld«, sagte Liam leise. »Ich hätte wegen Devra nicht lügen sollen. Ich weiß nicht einmal, warum ich das getan habe. Ich denke, es lag daran, daß dieser Polizeibeamte, der dort stand, mich anstarrte. Er hat mir das Gefühl vermittelt, als hätte ich wirklich etwas zu verbergen.«

Er trat hinter Sara und begann zärtlich, ihre Schultern zu massieren. »Es ist ein so entsetzlicher Zufall. Und die Polizei – die sind verzweifelt. Sie stürzen sich auf alles. Selbst auf einen lächerlichen Zufall.«

»Mmmmm. Das tut gut«, schnurrte Sara. »Für einen Mörder hast du sehr weiche Hände, Liam.«

Er hörte mit dem Massieren auf. »Das ist nicht komisch, Sara.«

»Ich mache Tee«, verkündete Margaret, die sich zur Küche begab. »Möchte noch jemand eine Tasse?«

»Ich brauche etwas Stärkeres«, erwiderte Liam.

»Ich brauche etwas Kaltes«, sagte Sara. »Diese Polizeiwache war so unerträglich heiß. Die Heizung klapperte die ganze Zeit. Es hat mich völlig verrückt gemacht.«

Margaret verschwand in der Küche. Sara konnte hören, wie sie das Wasser aufdrehte, dann das Scheppern des Kessels auf dem Herd.

Liam hörte auf, ihre Schultern zu kneten und trat zurück. »Na ja, wir haben ihnen alles gesagt, was wir wissen. Und das ist nicht viel. Vielleicht werden sie jetzt eine andere Spur aufnehmen und uns in Ruhe lassen.«

Er zog sich den Pullover über den Kopf und legte ihn über die Schulter. Dann ging er zur Bar und schenkte sich ein großes Glas Scotch ein.

Sara beobachtete ihn und dachte angestrengt nach. Was für ein schrecklicher Zufall.

Zufall?

Natürlich war es ein Zufall.

Was könnte es sonst sein?

Armer Liam. Sie hatte nicht gewußt, daß er alle vier Opfer gekannt hatte. Er hatte das ihr gegenüber nie erwähnt. Tatsächlich hatte er überhaupt nie über die Morde gesprochen, einmal abgesehen davon, daß er gemurmelt hatte, wie schrecklich sie seien, wie verängstigt seine Studenten waren. Aber es mußte ihn sehr beschäftigt haben, wie Sara erkannte. Vier Morde. Vier Menschen, die Liam auf die eine oder andere Weise gekannt hatte.

Ja, fand sie. Es *mußte* ihm zu schaffen gemacht und ihn beunruhigt haben. Vor allem jemand, der so abergläubisch war wie Liam.

Armer Liam. Armer, abergläubischer Liam. Und doch hatte er seine Gefühle für sich behalten. Warum? Um ihretwillen? Ja. Das mußte der Grund sein.

Sie durchquerte das Zimmer und umarmte ihn, überraschte ihn damit, so daß er versehentlich etwas von dem Scotch auf den Teppich verschüttete. »Oh, Liam, du kanntest sie alle.«

»Nicht wirklich«, murmelte er. Seine Wange warm an der ihren. »Ich kannte keinen von ihnen gut. Laß uns nicht darüber reden, Sara. Ich will wirklich nicht ...«

Er löste sich von ihr, das Glas in seiner rechten Hand. »Ich gehe mich umziehen. Möchtest du daheim zu Abend essen, oder sollen wir ausgehen? Vielleicht wird ein Spaziergang durch den Schnee uns abkühlen, uns auf andere Gedanken bringen. Was meinst du? All diese Fragen. Diese Männer in ihren grauen Anzügen, die uns mit ihren kugelgelagerten Knopfaugen anstarrten, die uns all diese törichten Fragen gestellt haben. Wir werden schön zu Abend essen. Wir werden einen guten Wein trinken. Vielleicht werden wir uns betrinken. Uns einfach beruhigen. Was meinst du?«

Er sprach sehr schnell, nervös, in einem Tonfall, den Sara nie zuvor gehört hatte. Er verschwand aus dem Wohnzimmer, bevor sie antworten konnte.

Sie stand in der Mitte des Zimmers und hatte ihre Arme dicht vor der Brust verschränkt. Der arme Mann. Er wollte wirklich nicht darüber reden. Sie starrte aus dem Fenster. Der Schnee fiel jetzt heftiger, fing sich im Licht einer Straßenlaterne auf der anderen Straßenseite. Es wurde so früh dunkel. Sie warf einen Blick auf ihre Armbanduhr. Kurz nach fünf und schon so schwarz, als sei es Mitternacht.

Das Telefon klingelte, schrillte laut in dem leeren Zimmer. Sie trat an den niedrigen Tisch neben der Couch und nahm den Hörer ab. »Hallo?« Sie räusperte sich.

»Ist da Sara O'Connor? Ist da Liams neue Frau?« Eine Frauenstimme, angespannt, nur wenig lauter als ein Flüstern.

»Ja. Wer spricht da?« Sara antwortete schärfer, als sie es beabsichtigt hatte.

»Äh ... Sie kennen mich nicht. Mein Name ist Kristen Verret. Aber ich war ... äh ... mit Liam zusammen.«

»Wie bitte?«

»Ich habe mit Liam zusammengelebt. Mit Liam und Margaret. Ich muß mit Ihnen sprechen, Sara. Ich muß Sie warnen ...«

Sara spürte, daß ihr Magen sich verkrampfte. Sie spürte Furcht in ihrer Brust. »Wer *spricht* da? Was wollen Sie?«

»Hören Sie mir zu, Sara. Ich rufe an, um Sie vor Liam zu warnen.«

»Ist da Angela? Sind Sie es?« Sara umfaßte den Hörer fest, erinnerte sich an Liams Geschichte über Angela, damals in Chicago, Angela, die so versessen auf Liam war.

»Angela? Nein. Ich sagte Ihnen doch, wer ich bin. Kristen. Haben Sie Zeit? Können wir uns treffen?«

»Wie? Sind Sie verrückt? Warum sollte ich mich mit Ihnen treffen?«

»Ich muß Ihnen von Liam erzählen. Bitte. Sie sind in Gefahr. Sie sind in schrecklicher Gefahr. Hören Sie mich an.«

»Angela, ich weiß, wer sie sind, und ich weiß, worum es geht. Es tut mir wirklich leid, aber ...«

»Können Sie jetzt kommen? Ich bin im College Inn. An der Fairmont Street.«

»Nein, ich komme nicht. Hören Sie, Angela oder Kristen oder wer immer Sie sein mögen – rufen Sie mich nicht wieder an. Ich meine es ernst. Wenn Sie mich wieder belästigen, werde ich die Polizei verständigen. Das werde ich wirklich.«

»Sara, ich versuche Ihnen zu helfen.«

»Ich lege jetzt auf. Rufen Sie nicht wieder an.« Ihre Stimme zitterte vor Wut. Und Angst.

»Kommen Sie morgen nachmittag. Bitte. Ich werde auf meinem Zimmer sein. Es wird nicht lange dauern. Ich muß mit Ihnen sprechen. Morgen, Sara. Bitte.«

Sara holte tief Luft, um zu antworten. Aber die Verbindung wurde unterbrochen.

Dann hörte sie ein weiteres Klicken in der Leitung.

Sie rannte die Treppen hoch und eilte in ihr Schlafzimmer. Liam stand über die Kommode gebeugt und musterte sich im Spiegel. Er trug noch seine Cordhosen und das weiße Hemd. Das Scotchglas stand leer vor ihm. Seine Augen waren wässerig.

»Liam – hast du am Nebenapparat mitgehört?« Sie starrte auf das Telefon auf dem Nachttisch, als ob es die Frage beantworten würde.

Er drehte sich langsam um. Seine Miene zeigte Verwirrung. »Mitgehört? Nein. Hast du telefoniert?«

»Ja. Ich habe wieder so einen verrückten Anruf bekommen.«

Er kratzte sich am Kopf. Er kniff die Augen zusammen, als versuche er sich zu konzentrieren. »Angela?«

»Ich – ich weiß es nicht«, stammelte Sara. »Sie sagte, ihr Name sei Kristen. Sie sagte, sie habe mit dir zusammengelebt. Hast du mit einer Frau zusammengelebt, die Kristen hieß?«

Ein Grinsen breitete sich über Liams Gesicht. »Der Name sagt mir überhaupt nichts.«

»Liam ...«

»Es ist so schwer, sich an all die Frauen zu erinnern«, fuhr er fort, wobei seine dunklen Augen blitzten. Sara merkte, daß er sie neckte. »Die Wahrheit ist, daß ich vor dir zehn Frauen hatte.« Er rieb sich das Kinn. »Oder waren es elf? Ich bin mir nicht mehr sicher, wie viele. Ich wollte dir alles über sie erzählen, Sara. Aber es schien nie der geeignete Augenblick dafür zu sein.«

Er lachte. »Schau doch nicht so betroffen drein. Ich scherze – das siehst du doch wohl.« Er durchquerte das Zimmer und zog sie an sich, schlang seine Arme um sie, drückte sein Gesicht gegen ihres. »Mach dir wegen anderer Frauen keine Sorgen. Du bist die einzige, Sara«, flüsterte er zärtlich. »Du bist die einzige. Meine einzige.«

Er küßte sie.

»Sei ernst, Liam. Bitte«, bettelte Sara. »Sie hat mir angst gemacht. Sie sagte mir, ich solle kommen und mich mit ihr treffen. Sie sagte, ich sei in Gefahr.« Sara schmiegte sich an Liam. Sie fühlte sich so geborgen, so sicher in seinen Armen.

»Vielleicht *ist* es die verrückte Angela. Wenn Angela in der Stadt ist, werde ich mich um sie kümmern«, erwiderte Liam leise und streichelte ihr Haar. »Vielleicht sollten wir uns eine Geheimnummer fürs Telefon geben lassen.«

»Glaubst du wirklich, daß es Angela war? Kennst du jemand namens Kristen?«

Er streichelte wieder ihr Haar, liebkoste sie zärtlich. Drückte sie an sich, so daß sie sein Herz schlagen hören konnte. »Nein.

Niemand namens Kristen. Es muß Angela sein. Die arme, verwirrte Angela.«

Er hob ihren Kopf hoch und lächelte. Seine Augen waren müde und rotgerändert. »Es war ein schrecklicher Tag. Laß uns ausgehen und schön zu Abend essen. Nur wir zwei. Und mach dir keine Sorgen, Sara. Es gibt nichts, worum du dich sorgen müßtest.«

Sie zwang sich zu einem Lächeln. »Ich weiß«, flüsterte sie. »Ich weiß.«

43

»Ich mache mir Sorgen um Liam«, sagte Sara und kaute auf ihrer Unterlippe. Sie schob die Hände in die Taschen ihrer Jacke und wünschte sich, an die Handschuhe gedacht zu haben.

»Was ist mit ihm?« Mary Beth rutschte auf dem vereisten Boden aus, fand aber schnell ihr Gleichgewicht wieder. Der Schnee war nur wenige Zentimeter tief. Aber es hatte darauf geregnet. Der Regen war gefroren, hatte eine harte, schlüpfrige Oberfläche hinterlassen. Jetzt versuchte die späte Nachmittagssonne, durch eine dicke Decke von schweren, grauen Wolken zu dringen.

Sie spazierten über den Circle, nahmen den Mittelweg, der zu der Bibliothek mit den weißen Säulen am anderen Ende führte. Sara hörte Rufe. Sie drehte sich um und sah eine Gruppe von Studenten nahe der Reihe der immergrünen Sträucher, die eine Schneeballschlacht auszutragen versuchten. Aber der Schnee war zu fest und zu vereist. Rucksacktragende Studenten, die sich gegen den scharfen Wind beugten, bewegten sich zu zweit und zu dritt über die kreuz und quer laufenden Pfade zwischen den Seminargebäuden, deren Dächer mit Schnee bedeckt waren.

Mary Beth zog ihre rotgelbe wollene Skimütze tiefer in die Stirn. Sie waren erst wenige Minuten gelaufen, aber ihre Wangen waren bereits hellrot. »Oh, mein Gott. Die Flitterwochen sind vorbei? Erzähl. Was ist Liams Problem? Hast du vor, ein schreckliches persönliches Sexualproblem zu enthüllen?«

Sara kicherte. »Nein. Überhaupt nicht.

Mary Beth tat, als schmolle sie. »Wie schade.«

Das Eis knirschte unter ihren Füßen. »Streut das College diese Fußwege eigentlich nie?« fragte Sara, die nach der Schulter ihrer Freundin griff, als sie zu rutschen begann.

»Haushaltsmittel gekürzt«, erwiderte Mary Beth, die einige Studenten beobachtete, die so taten, als liefen sie Schlittschuh auf dem eisigen Weg. »Außerdem haben wir Morde, die uns Sorgen bereiten. Niemand macht sich über das Streuen der Wege sonderlich Gedanken.« Sie wandte sich an Sara. »Willst du mir nun erzählen, warum du mich aus meinem netten, warmen Büro geholt hast oder nicht?«

»Also ... es ist ... alles.« Sara hatte so darauf gebrannt, mit Mary Beth zu sprechen. Sie hatte den ganzen Morgen daran gedacht, in Gedanken geprobt, was sie sagen würde. Dann, nach dem Seminar, war sie zu Mary Beths Büro geeilt und hatte sie praktisch zu einem Spaziergang gezwungen, damit sie ungestört reden konnten.

Aber jetzt waren sie allein, und Saras Klagen über Liam erschienen ihr so banal. Er war so wundervoll. Er war so wundervoll zu ihr. Sie liebte ihn so sehr. Sie hatte plötzlich das Gefühl, als sei es geradezu Verrat, wenn sie sich Mary Beth anvertraute.

»Ich sollte eigentlich in Miltons Büro arbeiten«, sagte Sara mit einem Blick zurück auf das Verwaltungsgebäude, dessen grüne Kuppel mit Schnee bedeckt war. »Aber ich habe ihn angerufen und ihm gesagt, daß ich mich nicht gut fühle. Und ich *fühle* mich tatsächlich nicht gut. Nach gestern ...«

»Ich weiß, ich weiß. Du hast mir alles über gestern erzählt«, fiel Mary Beth ungeduldig ein. »Sechs Stunden auf der Polizeiwache. Das muß schrecklich gewesen sein. Aber was wolltest du mir *heute* erzählen? Komm schon, Sara – spuck's aus.«

»Sein Aberglaube treibt mich in den Wahnsinn!« platzte Sara heraus.

Mary Beth kniff ihre grünen Augen zusammen und schaute sie an. »Wie bitte? Sein Aberglaube?«

»Zuerst fand ich das alles ja sehr witzig«, gestand Sara kopfschüttelnd und sprach jetzt schnell und eifrig – jetzt, nachdem sie erst einmal begonnen hatte –, um all das los zu werden und es hinter sich zu bringen. »Ich meine, Liam verbringt soviel Zeit damit, über Folklore und Volksmärchen und all den Kram zu lesen und zu sprechen. So schien es richtig liebenswert zu sein, daß er abergläubisch ist und an diese alten Geschichten glaubt, über die er liest. Ich meine, ich hatte das nicht ernst genommen. Ich hatte nicht geglaubt, daß *er* alles so ernst nimmt.«

Sie blieben an der Treppe der Bibliothek stehen. Mary Beth nahm Saras Arm, sie machten kehrt und gingen zurück in die Richtung, aus der sie gekommen waren. »Also, was tut er?« fragte sie Sara, wobei sie sich ihren Wollschal enger um den Hals schlang.

»Alles«, stöhnte Sara. »Von dem Augenblick an, wo er morgens aufsteht – und auf der *rechten* Seite aus dem Bett steigt –, gibt es einen Aberglauben oder ein Ritual, das er befolgen muß. Zuerst fand ich das lustig. Zauberhaft. Interessant. Ich weiß nicht.«

Mary Beth schaute Sara in die Augen. »Also, wie schlimm ist er? Glaubst du, er ist wirklich von Zwangsvorstellungen besessen?«

Sara hatte plötzlich ein schlechtes Gewissen. »Oh, ich weiß es nicht. Vielleicht übertreibe ich. Vielleicht fällt es mir jetzt bewußter auf, weil ich irgendwie so nervös bin. Ich liebe ihn sosehr, Mary Beth. Und ich möchte, daß alles richtig ist. Aber ... also ... wir hatten wieder so einen bösen Morgen.«

»Was ist heute morgen passiert?«

Mary Beth schaute sie besorgt an. Sara fühlte sich erleichtert, weil sie sie ernstnahm, nicht ihre üblichen Witze und ironischen Bemerkungen machte. Mary Beth verhielt sich wie eine echte Freundin.

»Lach nicht. Ich habe vergessen, ›Gesundheit‹ zu sagen, nachdem er geniest hatte.«

Mary Beth lachte nicht. »Ist das ein Verbrechen?«

Sara nickte. »Liam war richtig sauer. Es war nicht das erste Mal, daß ich das vergessen hatte. Wir hatten uns schon einmal deshalb gestritten. Jedenfalls entschuldigte ich mich, aber das war nicht genug. Er begann zu erklären, warum wir ›Gesundheit‹ sagen, wenn jemand niest. Das Geräusch des Niesens zieht böse Dämonen an. Wenn wir ›Gesundheit‹ sagen, hält das die Dämonen fern.«

Mary Beth atmete hörbar aus. »Und du glaubst, daß Liam an böse Dämonen glaubt?«

»Nein. Natürlich nicht!« antwortete Sara schnell. »Ich meine, ich denke es nicht. Wie könnte er? Liam ist so klug. Er könnte doch nicht wirklich an sie glauben.« Sie kaute auf ihrer Lippe, bis sie Blut auf der Zunge schmeckte.

»Aber er war empört, weil du vergessen hattest, es zu sagen?«

Sara seufzte. »Das war nur der Anfang.«

Zwei Mädchen kamen vorbeigelaufen, rannten Sara und Mary Beth fast um. »Entschuldigung!« rief eine von ihnen, deren langes Haar wild im Wind flog, zurück.

»Nach dem Frühstück sah ich Liam ins Haus kommen. Er trug einen großen Eimer. Der Eimer war mit Schmutz gefüllt.«

»Wie ist er denn heute an Schmutz gekommen? Hat er unter dem Eis gegraben?«

Sara zuckte die Schultern. »Ich vermute es. Ich fragte, warum er einen Eimer voll Schmutz ins Wohnzimmer bringt.«

»Und?«

»Er sagte, es sei ein alter Aberglaube aus Sussex oder so. Es brächte Glück, wenn man im Januar Schmutz ins Haus trägt. Das wird Januar-Butter genannt.«

»Oh, oh.« Mary Beth verzog das Gesicht. »Ich darf nicht vergessen, das zu tun, wenn ich heute abend nach Hause komme.«

»Bitte – das ist nicht komisch.«

Mary Beth griff nach Saras Mantelärmel. »Tut mir leid. Wirklich.«

»Es geht weiter. Wir hatten diese Frau eingestellt – Mrs. Layton –, um einmal wöchentlich das Haus zu putzen. Milton hat sie uns besorgt. Also heute morgen bin ich oben und ziehe mich an und höre plötzlich einen gewaltigen Krach aus dem Wohnzimmer. Liam schrie und regte sich über irgend etwas furchtbar auf.

Ich eilte also die Treppe hinunter – und weißt du, worüber er sich so ereiferte? Mrs. Layton hatte die Eingangstür geöffnet und fegte den Staub nach draußen.«

Sara atmete tief ein und wieder aus. »Und Liam schrie ›Sie fegen das ganze Glück hinaus. Sie fegen das ganze Glück hinaus!‹«

»Ich glaub's einfach nicht«, murmelte Mary Beth.

»Liam entriß ihr den Besen und begann, den Staub wieder hineinzufegen. Er war so erregt. Er sah so ... *verrückt* aus!«

Mary Beth schüttelte den Kopf. »Unheimlich.«

»Die arme Mrs. Layton – sie wußte gar nicht, wie ihr geschah«, fuhr Sara atemlos fort. »Sie brach in Tränen aus und kündigte. Nahm ihren Mantel und lief aus dem Haus. Wartete nicht einmal darauf, daß ich sie bezahlte.«

»Oh Mann. Und was hat Liam dann getan?«

»Also, nachdem sie gegangen war, wurde er richtig klein und entschuldigte sich. Ich glaube, er fühlte sich schrecklich. Er sagte mir dauernd, wie leid ihm das täte. Er bat mich, zu verstehen. Er versprach, er würde versuchen, sich nicht wieder so hinreißen zu lassen.«

»Klingt für mich, als sei er ein Kandidat für Prozac«, sagte Mary Beth.

»Mary Beth – bitte.«

»Es könnte ihm helfen, daß er wieder normal wird, Sara.«

»Er ist *nicht* verrückt. Er ist ... er ist einfach ...«

Jetzt fühlte sie sich schuldig, weil sie mit Mary Beth über Liam gesprochen hatte. Sie hätte wissen müsen, daß Mary Beth das nicht ernst nehmen würde. Mary Beth machte über alles Witze.

»Du bist Psychologiestudentin«, erklärte Mary Beth. »Vielleicht könntest du jemand aus deiner Fakultät dazu bringen, mit Liam zu sprechen. Du weißt schon, einfach ein freundliches Gespräch. Oder vielleicht könntest du Liam dazu bewegen, einen Psychiater aufzusuchen.«

Ich hätte ihr all das niemals erzählen sollen, dachte Sara unglücklich. Zuerst macht Mary Beth Witze darüber. Und jetzt nimmt sie es zu ernst.

»Ein Psychiater? Ich glaube nicht, daß ich Liam dazu bringen könnte, einen Psychiater aufzusuchen«, erzählte sie ihrer Freundin. »Er ist wirklich okay. Ich denke, er genießt all diesen Aberglauben und das Brauchtum. Und außerdem ist all das doch völlig harmlos – oder?«

Garrett öffnete die Tür und steckte seinen Kopf in das Vorzimmer. Niemand am Schreibtisch. Der Computer dahinter war eingeschaltet, ein blaues Glühen vom Monitor.

»Dekan Cohn? Sind Sie da?«

Garrett hörte ein Husten. Rumoren aus dem Büro hinter der Trennwand. »Dekan Cohn? Ich bin's, Detective Montgomery.«

Wenige Sekunden später tauchte Milton Cohn aus dem hinteren Teil des Raumes auf. Er rückte seine marineblaue Krawatte zurecht und wischte sich dann mit einem Taschentuch Schweißperlen von der scharlachroten Stirn. Er streckte eine heiße, feuchte Hand aus, um die von Garrett zu schütteln.

»Ich habe trainiert«, erklärte Milton in seinem heiseren Bariton. »Tut mir leid, daß ich Sie nicht reinkommen hörte.« Er begann wieder, seine Stirn abzuwischen. Doch seine fleischige Hand hielt mitten in der Luft inne, und seine Augen weiteten sich. »Doch nicht schon wieder ein Mord!«

»Nein.« Garrett hob beide Hände als Zeichen, ruhig zu bleiben. »Nein. Gott sei Dank. Wie ich Ihnen am Telefon erklärte, möchte ich Ihnen nur ein paar Fragen stellen.«

Milton atmete hörbar aus. »Sie haben mich ganz schön erschreckt.« Er bedeutete Garrett, auf dem Stuhl gegenüber dem Schreibtisch Platz zu nehmen. Dann ließ Milton sich schwer auf den Schreibtischsessel fallen und beugte sich über den Schreibtisch, noch immer außer Atem durch sein Training.

»Es ist nett von Ihnen, daß Sie mich so spät abends noch empfangen.« Garrett deutete auf den dunkler werdenden Himmel draußen vor dem Fenster. »Sie waren sehr kooperativ.« Er zog einen kleinen Block und einen Bleistift heraus.

»Ich habe versucht, auf jede erdenkliche Weise Ihrem Department zu helfen«, erwiderte Milton förmlich. Er musterte Garrett mit seinen silbrigen Augen. »Niemand ist über diese Morde entsetzter als ich. Persönlich und auch, was das College betrifft.« Er räusperte sich laut. »Wie ich Ihnen erzählte, kannte ich eines der Opfer. Devra Brookes.«

Garrett nickte. Er tat, als prüfe er etwas auf seinem Block. Aber er hatte nichts auf die Seite geschrieben, die er aufgeschlagen hatte. »Ich muß Ihnen ein paar Fragen über jemand aus dem Collegekollegium stellen«, sagte er, den Blick auf Milton gerichtet.

Die Augen des Dekans flackerten neugierig. »Jemand, der hier lehrt? Sie glauben doch nicht ...«

»Reine Routine«, unterbrach Garrett.

Reine Zeitvergeudung, dachte er, weil er sich plötzlich albern fühlte. Warum bin ich hier? Warum verfolge ich diese Geschichte? Die FBI-Agenten haben mich für einen Blödmann gehalten, weil ich diesen Professor und seine Frau und seine Schwester auf die Wache bestellt hatte.

Was ist schon dabei, daß er alle vier Opfer zufällig kannte? *Was* schon? Es ist unmöglich, daß dieser sanftmütige, ruhige Kerl ein Psychopath ist, der Menschen mit seinen bloßen Händen zerreißt.

Was mache ich hier? Warum bin ich so verdammt hartnäckig, was diesen Burschen betrifft?

»Was können Sie mir über Liam O'Connor erzählen?« fragte er den Dekan. »Er ist doch hier Gastprofessor, stimmt's?«

Milton richtete sich mit einem Grunzen gerade auf. »Liam? Warum sind Sie an Liam interessiert?«

»Die Agenten und ich haben gestern mit ihm ein kleines Gespräch geführt«, verriet Garrett. Er war sich unsicher, ob er das erwähnt haben sollte oder nicht.

Ach, zum Teufel. Das war sowieso reine Zeitverschwendung.

»Liam ist ein sehr fähiges, sehr anerkanntes, sehr geschätztes Mitglied der akademischen Gemeinschaft«, sagte Milton großspurig. »Ich glaube wirklich nicht ...«

»Er war mit allen vier Opfern bekannt«, platzte Garrett heraus. Er hatte nicht die Geduld, irgendwelchen Sprüchen zuzuhören.

Miltons Mund öffnete sich zu einem kleinen O vor Überraschung. »Aber das bedeutet überhaupt nichts, Detective«, erwiderte er nach einem langen, nachdenklichen Schweigen. »Freewood ist schließlich eine sehr kleine Stadt.«

Garrett nickte. »Ich greife nur nach Strohhalmen, Dekan Cohn. Denken Sie einmal nach. Gibt es irgend etwas, das Sie mir über Professor O'Connor erzählen können, das vielleicht ...«

»Ich kann nur Gutes über ihn berichten«, unterbrach Milton ihn. »Nur gute Dinge. Ich – ich kann einfach nicht glauben, daß Sie mich überhaupt nach ihm fragen.«

Ich auch nicht, dachte Garrett bitter.

»Liam ist ein weltweit bekannter Gelehrter. Seine Bücher sind auf der ganzen Welt veröffentlicht worden. Er – er ist ein Lehrer!« erklärte Milton, dessen Gesicht röter wurde, je aufgeregter er wurde. »Er ist kein ... kein ...«

Garrett hob wieder seine Hand. »Ich weiß. Wie ich bereits sagte, bin ich verzweifelt. Ich dachte nur, daß Sie vielleicht ...«

»Es gibt nichts, was ich Ihnen über Liam erzählen kann«, knurrte der Dekan. »Sein Lebenslauf, seine Referenzen, sein Ruf – das ist alles untadelig. Die Verwaltung in Chicago bedauerte es sehr, daß er ging. Er mußte ihnen versprechen, daß ...«

»Chicago?« Garrett kritzelte den Namen auf seinen Block. »Er kam aus Chicago hierher? Und warum hat er die Universität dort verlassen?«

»Ich – ich bin mir wirklich nicht sicher«, stammelte Milton. »Ich glaube, er brauchte eine Pause. Er erzählte mir, daß er eine ruhigere Atmosphäre benötige, wo er sich darauf konzentrieren könne, sein neues Buch zu schreiben. Wirklich, Detective Montgomery, ich versichere Ihnen ...«

Garrett stand auf und schlug den Notizblock zu. »Sie haben recht, Sir. Ich entschuldige mich. Ich vergeude nur Ihre Zeit. Es war sehr freundlich von Ihnen, mich zu empfangen. Ich hoffe ...«

»Ich hoffe, Sie haben bessere Spuren, als Professor O'Connor nachzujagen«, sagte Milton kopfschüttelnd.

»Ich wünschte, es wäre so«, murmelte Garrett verhalten. Er dankte dem Dekan nochmals und verließ dann schnell das Büro.

Milton saß über den Schreibtisch gebeugt, den Kopf auf die Hände gestützt und dachte angestrengt nach. Die Polizei, das FBI – offensichtlich haben sie keine Spur, sagte er sich.

Vier Morde. Vier brutale Morde. Und sie drehen sich nur im Kreis, stellen Fragen über einen Mann, der seine ganze Zeit damit verbringt, über Kobolde und Elfen zu lesen.

Dieser Detektiv konnte nicht verbergen, wie albern er sich fühlte.

Was hat er von mir erwartet? Daß ich bereits seit langer Zeit vermute, daß Liam ein wahnsinniger Serienmörder ist?

Vier Morde. Vier ...

Liam ist erst kurze Zeit in dieser Stadt. Er ist erst vor vier Monaten hergezogen. Vier ...

Vier ...

Eine kurze Zeit, um mit allen vier Opfern Bekanntschaft zu schließen. Alle vier ...

Milton warf einen Blick auf seine Schreibtischuhr. Kurz nach halb sechs. Das bedeutete, daß es in Chicago erst halb fünf war.

Ich frage mich, ob Jimmy Pinckney noch in seinem Büro ist.

Jimmy wird wahrscheinlich lachen, wenn er hört, daß die Bullen hier Liam des Mordes verdächtigen. Liam hat vier Jahre an Jimmys Fakultät verbracht. Mindestens vier Jahre.

Vier ... Vier ...

Ich hatte Jimmy ohnehin anrufen wollen. Hatte mich erkundigen wollen, wie es seinem Sohn geht.

Milton blätterte in seinem Adreßbuch. Fand die Bürotelefonnummer an der Universität. Mit einem Schuh auf den Boden klopfend, wählte er die Nummer in Chicago.

Eine Sekretärin meldete sich. »Bedaure, Sir. Dekan Pinckney ist nicht da. Ich glaube nicht, daß er heimgegangen ist, aber – oh – warten Sie. Da kommt er. Augenblick.«

Ein paar Sekunden später Pinckneys überraschte Stimme in der Leitung. »Milton – lebst du noch?«

»Ich weiß, ich weiß. Ich habe dich seit Monaten anrufen wollen.«

Ein paar Minuten Geplauder. Ja, Pinckneys Sohn ging es ausgezeichnet. Ein kalter, gnadenloser Winter in Chicago. Was gab es sonst Neues?

»Jimmy, ich rufe eigentlich an, um dir eine Geschichte über Liam zu erzählen.«

»Liam? Wie geht es ihm? Wie übersteht er den Kulturschock?«

Milton zögerte. »Also ... ich bin mir nicht sicher. Wir haben hier eine ziemlich schlimme Zeit, Jim. Du hast darüber gelesen?«

»Daß der Sohn eines Fernsehbosses in der Nähe des Campus ermordet wurde? Und die anderen? Ja. Die Nachrichten bekommen wir aus Pennsylvania. Vor allem, wenn's schlechte Nachrichten sind.«

»Es war wirklich schlimm, Jim. Du weißt ...«

»Klingt so wie das, was hier in den letzten Jahren passiert ist.«

»Wie?«

»Du weißt doch, Milton. Die Morde auf dem Campus. Es war entsetzlich. Wir hatten hier drei. Einer gräßlicher als der andere. Nicht aufgeklärt. Kannst du dir das vorstellen? Drei Morde und der Kerl kommt ungeschoren davon.« Eine Pause. Ein Knacken in der Telefonleitung. Dann fuhr Pinckney fort: »Komisch, daß du ausgerechnet Liam erwähnst. Im letzten Frühjahr waren zwei FBI-Burschen in meinem Büro. Fragten mich nach Liam. Ausgerechnet nach Liam. Scheint, daß er die drei Leute gekannt hatte ... alle drei, die ermordet wurden.«

Milton umfaßte den Telefonhörer so fest, daß seine Hand schmerzte. Zahlen brüllten durch sein Hirn.

Drei?

Drei? Vier?

Drei plus vier?

Pinckneys Stimme wurde hinter dem Gebrüll leiser: »Also, was war das für eine Geschichte, die du mir über Liam erzählen wolltest? Wie? Milton? Milton? Bist du noch dran? Milton? Janet – ich glaube, wir sind unterbrochen worden.«

Milton ging stürmisch in dem kleinen Büro auf und ab, hatte die Hände hinter seinem Rücken verschränkt. Unmöglich. Es war unmöglich.

Das einzige Wort.
Aber sieben von sieben?
Unmöglich.
Ein unmöglicher Zufall.
Sein Genick prickelte. Schweiß lief ihm übers Gesicht, in die Augen.
Unmöglich.
Aber er kannte sie alle. Liam kannte sie alle.
Es gibt eines, was ich tun muß, entschied Milton und griff nach dem Telefon.
Ich muß Sara warnen.

44

Sara schloß die Haustür hinter sich und eilte zum Telefon. »Jemand daheim?« Warum nahm denn niemand das Telefon ab? Sie hatte es von draußen immer wieder klingeln gehört, während sie mit ihren Schlüsseln herumfummelte.
Schweratmend nahm sie den Hörer ab. »Hallo?«
Sie hörte ein Klicken, dann das Summen des Freizeichens.
Wer immer das gewesen sein mochte, hatte aufgegeben.
Ihre Stiefel hatten dunkle Pfützen auf dem Boden hinterlassen. Sie bückte sich, um sie auszuziehen. Die Kälte klebte an ihrem Mantel, an ihrer Haut. Sie erschauerte, als sie ihre Tasche mit den Büchern auf den Boden fallen ließ.
Sie wandte sich zum Wohnzimmer. »Wo seid ihr denn?«
Dunkel darin. Sie schaute zur Treppe hoch. Da oben auch dunkel. Margaret war nicht zu Hause.
Sie zog ihren Mantel aus und warf ihn in den Garderobenschrank. Die Ärmel ihres Pullovers reibend, trat sie ins Wohnzimmer und schaltete eine Lampe ein. Sie schaute sich rasch in dem Raum um. Teile der Morgenzeitung auf der Couch verstreut. Der Staubsauger an der Wand. Eine gelbe Sprühdose auf dem Kaffeetisch neben einem dunkelfleckigen Lumpen.
Mrs. Layton. Sie hatte gekündigt und war aus dem Haus ge-

stürmt, ohne ihre Arbeit zu beenden. Das Morgendrama mit der Haushälterin ging Sara wieder durch den Kopf.

Wieder empfand sie Schuld. Warum hatte sie sich Mary Beth so absolut wegen Liam anvertraut? Nach all diesen Jahren sollte sie eigentlich wissen, daß sie Mary Beth gegenüber nicht so offen sein sollte.

Mary Beth ist eine gute Freundin, fand Sara, aber ich sollte sie nicht um Rat fragen. Ich bin jetzt eine verheiratete Frau – keine unerfahrene Studienanfängerin mehr. Ich sollte in der Lage sein, meine Gefühle Liam anzuvertrauen. Was habe ich mir dabei eigentlich gedacht? Eine unerfreuliche Begebenheit, und ich gehe zu Mary Beth und tratsche wie eine Sechsjährige.

Sie schlug sich eine Hand vor die Stirn. Was *habe* ich mir dabei gedacht? Sie wünschte, den Tag zurückdrehen zu können – zurück zum Morgen – und ihn neu beginnen zu können.

Wieder erschauernd, weil ihr nicht wärmer wurde, kontrollierte sie den Thermostat an der Wand in der Eingangshalle, ging dann in die Küche und setzte den Kessel auf den Herd, um Tee zu machen.

Ihr Blick fiel auf eine Notiz am Kühlschrank. Sie war mit Margarets geschnörkelter Handschrift geschrieben, informierte Sara und Liam, daß sie an diesem Abend nicht zu Hause sein würde. Margaret aß mit einer Frau zu Abend, die sie im Antiquitätengeschäft kennengelernt hatte. Anschließend wollte sie ein Konzert des Streichquartetts der Universität besuchen.

Nur Liam und ich heute abend. Endlich einmal, dachte Sara. Sie schaute auf die Uhr. Ein paar Minuten nach sechs – und sie hatte noch nichts fürs Abendessen geplant.

Das Telefon klingelte. Sara spürte, wie ihr Magen sich verkrampfte. Ich hoffe, es ist nicht Liam, der mir erzählt, daß er heute abend sehr spät kommt. Mir ist wirklich nicht danach, allein zu sein. Ich sehne mich danach, ihn zu sehen.

Sie nahm den Hörer vom Wandapparat ab. Vielleicht ist es Mary Beth. Falls sie es ist, werde ich ihr sagen, sie soll alles vergessen, was ich heute nachmittag gesagt habe. »Hallo?«

»Hallo. Mrs. O'Connor?«

»Ja?« Ja, ich *bin* Mrs. O'Connor. Der Klang des Namens erregte sie noch immer. Aber dann durchfuhr sie wieder eisige Furcht. Rief diese Frau möglicherweise wieder an? War das wieder diese Angela?

»Tut mir leid, wenn ich Sie störe, aber hier ist Cathy aus Professor O'Connors Büro.«

»Oh. Hi, Cathy.« Sara gab einen stummen Seufzer der Erleichterung von sich. »Was ist? Ist mein Mann da?«

»Nein. Er ist früh gegangen. Aber er hat mich gebeten, seinen Flug nach Dallas zu bestätigen. Ich hatte das ganz vergessen. Ich will die Fluggesellschaft anrufen, bevor ich gehe, aber ich brauche die Flugnummern. Können Sie einmal nach den Tickets schauen? Falls Ihnen das nicht zuviel Mühe macht?«

Flug nach Dallas. Sara hatte ganz vergessen, daß Liam nächste Woche einen Vortrag zu halten hatte. Er hatte sich dazu bereit erklärt, bevor er wußte, daß er an die Moore Stat kommen würde. Er sagte, er freue sich nicht darauf, habe aber sein Wort gegeben.

»Kein Problem, Cathy«, sagte Sara. »Wahrscheinlich liegen sie irgendwo auf dem Schreibtisch. Warten Sie ein oder zwei Minuten. Bleiben Sie dran.«

Sie ließ den Telefonhörer baumeln und lief ins Wohnzimmer zu Liams Schreibtisch. Sie schaltete die Schreibtischlampe ein und schaute sich suchend um. Haufen von Papier. Ein Stapel Fachjournale und Magazine. Ein Buch über keltische Folklore und Mythen. Noch mehr Papier. Ein schwerer Briefbeschwerer aus Glas. Alles sehr sauber und geordnet.

Sie sah das Flugticket nicht auf den ersten Blick. Sie inspizierte den ersten Stapel Papier, blätterte ihn rasch durch. Dann den nächsten Stapel. Dann ging sie die Journale und Magazine durch.

Vielleicht hatte Liam sie in eine Schreibtischschublade gelegt.

Sie zog die oberste Schublade auf. Ein paar Notizbücher. Mehrere Filzstifte. Ein Lexikon. Nein. Hier würde er sie nicht aufbewahren. Er ist so organisiert, so methodisch. Ich wette, er hat irgendwo einen Ordner mit dem Stichwort REISE.

Sie zog die zweite Schublade an der rechten Seite auf. Weitere

Papiere? Nein. Offene Rechnungen. Das war Liams Rechnungsschublade.

Sie öffnete die Schublade ein wenig weiter und entdeckte eine weiße Schachtel, eine Briefpapierschachtel. Bewahrte er Reiseunterlagen und ähnliches darin auf?

Sie nahm die Schachtel aus der Schublade und hob den Deckel ab. Schob die Schachtel in den Lichtkegel der Schreibtischlampe.

Fotos. Schnappschüsse. Alte Schulfotos.

Ich wußte nicht, daß Liam hier Fotos aufbewahrt. Wer *sind* diese Leute?

Liam, ein sehr junger Liam, neunzehn oder zwanzig vielleicht, zwei Finger hinter dem Kopf eines blonden jungen Mannes erhoben. Sie grinsten beide. Liam, ein wenig älter, in einem schlechtsitzenden Sportjackett, einem scheußlichen Wolljackett mit riesigen Schultern. Er stand verlegen neben einer lächelnden jungen Frau.

Ich habe keine Zeit, mir die anzusehen. Ich sollte sie mir nicht ansehen, schalt Sara sich.

Aber dann fiel ihr Blick auf einen anderen Schnappschuß. Eine dunkelhaarige junge Frau in einem knappen schwarzen Bikini irgendwo an einem Strand, die neckisch in die Kamera grinste.

Wer ist *sie*? Sara konnte ihre Neugier nicht unterdrücken. Die junge Frau sah Sara sehr ähnlich. Wen lächelte sie so verlockend an? Liam?

Sie drehte den Schnappschuß um. Eine Handschrift auf der Rückseite, durch die Zeit verschmiert. Sie kniff die Augen zusammen, um die verblichenen Worte lesen zu können: *In Liebe, Kristen.*

In der Küche begann der Kessel zu kreischen.

45

»Liam!«

Er kam lächelnd in den Raum geschritten, den Mantel offen, und trug einen Strauß roter Rosen, in Seidenpapier gewickelt, in einer Hand, eine gelbe Plastikeinkaufstüte in der anderen.

Sara hatte gerade den Hörer aufgelegt. Cathy würde warten müssen, bis Liam das Ticket gefunden hatte. Sara hielt noch immer den Schnappschuß von Kristen in einer Hand.

Liam legte ihr die Rosen in den Arm. »Es tut mir leid wegen heute morgen, Liebling.«

»Liam, ich ...«

»Ich weiß. Ich habe mich völlig falsch verhalten. Ich bin einfach durchgedreht. Ich bin ausgeflippt, wie meine Studenten sagen würden.«

Sein Lächeln wurde breiter. »Aber ich werde das heute nacht wiedergutmachen. Das versprech ich.« Er küßte sie, drückte die Blumen zwischen ihnen. Sein Gesicht fühlte sich kalt an, aber seine Lippen waren warm.

Sie wich zurück. »Liam – ich muß dich etwas fragen.«

Er hob die Plastiktüte. »Ich habe uns Abendessen mitgebracht. Ich bin früh gegangen und war beim Szechuan Garden.« Er schnupperte. »Mmmmm. Duftet das nicht köstlich? Ich habe zweimal Gemüseklößchen mitgebracht. Dein Lieblingsgericht.«

Er trat näher, um sie wieder zu küssen. »Laß uns einen romantischen Abend verbringen, Sara. Laß mich diesen Morgen vergessen machen.«

Sie konnte spüren, daß ihr Herz zu rasen begann. So wirkte sein Lächeln immer auf sie. Und diese braunen Augen, diese weichen, seelenvollen braunen Augen, die so voller Liebe, voller Anbetung für sie waren.

Aber sie hielt das Foto in ihrer Hand.

Sie legte die Blumen ab. Und hob den Schnappschuß hoch. »Liam, ich – ich habe dies gefunden«, stammelte sie. Ihre Stimme zitterte, obwohl sie sich bemühte, leise und ruhig zu sprechen.

Er schaute mit schmalen Augen darauf. Er stellte die Tüte mit dem chinesischen Essen auf dem Boden ab. »Was ist das?«

»Ich habe es in einer Schachtel gefunden. In deiner Schreibtischschublade. Auf der Suche nach deinem Flugticket. Ich dachte, es könnte in der Schachtel sein. Aber statt dessen fand ich dieses Foto.«

Er zog die dunklen Augenbrauen zusammen, nahm ihr den

Schnappschuß aus der Hand und hielt ihn dicht vor sein Gesicht, musterte ihn aufmerksam. Seine Augen bewegten sich von einer Seite zur anderen, als läse er ihn. »Wer *ist* das?«

»Das ist Kristen«, brachte Sara heraus. »Lies die Rückseite. Es ist Kristen. Die Frau, die mich gestern anrief. Du sagtest mir, du kennst niemand namens Kristen. Aber da ist sie. Kristen.«

Er starrte weiter das Foto an. Drehte es um. Las die Rückseite. Drehte es wieder um. Richtete dann seinen Blick auf Sara. »Ich habe sie nie zuvor gesehen.«

»Liam ...«

»Wo hast du es gefunden? In einer Schachtel? Welcher Schachtel?«

Sie drehte sich um und führte ihn zum Schreibtisch. Die Dielen knarrten beim Gehen unter ihren Füßen. Sie hatte das Knarren vorher nicht bemerkt, aber als sie durch das Zimmer ging, wirkte jedes Geräusch verstärkt, jedes Stapfen ihrer Füße auf dem Boden, jeder Atemzug, den sie machte, jedes Schlucken.

Die Schreibtischlampe brannte hell wie ein Scheinwerfer. Die Schachtel stand in der Mitte des Schreibtischs, da, wo sie sie stehengelassen hatte. Der Deckel der Schachtel daneben. Die Schublade noch geöffnet.

»Dort.« Sie deutete darauf.

Liam, die Augenbrauen immer noch zusammengezogen, seine Miene noch immer gespannt, ergriff die Schachtel und schaute die Fotos schnell durch.

Nach ein paar Sekunden stellte er die Schachtel auf die Schreibtischplatte zurück und sah sie an. »Das sind nicht meine Fotos.«

»Wie?«

»Es ist nicht meine Schachtel. Die gehört Margaret. Das sind Margarets alte Fotos.«

»Wirklich?« Saras Stimme klang hoch und schrill. Sie legte eine Hand auf ihre Brust, als versuche sie, ihr klopfendes Herz zu beruhigen.

Sagte er die Wahrheit? War es so?

Er blickte wieder auf das Foto von Kristen, ließ es dann in die offene Schachtel fallen. »Die Möbelpacker müssen diese Schachtel in den falschen Schreibtisch geräumt haben. Ich kenne diese Kristen nicht. Sie kommt mir überhaupt nicht bekannt vor. Muß eine Freundin von Margaret gewesen sein. Wir können sie ja später fragen.«

Sara schluckte schwer. »Oh, Liam. Es tut mir so leid. Als ich das Foto sah, da ...«

Er verschloß ihren Mund mit einem Kuß. Er küßte sie leicht, dann mit viel Gefühl. Als er sich von ihr löste, grinste er. »Ich liebe es, eine eifersüchtige Frau zu haben.«

»Nein, es war falsch«, stammelte Sara. »Ich hätte nicht voreilig solche Schlüsse ziehen sollen.«

»Vor allem bete ich eine Frau an, die auf ein verblichenes altes Foto eifersüchtig werden kann«, fuhr Liam fort, wobei er sie zärtlich in seinen Armen hielt. »Ich bin ein sehr glücklicher Mann, Sara. Ein sehr glücklicher Mann.«

»Ich bin die Glückliche«, murmelte Sara.

Während er sein Gesicht senkte, um sie wieder zu küssen, fiel ihr Blick auf das Foto der neckisch lächelnden jungen Frau in der Schachtel. Sagte Liam die Wahrheit?

Natürlich.

Nach dem Abendessen führte er sie die Treppe zu ihrem Schlafzimmer hoch. »Eine besondere Nacht«, flüsterte er leise. Sein warmer Atem kitzelte ihr Ohr, so daß sie erschauerte.

Sie griff nach dem Lichtschalter, aber er zog ihre Hand behutsam fort. »Heute nacht keine Licht.« Wieder ein Flüstern. Seine Lippen streiften ihre Wange. Seine Hände bewegten sich über den Rücken ihres Pullovers. Sie glitten unter den Pullover, als er sie zärtlich küßte. So zärtlich. Seine Hände waren warm auf ihr, warm und weich.

Er zog ihr den Pullover aus. Er küßte sie wieder. Seine Zunge drückte leicht gegen ihre. Seine Hände, seine warmen Hände, liebkosten sie. Er stieß einen kleinen Lustschrei aus.

»Zieh dich aus. Ich bin gleich zurück.«

Er verschwand in der Dunkelheit. Blaues Licht fiel durch das

Fenster in den Raum, blaßblau auf den Teppich, als ob sie auf Luft stünde, im Himmel.

Ihr war, als schwebe sie. Ihr Körper kribbelte noch immer von seiner Berührung. Sie schmeckte ihn auf ihren Lippen, als sie ihre restliche Kleidung ablegte, sie in einem Haufen auf den Teppich legte und unter die Decke glitt.

Liam, ich will dich. Liam, wohin bist du gegangen? Ich will dich so sehr.

Er tauchte wenige Sekunden später im orangefarbenen Flakkern einer Kerze wieder auf. Sie konnte sein Lächeln sehen, das dunkle, erregte Blitzen seiner Augen.

Er trug eine lange, weiße Kerze vor sich. Während er sie auf die Kommode stellte, konnte Sara die kleine Schachtel sehen, die er in der anderen Hand hielt. Er stellte die Schachtel neben die Kerze auf die Kommode. Und wandte sich zu Sara.

So schön in dem düsteren Licht. Nur dunkle Augen und Schatten. So schön. Ich will dich jetzt, Liam. Bitte – komm in mich.

»Ich habe dir eine besondere Nacht versprochen«, sagte er mit leiser Stimme, die kaum mehr als ein Flüstern war. Er sprach schnell und erregt, und seine Augen flackerten mit dem Kerzenlicht. »Eine ganz besondere Nacht, meine wunderschöne Sara.«

Er hob die Schachtel auf und hielt sie mit beiden Händen. »Ich weiß, daß du nicht wie ich in der Welt von Magie und Aberglaube lebst, mein Liebling. Aber dies ist eine alte irische Zeremonie, die Frischvermählte von Generation zu Generation vollzogen haben.«

Sara richtete sich am Kopfende des Bettes auf, zog die Decke bis unter ihr Kinn. Was hat er vor? überlegte sie, plötzlich ängstlich. Sie wollte sagen: »Liam, setz diese Schachtel ab und komm ins Bett.« Sie überlegte, wie er darauf reagieren würde.

Aber er wirkte so ernst, so in sich gekehrt, daß sie wußte, daß sie ihn so nicht verletzen konnte. Er ist viel romantischer als ich.

Ich werde dies mitmachen, weil er so wundervoll ist und weil ich ihn so sehr liebe. Ich liebe ihn und seine albernen Aberglauben und Zeremonien.

»Liam – was ist in der Schachtel?« fragte sie leise.

Vielleicht war es ein Geschenk für sie. Ein besonderes Geschenk. Schmuck, der einmal seiner Mutter gehört hatte, ein Ring, der über Generationen in seiner Familie vererbt worden war.

Er hob einen Finger an die Lippen, bedeutete ihr, nicht zu sprechen. Er bewegte sich durch die tanzenden Schatten zu dem CD-Player auf dem Bücherregal neben dem Schrank. Ein paar Sekunden später schwebte leise Musik durch den Raum. Sie erkannte Bach. Ein Flötenkonzert.

So süß, dachte sie. So romantisch.

Sie hörte ihn zu der Musik singen. Worte auf Gälisch. Sie konnte es nicht deutlich hören.

Er hob wieder seinen Finger an die Lippen. Lächelte sie an.

Dann öffnete er die Schachtel.

Ist es eine Halskette? überlegte sie. Ein alter Anhänger? Ein Smaragd?

Er hob einen Gegenstand aus der Schachtel und hielt ihn in den Schimmer des orangenen Lichtes.

Eine menschliche Hand.

Sara stieß ein leises Keuchen aus.

»Die ist von einer Schaufensterpuppe«, sagte er leise, wobei seine Stimme sich kaum über die leise säuselnde Flöte hob. Er hielt sie ihr hin, damit sie sie deutlicher sehen konnte. »Nur die Hand einer Puppe, aber sie wirkt so echt, nicht wahr?«

»Ja. Sehr«, murmelte sie und faßte die Bettdecke mit beiden Händen.

»Sie muß lebensecht sein, mein Liebling, damit der Zauber wirkt.«

Der Zauber? Was hatte er vor?

Kein Smaragd? Kein wunderschöner Juwelenanhänger, der von seiner Mutter stammte?

Warum brauchte er eine lebensechte Hand? Was waren das für Worte, die er sang?

Sara beugte sich vor, beruhigt von seinem herzlichen Lächeln, der dunklen Erregung in seinen Augen. Beschwichtigt von der weichen lyrischen Melodie der fremdartigen Worte.

Liam wandte sich zu der Kommode. Er nahm die weiße Kerze aus dem Halter. Er steckte die Kerze in die Hand der Schaufensterpuppe. Jetzt hielt die Hand die Kerze in hölzernem Griff. Liam hob sie hoch vor sich. Die Flamme tauchte Liam in ein orangenes Glühen.

Er senkte die Hand, bis die Kerze vor seinem Gesicht flackerte. Als er zu sprechen begann, beugte sein Atem die Flamme nieder.

»Mögen die schlafen, die schlafen«, rezitierte Liam. *»Und mögen die wachen, die wachen.«*

Wenige Sekunden später ruhte die Hand der Schaufensterpuppe auf der Kommode, die leuchtende Kerze fest hineingesteckt. Liam glitt neben Sara und zog sie schweigend und zärtlich an sich.

Er drang schnell in sie, fast grob. Sie keuchte, schloß die Augen, hob ihm ihren Körper entgegen.

Sie liebten sich leidenschaftlicher, als sie sich je geliebt hatten.

Die Kerze war heruntergebrannt. Bäche von weißem Wachs flossen über die hölzerne Hand, als Liam schließlich mit einem Aufschrei des Glücks in ihr explodierte.

46

Sara erwachte. Sie fühlte sich zerschlagen und steif. Es pochte in ihren Schläfen. Sie blinzelte in das hellgelbe Sonnenlicht, das durch das Fenster hereinflutete, und tastete nach Liam.

Zu ihrer Überraschung war er nicht da.

Sie richtete sich auf, schloß die Augen, massierte sich die Schläfen. Ihre Beine fühlten sich schwach an. Vielleicht von der Liebe.

Nach einer langen, heißen Dusche werde ich mich besser fühlen, überlegte sie. Sie beugte sich vor, um die Einkerbung in Liams Kopfkissen zu glätten. Süßer Liam. Sie wollte, daß er sie jetzt umarmte. Sie dachte wieder an die vergangene Nacht, an ihr langes, leidenschaftliches Liebesspiel, das so feurig und zugleich zärtlich gewesen war.

»Liam, wo bist du?« murmelte sie mit schlaftrunkener Stimme.

Dann warf sie einen Blick auf die Nachttischuhr. Fast zehn! Sie hatte verschlafen. Warum hatte er sie nicht geweckt? Ihr Seminar begann um elf. Sie hatte geplant, in der Bibliothek zu sein, wenn sie öffnete, um sich vorzubereiten und ihre Notizen zu ordnen.

Ihr Kopf dröhnte noch immer. Sara stand auf und ging ins Badezimmer, stolperte über das Laken, das um ihre Beine gewunden war, und zog es mit sich.

Eine heiße Dusche. Eine heiße Dusche und ein Aspirin. Und dann raus hier. Dieser Tag fängt nicht gut an.

☆ ☆ ☆

Milton ließ das Telefon sechs Mal klingeln. Sieben Mal. Acht Mal. »Komm schon, Sara. Nimm ab.« Seine Finger trommelten auf dem Schreibtisch. Frustriert knallte er den Hörer auf die Gabel.

Er hatte den ganzen letzten Abend versucht, sie telefonisch zu erreichen, aber der Hörer mußte neben den Apparat gelegt worden sein. Wenn sie doch nur im Büro vorbeischauen würde …

Was werde ich sagen, wenn ich mit ihr spreche?

Die Frage hallte unbeantwortet in seinem Kopf wider.

»Sara, Sie sind nicht sicher. Ihr Mann ist vielleicht ein wahnsinniger Serienmörder?«

Liam?

Sara wird mir ins Gesicht lachen.

Wie kann ich das überhaupt nur denken? Liam wirkt so sanft und kultiviert. Es ist nicht möglich. Und doch ist es möglich.

Er kannte sieben von sieben.

Das ist es, was ich Sara sagen werde. »Es hat auch in Chicago Morde gegeben. Grauenhafte, unmenschliche Morde. Und Liam kannte sie alle, kannte alle Opfer.«

Ich muß sie warnen, beschloß Milton. Ich habe keine andere Wahl. Ich muß sie davon überzeugen, daß sie wirklich in Gefahr ist. Sie wird mich nicht auslachen, wenn sie sieht, wie ernst ich bin. Sie wird nicht lachen, wenn ich ihr von diesen sieben von sieben erzähle.

Und was dann?

Sie kann ihre Sachen packen. Kann in meinem Haus bleiben, bis wir entschieden haben, was zu tun ist.

Milton hatte den Polizeidetektive angerufen, der ihn besucht hatte. Detective Montgomery sei nicht auf der Wache, mache Streifendienst, war ihm gesagt worden. Aber er würde zurückrufen, sobald er wieder da sei.

Milton holte seinen Mantel aus dem Garderobenschrank. Legte ihn um und eilte aus dem Büro. Ich brauche kalte Luft. Fühle mich, als würde ich verbrennen. Verbrennen.

Er trat in einen grauen, stürmischen Tag hinaus. Dunkle Sturmwolken, die sich rasch senkten, ein Himmel, der seine Stimmung perfekt widerzuspiegeln schien.

Er steckte die Hände in die Manteltaschen. Hielt sich nicht damit auf, den Mantel zuzuknöpfen. Er beugte sich gegen den kalten Wind, spürte eine feuchte Schneeflocke auf seiner heißen Stirn. Dann noch eine.

Mit langen Schritten begann er den Circle zu überqueren, sah die Studenten auf den Wegen nicht, achtete nicht darauf, wohin er ging, ließ sich von der kalten frischen Luft beruhigen.

Auf halbem Wege zur Bibliothek stieß er mit Sara zusammen.

Sie schrien beide auf.

Schneespuren in ihrem schwarzen Haar. Ihre Augen rotgerändert. Seine Hände flogen auf die Schultern ihres Mantels. »Sara ...!«

»Tut mir leid, Milton. Ich – ich hab's eilig. Ich komme zu spät, und ich fühle mich nicht gut. Ich ...«

»Ich habe versucht, Sie zu erreichen.«

»Ich weiß. Ich weiß. Es tut mir leid, daß ich gestern nicht zur Arbeit gekommen bin. Ich glaube, ich habe die Grippe oder so. Ich glaube, daß ich heute auch nicht kommen kann. Ich ...«

Sie eilte an ihm vorbei, ihr Gesicht blaß in dem grauen Licht.

»Ich muß mit Ihnen sprechen. Sofort.«

»Nein. Ich komme zu spät.«

»Aber, Sara – es ist wirklich dringend. Ich muß mit ...«

»Mein Seminar!« Sie begann zu rennen. Ihr Rucksack tanzte

auf ihren Schultern. »Tut mir leid, Milton. Kann ich Sie später anrufen?«

»Nein!« Er begann, ihr nachzulaufen, Schnee in seinen Augen. »Sara – hören Sie mir zu!« Seine Stimme wurde vom Wind zurückgetrieben. »Nein – warten Sie!«

Aber er konnte sie nicht einholen. Ein Elefant, der ein Wettrennen mit einer Gazelle lief.

»Sara – ich muß mit Ihnen reden!«

Studenten riefen, schrien sich etwas über den Circle zu.

Hörte sie ihn? Übertönten sie sein Flehen?

Warum nahm sie sich nicht eine Sekunde Zeit für ihn?

Milton stieß ein verärgertes Knurren aus, spürte sein Herz hämmern. Er steckte die Hände wieder in die Manteltaschen, beugte sich gegen den fallenden Schnee, drehte sich um, dem Verwaltungsgebäude zu.

Vielleicht hat dieser Polizist inzwischen angerufen.

Vielleicht kann ich Liam festnehmen lassen. Festnehmen lassen, bevor ...

Er wollte diesen Gedanken nicht beenden.

☆ ☆ ☆

Garett drückte wieder auf den Klingelknopf. Lauschte aufmerksam. Stille drinnen. Niemand daheim. Wahrscheinlich waren alle noch bei der Arbeit. Er schaute auf seine Armbanduhr. Fast halb sechs. Fast dunkel. Fast Feierabend. Vielleicht sollte er noch die Häuser in diesem Block abklappern und dann Schluß machen.

Er trat von der Treppe herunter und streckte sich. Sein Rücken schmerzte. Ich bin es gewöhnt, den ganzen Tag zu sitzen, stellte er fest. In der frischen Luft von Haus zu Haus zu spazieren wird mir wirklich guttun.

Oder mich umbringen.

Vielleicht sollte ich ein bißchen früher Feierabend machen, so daß ich rechtzeitig nach Hause komme, um Martin mit seinem Abendessen zu füttern.

Er trat unter eine Straßenlaterne und hob das Klemmbrett dicht vors Gesicht, um es lesen zu können. Sein Blick überflog die Liste der Häuser und Wohnungen. Er hatte heute eine Menge geschafft.

Und nichts dabei herausgefunden.

Wieder ein Tag vertan.

Niemand hatte etwas gesehen oder gehört. Niemand hatte einen Hinweis.

Er trat gegen einen Eisklumpen am Fuße des Laternenpfahls. Er zerbrach unter der Wucht seines schwarzen Stiefels. Stücke flogen auf die Straße.

Letzte Woche war mein großer Tag, dachte Garrett niedergeschlagen. Als ich rausgekriegt habe, daß der Professor alle vier Opfer kannte. Das war mein großer Augenblick.

Seine Phantasie war mit ihm durchgegangen, als er den Professor, seine Frau und seine Schwester zur Wache gefahren hatte, um sie dem FBI zu übergeben. Garrett Montgomery, der Held der Stadt.

Er hatte sich schon in den Elf-Uhr-Nachrichten gesehen – nein – in den nationalen Nachrichten, wo er erklärte, wie er den Mörder gefunden hatte. »Es war wirklich leicht. Kein Problem. Es ist doch nicht schwer, zwei und zwei zusammenzuzählen, oder? Ich bin lange genug Polizist, um zu wissen, wann ich meinem Gefühl folgen muß. Ich bin wirklich kein Held. Ich habe nur meine Arbeit getan.«

So ein Scheiß.

Der Professor war wieder gegangen. Natürlich.

Warum sollte so ein Scheiß-Collegeprofessor – und dazu so ein berühmter, ein prominenter Gastdozent, der nur für ein Jahr in der Stadt war –, warum sollte er damit anfangen, Menschen auf dem Campus zu morden?

Je mehr Garrett darüber nachdachte, desto mehr kam er sich wie ein völliger Idiot vor. Der Kerl sah weder stark noch besonders sportlich aus. Wie hätte er diese armen Frauen zerreißen sollen?

Unmöglich.

Garrett hatte die Zeit von allen vergeudet. »Ich tue nur meine Arbeit.« Aber schließlich war das die einzige Art von Spur gewesen, die er bei all diesen wochenlangen Ermittlungen hatte finden können. Und der Bursche hatte eine Verbindung zu allen vier Opfern gehabt. Und er schien deshalb irgendwie nervös zu sein.

Und damit war ich nicht zufrieden. Ich mußte unbedingt zu dem Dekan im College gehen. Was hatte ich denn erwartet, was er sagen würde? »Oh, ja. Wir wissen, daß der Professor gern von Zeit zu Zeit Menschen ermordet. Aber er ist ein so guter Dozent, und er hat einen so guten Ruf, daß wir dachten, darüber hinweggehen zu können.«

Er muß mich für verrückt gehalten haben.

Ich *muß* verrückt sein. Verrückt oder einfach total bescheuert. Oder beides.

Aber ein richtiger Polizist entschuldigt sich doch nicht – oder?

Er bog um eine Ecke, ging zum Wagen zurück. Wo hatte er ihn gleich noch geparkt? Auf der Jackson Avenue?

Der Schnee fiel jetzt gleichmäßig. Die meisten Häuser waren noch dunkel. Ein Kombi rumpelte vorbei. Ski ragten aus dem Heckfenster. In der Ferne hörte Garrett Reifen quietschen. Irgendein armer Irrer, der auf der vereisten Straße ins Schleudern gekommen war. Garrett vermutete, daß Walter und einige der anderen Jungs heute wahrscheinlich hinreichend mit Verkehrsunfällen beschäftigt waren.

Er fragte sich, was Walter wohl gerade machte, und wunderte sich über sich selbst. He – erzähl mir bloß keiner, daß ich diesen Fettsack vermisse. Unmöglich!

Vielleicht schau ich morgen mal vorbei und besuche Walter. Es sei denn, er geht auch immer noch von Tür zu Tür wie ich.

Garrett stieß verhalten ein bitteres Lachen aus. Er wußte, daß diese Befragung von Haus zu Haus ein Witz war. Aber auf diese Weise waren ihn die FBI-Leute wenigstens los.

Er überquerte die Straße. Seine Stiefel rutschten auf der glatten Oberfläche. Die Bäume glitzerten dunkel. Eis hing wie Kleidung an den kahlen Ästen.

Das Vieh fiel hoch droben von einem Baum auf Garrett herab.

Garrett stieß ein Grunzen aus. Fing die Kreatur mit seinen

Armen auf. Zuerst glaubte er, es sei ein großer Schimpanse. Er schlang seine schweren Arme und Beine um Garretts Körper.

Garrett starrte in runde, gelbe Augen. Das Vieh war mit einem dicken, stinkenden Pelz bedeckt. Der Gestank stieg auf, ein fauliger, scheußlicher Gestank.

Kein Affe?

Es brachte sein Gesicht ganz nah an Garretts – um ihn zu küssen, dachte er.

Aber ein Schmerz schoß aus der Seite seines Kopfes. Ein so intensiver Schmerz, daß Garrett aufkreischte.

Durch sein eigenes Kreischen hörte er das reißende Geräusch. Wieder eine Welle von Schmerz. Und er sah sein Ohr im Maul des Monsters.

Mein Ohr. Es hat mir mein Ohr abgebissen!

Seine gelben Augen blitzten. Es spuckte das flache braune Ohr wie einen Kartoffelchip in die Luft. Fing es dann mit einer pelzigen Pfote auf – stopfte es in sein Maul, kaute geräuschvoll darauf mit entblößten Zähnen, und seine dicken schwarzen Lippen waren zu einem hämischen Grinsen verzogen.

»Neiiiiiin!« Garrett heulte vor Schmerz. Spürte, wie das heiße Blut an einer Seite seines Gesichts herunterlief.

Er schwang seine Faust – ein wilder, wütender Hieb, mehr Reflex als geplant – schlug sie heftig in das grinsende Gesicht des Monsters.

Das Maul öffnete sich genau in dem Moment, als Garrett zuschlug.

Garretts Faust drang hinein. Tief hinein. Hinunter in den breiten Schlund.

Heiß und feucht war es darin.

Die gelben Augen des Monsters quollen hervor. Es stieß ein überraschtes *Gulp* aus. Schleuderte die stinkenden, fellbedeckten Arme über seinen Kopf. Warf den Kopf zurück und versuchte sich von der Hand zu befreien, die in ihm steckte.

Garretts Faust drang tiefer hinein. Faßte etwas Weiches. Weiches und Schwammiges. Tief in der Kehle des Monsters.

Die Kreatur gab ein heiseres, würgendes Geräusch von sich. Riß den Kopf zurück. Würgte wieder.

Garrett packte das heiße, schwammige Organ im Bauch der Kreatur. Riß dann mit aller Kraft daran.

Ein schrilles Heulen kam aus dem Monster, als Garrett ein rosafarbenes, würstchenförmiges Organ herausriß, das mit dikkem, glänzendem Schleim bedeckt war. Garrett warf das Organ des Monsters mit einem wütenden Schrei auf die Straße.

Die Kreatur winselte. Sackte in den Schnee, ein Haufen dunklen Fells. Auf rutschenden Beinen schleppte es sich in eine dichte Hecke, winselnd, pfeifend, während es besiegt davonkroch. Garrett hörte es würgen, würgen und winseln.

Die winterkahle Hecke zitterte, als das verletzte Monster sich hindurcharbeitete.

Garrett senkte seinen Blick auf den Schnee, rot getränkt, rot von seinem eigenen Blut. Spürte das warme Blut über seine Wange rinnen. In Stichen schoß der Schmerz da hinaus, wo sein Ohr gewesen war.

Schmerz, heißer als das fließende Blut.

Er hob eine Hand, um das Loch zuzudecken. Aber es schmerzte zu sehr, als daß er es berühren konnte.

Er sank auf die Knie, überrascht darüber, wieviel Blut aus einem offenen Kopf fließen kann. Überrascht darüber, wie schwach er sich plötzlich fühlte. So schwach, daß er seine Hände nicht vom blutdurchtränkten Schnee aufheben konnte. Überrascht, so überrascht, überrascht darüber, wie gut er noch immer seine eigenen entsetzten Schreie hören konnte.

»Liam? Margaret? Jemand zu Hause?« Stille.

Sie ging durch das dunkle Haus, schaltete die Lichter ein. Dann drehte sie den Thermostat auf, versuchte, sich die Kälte aus den Händen zu reiben und ging in die Küche, um einen Tee aufzusetzen.

Schneeregen schlug gleichmäßig an das Küchenfenster. Wind rüttelte an der Scheibe. Sie war länger als geplant in der Bibliothek geblieben. Als sie herausgekommen war, war der Himmel in abendliches Schwarz getaucht. Der Schneeregen fiel weiter, und die Bürgersteige waren eisig und rutschig.

Sara füllte den Wasserkessel und setzte ihn auf den Herd. Dann eilte sie nach oben, um sich etwas Wärmeres und Bequemeres anzuziehen. Als sie die Deckenlampe eingeschaltet hatte, sah sie, daß der Raum unordentlich war, genau so, wie sie ihn an diesem Morgen verlassen hatte. Das Bett war nicht gemacht. Die Decken verknautscht, das Laken durch das halbe Zimmer gezogen. Ihr Nachthemd lag über einem Stuhl, die Haarbürste auf dem Boden neben der Kommode.

Warum bin ich überrascht? Hatte ich erwartet, daß Elfen zum Aufräumen kommen würden, während ich fort bin?

Sie trat an die Kommode, stützte sich auf die Platte und bückte sich, um die Haarbürste aufzuheben. Ihre Hand stieß gegen etwas Weiches. Sie drehte sich um und sah die Hand der Schaufensterpuppe. Eine Schicht von weißem Wachs bedeckte den Daumen und die gekrümmten Finger.

Sara mußte lächeln, als sie sich an die vergangene Nacht erinnerte. Sich daran erinnerte, wie wundervoll ihr Liebesspiel gewesen war, während auf der anderen Seite des Zimmers die Kerze langsam heruntergebrannt und das Wachs über die Hand gelaufen war.

Sie strich mit den Fingern über die Wachsschicht. Sie zerbrökkelte und fiel unter ihrer Berührung ab.

Sie ergriff die Hand und hob sie auf. Nicht aus Holz, wie sie geglaubt hatte. Hart, aber irgendwie ledern.

Sie drehte sie, öffnete die starren Finger, um sich die Handfläche anzusehen. Dann drehte sie sie wieder um, die Rückseite nach oben. Und als die dünne Wachsschicht abbrach, sah sie die Tätowierung. Ein kleiner schwarzer Dolch mit einem winzigen Tropfen blauen Blutes an der Klingenspitze.

»Ohhh.« Die Hand fiel auf die Kommode. Ihre Finger spreizten sich langsam.

Chips Hand.

Chips Hand.

Chips Hand.

TEIL SECHS

47

Wie lange hatte sie darauf gestarrt? Auf die ledernen Finger, die sich auf der Platte der Kommode spreizten. Auf den winzigen schwarzen Dolch auf der Rückseite der Hand, der in der brauner werdenden Haut verschwand. Auf das Handgelenk, das so sauber abgeschnitten war, so sorgfältig zusammengenäht mit festem, schwarzem Garn.

Wie lange? Wie lange?

Bis der Dolch hinter einem Vorhang von Tränentropfen dunkler wurde. Bis die Hand verschwamm. Bis sie ihre Augen schloß und sie geschlossen hielt, spürte, wie der Raum sich drehte, spürte, wie der Boden unter ihr sich neigte und schwankte wie das Deck eines stampfenden Schiffes, das vom Sturm herumgeworfen wurde.

Panik.

Die Panik, die das Atmen so schwer machte, Wellen von Übellkeit auslöste, ihre Muskeln verkrampfte, jeden Muskel anspannte, bis er schmerzte, bis er zu zerreißen drohte, mein ganzer Körper zerreißt, meine Beine so schwer, so schwer, daß ich mich nicht von der Stelle bewegen kann, nicht von diesem Ding wegbewegen kann, diesem ... Ding ... diesem Ding, das ich gehalten habe, das mich hielt, das mich berührte. Diese Hand.

Chips Hand.

Chips Hand.

Chips Hand.

Liegt jetzt auf meiner Kommode. Hat die Kerze gehalten, so fest gehalten, während Liam und ich uns geliebt haben.

Warum? Oh, warum?

Warum Liam?

»Ich muß raus.« Laut gesagt mit zusammengebissenen Zähnen mit fester, leiser Stimme.

So fest. Alles fest. Sogar ihre Zähne. Ihre Kiefer so verkrampft.

Sie wandte sich von der Kommode ab. Zwang sich zu atmen. Zwang sich, einen Schritt zu machen. Dann den nächsten.

Mary Beth. Ich brauche Mary Beth.

Ich brauche Hilfe, Mary Beth.

Ich muß nachdenken. Ich muß klar denken. Ich muß einen Sinn in all das bekommen. Es *muß* einen Sinn geben.

Liam. Süßer Liam.

So gut. So brillant. So wundervoll.

Liam liebte sie.

Aber …

Chips Hand. Chips Hand. Chips Hand.

Es gab überhaupt keinen Sinn. Vielleicht konnte Mary Beth helfen.

Du *mußt* mir helfen, Mary Beth.

Sara merkte, daß sie im Wohnzimmer war. Sich mit beiden Händen Tränen aus den Augen wischte. Die Schreibtischschublade aufzog. Ihre Hände zitterten so heftig.

Es ergab überhaupt keinen Sinn.

Sie kritzelte eine Notiz. Sie wollte nicht kritzeln. Normalerweise hatte sie eine schöne Handschrift. Ihre Lehrer hatten ihre Handschrift immer gelobt.

Ihre Handschrift. Ihre Hand. Schreibend. Ihre Hand.

Chips Hand. Chips Hand.

Wie viele Male hatte sie diese Hand gehalten? Diese Hand geküßt?

ISS OHNE MICH ZU ABEND. ICH WERDE SEHR SPÄT HEIMKOMMEN.

Ihre Nachricht für Liam. Sie wollte damit zum Kühlschrank gehen. Kehrte aber an den Schreibtisch zurück. Und fügte hinzu: IN LIEBE, SARA.

Ich *liebe* dich, Liam. Und ich weiß, daß du mich liebst.

Ich weiß, daß es diesmal klappen wird. Ich weiß, daß es diesmal richtig ist.

Aber ... Chips Hand?

Mary Beth wird weiterwissen.

Sie klebte die Notiz an den Kühlschrank. Nahm ihren Daunenmantel. Die Handschuhe fielen aus der Tasche auf den Teppich. Sie hielt sich nicht damit auf, sie aufzuheben.

Was, wenn Liam heimkam? Was, wenn er in diesem Moment durch die Tür kam und fragte, wo sie hinging?

Würde sie imstande sein, ihn wegen der Hand zu fragen? Würde sie ihn fragen können: »Warum liegt Chips Hand auf unserer Kommode, Liam?«

Nein. Erst, wenn ihre Panik vorbei war. Erst, wenn sie wieder atmen konnte. Erst, wenn sie wieder blinzeln konnte, für eine Sekunde die Augen schließen konnte, ohne diese zugenähte Hand mit ihrer dunklen Tätowierung zu sehen. Den ledrigen Fingern, die griffen, griffen ...

Oh, Liam – warum?

Hinaus in die Kälte. Der Schneeregen war zu einem kalten Regen geworden. Die Bürgersteige glänzten wie mattes Silber unter eine Lage von weichem Schneematsch und Eis.

Trotz des rutschigen Bodens begann Sara zu rennen. Sie wußte, daß sie davonrannte. Sie sagte sich, sie renne, um Hilfe zu holen.

Ich werde wiederkommen, Liam. Ich werde spät zurückkommen, aber ich werde wiederkommen.

Sie rannte den ganzen Weg zum Campus, die Hände in die Taschen gesteckt, den Kragen um ihr Gesicht hochgeschlagen. Der kalte Regen durchtränkte ihr Haar. Sie rannte über das Eis, den Matsch, wankte, rutschte auf vereisten Bürgersteigen. Sie atmete schwer, als sie Mary Beths Appartement erreichte. Dampfender Atem über ihr. Seitenstiche. Ihr Magen verkrampft. Das Blut hämmerte an beiden Schläfen.

Mary Beth riß die Tür auf, ihre grünen Augen überrascht zusammengekniffen. Ihr gesträhntes Haar war wirr. Sie trug verblichene Jeans, an beiden Knien zerrissen, ein übergroßes rotgraues Moore State Sweatshirt, die Ärmel hochgerollt. »Sara?«

»Ich – ich muß mit dir reden.«

»Mensch. Hol erst mal Luft. Du bist ja völlig durchnäßt. Bist du den ganzen Weg gerannt? Was ist los? Sara – was ist passiert?«

Sara legte eine Hand auf ihr Herz, bemühte sich, tief Atem zu holen. Dann nochmals, langsamer, langsamer. Sie folgte Mary Beth in das Appartement. Ein offener Pizzakarton auf dem Tisch. Eine halbe Pizza noch darin, Bruce Springsteen aus der Stereoanlage. Mary Beth ging hin, um sie abzuschalten.

Wandte sich dann wieder zu Sara. »Was ist *los*? Was ist passiert?«

Sara begann ein wenig ruhiger zu atmen. Sie schaute durch die Tür ins Schlafzimmer, entdeckte einen geöffneten Koffer auf dem Bett. »Fährst du – fährst du irgendwohin?« Ihre Stimme noch immer atemlos.

Mary Beth verzog den Mund, kratzte sich an der Schulter des Sweatshirts. »Ich muß nach Hause fahren. Mein Vater ist gestürzt oder so was. Er hat sich das Bein gebrochen. Mutter ist hysterisch. Zur Abwechslung mal.« Sie verdrehte die Augen. »Glaubst du, daß an einem solchen Abend noch eine Maschine geht? Ich hoffe nicht, daß der Flugplatz geschlossen ist.«

Sie nahm Saras nassen Mantel und legte ihn auf die Bank neben der Tür. »Kann ich dir etwas zu trinken anbieten? Etwas Heißes?«

Sara schloß die Augen. Sah wieder die Hand. »Hast du vielleicht Wein da?«

Mary Beth dachte nach. »Nur roten. Ist das okay?«

»Toll.«

Mary Beth holte zwei randvoll gefüllte Gläser Rotwein. Sara nahm einen tiefen Schluck. Es brannte in ihrer Kehle, fühlte sich so beruhigend und warm an. Sie nahm noch einen tiefen Schluck.

»Also, was ist los?« Mary Beth ließ sich neben ihr auf die Couch fallen, setzte sich auf die gepolsterte Lehne. Sie strich ihr zerzaustes Haar zurück. »Was ist passiert, Sara?«

Sara holte tief Luft. Sie schluckte schwer. Nahm noch einen Schluck Wein. Das Glas war bereits fast leer. »Es ist schwer zu erklären. Es geht um Liam.«

Mary Beth verdrehte die Augen. »Noch mehr Aberglauben?«

»Ja. Nein. Ich meine, ja.« Sie bemühte sich, ihrer Freundin von der Zeremonie der vergangenen Nacht zu erzählen. Wie romantisch Liam gewesen war. Wie zärtlich und liebevoll. Sie erzählte ihr von der Schachtel, der Kerze, der Flötenmusik, Liams leisem, gälischem Gesang.

Und dann von der Hand.

»Wie? Er hat die Kerze in die Hand gesteckt?« Mary Beth drückte Saras Arm. Ihre Finger fühlten sich warm an durch Saras Pullover hindurch.

Sara nickte. Und dann platzte sie mit dem Entsetzlichen heraus, mit der schrecklichen Wahrheit: »Es war Chips Hand!«

Natürlich glaubte ihr Mary Beth zuerst nicht. »Dafür muß es eine logische Erklärung geben, Sara. Liam ist doch kein Monster!«

Monster?

Sara wiederholte das Wort in Gedanken, als ob sie es nie zuvor gehört hätte.

Monster?

»Hör zu, Sara – nur weil sie die gleiche Tätowierung hatte ... also das bedeutet überhaupt nichts. Dolche sind eine weit verbreitete Tätowierung, weißt du. Jemand könnte sie auf die Hand der Schaufensterpuppe gemalt haben ... einfach als Scherz.«

Sara stieß ein ersticktes Schluchzen aus. »Es war keine Puppenhand. Ich habe sie berührt. Ich habe sie angefaßt. Es war kein Holz. Es war Haut.«

Mary Beth legte beide Hände fest auf Saras Schultern. »Du zitterst ja am ganzen Leibe. Du armes Ding. Du hast dich ganz umsonst aufgeregt, über nichts. Da bin ich mir sicher. Ich weiß, wenn wir Liam anrufen, wird er ...«

Sara richtete sich ruckartig auf. »Diese Frau – sie hat versucht, mich zu warnen.«

»Wie? Welche Frau?«

»Angela. Oder Kristen. Wie immer ihr Name sein mag. Sie hat mich angerufen. Sie sagte, sie sei vor mir mit Liam zusammen gewesen.«

»Oha!« Mary Beths grüne Augen wurden groß. Sie öffnete die Lippen und atmete vernehmlich aus.

»Sie sagte, ich sei in Gefahr. Natürlich habe ich ihr nicht geglaubt. Liam sagte, er kenne sie nicht. Deshalb habe ich mich nicht mit ihr getroffen. Aber was, wenn … was, wenn sie die Wahrheit gesagt hat? Was, wenn sie wirklich versucht hat, mich zu warnen?«

Mary Beth ließ sich zurück auf die Couch fallen. Sie drehte eine Strähne blonden Haares zwischen ihren Fingern. »Jemand hat dich angerufen? Um dich vor Liam zu warnen?«

Sara nickte. Sie starrte auf das fast leere Glas, das sie mit ihren Händen umfaßt hielt. »Ich habe auch früher schon Anrufe bekommen. Bevor wir geheiratet haben. Liam sagte, es sei wahrscheinlich eine alte Freundin von ihm, die einen Nervenzusammenbruch hatte. Er meinte, ich soll das ignorieren.«

Mary Beth schüttelte den Kopf. »Verrückt.«

»Dann rief sie wieder an. Vor zwei Tagen. Sie sagte, ihr Name sei Kristen. Sie sagte, sie habe mit Liam zusammengelebt. Sie hat mir wirklich angst gemacht. Ich meine, ich wußte nicht, ob ich ihr glauben sollte oder nicht. Ich habe ihr nicht geglaubt. Ich hatte keinen Grund, ihr zu glauben. Aber warum hat sie mich angerufen? Warum?«

Mary Beth füllte Saras Glas nach. »Trink noch was. Laß uns die Flasche austrinken. Hol mal tief Luft, Sara. Wir werden dahinterkommen. Es kann nichts so Schlimmes sein. Versuch dich zu beherrschen, okay? Sieh dich doch mal an. Du zitterst ja am ganzen Leibe. Du fängst langsam an, mir angst zu machen.«

»Also ich *habe* Angst!« gab Sara zurück und stieß gegen das Weinglas, ohne es zu bemerken. Verschüttete ein wenig Wein auf ihren Schoß. »Ich habe wirklich Angst, Mary Beth. Ich verstehe nicht …«

»Vielleicht ist diese Frau ja noch irgendwo hier«, unterbrach Mary Beth. Sie stand vor der Couch, das Glas in der einen Hand, die Flasche in der anderen. »Hat sie eine Nummer oder so hinterlassen? Vielleicht kann sie alles aufklären, wenn du mit ihr sprichst.«

Sara holte tief Luft. Sie rieb sich mit der freien Hand ihre pochende Schläfe. »Mit ihr reden? Du meinst, sie anrufen? Also ...«

»Wir könnten zusammen zu ihr gehen«, bot Mary Beth an.

Sara konnte nicht klar denken. Sie konnte sich nicht entscheiden, was sie tun sollte. »Sie sagte, sie wohne im College Inn. Du weißt doch, dieses große alte Haus an der Fairmont Street.«

Mary Beth setzte die Weinflasche ab. »Das College Inn? Bist du sicher?«

»Ja. Das hatte sie gesagt. Warum?«

»Na ja ... du weißt schon. Bei all der Aufregung da.« Mary Beth ging durchs Zimmer zum Telefon. »Also schön, laß uns da mal anrufen. Mal sehen, ob wir sie erreichen können.« Sie nahm den Hörer auf. »Wie, sagtest du, war gleich ihr Name? Angela?«

Sara schüttelte den Kopf. »Nein. Kristen.« Sie dachte angestrengt nach, versuchte, sich an den Nachnamen der Frau zu erinnern. »Verret. Kristen Verret.«

Sie erwartete, daß Mary Beth zu wählen begann, um die Nummer des College Inn zu erfragen. Aber Mary Beth starrte sie nur schockiert an.

»Mary Beth ...?«

»Sara, sag den Namen noch einmal. Ich kann das einfach nicht glauben.«

»Kristen Verret«, wiederholte Sara gehorsam. Sie erhob sich so schnell, daß ihr ein wenig schwindelig wurde. Sie stützte sich auf die Couchlehne und sagte sich, sie hätte nicht so schnell aufstehen sollen. »Was ist denn, Mary Beth? Warum starrst du mich so an?«

»Es kann nicht Kristen Verret sein«, stöhnte Mary Beth. Sara hörte ihre Stimme kaum. »Es kann nicht sein.«

»Warum? Was redest du denn da?«

»Kristen Verret? Bist du sicher? Kristen Verret?«

»Ja, ich bin ganz sicher!« rief Sara ungeduldig. »Würdest du mir bitte sagen, was los ist?«

»Sara, hast du heute morgen kein Radio gehört? Das ist die Frau, die heute morgen ermordet worden ist. Im College Inn. Kristen Verret? Sie ist in Stücke geschnitten worden. Hast du nicht Radio gehört?«

48

Sara griff sich an den Bauch. Sie schloß die Augen, weil ein heftiger Schmerz sie durchdrang. Sie schluckte schwer, kämpfte gegen die Welle von Übelkeit an.

»Mary Beth – bist du sicher?«

Mary Beth ließ sich auf die Kante der Couch fallen. »Hast du wirklich nichts davon gehört? Es war heute die einzige Meldung im Radio. Hörst du keine Nachrichten?«

Sie stellte noch eine Frage, aber Sara hörte sie nicht. Statt dessen hörte Sara Liams Stimme. Liam, der ihr versicherte, er kenne niemand namens Kristen. Liam, der erklärte, daß die junge Frau auf dem Schnappschuß eine Freundin von Margaret sein müsse.

Du hast mich nicht belogen – nicht wahr, Liam?

Du hast nicht gelogen. Es sind nicht nur Lügen, nicht wahr?

Nein.

Aber was, wenn Kristen Verret die Wahrheit gesagt hatte? Warum hatte Kristen Verret Sara angerufen? Warum hatte Kristen Verret Sara angerufen und war dann in ihrem Zimmer ermordet worden?

Warum kannte Liam *jeden,* der ermordet worden war?

Nein. O bitte, nein. Zu viele *Warums,* dachte Sara und preßte die Hände an ihre Wangen. Sie schloß wieder die Augen, versuchte, die Fragen zu verdrängen. Die Fragen, die sie nacheinander wie dunkle, kalte Wellen überrollten.

Du hast gelogen, Liam. Und ich habe jede Lüge geglaubt.

Weil ich glauben wollte. Ich wollte so verzweifelt glauben.

Mir ist übel. Ich fühle mich wirklich krank.

Liam, ich brauche dich jetzt.

Als sie die Augen öffnete, stand Mary Beth vor ihr, sprach schnell und erregt. Sara konnte sehen, daß sich die Lippen ihrer Freundin bewegten, aber sie verstand die Worte nicht.

Kristen Verret. Der sich ständig wiederholende Name unterdrückte Mary Beths gräßliche Beschreibung.

Kristen Verret.

Sie hat mich angerufen, und dann hat sie jemand in Stücke geschnitten.

»O Gott.« Sara stieß ein leises Stöhnen aus.

Mary Beth beugte sich nieder und legte sanft eine Hand auf Saras zitternde Schulter. »Wir müssen die Polizei anrufen. Wir müssen ihnen von diesem Anruf erzählen.«

»Ich – ich fühle mich nicht gut.« Sara sprang auf. Eilte an ihrer Freundin vorbei.

»Sara ...?«

Ins Badezimmer. Sie schlug die Tür hinter sich zu, beugte sich über die Toilettenschüssel, krümmte sich vor Schmerzen und versuchte sich zu übergeben.

»Sara – ist alles in Ordnung?« Mary Beths besorgte Stimme, gedämpft durch die Badezimmertür.

Sara würgte. Ihre Kehle zugeschnürt. Mir ist so schlecht. Ich kann nicht glauben, daß all das geschieht.

Ich verstehe das nicht. Ich verstehe es einfach nicht.

Sie hatte plötzlich Liams Gesicht vor Augen, sein Lächeln, sein wundervolles Lächeln, die warmen braunen Augen, so liebevoll, so anbetend.

Oh, Gott. Ich verstehe es nicht. Liam, wirst du es mir erklären? Wirst du mir helfen, daß ich mich wieder wohl fühle?

Der Schmerz ließ langsam nach. Die Übelkeit schwand. Sie stand auf. Sie wandte sich mit zitternden Beinen von der Toilette ab. Rieb sich mit einem Finger kalten Schweiß von der Oberlippe.

Als sie das Bad verließ, wußte sie, was sie zu tun hatte. Mary Beth stand gespannt im Korridor. Mit ihren grünen Augen musterte sie Saras Gesicht. »Du siehst schrecklich aus. Soll ich meinen Flug stornieren?« Sie warf einen Blick auf ihre Armbanduhr. »Ich glaube nicht, daß es einen Nachtflug nach Cleveland gibt. Aber ich könnte morgen fliegen.«

Sara drückte die Hand ihrer Freundin. Saras Hand war eiskalt, Mary Beths warm und trocken. »Nein. Wirklich. Verpaß deine Maschine nicht. Ich fühle mich jetzt besser. Ich – ich gehe nach Hause.«

»Nach Hause? Sara – nein. Laß mich für dich die Polizei anrufen. Du mußt denen von dem Anruf erzählen, von der Frau, die dich angerufen hat. Bevor du nach Hause zu Liam gehst. Du mußt das tun.«

Sara schüttelte energisch den Kopf. Die plötzliche Bewegung ließ ihre Schläfen schmerzen. »Nein. Ich muß nach Hause. Ich muß mit Liam reden.«

»Aber was, wenn Liam ...« Mary Beth wollte ihren Gedanken nicht beenden.

»Ich muß Liam eine Chance geben«, sagte Sara zu ihr. So schrill, so hektisch hatte sie nicht reden wollen. Dann, leiser: »Ich muß Liam eine Chance zum Erklären geben.«

Sie huschte an Mary Beth vorbei ins Wohnzimmer. Mary Beth eilte ihr nach. »Bist du sicher, daß ich nicht hierbleiben soll? Ich könnte dich nach Hause begleiten. Du siehst wirklich nicht gut aus. Ich könnte meinen Wagen holen und dich heimfahren. Ich könnte auf dich warten – für den Fall, daß ...« Ihre Stimme verebbte. Sie senkte den Blick.

»Ich komme schon zurecht.« Saras Stimme zitterte. Sie bemühte sich, ruhig und gelassen zu klingen. »Wirklich. Ich komme schon zurecht. Ich brauche etwas frische Luft. Es war ein solcher Schock.« Sie deutete auf die zerknüllte Zeitung auf dem Boden. »Aber ich glaube nicht, daß Liam ... ich meine, also ... ich weiß nicht. Ich weiß nur, daß ich Liam eine Chance zur Erklärung geben muß. Wegen der Hand. Wegen Kristen Verret. Wegen ... allem.«

Sie wollte nach ihrem Mantel greifen, aber Mary Beth trat ihr in den Weg. Zu ihrer Überraschung umarmte Mary Beth sie innig, preßte ihre heiße Wange gegen Saras.

So emotional ist sie sonst nie, dachte Sara. Ist es der Wein? Ist sie so aufgedreht, weil ihr Vater im Krankenhaus liegt? Weil sie heute abend nach Hause fliegen muß? Sie macht sich doch nicht *wirklich* um mich Sorgen – oder?

»Ich – ich rufe dich aus Ohio an.« Mary Beth trat zurück, den Blick auf Sara gerichtet. »Es wird spät werden. Die Maschine macht eine Zwischenlandung in Pittsburgh. Warum müssen Flugzeuge in Pittsburgh landen?«

Sara lachte. »Ich weiß es nicht. Aber das machen sie immer.« Sie zog ihren Mantel an.

Mary Beth ging zur Garderobe voraus. »Laß mich dir wenigstens einen Regenschirm geben. Sieh dir deinen Mantel an. Er ist noch immer klatschnaß.«

Sara schaute zum Fenster. »Nein. Ist schon in Ordnung. Es schneit jetzt wieder. Ich mag den Schnee. Er wird mich abkühlen.« Sie trat an die Tür.

Mary Beth biß sich unruhig auf die Lippe. »Der Flug wird gestrichen werden. Ich weiß, daß es so kommt. Sieh dir das da draußen doch an. Das ist ein Schneesturm!« Sie öffnete Sara die Tür. »Ich breche jetzt besser auf. Ich glaube das einfach nicht. Ich werde dich anrufen. Sobald ich gelandet bin.«

»Ich komme schon klar. Wirklich. Ich wünsch dir einen guten Flug. Und grüße deinen Vater von mir.« Sara zog den Mantel zurecht, während sie aus der Wohnungstür trat. Ihre Stiefel klopften dumpf auf dem harten Boden des langen Korridors. Schlammige Fußabdrücke führten zu einer Tür auf der anderen Seite des Ganges. Der Boden war mit Pfützen von schmutzigem Regenwasser übersät.

Ein Sauabend, dachte sie, während sie den Kragen hochschlug. In jeder Hinsicht.

Sie trat aus dem Gebäude, aus der Sicherheit der langen Markise an der Frontseite. Das schwere Segeltuch flappte geräuschvoll im steifen Wind. Sie ging in die verschneite Nacht hinaus.

Gewöhnlich liebte sie es, durch frischgefallenen Schnee zu laufen, heute abend aber munterte sie das nicht auf. Der scharfe, wirbelnde Wind blies ihr den feuchten Schnee ins Gesicht. Der Regen unter dem Schnee war gefroren und hatte eine tückische Eisschicht darunter hinterlassen.

Sie schaute auf und sah ein Auto über die Kreuzung rutschen. Es drehte sich um sich selbst, rutschte über das vereiste Pflaster und blieb nur Zentimeter von einem Laternenpfahl entfernt stehen.

Ich hoffe, daß Mary Beth zum Flughafen kommt, dachte Sara, senkte den Kopf gegen den windgepeitschten Schnee und versuchte, ihren Schritt zu beschleunigen. Fahren ist heute abend noch anstrengender als Laufen.

Ihr Gesicht fühlte sich rauh an. Ihre Nase und Ohren brannten und waren fast taub, als endlich ihr Haus in Sicht kam. Im Licht über der Treppe funkelte der fallende Schnee. Andere Lichter konnte sie im Haus nicht sehen.

Verrückt, dachte sie. Es ist fast neun. Liam müßte inzwischen daheim sein. Sie beschirmte ihre Augen mit einer Hand gegen den Schnee und schaute zu den Fenstern von Margarets Räumen im Obergeschoß des Hauses hoch. Ihre Fenster waren auch dunkel.

Sind sie ausgegangen? In einer solchen Nacht?

Nicht sehr wahrscheinlich.

Sara rutschte auf der untersten Stufe der Eingangstreppe aus. Hielt sich am eisernen Geländer fest, um nicht zu stürzen. Sie kramte in ihrer Handtasche nach dem Haustürschlüssel. Ihre erstarrten Finger bewegten sich steif in all dem Krimskrams.

Es gelang ihr schließlich, die Tür zu öffnen. Sie stieß sie mit der Schulter auf und streifte die Füße auf der Gummimatte draußen ab und trat in die Wärme des Hauses.

Dunkelheit. »He – jemand daheim?«

Das Licht im oberen Korridor schien die einzige eingeschaltete Beleuchtung im Hause zu sein. Sara versuchte, die Steife ihrer erstarrten Finger wegzumassieren, während sie zum Treppenende hochstarrte.

War Liam dort oben? War er so früh zu Bett gegangen? Ging er ins Bett und schaltete unten alle Lichter aus?

Oder hatte Sara selbst das Licht im Flur brennen lassen?

»He – jemand hier?« Ihre Kehle wie zugeschnürt durch die Kälte. Ihre Stimme weich, fast lautlos.

Stille.

Bitte, sei hier, Liam. Ich muß dich sehen, mit dir sprechen. Ich muß von dir hören, daß alles in Ordnung ist.

Noch im Mantel, auf dessen feuchtem Kragen Schneeflocken klebten und an ihrem Hals kitzelten, griff sie nach dem hölzernen Treppengeländer und begann, sich die Stufen hinaufzuziehen.

Ihr Herz raste, als sie den oberen Treppenabsatz erreichte. Sie holte tief Atem, hielt ihn an, wandte sich dann ihrem Schlafzimmer zu.

Liam, bitte sei hier. Liam, bitte …

Die Schlafzimmertür war geschlossen.

Sie griff nach dem gläsernen Türknopf und stieß die Tür auf.

Licht aus dem Korridor fiel in das dunkle Zimmer.

Der Raum roch feucht. Verschwitzt.

Sie trat hinein. Sah Liam im Bett. Auf dem Rücken.

Den Arm um jemand gelegt.

Eine andere Gestalt. Eine andere Person im Bett. Das Gesicht im Dunkeln verborgen.

Liam richtete sich schnell auf, blinzelte überrascht. Sein Arm glitt von der anderen Person weg.

Die sich bewegte und aufrichtete.

Eine Frau.

Liam im Bett mit einer Frau.

Die Frau bewegte sich. Ihr Gesicht kam ins Licht.

Margaret!

Liam im Bett mit Margaret! Mit seiner Schwester!

Margaret beugte sich über Liam. Ihre nackten Brüste senkten sich auf das Laken. Sie blinzelte in das Licht, räusperte sich und sprach dann leise: »Oh. Sara. Entschuldige.«

49

»Neiiiiiiin!«

Sara stieß einen Protestschrei aus.

Liam im Bett mit Margaret. Liam im Bett mit seiner eigenen Schwester.

Sara starrte auf Margarets Brüste, die gegen Liams nackte Brust gepreßt waren. Starrte auf sie, unfähig, den Blick abzuwenden. Warum war Margaret nackt? Warum war Margaret mit Liam im Bett?

Er drehte sich schnell herum, schwang seine Füße auf den Boden.

Ebenfalls nackt.

Sara sah, daß beide völlig nackt waren. Im Bett. Bruder und Schwester. Mein Mann und seine Schwester.

Sie spürte, wie eine Welle von Übelkeit sie überkam.

Mir ist schlecht. Ich fühle mich wirklich krank. Ich wollte nur nach Hause kommen. Ich wollte nur eine Erklärung hören. Von Liam. Eine Erklärung. Das ist alles.

Aber jetzt ...

Sie wußte, daß sie sich bewegen mußte. Sie mußte fort von hier.

Warum also stand sie hier noch? Warum hatte sie das Gefühl, ihre Füße seien am Boden angenagelt?

»Sara, hör zu ...« Liam erhob sich, streckte beide Hände nach ihr aus. Hinter ihm zog Margaret das Laken über ihre Brüste. Machte aber keinen Versuch aufzustehen. Oder zu gehen.

Gehen. Gehen. Gehen.

»Liam – wie *konntest* du?« stieß Sara in einem hysterischen Kreischen aus. Es war krank. So *krank!*

Liam stand auf. Sie konnte sehen, daß sein Körper in dem vom Flur hereinfallenden gelben Licht vor Schweiß glänzte.

Sie hatten sich geliebt. Margaret und Liam. Liam und seine Schwester. Sie hatten sich *gefickt*!

Sara blinzelte mehrere Male, als versuche sie, das ganze Bild wegzublinzeln, die beiden wegzublinzeln. Dann stürzte sie vor. Einfach, um sich zu bewegen. Nur damit ihre Beine wieder arbeiteten.

Stürzte in das Zimmer. Wankte vorwärts. Aus dem Gleichgewicht. Außer Kontrolle.

Liam und seine Schwester. Liam und seine Schwester. Liam, mein Mann.

»Sara – warte!« schrie Liam. Seine nackten Füße tapsten über die Bodendielen auf sie zu. »Warte –!«

»Neiiiin!« Wieder ein heiseres Jammern von Sara. Und dann ergriff sie die Hand, die auf der Platte der Kommode lag. Chips Hand. So ledrig. So hart und knochig.

Sie ergriff sie und schmetterte sie mit einem weiteren Schrei

– einem Schrei des Entsetzens, des Unglaubens, der *Scham* – in den Kommodenspiegel. Schmetterte sie mit der ganzen Kraft ihres Zorns, ihrer *Wut.*

Die gekrümmte Hand, fast eine Faust, krachte gegen das Spiegelglas.

Zerschmetterte es.

Sie starrte keuchend auf das Spinnengewebe von Rissen.

Dann hörte sie den Schrei hinter sich. Liams schrillen Protestschrei. »Nicht den Spiegel! Nein!«

Im Bett saß Margaret, raufte sich die Haare und kreischte vor Entsetzen.

Liam hechtete zu Sara. Sie streckte beide Hände aus, traf ihn hart an der Brust.

Er stieß ein schmerzhaftes Keuchen aus. Grapschte wieder nach ihr.

Sie wich aus. Griff nach dem Bettpfosten und schleuderte sich zur Tür.

»Sara – warte! Sara – du verstehst nicht!«

Was für ein jämmerliches Klischee, dachte sie, überrascht, daß sie solche Bitterkeit aufbringen konnte. Die Treppe hinunter, zwei Stufen gleichzeitig. Keuchend, außer Atem, ignorierte sie den Schmerz in ihrer Seite. Den Schmerz hinter ihren Augen.

»Du verstehst nicht!« schrie Liam oben vom Treppenabsatz.

Sie verstand nicht! Wie konnte er seine Schwester ficken?

Warum fickte er Margaret?

Sie drehte sich nicht um, wollte ihn nicht nackt da oben stehen sehen mit seinem zerzausten dunklen Haar, seinem Körper, der vor Schweiß glänzte. *Ihrem* Schweiß. Dem Schweiß seiner Schwester.

O Gott, Liam. Oh, Gott.

»Ich komme dir hinterher, Sara!« Die letzten Worte, die sie hörte, bevor sie die Tür aufriß und hinausrannte. Ließ die Eingangstür weit offen und stürmte über die vereisten Betonstufen auf den Bürgersteig. Und rannte weiter.

An Autos vorbei, die über die glatten, silbrigen Straßen

rutschten. An schneebedeckten Fenstern vorbei, an denen Eiszapfen wie Dolche herabhingen.

Kalt. Die ganze Welt war heute nacht so kalt.

Sara rannte über den Campus, der leer und dunkel war. Die kahlen Bäume schauerten in ihren schneeigen weißen Mänteln. Die dunklen Gebäude um den Circle duckten sich tief unter den rosagrauen Schneewolken, als versuchten sie, ihre Wärme zu behalten.

Kalt. Zu kalt.

Sara spürte weder den Wind noch den Schnee. Sie sah die weiße Kälte überall, aber sie fühlte sie nicht.

Taub. Ich bin jetzt völlig taub. Mein Verstand. Mein Körper. Tot und taub.

»Ich komme dir hinterher.« Liams kalte Worte jagten ihr erneut einen Schauer über den Rücken. Sie drehte sich um, als erwarte sie, ihn hinter sich zu sehen, wie er nackt über den Campus rannte, durch den Schnee und ihr zurief: »Du verstehst nicht!«

So lahm für jemand, der so brillant war.

»Du verstehst nicht!« Wie ein Schauspieler in einer schlechten Fernsehkomödie. Nicht wie ein weltberühmter Schriftsteller.

Ein weltbekannter Gelehrter, der mit seiner Schwester schläft und dann schreit: »Du verstehst nicht.«

»Nein, das tue ich nicht«, keuchte Sara. »Nein, das verstehe ich nicht, Liam.«

Der Schnee fiel dichter, durch wirbelnde Windstöße aus allen Richtungen herangetragen. Sara strich sich Schneeflocken aus den Augen, von den Augenbrauen.

Mary Beths Appartementhaus ragte düster auf der anderen Straßenseite auf. Die lange Markise vor dem Eingang mit Schnee bedeckt. Ein Mann in grauer Uniform und mit Mütze hatte seinen Rücken der Straße zugewandt, während er aus einem Eimer Salz auf den Gehweg streute.

Sara schoß ungesehen an ihm vorbei. Ihre Stiefel kratzten über die groben Salzkörner. In das Gebäude hinein, rutschte auf dem feuchten Boden, rang nach Luft. Die Kälte folgte ihr. Sie trug sie mit sich hinein.

Aber sie konnte sie nicht fühlen.
Konnte überhaupt nichts fühlen.
Sie klingelte sechsmal bei Mary Beth. Dann pochte sie an die Tür. Klopfte heftig mit ihren tauben Händen. Klopfte und rief. Klopfte und rief – bis ihr einfiel, daß Mary Beth fort war. Mary Beth war am Flughafen.
Sie ist nicht hier. Nicht hier. Nicht hier.
Natürlich ist sie nicht hier. Was ist los mit mir?
Sara drehte sich mit dem Rücken zur Tür und ließ sich mit einem erschöpften Seufzer dagegenfallen.
Und was mache ich jetzt?
Wo gehe ich hin?

50

Zurück in die verschneite Nacht. Verwaist. Heimatlos.
Ich muß nachdenken. Muß klar denken. Einen Plan machen.
Ich kann damit fertig werden. Das kann ich wirklich. Ich muß einfach aufhören zu zittern. Kann nicht aufhören zu zittern.
Mir ist so kalt, so kalt innen und außen.
Der Schnee fiel jetzt langsamer. Große Flocken sanken auf ihr Haar und die Schultern ihres Mantels. Der Wind legte sich zu einem gedämpften Flüstern. Der Campus breitete sich wie ein dunkles Foto vor ihr aus. Erstarrt und leer. Nichts bewegte sich.
Sie steckte die Hände in die Manteltaschen und preßte die Arme an ihre Seiten, um sich zu wärmen. Sie ignorierte die kalte Berührung der Schneeflocken auf ihrem Gesicht und trat auf die Dale Street hinaus. Am Ende des Blocks entdeckte sie den kleinen Coffeeshop, dessen rosagrünes Neonzeichen das einzige Licht zwischen den dunklen, geschlossenen Läden spendete.
War er geöffnet?
Ja. Durch den fallenden Schnee konnte Sara Lichter hinter der beschlagenen Scheibe ausmachen.
Ich muß mich wärmen. Muß aufhören zu zittern.
Muß die Kontrolle wiedergewinnen.

Ich kann damit fertig werden. Das kann ich wirklich. Ich kann mit allem fertig werden.

O Gott. O Gott, Liam. Warum?

Sie trat in das kleine Restaurant und schüttelte sich wie ein nasser Hund. Schnee fiel auf die schwarze Gummimatte zu ihren Füßen. Sie spürte die Wärme auf ihrem Gesicht, atmete tief ein, registrierte den Geruch von starkem Kaffee und muffigem Fett.

Sie rieb sich die Schneeflocken aus den Augenbrauen, während sie auf die Reihe von Tischen und roten Vinylnischen schaute. Das Restaurant war überraschend voll. Wahrscheinlich, weil es eines der wenigen noch geöffneten Lokale war, vermutete Sara.

Collegestudenten besetzten die erste Nische. Zwei alte Männer in der nächsten, widmeten sich mit ernsten Gesichtern ihren weißen Bechern mit Kaffee. Ein gepflegt wirkendes Paar, ebenfalls Collegestudenten, die feuchten Mäntel auf die Stuhllehnen gehängt, hielt Händchen auf dem weißen Resopaltisch und starrte sich verträumt an, ignorierte die Cola und die Teller mit Pommes frites vor sich.

Junge Liebe.

Sara wandte sich verbittert ab. Ihr war kalt. So kalt.

Erschauernd ging sie zu der kleinen Nische unter dem Budweiser-Schild an der hinteren Wand. Beim Gehen hielt sie den Kragen ihres Mantels umklammert. Sie hatte das Gefühl, daß alle Blicke auf sie gerichtet waren, daß die Gespräche aufgehört hatten, daß jede Bewegung erstarrt war. Und alle starrten sie an, starrten sie an, musterten sie, als sei sie eine Art Versuchskaninchen.

Weil sie es wußten.

Sie wußten, daß ihr Mann seine Schwester gefickt hatte. Daß er die abgeschnittene Hand ihres Ex-Freundes für eine bizarre Zeremonie bei Kerzenschein benutzt hatte.

Woher wissen sie das? fragte sie sich. Und warum beobachten sie mich jetzt? Was wollen die von mir?

Sie erreichte die leere Nische und schaute zurück. Niemand beobachtete sie. Niemand starrte sie an. Niemand interessierte sich für sie.

Unfähig, die kalten Schauer zu unterdrücken, die ihren Körper schüttelten, glitt sie auf den Sitz. Ihr fiel ein, daß sie ihren Mantel noch anhatte. Schob sich wieder heraus und zog ihn aus. Stopfte ihn auf den Sitzplatz ihr gegenüber.

Die Kellnerin, eine müde aussehende junge Frau mit kurzer weißblonder Gel-Frisur, tauchte vor Sara auf, bevor sie wieder auf ihren Sitz rutschen konnte. »Brauchen Sie die Speisekarte?«

Sara griff nach der Sitzlehne, um sich zu stützen. Warum konnte sie das Zittern nicht unterdrücken? Warum wurde ihr nicht wärmer?

»Nur Kaffee, bitte. Schwarz.«

»Alles in Ordnung mit Ihnen, Miss?« Schmale grüne Augen musterten Sara besorgt.

Sara stieß ein leises Keuchen aus. Sieht sie, daß ich zittere? Sehe ich verrückt aus oder so?

»Ich ... fühle mich nicht gut. Es ist so kalt.«

»Ich bringe Ihnen den Kaffee. Sonst noch was?«

»Nein. Äh ... also ...« Etwas, um das Durcheinander in ihrem Magen zu beruhigen. Etwas, das ihr half, sich wieder normal zu fühlen.

Ich bin normal. Das weiß ich.

»Toast, bitte. Ja. Toast mit Butter.«

Die Kellnerin nickte und eilte davon. Sara hörte das Zischen von Fett auf der Herdplatte. Die Studenten, die zusammengedrängt in der vorderen Nische saßen, brüllten vor Lachen.

Sie sank auf die Sitzfläche und preßte sich an die warme Wand. Sie rieb die Ärmel ihres Pullovers, atmete tief ein und hielt die Luft an, versuchte, das Zittern zu unterdrücken.

Ich bin krank. Ich muß die Grippe haben oder so was. Ich bin krank, und es gibt keinen Platz, wo ich hingehen könnte.

Sie kauerte sich zusammen, schloß die Augen und versuchte sich auf die Restaurantgeräusche zu konzentrieren. Normale Geräusche. Ich bin normal. Völlig normal. Das Gemurmel der Stimmen, unterbrochen von Gelächter, das Klappern von Bestecken auf Tellern, das Scharren eines Stuhls auf dem Linoleumboden – es half ihr, sich zu beruhigen.

»Ihr Kaffee. Wollten Sie Milch?« Die Stimme der Kellnerin veranlaßte sie, die Augen zu öffnen.«

»Ja, ich …«

Meine Handtasche!

Ich habe keine Handtasche dabei. Meine Brieftasche auch nicht. Ich bin ohne sie aus dem Haus gerannt.

Sie spürte, wie ihre Kehle eng wurde. Spürte, wie das Zittern wieder begann. Sie steckte eine Hand in ihre Jeanstasche. Ertastete einen Vierteldollar und zwei Pennys.

Ich kann den Kaffee nicht bezahlen.

Sara rappelte sich auf. Griff ihren Mantel und rannte. Rannte vorbei an der verblüfften Kellnerin, den schmalen Gang hinunter, an der langen Theke vorbei, an den alten Männern mit den ernsten Gesichtern, dem Paar, den Collegestudenten – die diesmal *alle* aufblickten, um zu sehen, wer da so schnell rannte, so hektisch rannte, mit einem Mantel, der hinter ihr flatterte und flog.

»He, Miss …! Ihr Kaffee!«

Die heisere Stimme der Kellnerin abgeschnitten durch die Tür, die hinter Sara zuschlug. Sara, die Waise, Heimatlose, wieder in der Kälte.

Ohne einen Penny.

Und was nun?

Ihre Stiefel rutschten in einem tiefen Haufen von grauem Schneematsch. Sie stützte sich an die Seite einer Telefonzelle, um nicht umzufallen.

Ich werde nicht weinen. Absolut nicht. Ich werde nicht weinen, bevor ich nicht in der Wärme und in Sicherheit bin. Ein stummer Schwur von Stärke. Und einer, der nicht leicht zu halten war.

Sie hielt sich an der metallenen Telefonzelle fest, starrte auf die Glocke, die an der Seite eingraviert war. Und wußte, daß sie ihn anrufen mußte.

Ich muß meine Sachen holen, entschied sie. Plötzlich war alles ganz klar, trotz der schweren weißen Flocken, dem niedrigen Nebel der rosagrauen Wolken.

Ich muß meine Handtasche holen. Mein Geld. Ich muß eine Tasche mit ein paar Kleidungsstücken packen. Liam muß mich ins Haus lassen, damit ich ein paar Dinge holen kann. Er kann mich nicht die ganze Nacht durch den Schnee laufen lassen.

O Gott, Liam.

Kann ich mit ihm sprechen?

Ja.

Ich kann sehr geschäftlich sein. Sie begann im Geiste durchzugehen, was sie sagen würde, wenn er das Telefon abnahm. Es schien jetzt alles so klar zu sein. Keine Diskussionen mit ihm. Ihm keine Gelegenheit für Erklärungen geben. Einfach das Notwendige holen und rausgehen. In ein Hotel gehen. Das College Inn. Es war groß und immer halb leer.

Nein. Nicht das College Inn.

Da war Kristen ermordet worden.

Kristen. Kristen. Wer ist Kristen, Liam?

Liam?

Sie stellte sich sein Gesicht vor, stellte sich ihn vor, wie er den Hörer an sein Ohr gepreßt hielt, seine braunen Augen groß vor Überraschung, wie er sie sehen, ihr erklären wollte, das dunkle Haar zerzaust, mit angespannter Miene. Sie stellte sich sein Gesicht vor und merkte, daß es sie jetzt mit Abscheu erfüllte.

Die Worte schossen ihr durch den Kopf, als sie ihren Spruch probte. »Liam, ich komme heim, um ein paar Sachen zu holen. Aber ich will dich weder sehen noch mit dir reden.« Ja. Das war gut. Das konnte sie sagen.

»Laß die Haustür offen und warte nicht auf mich. Und sprich nicht mit mir. Ich werde nur ein oder zwei Minuten brauchen.«

Ja. Sie konnte es sagen. Sie konnte es tun.

Und nicht weinen. Nicht weinen. Nicht weinen.

Sie preßte das Vierteldollarstück fest in ihrer Hand. Ihr einziges Geld. Sie wollte nicht, daß es in den Schnee fiel. Ihre Hand zitterte, als sie die Münze in den Schlitz schob und den kalten Hörer an ihr Ohr preßte. Die Worte – ihre einstudierten Worte – wiederholten sich in ihrem Hirn, während sie dem Klicken lauschte und dann dem Summen des Freizeichens.

O Gott, Liam. O Gott. Warum geschieht das?

Das ist nicht das, was ich sagen will. Ich weiß, was ich sagen werde. Aber welche Telefonnummer habe ich?

Oh, Gott. Wie kann ich meine eigene Telefonnummer vergessen? Ich weiß sie wirklich nicht mehr.

Sie fiel ihr wieder ein, nachdem sie den Anflug von Panik unterdrückt hatte. Sie tastete sorgfältig die Nummer ein, langsam. Nicht verwählen. Nicht jetzt. Ich habe nur diese eine Münze. Mehr nicht.

Sie hörte es einmal klingeln. Zweimal.

Sie versuchte zu schlucken, aber ihre Kehle fühlte sich an, als ob jemand einen Knoten hineingemacht hätte. Ihr Mund war trocken wie Watte. Der Hörer so kalt an ihrem Ohr. Eiskalter Schnee fiel ihr in den Nacken.

Es läutete dreimal. Viermal.

Nimm ab, Liam. Ich will nicht mit dir sprechen. Aber nimm ab.

Fünfmal. Sechs. Sieben.

Die Worte, die Sara sagen wollte, wiederholten sich in ihrem Hirn. Zittere ich zu sehr, um sie sagen zu können? Friere ich zu sehr, um sprechen zu können?

Ich werde hier zu Tode frieren. Man wird mich steifgefroren finden, vor diesem Telefon mit dem Hörer am Ohr.

Achtmal Läuten. Neunmal.

Er ist nicht zu Hause.

Sie stand da und lauschte dem gleichmäßigen Klingeln, unfähig zu reagieren. Als ob ihr Verstand eingefroren sei. Als ob auch ihre Gefühle eingefroren seien.

Er ist nicht zu Hause. Und Margaret ist nicht zu Hause.

Sie lauschte dem leisen, rhythmischen Läuten. Wieder. Wieder. Und seine Worte waren wieder da, die Drohung, die er gebrüllt hatte, als sie aus der Haustür geflohen war: »Ich komme dir hinterher!«

Ja. Er und Margaret suchen nach mir. Sie jagen mir nach. Und ich kann mich nach Hause schleichen und ungestört meine Sachen holen.

Wenn ich meinen Schlüssel habe.

Sie steckte ihre Hand in die andere Tasche ihrer Jeans. Sie bewahrte ihre Hausschlüssel nie in ihrer Handtasche auf. Aus Angst, sie zu verlieren, versuchte sie immer, sie bei sich zu tragen.

Und sie waren auch jetzt da.

»Ja!« Sie hängte den Hörer ein. Sie konnte noch immer das gleichmäßige Läuten in ihren Ohren hören. Sie stieß sich von der Telefonzelle ab. Wieviel Zeit hatte sie? Wie lange dauerte es, bis Liam aufgab und nach Hause zurückging?

Sie holte tief Luft und begann zu rennen. In ihrer Panik hatte sie den Mantel nicht zugeknöpft. Jetzt wehte er wie ein Umhang, als sie über den Bürgersteig eilte, rutschend, gleitend, außer Atem. Schnee schlug ihr ins Gesicht. Sie hatte die Arme vor sich ausgestreckt, als griffe sie nach etwas. Nach Sicherheit.

Ein Auto rollte langsam vorbei. Die Seitenfenster schneebedeckt. Die Reifen knirschten über die vereiste Straße. Die Scheinwerfer erfaßten sie, tauchten sie in ein grelles Licht. Sie rannte aus dem Licht, ohne ihren Schritt zu verlangsamen.

Wie lange habe ich? Wie lange?

Sie bog scharf um die Ecke. Das Haus lag im nächsten Block. Schnee wirbelte um sie. Sie hörte das leise Knirschen ihrer Stiefel, die in den feuchten Schnee sanken. Kein anderes Geräusch.

Stille ringsum.

Stille Nacht.

Sie griff in ihre Tasche, um die Schlüssel herauszuholen, während sie die schneebedeckten Stufen der Treppe hinaufging. Wohne ich wirklich hier? Ist dies wirklich mein Haus? Mein Zuhause mit Liam?

Nicht mehr.

Die Tränen begannen zu fließen, heiß auf ihren eiskalten Wangen.

Warum jetzt? Warum jetzt weinen?

Sie bettelte sich selbst an, damit aufzuhören. Schalt sich wütend. Unterdrückte die Tränen, zwang sich zur Ruhe.

Sie wischte sich mit dem Handrücken über die Augen. So salzige Tränen, die in ihren Augen brannten. So bittere Tränen.

Sie führte den Schlüssel zum Schloß. Überlegte es sich anders. Drückte statt dessen auf den Klingelknopf.

Und wenn sie nun zurück waren? Wenn Liam und Margaret zurückgekehrt waren, nachdem sie angerufen hatte? Sie sollte sich besser vergewissern.

Sie ließ ihren Finger auf dem Klingelknopf. Konnte drinnen die Klingel schrillen hören. Sie freute sich darüber, daß sie in der Lage gewesen war, so klar zu denken.

Das Gefühl währte nicht lange. Sie nahm den Finger vom Klingelknopf. Lauschte angestrengt. Näherten sich drinnen Schritte?

Nein. Bitte – nicht.

»He –!« Eine rufende Stimme.

Sara keuchte und wirbelte herum, rutschte aus, fiel fast die Stufen hinunter.

Zwei Jungen. Moore-State-Studenten wahrscheinlich. Einer in einem langen Pelzmantel, der andere mit einer roten Kapuze, jagten sich über die Straße. Ein Schneeball flog. Lautes Gelächter. Sie packten sich. Rangen miteinander. Begannen dann wieder zu rennen.

Sara wandte sich mit einem Seufzer wieder zum Haus. Es gab auch Menschen, die sich heute nacht amüsierten. Sie drückte auf den Klingelknopf, ließ es fast eine Minute lang läuten.

Alles klar.

Geh da hinein, Sara, und geh wieder raus, so schnell du kannst.

Sie erschauerte. Der Schauer schüttelte ihren ganzen Körper. Ihre Hand zitterte so heftig, daß sie beide Hände brauchte, um den Schlüssel ruhig zu halten, beide Hände, um ihn ins Schloß zu stecken.

Sie drehte den Schlüssel. Holte tief Luft. Stieß die Tür auf.

Und trat in die heiße, schwere Dunkelheit des Hauses.

51

Die Dielen ächzten unter ihrem leichten Schritt. »Jemand daheim?« Die Treppe hinaufgeflüstert.

Sie lauschte. Hörte den Kühlschrank in der Küche klacken. Hörte ihre eigenen flachen Atemzüge.

Ihre Hand tastete nach dem Lichtschalter, sank dann herab. Nein. Kein Licht. Wenn sie zurückkommen, warum soll ich ankündigen, daß ich hier bin?

Sie griff nach dem Treppengeländer und begann, sich die Stufen hochzuziehen, den Blick auf den dunklen Treppenabsatz gerichtet.

»Mögen die schlafen, die schlafen.« Liams gesungene Worte fielen ihr plötzlich wieder ein. Sie hörte sie mit seiner Stimme sanft die Treppe heruntertreiben.

Sie blieb stehen, einen Stiefel über dem anderen und hielt sich an dem glatten Holz des Geländers fest. Es hatte geklungen, als ob Liam dort stünde, am oberen Absatz der Treppe vor ihrem Schlafzimmer und die Worte wieder rezitiere:

»Mögen die schlafen, die schlafen, und mögen die wachen, die wachen.«

Es war so romantisch in jener Nacht.

So romantisch und wunderschön. Das fahle, tanzende Kerzenlicht, die schwebenden Schatten, auch Liam schwebend, so leicht über ihr, in ihr, sie beide so dicht beieinander, so dicht wie der Klang seines skandierten Flüsterns in ihrem Ohr.

»Aaaaarrrg.« Ein Stöhnen des Ekels drang aus Saras Kehle.

Ihre Stiefel dröhnten auf den Stufen, als sie nach oben eilte.

Es war nicht romantisch. Es war pervers.

Und was *bedeuteten* diese Worte überhaupt? Sie hatte sich davon mitreißen lassen, so glücklich, so abscheulich *unbeschwert* – so willig, Liam zu glauben, so willig, alles zu tun, damit diesmal alles gut war, alles klappte – so unbeschwert und willig, daß sie keinen Augenblick über die Bedeutung dieser rezitierten Worte nachgedacht hatte.

»Mögen die schlafen, die schlafen.«

Von wem redete er? *Wer* sollte schlafen? Und wer sollte wachen?

Ergab das überhaupt einen Sinn?

Ich will jetzt wirklich nicht darüber nachdenken, sagte sie sich, als sie am Treppenabsatz stehenblieb und zögerte, das Geländer loszulassen, dieses massive Gefühl von Sicherheit. Ich will nicht darüber nachdenken. Auch nicht über Liam. Bis ich hier raus bin.

Als ihre Hand sich schließlich vom Geländer löste, spürte sie, wie eine Welle der Übelkeit von ihrem Magen aufstieg. Ich will nicht denken. Liam und Margaret ... Ich muß wieder in dieses Schlafzimmer gehen. Liam und Margaret.

Haben sie mich die ganze Zeit ausgelacht?

Haben sie sich jedesmal gefickt, wenn ich das Haus verlassen habe?

Margaret hatte so freundlich, so verständnisvoll gewirkt. So ... herzlich.

Sie hatte in jeder Hinsicht so absolut angenehm und normal gewirkt. So tolerant, was die Schrullen und den Aberglauben ihres Bruders anbelangte. So willig, in den Hintergrund zu treten, als ich auftauchte. So bemüht, mir zu helfen, mein Vertrauen zu gewinnen.

Und die ganze Zeit ...

Die ganze Zeit ...

Wie lange Zeit schon? überlegte Sara plötzlich, schluckte schwer und machte einen Schritt auf das Schlafzimmer zu. Zwei Schritte. Drei. Wie lange schon hatten sie diese perverse Beziehung? Ihr ganzes Leben?

»Mögen die schlafen, die schlafen.«

Die Worte ergaben für Sara überhaupt keinen Sinn. Sie schüttelte den Kopf, als könne sie sie so aus ihrem Hirn schleudern. Sie konnte mit Worten, mit Erklärungen, jetzt nichts anfangen.

Wie konnte Liam einen solchen Betrug erklären?

Wie konnte er Chips Hand erklären? Wie konnte er Kristen erklären, die im College Inn ermordet worden war?

Die anderen Morde? Alle Menschen, die Liam auf die eine oder andere Weise gekannt hatte? Die anderen Morde? Ob er etwas mit der Ermordung dieser Menschen zu tun hatte?

Nein.

Er war zärtlich – zu *schwach* – um ein Mörder zu sein. Einer, der verstümmelte. Die Leichen waren zerfetzt worden, wie es in den gräßlichen Zeitungs- und Fernsehberichten geheißen hatte, zerrissen, wie man ein Brathähnchen zerteilte. Zerfetzt und zerrissen. Oder zerschnitten und zermalmt, bis nichts Menschenähnliches mehr an ihnen war.

Nein. Liam konnte das nicht tun.

Er war zu sanft. Zu sensibel. Zu sehr *Professor.*

Oder etwa nicht?

Kannte sie Liam überhaupt wirklich? Wußte sie *irgend etwas* über ihn?

All diese Geschichten, die er ihr mit scheinbar unschuldiger Freude erzählt hatte. All diese Geschichten und alten Legenden waren nur Märchen. Süße, alte Märchen.

Sie verrieten nichts über Liam.

»Ich kenne dich nicht«, murmelte Sara laut.

Sie war so betäubt, so hypnotisiert von der Romantik gewesen, die er ausstrahlte, daß sie überhaupt nichts über ihn erfahren hatte. Warum war er so hingerissen, so bezaubert von den alten Geschichten über Feen und Kobolde?

Und warum war er so abergläubisch?

Ja. Warum war er geradezu von Aberglauben besessen? Schlichtem, alltäglichem Aberglauben. Sonderbarem, kompliziertem Aberglauben, von dem sie noch nie gehört hatte.

Warum, Liam?

Zu spät jetzt für Fragen. Wahrscheinlich würde sie die Antworten nie erfahren.

Sie *wollte* die Antworten auch nicht mehr wissen.

Sie blieb vor der Schlafzimmertür stehen, die nur einen Spalt geöffnet war, und lauschte. War jemand darin?

Ein knarrendes Geräusch. Sie wirbelte herum, wandte sich zur Treppe. Waren sie zurückgekommen?

Sie lauschte angestrengt über den Trommelschlag ihres Herzens.

Nein. Stille jetzt.

Sie stieß die Schlafzimmertür auf. Sie holte tief Luft und hielt den Atem an. Eine Nachttischlampe spendete das einzige Licht. Das Licht fiel auf das Bett, auf die weinrote Wolldecke, die ans Fußende geworfen war. Das obere Laken zu einer Kugel geknautscht, zu einer Seite geschoben – Liams Seite. Das untere Laken noch immer zerknittert, noch immer zerknittert, noch immer zerknittert von ihren Leibern. Liam und Margaret. Die Kopfkissen zusammengeschoben. Eingedrückt. Eingedrückt von ihrem Kopf. Liam auf ihr. Sie beide hatten die Laken zerknittert.

Sie befleckt.

Sara trat an das Bett und keuchte. Sie konnte sie riechen. Seinen Schweiß. Ihr blumiges Parfüm.

Sie konnte den Geruch ihres Zusammenseins in den Laken riechen, in der schweren, heißen Luft des Zimmers. Konnte die beiden ringsum riechen. Sie riechen. Sie riechen.

»Oh.« Hatte sie je zuvor solchen Ekel empfunden?

Mein Mann und seine Schwester. Mein Ehemann.

Ohne es zu merken, hatte sie das untere Laken gepackt, hatte es von der Matratze gerissen. Sie begann, es zu zerknüllen. Das obere Laken ebenfalls. Zerknüllte sie, als wolle sie beide in den Wäschekorb werfen. Drückte sie wild zusammen, drehte die Laken in ihren Händen, roch sie, roch Liam und Margaret. Ballte sie, spürte, wie ihr Magen mit den Laken zu einem Klumpen wurde, spürte, wie ihr Magen sich verkrampfte, spürte die Übelkeit aufsteigen, aufsteigen.

»Oh! Was *tue* ich da?«

Ich bin außer Kontrolle, wurde ihr plötzlich klar. Ihre Hände bewegten sich von selbst. Ihr Magen revoltierte. Außer Kontrolle.

Und dann warfen ihre Hände die Laken weg. Und ihre Beine trugen sie durch das Zimmer zum Badezimmer. Zu ihrem Badezimmer.

Sie schlug die Hände vor den Mund, versuchte, das Erbrochene zurückzuhalten, bis sie die Toilettenschüssel erreicht hatte. Eine Hand griff nach dem Lichtschalter. Das Deckenlicht ging an.

Sie sprang zu der Schüssel und hob den Deckel. Beugte sich darüber.

Und hörte das gleichmäßige *tropf tropf tropf* hinter sich.

Was war das für ein Geräusch?

Sie drehte sich zu der Badewanne um. Sah den dunklen Fleck, der an dem geöffneten Duschvorhang herunterlief.

Tropf tropf tropf.

Und dann vergaß sie ihre Übelkeit und begann zu schreien. Ein kurzer, heiserer Schrei zuerst, der zu einem langen, schrillen Heulen des Entsetzens wurde.

52

Tropf tropf tropf.

Das hellrote Blut tropfte in gleichmäßigem Rhythmus aus Margarets Nase und Mund.

Margaret. Nackt.

Margaret starrte auf Sara herab. Weit aufgerissene Augen. Ein Ausdruck von Überraschung in ihrem Gesicht. Den Kopf auf die nackte Schulter geneigt, starrte sie auf Sara herab. Starrte herab, weil sie an der gekachelten Wand hing.

Rote Blutflecken auf den weißen Kacheln.

Und was ragte aus Margarets Brust?

Sara schaute angestrengt hin, nicht länger imstande zu schreien oder irgendein Geräusch von sich zu geben oder sich überhaupt bewegen zu können. Die Hände vors Gesicht gepreßt. Ihre Augen versuchten, den unmöglichen Anblick zu deuten, einen Sinn darin zu erkennen und ihn gleichzeitig zu leugnen.

Was ragte da aus Margarets blutverschmierter Brust?

Ja. Nein. Ja.

Der Duschkopf.

Mit geronnenem Blut verschmiert, ragte der Duschkopf aus ihrer Brust. Die Haut zerrissen und zerfetzt. Blut rann über ihre hängenden Brüste und den Bauch.

Sie war da oben aufgehängt worden. Der Chromduschkopf war direkt durch ihren Körper gestoßen. Nein. Ihr Körper direkt auf den Duschkopf gestoßen worden.

Margaret war an dem Duschkopf aufgehängt worden. Hing wie eine Fleischseite an einem Haken. Hing dort wie ein Gemälde. Ein blutiges Gemälde.

Ein Arm war aus seinem Gelenk gerissen worden. Er baumelte unsicher an einer einzigen, dünnen Sehne.

Und das Blut tropfte und floß an der gekachelten Wand hinunter, in die Wanne, sammelte sich in der Badewanne und verstopfte den Abfluß.

Margaret. Margaret. Liam hatte Margaret ermordet.

Er hatte seine eigene Schwester umgebracht.

Saras Hände krallten sich in ihrem Haar fest, als sie sich zwang, sich von der Badewanne abzuwenden. Mit geschlossenen Augen wankte sie aus dem Raum. Ihre Beine zitterten, waren weich wie Gummi. Ihr Kopf dröhnte. Dröhnte mit jedem Tropfen von Blut, der in die Wanne fiel.

Er hatte seine eigene Schwester ermordet.

Warum, Liam? Warum?

Es konnte keine Antwort geben. Keine passende Antwort, keine logische Antwort. Keine *vernünftige* Antwort.

Liam ist wahnsinnig. Liam ist psychotisch. Psychotisch und geistesgestört.

Er hat Margaret ermordet. Sie abgeschlachtet.

Er hat seine eigene Schwester ermordet.

Und jetzt sucht er nach mir.

Die Polizei. Ich muß die Polizei anrufen.

Aber nicht von hier. Keine Zeit. Überhaupt keine Zeit. Muß meine Sachen packen. Nur ein paar Sachen.

Dann los, Sara. Los.

Sara griff nach dem gläsernen Türknopf und zog die Schranktür mit solcher Wucht auf, daß sie fast umfiel. Mit einem Stöhnen griff sie blindlings ins obere Fach, tastete nach dem Griff des Koffers, der dort oben lag.

»Oh. Nein.« Sie senkte ihre Hände, drehte sich um.

Keine Zeit zum Packen. Lauf einfach, Sara. Nimm deine Handtasche und lauf.

Geh aus dem Haus.

Er sucht nach dir. Er hat seine Schwester ermordet. Jetzt sucht er nach dir.

Er wird zurückkommen. Er wird jede Minute zurück sein. Du mußt hier raus. Sofort.

Sie schlug die Schranktür zu. Sie machte einen Schritt zurück. Drehte sich um.

Ja. Raus. Raus hier, Sara. Nimm deine Handtasche und dann raus aus diesem Haus.

Sie war noch mitten im Zimmer, als sie den schweren *Bums* hinter sich hörte – und wußte, daß Liam zurückgekehrt war.

53

Sara wirbelte mit einem leisen Schrei herum. Sie wollte nicht, daß er sie von hinten packte. Sie wollte ihm von Angesicht zu Angesicht gegenüberstehen, dem Mörder ins Gesicht sehen.

Keiner da.

Ihre Knie gaben nach. Sie griff nach dem Bettpfosten, um sich festzuhalten.

Wo ist er?

Liam? Bist du hier?

Ihr Blick schoß zum Badezimmer. Sie sah flüchtig den Arm, den nackten Arm, Margarets nackten Arm, der über die Seite der Wanne hing.

Der Arm, der vom Körper abgefallen war.

Das erklärte den *Bums.*

Margarets blutverschmierte Hand hing geöffnet über die Seite der Wanne, als versuche sie, den Boden zu erreichen.

Saras Kehle war wie zugeschnürt. Sie rang nach Luft.

Mach schon, Sara. Steh nicht rum.

Sie gehorchte der strengen, lautlosen Stimme in ihrem Kopf, wandte sich vom Badezimmer ab und torkelte aus dem Schlafzimmer. Dann die Treppe hinunter, mit laut dröhnenden Schritten, das Geländer fest umklammert. Versuchte wegzublinzeln, was sie oben gesehen hatte, versuchte das Bild des abgetrennten Armes wegzublinzeln, der über der blutroten Wanne hing und nach dem Boden langte.

Kein Bild. Sondern Wirklichkeit. Wirklich Margaret.

Liam und Margaret.

Er hat sie ermordet. Jetzt will er mich töten.

Sie nahm ihre schwarze Lederhandtasche vom Tisch im Flur. Ließ sie fast fallen. Fing sie an den Riemen auf. Packte sie fest. Öffnete die Haustür.

Würde er dort auf der Treppe stehen und auf sie warten? Darauf warten, ihr einen Arm auszureißen? Sie an der Haustür aufzuhängen?

Nein.

Sie spähte hinaus in das blaßgelbe Licht der Lampe über der Tür. Keiner da. Der Schnee trieb jetzt weich und lautlos herunter.

Kein *tropf tropf tropf.*

Weich und stumm und weiß wie eine Wolke.

Los, Sara. Du kannst hier nicht bleiben. Wieder die strenge Stimme. Gott sei gedankt für die strenge, befehlende Stimme. Eine Kraft, die irgendwo aus ihrem Inneren kam, sie war sich nicht sicher, woher. Gott sei Dank für diese Stimme, ohne die sie schon längst zusammengebrochen wäre, unter Tränen und eiskalten Schauern.

Zusammengebrochen in Erwartung ihres Todes.

Warum, Liam?

Warum muß ich sterben? Warum mußte Margaret sterben? Warum?

Los, Sara!

Aber wohin? Wohin kann ich gehen?

Ihre Stiefel sanken in dem tiefer werdenden Schnee ein, als sie die Treppe hinunterwankte und über die stille, leere Straße rannte.

Wer wird mich retten? Wer wird mich vor dir retten, Liam?

Die Polizei?

Sie stolperte zu der Telefonzelle an der Ecke, auf deren Dach jetzt eine dicke Schneedecke lag. Ja. Die Polizei. Die Polizei wird kommen, Liam. Die Polizei wird mich beschützen. Und dich aufhalten.

Sie wischte den feuchten Schnee von dem Hörer, hob ihn an ihr Ohr.

Stumm.

Tot und stumm.

Sie schlug auf die Tastatur. Drückte wieder und wieder die Null

Stille.

Nein. Weiter. Nur weg hier. Weit weg.

Mit zusammengekniffenen Augen musterte sie jeden Türeingang. Jeder Schatten auf dem Schnee, selbst ihr eigener Schatten, der ihr unter einer Straßenlaterne vorausglitt und sich dann wie vor Entsetzen zurückzog, ließ sie zusammenzucken, vor Furcht erschauern.

Ein dutzendmal glaubte sie, ihn zu sehen. Neben einer schneebedeckten Hecke. Hinter einem Laternenpfahl. Den Mantel wirbelnd um sich, dunkles Haar über seiner Stirn, dunkle Augen, die sie anfunkelten – voller Haß?

Haßt du mich, Liam?

Warum willst du mich töten? Ich habe dich einmal geliebt.

Dich geliebt. Vergangenheit jetzt. Dich *geliebt.* Ihre Liebe jetzt so kalt wie der Schnee unter ihren Stiefeln.

So kalt wie Margarets verstümmelter Körper, der an dem kalten verchromten Duschkopf hing.

Kalt. Die ganze Welt kalt jetzt. Kalt und dunkel.

»Ohh!« Ihre Stiefel rutschten auf der gefrorenen Oberfläche. Sie streckte die Hände aus, um sich festzuhalten. Nichts, wonach sie greifen konnte.

Sie stürzte schwer, landete auf ihren Knien, fiel dann in den Schnee. Ihr Gesicht tauchte in den feuchten Schnee. Sie riß den Kopf hoch, spuckte. Schmerz schoß vom rechten Knie durch ihren Körper. Sie streifte sich den Schnee von den Augen, den Wangen.

Ein Schluchzen entrann ihrer Kehle. Sie versuchte es zu unterdrücken, bevor die Tränen zu fließen begannen. Und flossen. Und flossen.

»Verdammt!« Als sie sich aufrichtete, sah sie die Handtasche im Schnee stecken. Sie hatte sich geöffnet. Sie sah ihre Brieftasche im Schnee. Ein Lippenstift ragte aus dem Schnee auf. Ein Schlüsselbund.

Sie unterdrückte ein weiteres Schluchzen und bückte sich, um es aufzuheben. Steckte es mit einer zitternden Hand zurück in die Tasche. Die Schlüssel.

Die Schlüssel.

Es waren die Schlüssel zu Miltons Büro.

Und Miltons Hausschlüssel.

Miltons Haus.

Ich habe Milton heute morgen gesehen, erinnerte sie sich. Er hielt mich an. Er wirkte so verzweifelt. Er wollte reden.

Oh, mein Gott!

Wollte Milton mich warnen? Hat er das mit Liam herausgefunden?

Hat Milton versucht, mir zu helfen? Warum bin ich nicht stehengeblieben? Warum habe ich nicht zugehört?

Sie umschloß den Hausschlüssel fest mit ihrer Hand.

Ich werde zu Milton gehen. Ich werde zu Miltons Haus gehen.

Der perfekte Ort, um mich vor Liam zu verstecken. So weit weg vom Campus. Tief in den Wäldern.

Sie starrte durch die Tränen, die ihr in die Augen gestiegen waren, auf den Schlüssel. Starrte darauf, als sei er Teil eines Silberschatzes. Ein Stück Sternenlicht. Ein Stern, der sie führte.

Milton wird mir helfen, wieder klar zu denken. Milton wird mir helfen, daß ich nicht mehr zittere. Milton wird mich vor Liam beschützen. Wir können die Polizei von Miltons Haus aus anrufen.

Sie stellte sich Milton vor, so groß, so stark. Er hatte Sara immer helfen wollen. Er hatte immer gewollt, daß Sara zu ihm kam.

Gut, dies ist der richtige Zeitpunkt. Ich brauche dich jetzt, Milton.

Ja.

Miltons Haus.

Dort werde ich sicher sein.

54

Sara wischte sich den Schnee aus den Augen und wankte zu dem Telefon an der nächste Ecke. Milton, bitte sei da, betete sie, nahm den kalten, feuchten Hörer in ihre bloße Hand.

Bitte, sei da. Ich brauche dich jetzt.

Sie preßte den Hörer an ihr Ohr.

Stumm.

Nein. Nicht dieses auch.

Ein wütender Schrei entrann ihrer Kehle. Sie schlug auf die Tastatur, knallte den Hörer auf die Gabel, lauschte wieder.

Kein Freizeichen. Kein Geräusch.

Funktionierte denn *keines* dieser Telefone?

Sie ließ den Hörer fallen, ließ ihn an seiner Schnur baumeln, wandte sich von der Telefonzelle ab. Ihr Herz klopfte. Sie spürte die Kälte nicht mehr, spürte nicht mehr die Schneeflocken auf ihrer Stirn, auf ihren Augenbrauen, den schmelzenden Schnee, der ihr Haar durchnäßte. Sie war wie taub, fühlte nichts außer Furcht.

Ein Auto bog schlitternd um die Ecke. Ein einzelnes weißes Licht glitt über Sara hinweg. Als das Licht an ihr vorbeirollte, erkannte sie, daß es ein Taxi war. Ein Scheinwerfer erloschen.

Taxi?

Ja. *Campus Taxi.* Jetzt konnte sie die Worte auf dem Dachlicht erkennen.

Sie winkte hektisch, hatte beide Arme über ihrem Kopf erhoben. »He – Taxi! Taxi! Oh, bitte!«

Es kam rutschend zum Halt. Ein braun-weißer Plymouth. Eine Schicht Schnee auf dem Dach.

Sara glitt auf den Rücksitz. Der Boden war von den Stiefeln der letzten Fahrgäste naß. Trotz des NICHTRAUCHER-Zeichens an der Rückenlehne des Vordersitzes roch der Wagen nach abgestandenem Tabakrauch.

Schaudernd schlug sie die Arme um sich. »Könnten Sie die Heizung hier hinten etwas weiter aufdrehen?«

Der Fahrer, ein ernst dreinschauender alter Mann mit einer karierten Holzfällermütze, warf ihr einen Blick im Rückspiegel zu. »Das ist alles, was ich an Heizung habe. Sie haben sehr viel Glück. Ich war auf dem Weg nach Hause.«

»Ja. Sehr viel Glück«, murmelte Sara bitter.

»Wohin, bitte?« wollte er ungeduldig wissen.

Die Scheibenwischer kratzten auf der Windschutzscheibe, schmierten eine weiße Spur auf das Glas. Der Fahrer beugte sich über das Lenkrad vor, seine dunklen Augen suchend nach vorn gerichtet, beide Hände oben auf dem Lenkrad.

Während er mit durchdrehenden Reifen auf die Straße rutschte, drehte Sara sich um und versuchte, aus dem Heckfenster zu schauen. Liam – bist du da hinten? Folgst du mir?

Sie sah undurchdringliche Dunkelheit. Die Heckscheibe war mit Schnee bedeckt. Irgendwie tröstlich.

Du kannst nicht hineinschauen. Du kannst mich nicht sehen.

Der Wagen rutschte von einer Seite zur anderen wie ein Schlittschuhläufer. Ein Schritt nach links, dann gleiten nach rechts. Sara rieb das beschlagene Fenster an der rechten Seite, schaute zu, wie die dunklen Häuser vorbeirollten, die verschneiten Rasen, die im schwachen Licht der Nacht blau schimmerten.

Das Fenster beschlug wieder. Die Welt verschwand hinter dem Glas.

Sara wünschte, sie würde dort bleiben. Auf der anderen Seite des Glases bleiben. Dunkel und stumm und fern.

Liam ... Liam ...

Sie stellte sich Miltons Überraschung vor, wenn er sie vor seiner Haustür fand. »Sara – was ist denn los? Sara – bitte, sag es mir.« Sie konnte seine heisere Stimme hören, sehen, wie sein Gesicht sich vor Erregung rötete. Voller Sorge.

Sie überlegte, ob er ihre Geschichte glauben würde. Sie überlegte, ob sie sie erzählen könnte. Sie überlegte, wieviel sie erzählen könnte, bevor sie zusammenbrach und die Tränen zu fließen begannen.

Ich unterdrücke das alles. Ich mache meine Sache sehr gut. Aber wie lange stehe ich das durch?

Ein lautes Rumpeln ließ ihr Herz einen Satz machen. Der Fahrer riß das Lenkrad herum und fluchte. Das Taxi schleuderte, wich einem großen Schneepflug aus, der auf die Straße zurücksetzte.

Bitte, räumt diese Straße nicht, dachte Sara, während der Fahrer wieder auf die Straße fuhr. Bitte, macht es Liam nicht leichter, mich zu kriegen.

Ich werde es schaffen, beruhigte sie sich selbst, während sie zuschaute, wie die Scheibenwischer über die Windschutzscheibe kratzten. Ich komme durch. Ich schaffe es, bis die Polizei kommt. Dann wird sie mich beschützen. Sie werden Liam von mir fernhalten. Sie werden ihn finden. Sie werden ihn festnehmen. Sie werden …

Der Wagen kam mit einem Ruck zum Halt. Saras Schulter schlug gegen die Tür. »Was ist los?«

Der Fahrer schaute auf das Taxameter und antwortete nicht.

»Was ist denn los? Warum haben wir angehalten?«

Er drehte sich langsam um. Dunkle Augen musterten sie unter der Wollmütze, nahmen sie zum ersten Mal wahr. Er schaltete das Licht ein. »Sechs achtzig, bitte.«

»Oh.« Sie senkte den Kopf und schaute aus dem Fenster. War das Miltons Haus? Waren sie so schnell dorthin gelangt?

Sie senkte den Blick und bemerkte, daß sie den Hausschlüssel die ganze Zeit umklammert hatte. Jetzt ließ sie ihn in ihren Schoß fallen, um in ihrer Handtasche nach Geld für das Taxi zu suchen.

»Wohnen Sie hier, Lady?«

Sara kramte in der Handtasche. Meine Brieftasche. Meine Brieftasche.

»Wohnen Sie hier, Lady? Das Haus ist völlig dunkel.«

Sie fand ganz unten eine zerknüllte Banknote und zog sie heraus. Ein Zehner. »Hier.« Sie schob ihn nach vorne. »Behalten Sie den Rest.«

Ihr Herz begann schneller zu schlagen, als sie die Tür aufstieß. Miltons Schlüssel rutschten von ihrem Schoß. Sie sah es und fing sie gerade noch rechtzeitig auf.

Der Wind blies ihr den Pulverschnee ins Gesicht. Sie stieg aus dem Wagen und starrte das Haus an. Alle Fenster dunkel. Kein Licht über dem Eingang.

Das Taxi setzte zurück, kaum daß Sara die Tür hinten zugeschlagen hatte. Die Reifen knirschten auf der verschneiten Auffahrt. Der einzelne Scheinwerfer glitt über die Front des Hauses. Sara entdeckte einen Berg von Schnee auf der Dachrinne. Dicke Eisblumen rankten an dem Vorderfenster.

Sie klemmte die Handtasche unter den Ärmel ihres Mantels und schloß ihre Finger fester um die Schlüssel. Sie ging vorsichtig, machte einen Schritt nach dem anderen, folgte dem Weg zum Haus, spürte eine dicke Eisschicht unter dem feuchten Schnee.

Der Blick auf die dunklen Fenster gerichtet. Dann auf die Tür.

Bitte, sei daheim, Milton. Du mußt daheim sein, für mich. Ich brauche dich, damit du mir hilfst. Mich beschützt. Vor *ihm.*

Die Bäume zitterten, schickten einen Schneeschauer herab.

Ein Schluchzen kam aus Saras Kehle.

Hier habe ich geheiratet. Liam und ich haben zwischen diesen Bäumen geheiratet. Eine so glückliche Zeit. Ein so glücklicher Tag.

Gar nicht so lange her.

Damals bin ich hergekommen, um den Mann zu heiraten, den ich liebte.

Heute nacht komme ich her, um mich vor ihm zu verstecken.

Ein weiterer Windstoß ließ die Bäume erzittern, als fühlten sie mit ihr. Den Schlüssel fest umklammert, beugte sich Sara gegen den wehenden Schnee und ging zur Haustür.

Bitte, sei daheim, Milton.

Bitte, hilf mir.

Ihre Hand zitterte, als sie den Schnee von der Klingel streifte. Dann drückte sie auf den Klingelknopf, drückte darauf und hielt ihn fest, lauschte dem lauten Summen drinnen im Haus und wartete darauf, daß Milton aufstand und kam, um die Tür zu öffnen.

55

Der Wind schleuderte Schnee gegen die Tür. Sie spürte die Kälte in ihrem Haar, in ihrem Genick. Sie nahm den Finger vom Klingelknopf. Lauschte angestrengt.

Das Zittern der Bäume. Das harte Flüstern des Windes.

Keine Schritte drinnen. Keine Spur von Leben.

»Milton!« Der Name explodierte förmlich aus ihr. Sie konnte spüren, wie sie zerbrach, spürte, wie der Leim weich wurde, schmolz, spürte, wie die empfindlichen Stücke zu brechen begannen, wie Porzellan, wie Glas. »Milton!« Ihre Stimme so dünn, so voller Furcht.

Sie hob den Finger und drückte auf den Klingelknopf. Sie konnte das gleichmäßige Summen auf der anderen Seite der Tür hören. Sie drückte ihn. Drückte ihn. Dreimal langes Summen. Dann ein noch längeres.

»Milton! Milton – bitte!«

Sie schlug mit beiden Fäusten an die Tür. Drückte dann wieder auf die Klingel.

Stille drinnen. Kein Knarren. Kein Licht, das aufblitzte.

Vielleicht ist er nicht zu Hause.

Sie schloß die Augen und versuchte sich zu erinnern. Hat er mir gesagt, er wolle verreisen?

»Milton – bist du daheim? Schläfst du sehr tief? Wirst du aufwachen und mich hineinlassen?«

Die Schneeschaufel, die an der Seite des Hauses lehnte, bewegte sich im Wind. Sara führte den Schlüssel ans Schloß. Sie versuchte es dreimal, bevor sie merkte, daß sie ihn verkehrt herum hielt.

Sie drehte den Schlüssel und stieß die Holztür auf. Starrte in die Dunkelheit. Spürte die Wärme des Hauses an ihren Wangen.

»Milton?«

Sara steckte ihren Kopf in die Stille.

Sie stampfte heftig mit den Stiefeln auf dem Boden auf, trat dann in das Haus. Der Wind schlug ihr die Tür in den Rücken. Sie schloß sie überrascht. Sie blinzelte, wartete darauf, daß ihre Augen sich an die Dunkelheit gewöhnten.

»Milton? Ich bin's, Sara! Milton, sind Sie zu Hause?«

Sie tastete an der Wand nach dem Lichtschalter. Konnte ihn nicht finden. So trat sie in den vorderen Raum. Düstere Schatten überall in dem Zimmer. Sie sah das matte Leuchten von Messerklingen an der Wand. Miltons geliebte Sammlung.

»Milton – wachen Sie auf! Ich bin es! Sara!«

Stille.

Sieh in seinem Schlafzimmer nach, befahl sie sich, während sie sich vorsichtig durch die blauschwarze Dunkelheit bewegte. Sie erinnerte sich an den langen, verspiegelten Korridor. Miltons Zimmer war an dessen Ende auf der linken Seite.

»Milton?«

So ruhig. So warm.

Sie holte tief Luft und hielt den Atem an. Dann begann sie, durch das Wohnzimmer zu gehen, die zusammengekniffenen Augen auf das schwarze Rechteck gerichtet, das der Zugang zum Korridor sein mußte.

Sie hatte das Wohnzimmer halb durchquert, als ihr Bein gegen etwas stieß, das auf dem Boden lag. Etwas Schweres und Weiches.

»Uhh.« Mit einem verblüfften Grunzen fiel sie darüber. Der große Gegenstand gab unter ihr nach.

Keine Ottomane. Zu weich für eine Ottomane.

Der Gegenstand bewegte sich unter ihrem Gewicht. Sie spürte warme Feuchtigkeit, die an ihren Händen klebte.

»Oh, Gott.«

Sie rappelte sich auf ihre Knie.

»Oh, Gott.«

Sie brauchte nicht hinzuschauen, um zu wissen, was es war.

Sie brauchte nicht hinzuschauen, um zu wissen, daß sie Milton gefunden hatte.

Das Deckenlicht ging plötzlich an.

Sara blinzelte. Starrte auf ihre Hände. Auf das geronnene, dunkle Blut an ihren Händen.

Dann hinab auf Miltons zerrissenen Körper. Zerfetzt. Aufgerissen.

Milton?

Aufgerissen wie ein Paket. Die Haut aufgerissen über der blutdurchtränkten Pyjamahose. Der rote Magen herausgezogen. Aus dem Körper herausgezogen. Rosa Eingeweide schlängelten sich in einer dunklen Blutlache auf dem Boden.

Miltons Kopf an den Fuß der Couch gelehnt, Mund und Augen weit offen vor Verblüffung.

»O Gott. O Gott.« Saras Hände so klebrig. Das Blut noch warm.

Sie richtete den Blick auf die Messer in den Glasregalen. Drehte sich dann schnell um, als ihr etwas einfiel. Als ihr einfiel, daß jemand – ein anderer – das Deckenlicht eingeschaltet hatte.

Und sah Liam.

Im Durchgang zum Korridor. Der graue Mantel offen über seinem Pullover. Das dunkle Haar zerzaust. Die Arme verschränkt.

Liam. Schaute funkelnd auf sie herab. Schaute sie so brutal an. Das Gesicht zu einer Miene erstarrt, die sie nie auf dem Gesicht gesehen hatte, das sie zu kennen glaubte.

Auf dem Gesicht, das sie zu lieben geglaubt hatte.

Ich kenne ihn nicht.

Ich weiß nichts.

Er wird mich jetzt töten.

Sara, noch immer auf den Knien. Versuchte, Liams Blick zu erwidern.

Aber sie wollte ihn nicht sehen.

Konnte es nicht *ertragen,* ihn anzusehen.

Das Gesicht machte sie jetzt krank. Dieses Starren erfüllte sie mit Furcht. Mit Entsetzen.

So viele Morde, Liam. So viele grauenhafte, unmenschliche Morde.

»Liam – du hast Milton getötet.« Irgendwie fand sie ihre Stimme wieder. Sie deutete mit ihren beiden blutbeschmierten Händen auf ihn. »Du – du hast ihn getötet, Liam. Und du hast deine eigene Schwester getötet.«

Liam blinzelte. Aber seine Gesichtszüge blieben unbewegt. Kalt. Kälter als der Schnee, der gegen das Vorderfenster stob.

»Du hast deine eigene Schwester getötet!« kreischte sie.

Endlich sprach er, die Zähne zusammengebissen. »Ich habe sie nicht getötet, Sara. Das hast *du* getan.«

56

Sara starrte zu ihm auf, versuchte angestrengt, klar zu denken.

Seine Worte waren irr. Verrückt. Liam ist verrückt, erkannte sie.

Ich hätte es wissen müssen. Es gab so viele Hinweise. All diese verrückten Aberglauben.

Aber wie hätte ich ahnen sollen, daß er ein Mörder ist?

Wie? Wie hätte ich ahnen können, daß er Menschen zerfetzt?

Er blieb erstarrt im Korridoreingang stehen, die Arme noch immer verschränkt, seine Miene hart und finster. Beobachtete sie. Musterte sie.

Wartete er darauf, daß sie auf seine verrückte Anschuldigung reagierte?

Sie erhob sich, wischte ihre von Blut verklebten Hände an der Vorderseite ihres Mantels ab. Denk nach, Sara. Und denke schnell.

Da war diese starke innere Stimme wieder. Befahl ihr, von ihm wegzukommen. Befahl ihr, am Leben zu bleiben.

Aber wie?

Ihr Blick wanderte zur Haustür. Konnte sie vor Liam dorthin gelangen?

Wahrscheinlich nicht.

Er blockierte den Korridor, den einzigen anderen Fluchtweg.

Ich kann nirgendwohin laufen, wurde Sara klar. Sie spürte, wie Panik ihre Brust einschnürte. Lauschte ihren eigenen schnellen, flachen Atemzügen.

Ich brauche eine Waffe.

Konnte sie zu den Glasbehältern rennen, sie öffnen und eines von Miltons Messern herausziehen, bevor Liam den Raum durchquert hatte, um sie daran zu hindern?

Nein. Keine Chance.

Ihr Blick verharrte am Kamin. Das Schüreisen stand neben dem Korb mit dem Brennholz.

Ja. Das Schüreisen. Vielleicht komme ich da ran.

Sie unterdrückte ihr Entsetzen. Der Raum war plötzlich, als ob er sie einschlösse. Dieser Raum. Dieser Raum, in dem Liam und ich zum ersten Mal wirklich miteinander gesprochen haben.

Miltons Party. Wir haben die ganze Zeit damit verbracht, miteinander zu reden – Liam und ich –, direkt gegenüber dem Kamin.

Und jetzt versucht er mich zu töten.

Und ich werde das Schüreisen nehmen und …

»*Du* hast sie getötet, Sara.« Liams leise, gleichmäßige Stimme drang in ihre Gedanken. »*Du* warst das. Du glaubst mir nicht – nicht wahr?«

Er klang plötzlich so leblos. So ohne jede Energie, so entleert von allem, das eine Ähnlichkeit mit dem Liam hatte, den sie kannte.

»Ich glaube dir, Liam«, keuchte sie. Alles, damit er ruhig blieb, damit er stehenblieb, damit er an diesem Türrahmen blieb. »Wirklich. Ich glaube dir.«

»Sara –!« Ihr Name barst in einem wütenden Schrei aus ihm.

Das Geräusch ließ sie zusammenzucken, veranlaßte sie, sich zu bewegen, durch den Raum zu stürzen. Sie erreichte den Kamin vor ihm. Packte das Schüreisen, das schwerer war, als sie geglaubt hatte.

Sie hob es mit beiden Händen hoch – während er das andere Ende faßte.

»Neiiiin! Laß looooos!« Ein verzweifeltes Jammern.

Sie rangen darum, zogen beide daran, stöhnten beide, während sie kämpften.

»Sara – hör mir zu! Laß mich erklären! Du mußt mich erklären lassen!«

»Nein! Laß los! Laß los! Auuuuu!«

Er änderte plötzlich die Richtung. Beide Hände am Schüreisen, drängte er vorwärts. Schubste sie aus dem Gleichgewicht.

Sie taumelte zurück. Er entriß es ihren Händen. Hob es über ihr, preßte das Eisen auf ihre Brust, drückte sie zurück, zurück – auf die Couch.

»Liam – nein! Laß mich gehen! Bitte, Liam!«

Er stand über ihr, seine Augen brannten, das Gesicht vor Wut verzerrt, seine Brust hob und senkte sich, während er sich mühte, zu Atem zu kommen.

»Liam – tu's nicht!«

Sie konnte sich nicht bewegen. Sie konnte ihm nicht ausweichen. Er hielt das Schüreisen mit beiden Händen. Er hatte sie auf der Couch festgenagelt.

Kein Entkommen.

Er würde sie jetzt töten. Er würde sie so zerfetzen, wie er es mit den anderen getan hatte. Sie zerreißen und an die Wand hängen.

»Bitte! Bitte!« Betteln war alles, was ihr geblieben war. Hatte er denn überhaupt kein Gefühl? War er so völlig wahnsinnig? War bei ihm kein Gefühl für sie geblieben, keine Liebe? Hatte er sie *je* geliebt?

Er beugte sich drohend über sie, seine Brust noch immer bebend, sein gewöhnlich blasses Gesicht nun scharlachrot. »Ich muß es dir erklären. Du mußt mich erklären lassen.«

Ja, dachte sie. Erkläre. Bring ihn dazu, daß er weiterredet. Erkläre, Liam. Erkläre die ganze Nacht, wenn du willst.

Aber dann verlor sie die Beherrschung.

Sie hatte sich so lange zusammengerissen. Und jetzt, auf die Couch gedrückt, wie sie so voller Furcht zu ihm aufstarrte, drangen die Worte aus ihr heraus, drangen atemlos aus ihr heraus, bevor sie sie unterdrücken konnte, bevor sie sich auf die Zunge beißen oder den Atem anhalten konnte, *irgend etwas* tun konnte, um das zu verhindern.

»Liam – du hast mit deiner Schwester geschlafen! Wie kannst du das erklären? Du hast mit deiner Schwester geschlafen – und dann ... und dann ... hast du *sie ermordet!*«

»Nein, nein, nein.« Liam senkte seine Stimme zu einem Flüstern. »Margaret war nicht meine Schwester. Margaret war meine *Frau.*«

57

Was sagte er da?

Sara blickte zu ihm auf, schaute in seine braunen Augen, die Augen, die sie geliebt hatte. Sie konnte jetzt nicht darin lesen. Sie konnte keine Wahrheit hinter diesem dunklen Starren entdekken.

Ist er völlig wahnsinnig?

Oder bin ich es?

Warum sagt er, daß Margaret seine Frau sei? Ich bin seine Frau! Warum erzählt er mir eine so verrückte Lüge?

Die Decke begann sich zu drehen. Sara schloß benommen ihre Augen. Aber sie konnte das Drehen nicht beenden. Als ob ihre ganze Verwirrung all ihre Fragen, all ihre Ängste in ihrem Kopf wirbelten, sich schneller und schneller drehten.

Unmöglich, irgendeinen Sinn darin zu entdecken. Unmöglich zu verstehen.

Als sie die Augen öffnete, hatte er das Schüreisen hochgenommen und war einen Schritt zurückgetreten, sein Blick noch immer wild, sein Gesichtsausdruck gespannt. Sie brachte sich auf der Couch in eine sitzende Position. Der Raum kippte wieder, begann zu schaukeln, sich zu drehen. Sie kniff die Augen zusammen, starrte ihn an, konzentrierte sich auf Liam.

»Wirst du mich erklären lassen?« fragte er leise. »Oder wirst du mich wieder angreifen?«

»Ich – ich wollte dich nicht angreifen. Ich wollte nur gehen«, stammelte sie.

»Wirst du mich erklären lassen?«

»Ja.« Welche andere Wahl hatte sie?

Er ließ das Schüreisen auf den Boden fallen. Es hüpfte über den Teppich und blieb an dem Beistelltisch liegen. Er stand steif da, die Arme in die Seiten gestemmt und starrte aufmerksam auf sie herab. Sie sah, daß sein Blick abwesend wurde, sah die Konzentration auf seinem Gesicht, als ob er überlegte, wo er beginnen sollte.

Oder als ob er versuchte, sich eine gute Geschichte einfallen zu lassen, dachte sie voller Bitterkeit.

Er ist schließlich ein Geschichtenerzähler. Sein ganzes Leben besteht aus Geschichten und Märchen.

Wirst du mir jetzt auch ein Märchen erzählen, Liam?

Er verschränkte seine Arme vor seinem Pullover. »Margaret war meine Frau«, begann er zögernd.

Sara konnte sich nicht beherrschen. Sie unterbrach ihn, ohne das zu wollen. Der Schmerz war einfach zu groß. »Ich – ich dachte, ich sei deine Frau.«

Sein Blick, merkte sie, ging über sie hinweg, war abwesend, weit weg. Er schien ihre Protestworte nicht gehört zu haben.

»Margaret war meine Liebe, mein Leben.« Seine Stimme zitterte, als er die Worte sprach. »Es waren immer Margaret und ich. Margaret und ich – seit ich vier Jahre alt war.«

»Liam ...«

Er hob eine Hand, damit sie schwieg.

Was *war* in seinen Augen? Kummer?

»Margaret und ich, wir waren Nachbarn. Wir waren nicht Bruder und Schwester. Ihre Familie lebte auf dem Hof nebenan, einem Hof, der so öde und von Verzweiflung erfüllt war wie der meines Vaters. Wir – wir waren immer zusammen. Immer. Ich habe oft gedacht, daß wir uns gegenseitig am Leben erhalten haben.«

Er stieß ein leises Seufzen aus. Seine Brust hob sich schwer. Sara beobachtete, wie er tief Luft holte und den Atem anhielt.

»Wir verließen Irland gemeinsam. Wir rannten vor meinem Vater weg. Wir rannten vor dem Unglück weg. Dem Unglück. Dem Unglück. Zumindest *glaubten* wir, daß wir das taten. Wir heirateten hier, sobald wir alt genug dazu waren.«

Er hielt wieder inne, um den Atem anzuhalten. Schweiß brachte sein dunkles Haar zum Glitzern, rollte auf seine Stirn.

Die Stille lastete schwer zwischen ihnen.

Sara wollte wieder protestieren, wollte schreien, wollte ihn fragen: Was sagst du da – daß du ein Bigamist bist? Wenn du mit ihr verheiratet warst, warum hast du mich geheiratet? Du hast mich geheiratet und weiter mir ihr zusammengelebt?

Es kann nicht wahr sein, entschied sie. Er macht mir etwas vor. Er macht mir absolut etwas vor.

Liam suchte ihren Blick. »Erinnerst du dich an die Geschichte, die ich dir in der Nacht erzählt habe, als ich dir den Heiratsantrag machte? Die Geschichte von der Fee? Nun, Margaret war meine Feenfrau. Ich war ihr all die Jahre treu, so treu, wie ein Mann nur sein kann. Aber wie in der alten Geschichte, mußte ich eine zweite Frau nehmen, Sara. Diese Frau warst du.«

»Liam, bitte –« protestierte Sara.

»Hör mir zu!« kreischte er.

Die Heftigkeit seines Schreis ließ Sara keuchen.

»Hör mir zu, Sara.« Weicher jetzt. »Wir brauchten ein Kind. Ich wollte Margaret das ersparen. Ich brauchte ein Kind von einer anderen. Und das Kind mußte ehelich geboren sein. Darum brauchten Margaret und ich dich, Sara. Wir brauchten dich, um das Kind zu bekommen.«

»Nein!« schrie Sara. »Ich glaube dir nicht, Liam. Warum erfindest du eine so schreckliche Geschichte? Wie kannst du von mir erwarten, daß ich einen solchen ... solchen Wahnsinn glaube?«

»Es ist die Wahrheit«, beharrte er, mehr Besorgnis als Ärger jetzt in seiner Stimme. »Wie heißt das Wort gleich? Die *bittere* Wahrheit?«

»Liam, bitte ...«

»Ich liebte Margaret so sehr, Sara. So sehr, daß ich alles für sie getan hätte. Sie war mein Leben, meine Märchenfrau. Margaret und ich brauchten ein Kind. *Ich* brauchte ein Kind. Um mich von den Dämonen zu befreien.« Ein Schmerzensschrei drang aus der Tiefe seiner Brust. »Du weißt nicht, wie mein Leben gewesen ist, Sara. Die Dämonen ... die Dämonen ... Mein Vater hat sie mir vererbt. Mein ganzes Leben, ich ... ich ...«

Er schluckte. Seine Augen wurden glasig, bekamen einen abwesenden Glanz. »Mein Vater ... bevor Margaret und ich flohen, lehrte er es mich. Er lehrte mich, wie ich sie bändigen konnte. Er lehrte mich, wachsam zu sein. Und er erzählte mir, wie ich mich befreien könne. Indem ich ein eheliches Kind hätte. Der einzige Weg, mich zu befreien. Aber das konnte ich Margaret doch nicht antun, oder? Meine Mutter starb, als ich zwölf war. Ich bin sicher, daß sie sterben *wollte.* Ich bin sicher, daß sie bewußt starb, weil sie die Wahrheit wußte. Wußte, was mit mir geschehen würde, wenn ich erwachsen bin. Deshalb konnte ich das Margaret nicht antun. Ich ...«

»Liam, bitte ...« Sie bedeutete ihm, sich neben sie zu setzen. Die Geschichte, das konnte sie sehen, war eine Qual für ihn. War es das Erzählen, das so schmerzhaft war? Das Erfinden, während er weitersprach? War ihm klar, daß das keinen Sinn ergab, daß es das zusammenhanglose Gerede eines Verrückten war? Erkannte er das – und war dies der Grund dafür, warum er solche Schmerzen zu leiden schien, während er erzählte?

Er ignorierte ihre Gesten. Er räusperte sich laut. »Ich versuche zu erklären, damit du verstehst, Sara. Ich mußte die Dämonen loswerden. Ich mußte mich befreien, damit Margaret und ich unser Leben beginnen konnten. Aber die Dämonen ...«

»Liam – welche Dämonen?« unterbrach Sara. »Von welchen Dämonen redest du denn?«

Er schluckte wieder. Und holte tief Luft. »Von den Dämonen des Aberglaubens. Hast du dich nicht über meinen Aberglauben gewundert, Sara? Hast du dich nicht darüber gewundert, daß ich in jedem wachen Moment so konzentriert, so wachsam, so vorsichtig war? Es war wegen der Dämonen. Ich hatte keine andere Wahl.«

»Liam, bitte. Setz dich. Ich kann dir helfen. Ich ...«

»Jeder Aberglaube ist entstanden, um teuflische Dämonen fernzuhalten. Das hatte ich dir erzählt, Sara. Erinnerst du dich? Warum sagen wir ›Gesundheit‹, wenn jemand niest? Es hält die bösen Dämonen fern. Erinnerst du dich? Wenn wir auf Holz klopfen oder Salz über unsere Schulter werfen – all dies wird gemacht, um die Dämonen fernzuhalten.

Aber ich kann es nicht. Ich kann die Dämonen nicht fernhalten!« Er schrie jetzt, bellte, trommelte mit beiden Fäusten auf seine Brust. »Ich kann die Dämonen nicht fernhalten. Weil sie alle – *alle Dämonen des Aberglaubens* – sie alle in mir leben!«

58

Er braucht Hilfe.

Ich hatte ja keine Ahnung.

Ich hätte es ahnen müssen.

Er war so pathologisch, so besessen. Er war so vorsichtig, so bedacht darauf, jede Regel von Aberglauben zu befolgen. Ich hätte es erkennen müssen.

Als Sara zu ihrem verwirrten Mann aufschaute, rangen ihr Schuldgefühl und ihre Furcht miteinander. Ich hätte ihm helfen können. Ich hätte sehen müssen, wie furchtsam er war. Ich hatte so getan, als sei sein Aberglauben ein Witz. Ich hatte mir vorgemacht, das sei lustig und kurios. Ich wollte der Wahrheit nicht ins Auge sehen. Ich hätte ihm helfen können bevor ... bevor es zu spät war. Aber ... was nun?

Was nun?

Andere Gedanken schossen ihr durch den Kopf. Was war mit Margaret? Hatte Margaret erkannt, daß Liam glaubte, sie sei seine Frau? Wußte sie davon und hatte mitgespielt? War sie deshalb mit ihm im Bett gewesen?

Ja. Was war mit Margaret? Ihre Rolle ergab keinen Sinn.

Sie mußte gewußt haben, daß Liam sehr krank war. Warum hatte sie nicht versucht, Hilfe für ihn zu bekommen. Sie war doch schließlich seine Schwester.

Oder etwa nicht?

Zu Liam aufblickend, der begonnen hatte, auf und ab zu gehen, immer nur über ein kurzes Stück, vier oder fünf Schritte in einer Richtung, dann zurück, versuchte Sara sich an ihre Psychologievorlesungen zu erinnern. Es gab so viele Menschen, die glaubten, von Dämonen besessen zu sein. Das rührte gewöhnlich aus ihren Schuldgefühlen, aus einem dunklen Geheimnis, das sie für sich behielten, aus einer Tat, derer sie sich schämten.

Das hilft mir jetzt nicht weiter, dachte Sara, während sie seine abrupten, hektischen Bewegungen verfolgte. Das hilft mir überhaupt nicht weiter.

Liam blieb vor ihr stehen und senkte wieder den Blick. Er setzte seine Geschichte mit zitternder Stimme fort. »Du mußt verstehen, Sara. Du mußt verstehen, warum ich versucht habe, vorsichtig zu sein. Wann immer ich einen Schnitzer mache, wann immer ich vergesse, einen Aberglauben zu beachten – jedes Mal, wenn *irgend jemand* in meiner Nähe gegen die Gesetze des Aberglaubens verstößt, bekommt der Dämon eine Chance.«

Er atmete wieder tief ein. Seine Brust hob sich unter seinem Pullover.

»Eine Chance, was zu tun?« fragte sie leise.

»Eine Chance, sich aus mir herauszuschleichen«, erwiderte Liam, wobei er ihren Blick mied. »Eine Chance, aus meinem Körper zu schlüpfen. Eine Chance, zu fliehen. Jedes Mal ... jedes Mal ...« Er stieß ein Schluchzen aus und schloß die Augen, als habe er Schmerzen.

»Die Dämonen schlüpfen aus meinem Körper. Sie schleichen sich davon – und töten. Sie töten nur Menschen, die ich kenne. Sie – sie leben in meinem Bewußtsein. Sie kennen die, die ich kenne. Wenn sie herausschlüpfen, ermorden sie jemand. Einen Freund. Einen Bekannten. Jemand, den ich nur kurz kennengelernt habe. Sie morden. Sie morden. Dann verschwinden sie für immer.«

Sara begann zu verstehen. Dies also war Liams düsteres Geheimnis. Er hatte gemordet. Er hatte gemordet ...

Sie erschauerte.

Hatte er *all* diese Menschen ermordet?

Er hatte gemordet und konnte der Wahrheit nicht ins Auge sehen. Und so hatte er die Dämonen erfunden, um die Morde zu erklären. Er hatte sich die Dämonen ausgedacht. Jemand, dem er die Schuld geben konnte, jemand, der ihm half, sich schuldlos für die gräßlichen Verbrechen zu halten, die er begangen hatte.

Dämonen.

Natürlich würde sich jemand, der Volkskunde studierte, der in einer Welt der Magie und der Märchen und der Kobolde lebte, Dämonen ausdenken, wenn er in ernsten Schwierigkeiten war.

Und ich bin sicher, daß die Dämonen für Liam sehr real sind, dachte Sara, während sie ihn aufmerksam musterte.

»Sie warten immer darauf, hinauszukommen«, fuhr Liam fort. »Sie sind immer da, stets am Rand meines Bewußtseins. Warten. Warten auf ihre Chance, fliehen zu können. Ich – ich habe so lange mit ihnen gelebt, Sara. Du kannst verstehen, warum ich so darauf brannte, sie weiterzugeben, warum ich mich von ihnen befreien *mußte.*«

Er trat näher. Sie konnte sehen, daß sein Kinn zitterte. Tränen waren in seine Augen gestiegen.

»Ich – ich habe versucht, dich zu warnen. Wirklich. Das habe ich. Manchmal sind die Dämonen nicht aufmerksam. Manchmal schlummern sie. Sie gehen schlafen oder so. Nicht sehr oft, aber manchmal. Ich kann es fühlen, wenn sie nicht wachsam sind, wenn sie nicht wach sind.

Das war, als ich dich anrief. Das war, als ich dich warnte, dich von mir fernzuhalten.«

Sara keuchte. »*Du* hast diese erschreckenden Anrufe gemacht?«

Liam nickte. »Ja, ich habe angerufen. Ich versuchte, dich zu warnen. Und ich habe die Kaninchenpfoten geschickt. Arme Phoebe. Ich habe die Kaninchenpfoten geschickt, Sara. Ich versuchte, dir angst zu machen. Ich versuchte, dich zu warnen, bevor es zu spät war. Zu spät für dich.«

Sara preßte beide Hände an ihre brennenden Wangen. »Oh, mein Gott.«

Er ist ja viel verrückter, als ich es geglaubt habe.

Den Blick auf ihn gerichtet, erhob sie sich langsam. »Liam, ich werde jetzt telefonieren.« Leise gesprochen, vorsichtig, jedes Wort überlegt. »Ich werde Hilfe für dich holen, Liebling. Es wird gut werden.«

»Nein.« Er stellte sich ihr in den Weg.

Sie spürte ein heftiges Zittern vor Furcht, versuchte es nicht zu zeigen. »Es wird gut werden, Liam. Wirklich. Ich werde Hilfe holen.«

»Setz dich, Sara.«

Sie starrte in seine braunen Augen, fand keine Wärme darin. Mit einem Seufzen zog sie sich zur Couch zurück, hockte sich angespannt auf die Kante. Und entdeckte das Schüreisen zu ihren Füßen.

»Behandle mich nicht so von oben herab, Sara. Ich versuche zu erklären. Es ist wichtig, daß du mir glaubst.«

»Ich glaube dir, Liam. Es ist nur ...«

»Nein, du glaubst mir nicht!«

Sie schreckte zurück, bestürzt über den plötzlichen Wutausbruch.

»Ich will, daß du weißt, womit ich zu leben hatte, wie mein Leben gewesen ist.« Sein Gesicht rötete sich. Sein Kinn zitterte. »Ein Alptraum. Es gibt kein anderes Wort dafür. Margaret und ich – wir hatten keine andere Wahl. Wir mußten einen Ausweg finden. Ich mußte mich befreien. Damit Margaret und ich wirklich leben konnten. Ich möchte, daß du verstehst, Sara.«

»Liam, bitte ...«

»Margaret und ich taten alles, um dich glücklich zu machen. Wir gaben uns soviel Mühe. Haben wir das nicht getan, Sara? Haben wir das nicht?«

Sara stand wieder auf, den Blick auf das Eisen gerichtet. »Liam, laß mich gehen. Laß mich anrufen und Hilfe holen. Es wird alles gut werden. Lieber.«

Wieder bewegte er sich schnell und versperrte ihr den Weg. »Wir haben uns soviel Mühe gegeben, damit du arglos bliebst. Damit du es nicht erfuhrst. Wir wollten dich nicht aufregen.

Wir liebten dich – weil du uns befreien würdest. Du würdest mein Kind haben, Sara. Das Kind würde die Dämonen erben und mich von ihnen befreien. Dein Kind würde die Dämonen fortnehmen. Dafür liebten wir dich, Margaret und ich. Das taten wir wirklich. Wir waren eine Familie. Eine richtige Familie.

Und wir wollten, daß nichts unsere Familie zerstörte. Es war zu wichtig für uns. *Du* warst zu wichtig. Als dann dein ehemaliger Freund auftauchte ...«

»... Chip?«

»Als dein alter Freund auftauchte ... als Kristen in die Stadt geplatzt kam ...«

»Kristen?«

»Kristen war meine zweite Frau. Ich heiratete sie vor zwei Jahren in Chicago. Margaret und ich hofften, sie würde das Kind haben. Aber sie wollte nicht. Sie lehnte es ab, und so mußten wir es wieder versuchen.«

»Oh, mein Gott«, murmelte Sara, die Hände an ihre Wangen gepreßt.

»Als Chip und Kristen auftauchten, um unseren Plan zu vereiteln, bestand Margaret darauf, sich um sie zu kümmern.«

»Sie – sie hat sie *getötet*?« keuchte Sara.

Liam nickte grimmig. »Margaret wollte nicht töten. Sie war eine friedliche Person. Wie ich. Aber sie wußte, daß wir keine Wahl hatten. Wir konnten nicht zulassen, daß diese Eindringlinge unseren Plan vereitelten. Wir mußten dafür sorgen, daß du unwissend bliebst.«

»Sie star-starben meinetwegen?«

Liam nickte wieder.

Saras Blick fiel an ihm vorbei auf Miltons zerfetzten Körper, der ausgebreitet in der dunklen Blutlache lag. Seine Eingeweide ein Haufen auf dem Boden.

Soviel Blut.

Soviel Tod.

Wie konntest du, Liam? Wie *konntest* du das tun?

Sie konnte nicht länger sitzen. Sie sprang auf, griff nach dem

Schüreisen. Faßte es mit einer zitternden, schlüpfrigen Hand. Ließ es fallen. Nahm es wieder auf und richtete es auf Liam.

»Du ... du hast Chips Hand benutzt. Du ...«

»Ich mußte die Dämonen beruhigen. Ich mußte versuchen, sie zum Schlafen zu bringen.« Liam hob beide Hände, als ergäbe er sich. »Es war der einzige Weg, den ich kannte.«

»Ohhh ...« Ein langes, leises Stöhnen drang aus Saras Kehle. »Nein, Liam, nein. Nein. Nein. Nicht mehr. Du bist sehr krank. Du brauchst Hilfe.« Sie hob das Schüreisen so, daß er es sah.

Liam ließ die Hände sinken und machte einen Schritt auf sie zu. Schweißperlen tropften an seinen Schläfen herab, an seinen Wangen herunter. »Wir versuchten, dich unwissend zu halten. Es war so wichtig für uns. Aber dann kamst du heute abend so früh nach Hause. Und du sahst uns. Du sahst Margaret und mich. Und dann ... dann hast du Margaret getötet.«

»Nein!« schrie Sara, das Schüreisen schwingend, versuchte, ihn zurückzuhalten. »Nein! Sag das nicht!«

»Du hast den Spiegel zerbrochen, Sara. Du hast den Kommodenspiegel zerbrochen. Als du das tatest, schlüpften sie heraus – die Dämonen. Sie glitten aus meinem Körper. Sie ermordeten Margaret. Ich – ich konnte nichts tun, um Margaret zu retten.« Stammelnd jetzt, seine Stimme erstickt und angespannt. »Ich – ich hörte ihre qualvollen Schreie. Ich konnte es nicht ertragen, zuzuschauen. Ich konnte mir nur vorstellen, was der Dämon mit ihr tat.

Ich eilte hinaus. Ich fuhr hierher, so schnell ich konnte, hoffte – betete – daß die Dämonen sich nicht auf Milton stürzen würden. Ich kam zu spät her. Zu spät.« Seine Stimme wurde brüchig. »Milton ...« Seine Stimme verlor sich. Er bedeckte seine Augen mit einer Hand und stieß ein lautes Schluchzen aus.

»Liam, hör mir zu – es gibt keine Dämonen!«

»Du hast sie freigelassen, Sara!« schrie er. »Du hast den Spiegel zerbrochen und sie herausgelassen. Du warst es. Du.«

Er sprang unbeholfen auf sie zu. Verfehlte sie. Er stützte sich an der Couch ab und wirbelte herum, atmete schwer.

Sara wich vor ihm zurück, hielt das Schüreisen vor sich. »Das ist Wahnsinn!« schrie sie, ihre Stimme schrill und zitternd. »Das ist Wahnsinn, Liam! Es gibt keine Dämonen. Keine Dämonen! Sieh her – ich werde es dir zeigen!«

»Nein! Warte!« Ein verzweifelter Schrei. Sie sah, daß er hinter ihr her wankte.

Aber sie war bereits im Korridor. Sie hob das Schüreisen wie einen Baseballschläger über ihrer Schulter. »Sieh her, Liam – sieh her! Keine Dämonen! Nirgendwo Dämonen!«

»Sara – *bitte*!«

Sie ignorierte sein wildes Geheul, holte mit dem Schüreisen aus.

Schlug mit all ihrer Kraft zu.

Und sah zu, wie die verspiegelte Wand mit einem Krachen und dann einem hallenden Klirren zerbrach.

59

»Keine Dämonen!« schrie Sara. »Siehst du, Liam? Keine Dämonen!«

Sie schwang das Schüreisen wieder. Zerschmetterte die nächste Spiegelscheibe.

Und wieder.

Sie stürzte den Korridor entlang, das schwere Schüreisen schwingend, und zerschmetterte Spiegel um Spiegel. »Keine Dämonen! Keine Dämonen! Siehst du?«

Das Klatschen des Schüreisens, das Krachen des Glases, das *Klirren* der schweren, zackigen Scherben, die auf den Holzboden fielen – die Geräusche, irgendwie so befriedigend, so wirklich, so *endgültig*, begleiteten ihr Schreien. »Siehst du, Liam? Keine Dämonen!«

Hinter sich hörte sie sein entsetzes Jammern, so schrill wie eine Sirene. Es hob sich über das Krachen und Klirren des zerspringenden Glases, war lauter als Saras verzweifelte Schreie.

Liams Schrei, der soviel Schmerz, soviel Entsetzen verriet, zwang sie, stehenzubleiben und sich umzudrehen. Er kauerte am

Eingang des Korridors, den Kopf nach hinten geneigt, die Augen weit herausquellend, den Mund zu einem nicht enden wollenden Klagen geöffnet.

»Siehst du denn nicht, Liam? Es gibt keine Dämonen!« Sara ließ das Schüreisen fallen. Es klapperte laut auf dem harten Boden und rollte an die Wand. »Keine Dämonen. Es ist alles gut, Liam. Keine Dämonen.«

Er ließ sich auf die Knie sinken. Hob seine Hände und faltete sie zum Gebet.

Sara begann auf ihn zuzugehen, zurück durch den zertrümmerten Korridor. Ihre Stiefel knirschten auf Scherben von Spiegelglas.

»Neiiiiii –!« Seine Hände noch immer gefaltet, riß er den Kopf mit einem weiteren schmerzhaften Heulen zurück.

»Liam ...«

Sara erstarrte, als sein Jammern abrupt endete.

Liam schien zu würgen. Hob die Hände, um seine Kehle zu umklammern – als seine Zunge aus seinem offenen Mund schoß.

Nein. Nicht seine Zunge.

Etwas, das breiter war als eine Zunge und purpurn. Etwas Purpurnes rollte sich aus Liams klaffendem Mund.

Zwei davon. Zwei Zungen.

Streckten sich aus Liams Mund, wurden länger, länger, streckten sich über den Korridor, sich windend, schlängelnd, als griffen sie nach Sara.

»Oh, mein Gott. Oh, nein. Liam.«

Liam fiel auf die Seite, umklammerte seine Kehle mit beiden Händen, gab häßliche erstickende Geräusche von sich.

Sara starrte ungläubig auf die sich windenden, zuckenden Zungen, die immer weiter aus Liams Mund drangen. »Oh, mein Gott. Oh, mein Gott. Was habe ich getan?«

Liam stieß ein ersticktes Stöhnen aus, als gelber Schaum hinter den Zungen aus seinem Mund drängte. Nein. Kein Schaum. Ein Kopf. Ein schwammiger gelber Kopf.

»Ohhhhh.« Sara sank an die Wand, an eine zerbrochene Spiegelscheibe.

Die beiden Zungen sprangen aus dem blubbernden Kopf. Zwei rote Augen öffneten sich. Der Kopf drang aus Liams offenem Mund, während er würgte und keuchte. Seine Hände schlugen jetzt wild in die Luft.

Ein säuerlicher Geruch breitete sich jetzt in dem schmalen Korridor aus, schwer und stinkend. Die Luft wurde kälter. Sara spürte einen säuerlichen Tau auf ihren Wangen, der ihre Haut kribbeln ließ.

Gelbe Schultern glitten über Liams Lippen. Das Fleisch wirkte schwammig und glitzerte feucht.

Die zwei Zungen klatschten gegeneinander. Die roten Augen öffneten und schlossen sich schnell, richteten sich auf Sara. Die gelbe Haut des Kopfes wirkte weich und zerfurcht, wie Rührei. Weiches Rührei, das feucht über die wogenden gelben Schultern rann.

Liam lag jetzt ausgestreckt auf dem Rücken und schlug wild und hilflos mit den Armen. Er trat mit den Füßen um sich, hatte den Kopf nach hinten gerissen, während der rotäugige Dämon, dessen Zungen vor ihm leckten, den Rest seines Leibes aus Liams offenem Mund schob. Es gab ein leises *Plop*, als seine gelben Krallenfüße auf den Boden platschten.

Mit einem heftigen Ruck zog er einen gelben, eidechsengleichen Schwanz aus Liams Kehle. Dann richtete er sich auf, die Zungen umeinander schlingend, verschlungen wie zwei Schlangen, und machte einen schweren, feuchten Schritt auf Sara zu.

»Neiiiin!« Ihr Schrei war nicht mehr als ein ersticktes Flüstern.

Der Gestank. Ich kann den Gestank nicht ertragen.

Sie versuchte den Atem anzuhalten. Doch der schwere, widerliche Geruch schien über sie zu spülen, in ihre Poren zu kriechen.

Die Krallenfüße machten feuchte, schmatzende Geräusche, als sie sich über den harten Boden bewegten. Die Kreatur hatte sich aufgerichtet, war so groß wie Sara. Sie hob ihre schwammigen, feuchten Arme, während sie schwerfällig den Korridor hinunterging, eine breite Spur von gelbem Schleim hinter sich auf dem Boden herziehend.

Ein Schritt. Noch einer. Und noch einer. Zungen, die miteinander verschlungen waren. Rote Augen, die jetzt heller glühten.

Es ist real, dachte sie.

Oh, mein Gott. Es ist wirklich.

Voller Entsetzen und Verblüffung begriff Sara erst nach ein paar Sekunden, daß die Kreatur sie angreifen wollte.

60

Der säuerliche Gestank wälzte sich über sie.

Sie wankte zurück. Drehte sich um, versuchte, in die andere Richtung zu laufen, zum Schlafzimmer. Fort.

Fort.

Zu spät.

Sie spürte, wie die purpurnen Zungen sich heiß und klebrig um ihren Hals wanden. Sie zurückzogen. Sich um ihre Kehle schlangen. Sich wie zwei Würgeschlangen verknoteten.

Der Gestank ... der Gestank.

Mit einem Stöhnen des Ekels hob Sara die Hände, packte zu und zerrte. Ihre Hände rutschten über das unebene, weiche Fleisch der Zungen. Sie versuchte, sie wegzuziehen.

Spürte die heiße, schwammige Vorderseite des Dämons, die sich von hinten an sie preßte.

Ich ... ich kann nicht ... atmen.

Kann nicht ... atmen.

Sie hörte ein Stöhnen hinter sich. Hörte schlurfende Geräusche, das Knirschen von zerbrochenem Glas auf dem Boden.

Sie drehte sich um, als die Zungen ihre feuchte Umklammerung an ihrem Hals lösten.

Und sah Liams Arme um die schwammige gelbe Mitte des Dämons geschlungen. Die Zungen schlugen wütend durch die Luft wie Peitschen. Die Klauenhände schlugen wuchtig zu, kratzten an Liams Körper, zerschlitzten seine Kleidung, seine Haut.

Aber Liam hielt fest.

Er hat das Ding von mir weggezogen, erkannte Sara.
Er hat es angegriffen. Und es weggezogen.
»Sara – lauf!« flehte Liam.
Sie zögerte, starrte ihn an, während er verzweifelt das eigleiche Fleisch der Kreatur umklammert hielt.
»Renn! Geh! Renn!«
Gehorsam quetschte sie sich an ihnen vorbei. Rannte in das Wohnzimmer. Drehte sich um.
Gerade rechtzeitig, um zu sehen, wie das Wesen Liam in seine Arme nahm und dann ein gelbes Knie hob.
Es geschah so schnell. Der Dämon hielt Liam hoch, brachte ihn dann wuchtig herunter, stieß sein Knie in Liams Kreuz.
Ein splitterndes Geräusch. Das Geräusch eines Krabbenpanzers, der zerbrochen wird. Das übelkeiterregende *Kracks* schien in der schweren Luft des Korridors zu schweben, in Saras Ohren zu verweilen.
Liam stöhnte und sank in den Armen der Kreatur zusammen. Sein dunkles Haar berührte den Boden, als sein Kopf zurückfiel, und seine Augen, matt, trübe jetzt, fast leblos, waren auf Sara gerichtet.
»Es – es tut mir leid, Liam!« rief sie. »Du hast die Wahrheit gesagt. Ich kann nicht glauben ... kann einfach nicht glauben, womit du dein ganzes Leben gelebt hast.«
»Ich habe etwas Gutes getan.« Liams erstickte Antwort, ein Flüstern wie der Wind in trockenem Laub. »Ich habe dich gerettet.«
Sein Kopf fiel zurück. Seine Hände sackten auf den Boden.
Die Kreatur ließ ihn fallen, verschwand dann über den Korridor, gelben Schleim hinter sich herziehend.
Liam lag ausgestreckt auf dem Rücken, sein Rückgrat gebrochen. Sara konnte seine Augen sehen, die braunen Augen, die sie geliebt hatte und die jetzt leer und leblos an die Decke starrten.
Liam ist tot.
Liam hat sein Leben für mich gegeben.
Oh, Gott. Er ist tot und jetzt ... Jetzt ...
Liam bewegte sich.

Sein Kopf zuckte.

Sara keuchte. Sie machte einen Schritt zurück in den Korridor. »Liam – lebst du? Liam …?«

Nein.

Dunkles Fell drang aus Liams offenem Mund. Ein häßlicher Kopf hob sich aus seiner Kehle. Affenähnlich, grünäugig, mit einer langen Schnauze, Reihen von gezackten Zähnen. Dicker, weißer Schleim troff aus dem klaffenden Maul. Fellbedeckte Schultern hoben sich aus Liams Mund.

»Nein! Oh Gott – nein!«

Sara stützte sich an die Wand. Ihre Schläfen pochten. Ihr ganzer Körper wurde von einem Schauer geschüttelt, der ihr den Atem verschlug.

Der pelzige Dämon stieg aus Liams Kopf. Seine grünen Augen blitzten. Seine langen Kiefer schnappten hungrig. Er streckte sich und grunzte, reckte seinen dicken Hals.

Und dann streckte sich ein Arm mit glänzender Haut aus Liams Mund. Eine schlanke, schimmernde Schulter. Ein weiterer Arm. Ein grauenhafter Eidechsenkopf, silbrig, mit häßlichen braunen Flecken, hob sich. Die Augen geschlossen, das breite Maul zu einem lüsternen Grinsen verzerrt.

Es plumpste auf den Boden, erhob sich auf dürren Beinen, Insektenbeinen, leckte sich die silbrigen Lippen mit einer schlangengleichen, gespaltenen Zunge.

Ein weiterer dunkler Kopf schob sich aus Liam heraus. Mit einem weichen, kratzenden Geräusch hob er sich schnell aus dem offenen Mund. Schlank zuerst, entfaltete das Ding weite Schwingen, schlug damit. Die Schwingen knisterten wie trockenes Papier. Es warf den schwanengleichen Kopf mit dem schrillen Lachen einer Hyäne zurück, entblößte Reihen gezackter Zähne.

Alle Dämonen des Aberglaubens.

Das hatte Liam ihr gesagt. Sie waren alle in ihm. Alle entflohen jetzt. Alle glitten heraus, streckten sich und grunzten.

Drängten sich aneinander. Stießen. Schlugen mit häßlichen Flügeln. Schnappten mit mächtigen Kiefern. Schmatzende purpurne Lippen mit wülstigen Zungen. Sie füllten den schmalen Korridor mit ihrem Knurren und Seufzen. Und ihrem fauligen Gestank.

Alle starrten Sara an.

Alle bereiten sich darauf vor, mich anzugreifen, erkannte sie.

Warum war es so schwer, sich von ihnen abzuwenden? Fürchtete sie sich davor, sich von Liam abzuwenden? Sich für immer umzudrehen?

Sie wußte, daß sie rennen mußte.

Wie weit würde sie kommen?

Wie weit würde sie kommen, bevor sie sie eingeholt hatten, sie ergriffen, sie zerbrachen oder in Stücke zerfetzten?

»Leb wohl, Liam.« Sie wandte sich vom Korridor ab, von den sich streckenden, grunzenden Kreaturen mit ihren hungrigen Gesichtern.

Jeder Schritt war ein Kampf. Ihre Stiefel plötzlich schwer, schwer wie Blei. In ihrem Kopf drehte sich noch immer alles. Ihre Augen erfüllt mit den deformierten Leibern, den verzerrten häßlichen Dämonengesichtern. Ihre Beine so schwach. So gummiweich und schwach.

Sie erreichte die Haustür.

Riß die Tür auf und stürzte hinaus in den Schnee. Der kalte, weiße Schnee. Süß duftend und frisch.

Sie hatte die Hälfte der Auffahrt hinter sich gebracht, zu deren beiden Seiten schneebeladene Bäume zitterten, als sie den ersten Dämon an der Tür entdeckte.

Er hob seinen fellbedeckten Kopf zum purpurnen Himmel und öffnete die dicken Lippen zu einem langen, animalischen Geheul. Dann kam er auf vier Beinen über den Schnee galoppiert. Ihr nach.

Ihr nach.

Hah hah hah hah. Sein schwerer Atem wie ein grausames Gelächter.

Eine geflügelte Kreatur an der Tür, deren schwarze Schwingen knisterten, die Krallen zum Angriff gehoben.

Hah hah hah hah.

Sara zwang sich, sich abzuwenden, zu rennen. Die Stiefel versanken im Schnee. Versanken.

Jetzt fast an der Straße.

Sie sah kurz, daß sie alle hinter ihr her stürzten, sprangen, flogen. Plappernd und heulend, während sie sich über den Schnee bewegten.

Hah hah hah hah hah.

Ein so häßlicher Zug.

So gierig. So hungrig. So *hämisch.* So sicher, daß sie sie fangen würden.

Sie fangen und töten würden.

Alle Dämonen des Aberglaubens leben in mir.

Sie haben Liam getötet, und jetzt werden sie mich töten.

Hah hah hah.

Sie rannte an der schneebedeckten Straße entlang. Schlug mit den Armen, beugte sich in den Wind. Ihr dunkles Haar wehte hinter ihr. Ihr Atem stieg in weißen Wölkchen auf, als sie stürzte.

Ein Stiefel blieb an irgend etwas hängen, und sie fiel vorwärts in den Schnee. Sie streckte beide Hände aus, um ihren Sturz abzufangen. Landete aber hart auf ihrem linken Ellenbogen. Stechender Schmerz schoß durch ihre Seite.

Und dann umschwärmten sie sie. Summend wie Fliegen. Plappernd und knurrend. *Hah hah hah.* Heißer Geifer zischend im weißen Schnee.

Alle Dämonen des Aberglaubens.

Sie kreisten und wirbelten, bewegten sich schneller und schneller, hielten sie in ihrer Mitte gefangen, gefangen in ihrem sauren Gestank. Verdunkelten den Schnee, während sie wirbelten, verdunkelten die Welt, Saras Welt, schlossen den Kreis enger, tanzten. Tanzten für sie. Bewegten sich näher, brachten die Dunkelheit, brachten völlige Schwärze. Häßliche, dunkle Monster über dem weißen, weißen Schnee.

61

Als Sara die Augen öffnete, sah sie Weiß.

Sie blinzelte.

Blinzelte wieder.

Das Weiß leuchtete über ihr, ein weißes Licht, weich wie Schnee.

Ich bin tot, dachte sie. Ich bin in das weiße Leuchten des Todes getreten. Sie hustete.

Oh. Augenblick mal.

Die Toten husten nicht.

Sie versuchte, den Kopf zu heben, aber er schien eine Tonne zu wiegen.

Ihr Blick fiel auf weiße Wände. Eine weiße Tür.

»Sind Sie wach?« Eine Männerstimme. Weich und leise.

Ein Gesicht tauchte über Sara auf. Ein schwarzer Mann. Sein Kopf mit Bandagen umwickelt.

Sara blickte mißtrauisch zu ihm auf. Erkannte ihn. Der Polizeidetektiv.

»Sie wacht auf!« rief er jemandem zu. »Kommen Sie besser her. Geben Sie mir Bescheid, wenn ich sie verhören kann.«

Der Detektiv verschwand aus Saras Blickfeld. Er wurde durch eine freundlich dreinschauende Frau ersetzt, rundgesichtig, dicklich, mit kurzem, weißem Haar, das unter einer Schwesternhaube steckte. Eine gestärkte weiße Uniform. Ein Ausweis an eine Schulter geheftet. Saras Blick war zu undeutlich, um es lesen zu können.

»Bin ich in einem Krankenhaus?« Verwirrt über den Klang ihrer eigenen Stimme. So wirklich.

So lebendig.

Die Frau nickte.

»Aber …«

Starke Hände auf beiden Schultern drückten Sara zurück. »Versuchen Sie nicht, sich aufzurichten. Seien Sie ganz ruhig.«

»Aber – wie bin ich hierhergekommen?«

Die große Frau zuckte die Schultern. »Dieser Polizist – er hat sie gefunden und hergebracht. Sie waren hier, als heute morgen meine Schicht begann.«

Sara hustete wieder. Ihre Kehle schmerzte.

Als ob die Krankenschwester ihre Gedanken lesen könne, reichte sie ihr ein Glas Wasser. »Sie hatten einen schrecklichen Schock, armes Ding. Ich habe mir Ihre Karte angesehen, als ich den Dienst antrat. Die Ärzte wissen nicht einmal, was mit Ihnen passiert ist. ›Undefinierbares Schocktrauma.‹ Das ist alles, was sie dazu sagen.« Sie blickte von der Karte auf. »Hatten Sie einen Unfall oder so?«

»Ich ... ich weiß es wirklich nicht ...«, setzte Sara an. »Ich muß aufstehen. Ich muß zu ...«

Die Krankenschwester schob Sara behutsam zurück. »Trinken Sie jetzt langsam das Wasser, Süße. Alles wird gut werden. Aber im Augenblick sollten Sie noch nicht aufstehen. Zumindest nicht, bevor die Ärzte ihre Visite gemacht haben.«

»Aber ich ...«

»Sie wirken viel frischer, als wir erwartet hatten. Wirklich. Es wird Ihnen gutgehen. Ich sehe, daß Sie sich ernste Sorgen machen. Aber es ist alles in Ordnung. Und jetzt die guten Nachrichten.« Sie lächelte Sara herzlich an.

»Gute Nachrichten?«

»Ja. Gute Nachrichten. Sie werden wieder ganz gesund werden – und Ihrem Baby geht es ebenfalls ausgezeichnet.«

»Meinem ... *Baby*?«

Die Krankenschwester nickte. Ein Grinsen breitete sich über ihr Gesicht.

Und Sara begann zu schreien.